한국 현대시와 만주체험

내일을여는지식 어문 11

한국 현대시와 만주체험

황규수 지음

한국학술정보(주)

1980년대 후반 동서의 해빙 무드와 우리 정부의 북방정책 등의 영향으로 우리 민족문학에 대한 논의의 폭은, 더욱 확대되어 나가게 되었다. 1988년 월북문인에 대한 해금 조치로 인하여 그 이전까지 한국문학사에서 그 이름조차 제대로 언급되기 어려웠던 작가들의 작품에 대한 연구가 활발해질 수 있었을 뿐만 아니라, 1990년 한소수교와 1992년 한중수교를 계기로 과거부터 당시까지 그곳에서 쓰인 우리 민족의 문학작품에 관한 고찰도 공개적으로 다양하게 진행될 수 있었던 것이다. 그래서 현재는 이들을 대상으로 한, 논의의 성과가 실로 적지 않게 축적된 것을 목격할 수 있다. 이와 관련하여 혹자는 이 방면의 연구가 거의 다 이루어진 것처럼 말하기도 한다. 또는 그것들이 지니는 가치에 대해 별로 의미를 부여하시 않는 경우도 볼 수 있다. 물론 이들 작품에는 문학사적으로 높이 평가될 수 있는 것들만이 포함되어 있다고 생각하지는 않는다. 그러나 문제는, 이와 같은 평가가 해당 작품 및 작가에 대한 보다 철저한 고찰의 과정을 거쳐 내려진 결과인가 하는 것이다. 단순히 개괄적인 검토만을 통해 얻어진 결론은 아니냐는 말이다. 이는 문학사적으로 높이 평가된 경우에 있어서도 마찬가지로 적용될 수 있는 문제이다. 그러므로 이제는 이에 대한 재검토를 바탕으로 온전한 통일문학사 기술을 위한 토대를 더욱 튼실하게 마련해야 할 때라고 생각한다.

이와 같은 맥락에서 필자가 특히 만주문학에 대해 보다 관심을 갖게 된 것은 1990년대 초반, 1942년 만주에서 간행된 두 권의 시집을 접하면서부터였다. 그것은 다름 아닌 『만주시인집』과 『재만조선시인집』인데, 당시 국내에서는 한글로 신문과 잡지를 발행하는 등의 모든 출판 행위가 억압되던 시대였으므로 국외에서나마 우리말로 된 시집이 간행되었다는 사실은 필자의 마음을 끌기에 충분했던 것이다. 물론 여기 수록된 작품들 중에는 우리 문학사의 공백을 메워주기에 만족스럽지 못한 것도 포함되어 있다는 점은, 필자가 「한국문학과 만주체험-『만주시인집』과 『재만조선시인집』을 중심으로」(1995)라는 논문을 처음 정리하면서 그 시들의 성격을 규명하며 파악할 수 있었던 사실이다.

이후 2000년 7월 중국에서 『20세기 중국조선족문학사료전집』 제1집(심련수 문학편, 연변인민출판사)이 간행되면서 필자는, 만주문학에 대해 더욱 관심을 갖게 되었다. 중국 조선족이 그곳에 이주하여 정착한 지 어언 100년을 맞이해서 그들의 민족문화유산을 정리하기 위해 출판 기획한 이 책의 첫 발간은, 필자가 이에 대해 보다 주의를 기울일 수 있게 하는 계기를 마련해 주었던 것이다. 그래서 필자는 먼저 이 전집의 제1집과 제2집에 수록된 심련수 (1918. 5. 20~1945. 8. 8)와 리욱(1907. 7. 25~1984. 2. 26)의 시를 살펴보고, 두 편의 논문을 작성하게 되었다. 「한국문학과 만주 체험Ⅱ-심연수의 시세계」(2003)와 「리욱(李旭) 시의 문학사적 고찰 -'만주 조선인 문학'에서 '중국 조선족 문학'으로의 이행」(2004)이 그것이다. 물론 그 사이 필자는, 그의 사후(死後) 반세기가 지난 2000년에 이르러서야 그 존재가 알려지기 시작한 심연수의 생애와 작품이, 그 이전부터 익히 알려져 온 윤동주의 그것과 여러 측면에서 유사한 점을 보여, 이에 관한 논문 「윤동주 시와 신연수 시의 비교 고찰」(2003)을 발표하기도 했다.

그런데 필사가 이와 같은 논문들을 자성하면서, 이 가운데 특히 심연수의 생애와 작품에 대해서는 더욱 깊이 있는 논의가 필요하다는 점을 알게 되었다. 왜냐하면 2000년 7월 중국에서 처음 간행된 심연수 자료집은, 그의 작품이 발굴된 지 얼마 안 돼 정리된 것이어서 많은 오류가 범해져 있기 때문이었다. 그래서 필자는 2006년 여름, 당시 심연수의 유고를 보관하고 있던 중국 옌벤(延

邊)의 동생 심호수(沈湖洙, 2007년 5월부터는 고향 강릉에서 살고 있음)를 방문하여 자료를 수집하고 면담한 후, 이를 바탕으로 『심연수 원본대조 시전집』(2007)과 『심연수 시의 원전 비평』(2008) 등 두 권의 책을 출판할 뿐만 아니라, 그와 관련된 논문을 몇 편 더 발표하게도 되었다. 이 책의 제1부에 배치된 글들 가운데 '제4장 심연수의 시세계' 이외에 나머지 내용들은 그 논문들을 다시 정리해 놓은 것이다.

이처럼 본서는, 1995년부터 최근까지 10여 년 동안 필자가 만주문학에 대해 보다 많은 관심을 갖고 작성한 논문들을 다시 정리해 놓은 것이다. 처음부터 책으로 출판하기 위해 쓴 글들은 아니지만, 시인들의 만주체험이라는 큰 주제에서 벗어나지 않는 내용들이어서 이들을 한 권의 책으로 엮을 수 있게 된 것이다. 이 중 특히 심연수 시인의 생애 및 작품과 직접 관련된 논문들은 제1부에 배치해 놓은데 비해, 나머지 것들은 제2부에 수록하여, 이들을 구분해 놓았다. 물론 제2부 말미의 「중국 조선족 초중 신편 『조선어문』 수록 시 고찰」(2008)이라는 논문에서 다루어진 작품에는 이 글의 성격상 만주체험과 직접 관련되지 않은 것들도 많이 있다. 그럼에도 불구하고 전반적으로 이 논문이 이와 전혀 무관하지 않다는 점이,

이것이 여기에 실리게 된 이유다. 이와 같은 측면에서 제1부에 수록된 글들에는 다소 중복되는 내용이 있다. 이에 비해 제2부에 실린 각 소논문(小論文)의 내용들은 다시 대논문(大論文)의 형태로 작성될 수 있는 것들이다.

이렇게 볼 때 이와 같이 남겨진 과제들은 앞으로도 지속적으로 보완되어야 할 것이다. 그럼에도 불구하고 이 책이 이 방면의 연구에 조금이나마 도움이 될 수 있다면, 이는 모두 필자를 알게 모르게 돌보아 주고 계시는 여러분들의 은혜 덕분일 것이다. 특히 이제 어느새 환갑을 넘기시고 정년을 앞두고 계신, 김재홍(金載弘)·윤영천(尹永川) 두 분 은사님께 작으나마 보답이 되었으면 한다. 여러모로 부족한 필자가 '좋은 글쓰기'에 힘쓰도록, 늘 격려해 주시는 선생님들께 거듭 감사드린다. 또한 '동산(東山)'의 여러 선생님들의 관심과 배려에 고마운 마음을 전하며, 이 책이 출판될 수 있도록 편의를 제공해 주신 채종준 사장님을 비롯한 한국학술정보(주)의 식구들께도 감사를 표한다.

2009년 2월 중순
송도(松島) 우거(寓居)에서
지은이 씀

심연수의 생애와 문학

제1장 심연수의 삶과 문학

Ⅰ. 서언 – 문제 제기

일제 강점의 암담한 현실 상황 속에서 비극적 삶을 살다 간, 문인(文人) 심연수(1918. 5. 20~1945. 8. 8). 그의 이름이 널리 알려지기 시작한 것은, 지난 2000년 7월 『20세기 중국조선족문학사료전집』 제1집(심련수 문학편, 연변인민출판사)[1]이 간행되면서부터다. 물론 그도 살아생전에 작품을 전혀 발표하지 않은 것은 아니지만,[2] 이와 같이 많은 작품이 한꺼번에 공개된 것은 늦게나마 다행스러운 일이었다. 그가 죽은 지 무려 55년 동안 그의 동생 심호수(沈湖洙, 당시에는 중국 용정에서 거주하였으나 2007년 5월부터는

---

1) 심련수, 『20세기 중국조선족문학사료전집』 제1집(심련수 문학편), 연길: 연변인민출판사, 2000. 이후 이 책을 언급할 때는 편의상 간략히 『사료전집』(2000)이라 일컫기로 한다.

2) ≪만선일보≫에 발표된 심연수의 작품을 순서대로 열거해 보면 다음과 같다. 먼저 시에 있어서는 「대지의 봄」(1940년 4월 16일)・「여창(旅窓)의 밤」(1940년 4월 29일)・「대지의 모색(暮色)」(1940년 5월 5일)・「길」(1941년 3월 3일)・「인류의 노래」(1941년 12월 3일) 등이 있으며, 기행문에는 「근역(槿域)을 찾아서」(1~3, 1941년 2월 18일~3월 5일)가 있고, 단편소설로는 「농향(農鄕)」(상・하, 1941년 11월 12일・11월 19일)이 있다. 이외에 ≪매일신보≫에 발표된 그의 평론으로 「문학의 사명」(상・하・속, 1942년 7월 1일・2일・8일) 및 「영화와 연기」(1~4, 1943년 6월 2~5일) 등도 있다.

고향 강릉에서 살고 있음)에 의해 항아리 속에 깊숙이 묻혀 간직
되어 오다가 비로소 공개된 그의 유고 작품은, 흔히 '암흑기'3) 또
는 '공백기'4)로 지칭되어 온 1940년대의 한국 현대문학사를 풍부
히 해 줄 문학의 실체로 여러 논자들의 이목을 집중시키기에 충분
했던 것이다. 더욱이 그의 생애의 비극성에서 드러나는, 윤동주 시
인과의 유사성은 연변 현지에서만이 아니라 한국 내에서도 그를,
윤동주와 비교하여 일제 말 이국땅에서 민족문학을 지켜낸 대표적
시인 중 한 사람으로 평가5)하는 데에 주저치 않게 하고 있다. 이
와 같은 맥락에서 그의 작품이 공개된 직후 중국 연변 현지에서뿐
만 아니라6) 국내에서도, 주요 일간지에서 그의 생애 및 작품이 소
개된 바 있다.7)

이와 함께 그의 작품이 공개된 직후부터 올 2008년까지 제8차에
걸쳐 거의 매년 심연수선양사업위원회를 중심으로 '민족시인 심연
수 학술세미나'가 꾸준히 개최되어 온 것을 볼 수 있는데,8) 이로

---

3) 이병기·백철, 『국문학전사』, 신구문화사, 1982, 449~450면.

4) 조연현, 『한국현대문학사』, 성문각, 1973, 585~586면.

5) 이명재, 「민족시인 심연수 문학론」, 『20세기 중국조선족문학사료전집』 제1집(심연수 문학
   편), 서울: 중국조선민족 문화예술출판사, 2004, 572~574면. 이후 이 책을 언급할 때는
   편의상 간략히 『사료전집』(2004)이라 일컫기로 한다.

6) 김성호, 「후기」, 『사료전집』(2000), 645면.

7) 「잊혀진 시인 심연수 발굴… 연변 흥분」(≪조선일보≫, 2000. 8. 1.)과 「심련수 존재에 우
   리 정부도 관심 기울였으면」(≪한겨레신문≫, 2000. 8. 15.) 등의 신문 기사가, 이에 해당
   되는 것이다. 특히 「8.15 문화 특집, 55년만에 이국땅서 재조명」(≪강원도민일보≫, 2000.
   8. 16.)을 시작으로, 「저항시인 심련수 '생가터 찾았다'」(≪강원도민일보≫, 2000. 8.
   21.) 「내가 본 심연수 - 원로시인 이기형 옹」(≪강원도민일보≫, 2000. 11. 30.) 등 심연수
   와 관련하여 ≪강원도민일보≫에 보도된 기사를 검색해 보면, 지금까지 이는 수십 건에 이
   르는 것을 볼 수 있다.

8) 2000년부터 '민족시인 심연수 학술세미나'는 거의 매년 개최되어 왔는데, 그 중심에는
   엄창섭 교수가 있어, 그는 심연수에 대한 논문을 지속적으로 발표하면서, 그 연구 성과를 저
   서 『민족시인 심연수의 문학과 삶』(홍익출판사, 2003) 등의 간행을 통해 보여주고 있다. 그
   리고 2007년에는 그 세미나에서 그간 발표된 논문들이 집적되어 『심연수 학술세미나 논문

인해 그의 작품에 대한 연구는 본격적인 단계에 접어들 수 있게 되었다. 또한 그에 대한 연구 성과는 학위논문9)으로뿐만 아니라 대학의 일반 학술논문10)으로도 집적되고 있다. 대학 및 대학원에서도 이제 그의 생애와 작품은 학문적 논의의 대상이 되고 있는 것이다. 그리고 그에 대해서는 여러 학술지 또는 문예지에서도 다루어지고 있는 것이 눈에 띈다.11) 그에 대한 논의가 더욱 다양하고 깊이 있게 진행되고 있는 것이다.

이처럼 2000년 7월 그의 작품이 한꺼번에 처음 공개된 이후 지금까지 그에 대한 논의는 점진적으로 증가되어 왔다. 그의 이름이 널리 알려지기 시작한 기간에 비하면 그에 대한 연구 성과는 그리 적은 편이 아니다. 그럼에도 불구하고 그의 작품들이 좀 더 올바로 이해되고 평가되기 위해서는 그에 대한 연구가 앞으로도 끊임없이 진전되어야 할 것이다. 그의 작품을 처음 접하면서 지닐 수밖에 없었던 흥분과 기대감을 이제는 차분히 가라앉히고, 보다 냉정하게 그에 대한 논의를 전개해 나가야 하는 것이다.

이와 같은 맥락에서 본고에서 필자는 먼저, 그의 생애 및 시 작품 원전(原典)에 대해 좀 더 실증적으로 검토한 내용을 바탕으로, 지금까지 이와 관련된 논의에서 잘못 알려진 사항들 가운데 중요한 부분을 바로잡고자 한다. 그리고 그 연장선상에서 그의 시를 해석하는 데에 있어 논란의 여지가 있는 점들에 대해서도 재검토

총서』가 출간된 바 있다.

9) 지금까지 발표된 학위논문으로는, 석사학위논문 6편과 박사학위논문 2편이 있다.

10) 부경대 인문사회과학연구소에서 간행한 논문집 『인문사회과학연구』 제5권(2005)에는 허형만을 비롯하여, 조동구·노철·김해응 등의 논문이 수록되어 있다.

11) 뒤의 참고문헌 참조.

하고자 한다. 왜냐하면 이와 같은 문제점들에 대해 더욱 진지하게 탐구할 때, 일제 강점기 재만조선시인으로 그의 시의 성격은 보다 분명하게 밝혀질 수 있기 때문이다. 그럼으로써 그의 작품이 한국 문학사에서 온전히 자리매김되기 위한 근거도 좀 더 객관적으로 마련될 수 있는 것이다.

따라서 이 자리에서는 우선 기존의 연구 성과를 바탕으로 하되, 그의 동생과 필자와의 면담12) 내용 및 『삼척심씨세보(三陟沈氏世譜)』에 기재된 사항13) 등을 자료로, 시인의 생애에 대해 보다 명확하게 살펴볼 것이다. 그리고 이와 관련하여 작품의 원본(原本) 끝에 기록된 창작일(創作日)과 원본의 고쳐진 흔적 등을 참조하여 최종본(最終本)을 선정하며, 그를 토대로 기존의 논의에서 그의 작품을 해석함에 있어 발생된 문제들에 대해서는 이를 대비해서 고찰해 봄으로써, 향후 그의 작품에 대한 연구가 진행되어야 할 방향성에 대해서도 모색하도록 할 것이다.

Ⅱ. 심연수의 생애에 대한 재검토

심연수는 1918년 5월 20일 강원도 강릉군 경포면 난곡리 399번지에서, 삼척 심씨 심운택(沈雲澤)과 강릉 최씨 최정배(崔貞倍)의 5남 2녀 중 장남으로 출생했다. 아래 그의 가계도(家系圖)에서와

---

12) 필자는 지난 2006년 7월 31일부터 8월 7일까지 연변에 머물면서, 심연수 시 원본을 보관하고 있는 그의 동생 심호수의 집을 직접 방문하여 면담하고, 이를 사진으로 찍어 온 바 있다.

13) 『삼척심씨세보(三陟沈氏世譜)』 권지사(卷之四), 2005, 47~50면.

같이, 위로는 누나 2명이 있었고, 밑으로는 남동생 4명이 있었다. 그런데 이들 중 지금까지 생존이 확인된 사람은 심호수뿐이다. 그래서 그의 기억을 빌려 심연수뿐만 아니라 그의 일가(一家)가 살아온 삶의 과정을 좀 더 구체적으로 살펴보면, 그것은 단순히 그의 가족만이 아니라 일제 강점의 시대 상황에서 당시 우리 민족이 겪은 비극적 삶의 현실의 한 단면을 그대로 보여주는 것이기도 하여 주목된다.

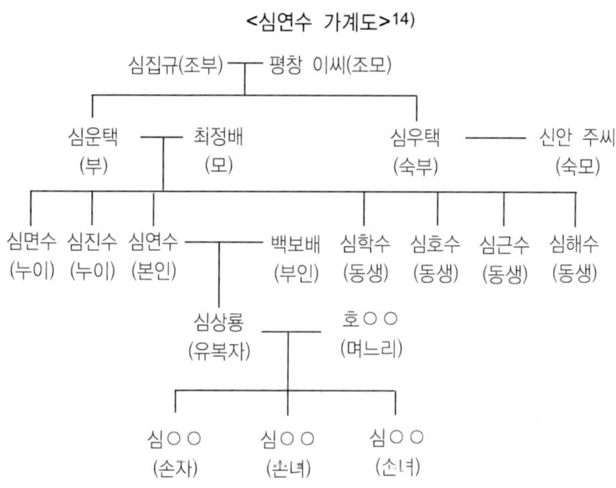

심연수가 그의 가족과 함께 고향 강릉을 떠나 이주(移住)의 길에 오른 것은, 1925년 그의 나이 7세 때의 일이다.15) 익히 알려진

---

14) 심연수의 유복자 심상룡의 가족은 현재 북한에 거주하고 있다. 그래서 그들의 이름이 알려질 경우 혹 그들에게 누가 될지도 모른다는 심호수의 염려 때문에, 여기서 필자는 그것들을 복자(覆字)로 처리했다.

15) 심연수의 가족이 고향 강릉을 떠난 시기는 지금까지 대체로 1924년, 그의 나이 6세 때인 것으로 알려져 왔다(김룡운, 김해응 등의 논문). 그런데 1924년 12월 8일생인 심호수에 의하면, 자신이 태어난 지 몇 달 후 어머니의 등에 업혀 이주했다고 하여, 그것은 1925년으로 보는 것이 타당하리라고 생각한다. 이렇게 본다면 시인의 어린 시절 고향에 대한 추억

바와 같이 당시 그의 가정 형편이 몹시 좋지 않았던 것은 아니다. 그렇지만 그 이전부터 간도에서 중학교와 군관학교를 졸업하고 독립운동에 참여하기도 하여 그쪽 사정을 잘 아는 그의 숙부 심우택(沈雨澤)16)의 권유에 의해, 그의 일가는 고국을 떠나게 되었다고 한다. 물론 그렇다고 해서 그들이 처음부터 용정을 향해 떠났던 것은 아니다. 그들이 먼저 발을 내디딘 곳은 블라디보스토크였는데, 1931년 구소련에서 제1차 5개년 계획을 실시하면서 그곳에 사는 조선 사람들을 중앙아시아로 집단 이주시키는 바람에 그의 가족은 부득불 지금의 중국으로 건너가게 되었다. 그래서 처음에는 흑룡강성(黑龍江省) 밀산(密山)에서 살다가 이후 신안진을 거쳐 1935년부터는 용정에서 머물게 되었는데, 그들은 여기서도 한 곳에 정착하여 안정된 생활을 영위할 수는 없었다. 그들이 용남촌(龍南村) 은진중학교 밑에 거처를 마련하여 살 때는 콩나물을 기르고 두부를 만들어 파는 일에 종사하며 생계를 유지했다고 한다. 그리고 그 이듬해 용지촌(龍池村)의 현재 연변대학교 농학원 자리에 이사하여서는, 비록 소작이라 할지라도 다시 농사일을 하며 살 수는 있었지만, 그 지주가 일제 앞잡이여서 부득이 그들은 삶의 터전을 옮기지 않을 수 없었다고 한다. 그리하여 그들은 다시 1년 후 용정 시내에서 걸어서 1시간여 걸리는 곳에 위치한 태평촌(太平村)으로 옮겨 소작을 하다가, 광복이 되어서야 비로소 토지를 분배받아 자신의 농토를 가꿀 수 있었다고 한다. 1956년 길흥촌(吉興村)

도 그리 적지만은 않았을 것으로 추측된다.

16) 심우택(1896. 12. 23~1951. 사망 추정)은, 용정(龍井)의 명동중학교(明東中學校)와 왕청현(汪淸縣) 나자구(羅子溝)의 한 군관학교를 졸업하고 독립운동 단체에 가담하여 활동했다고 한다.

으로 다시 거처를 옮길 때까지 그들은, 대략 20년 정도의 기간 동안을 이곳에 머무르며 생활하였던 것이다.

이렇게 본다면 심연수가 1940년 12월 동흥중학교를 졸업(동흥중학교 제18회, 용정국민고등학교 제2회)할 무렵까지 창작한 작품들은, 이러한 그의 삶의 체험이 밑바탕이 되어 쓰인 것으로 이해할 수 있다. 그래서 필자가 최근 엮은 『심연수 원본대조 시전집』의 제1부에 수록해 놓은 일련의 시들[17]은, 이와 같은 맥락에서 해석될 수 있는 작품들이다. 이 중에서도 특히 「대지의 봄」과 「여창(旅窓)의 밤」, 「대지의 모색(暮色)」 그리고 「해란강」 등의 시에서는, 이러한 그의 시적 특성이 잘 반영되어 있는 것을 볼 수 있다. 이 외에 그 이후에 쓰여 이 책의 제2부에 실려 있는 작품들[18] 가운데서도, 「추억의 해란강」이나 「돌아가신 할아버지」, 「만주」 등의 시에서는 이와 마찬가지 특징을 엿볼 수 있다.

한편 이처럼 오랫동안 그의 가족이 한 곳에 정착하지 못하고 떠도는 생활을 할 수밖에 없었으므로, 그를 비롯한 그의 형제들은 제때에 정규 교육을 받을 수 있는 기회가 적었다. 그가 22세의 늦은 나이에 중학교를 졸업할 수밖에 없었던 데에는 이와 같은 이유가 있었기 때문이며, 블라디보스토크에서 한인소학교에 입학하여 다니다가 중국 신안진에 있을 때는 김수산(金洙山)[19] 선생 집에 다니면서 공부하게 된 것도 마찬가지 이유에서였다. 비록 당시 그

---

17) 황규수 편저, 『심연수 원본대조 시전집』, 한국학술정보, 2007, 2~233면.

18) 위의 책, 236~503면.

19) 김룡운, 「심련수에 대한 재검토」, 『문학과예술』 총138호, 연변조선족자치주문화국, 2005. 1, 92면. 김수산은 당시 북만지구 조선인협회 회장이었고 항일투사였으며 명망이 높았던 사람인데, 광복 후 평양 김일성종합대학에 가서 교편을 잡았다고 한다.

의 집안 형편이 넉넉한 편은 아니었지만 부모의 장남에 대한 기대는 이와 같은 배려를 가능하게 했던 것이다.

1941년 2월 9일 현해탄을 건너 그가 일본 유학길에 오를 수 있었던 것도, 그의 부모를 비롯한 가족들의 배려 덕분이었음은, 그가 유학 시절 용정 집에 보낸 편지 또는 엽서를 보면 짐작해 볼 수 있다. 그는 같은 해 4월 일본대학 예술과에 입학하여 1943년 7월 졸업[20]하였는데, 그때 그의 가족들에게 보낸 그것들의 내용을 보면 이를 알 수 있는 것이다.

더욱이 그가 1941년 11월 20일, 집에서 보내준 돈을 받고 그의 동생 호수에게 보낸 엽서에는 그에 대한 고마움이 잘 나타나 있다.

〈사진 1〉 심호수에게 보낸 엽서 사진

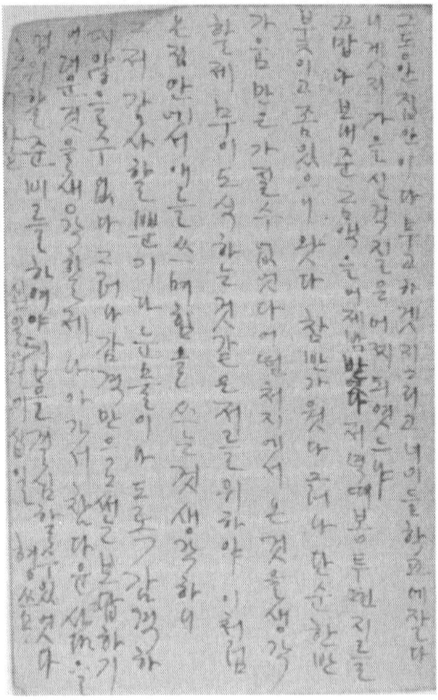

20) 당시는 전시 상태여서 한 학기 앞당겨 졸업했다고 한다.

특히 이는, "어떤 처지에서 온 것을 생각할 제 무이도식('무위도식'의 오기 – 필자 주)하는 것 같은 저를 위하여 이처럼 온 집안에서 애를 쓰며 힘을 쓰는 것 생각하니 그저 감사할 뿐이다."라는 구절에 잘 표현되어 있다. 어려운 처지에서도 자신을 위해 힘써 주는 가족들의 노고에 감격하며, 이에 보답하는 의미에서라도 참다운 삶을 살아가야겠다는 다짐이 잘 드러나 있는 것이다. 물론 당시 자기의 가정 형편을 모를 바 없었던 그가, 처음부터 가족들의 힘만 믿고 유학길에 올랐을 리는 없다. 중학교 때와 마찬가지로 고학(苦學)할 각오를 하고 그는 유학을 떠났지만, 그의 이와 같은 생각은 실현될 수 없었던 것이다.

그가 이토록 경제적으로 어려운 가운데서 유학 생활에 임할 수밖에 없었으므로, 이 시기 그의 작품에서 이와 같은 현실 상황이 잘 반영되어 있는 시들을 쉽게 접할 수 있는 점은, 바로 이 때문이다. 이 중에서도 특히 「야업(夜業)」, 「검은 사람」, 「과오(過誤)」 등의 작품에서는, 이러한 그의 시적 특성이 잘 나타나 있는 것을 볼 수 있다. 실제로 당시 그는 요미우리신문 등의 신문 배달뿐만 아니라, 이외에도 여러 학비에 보탬이 될 만한 일들을 닥치는 대로 하며 학업에 임했다고 하는데, 이들 시에서는 이와 같은 특징을 살펴볼 수 있는 것이다.

이처럼 어려운 환경에서도 그는 자신의 노력뿐만 아니라 가족들의 헌신적인 뒷바라지로 대학의 정규 교육 과정을 마칠 수 있었다. 그럼에도 불구하고 그가 그리던 집에 다시 돌아가지 못하고 일본에 머무를 수밖에 없었던 것은 일제의 학도병제도 때문이었다. 그래서 그가 학병 강제 징집을 피해 지바현 등지에서 있다가 나진항을 거쳐 용정으로 귀환하게 된 것은 1943년 겨울이었다. 그러나 그곳도 안전치 못하기는 마찬가지였다. 그리하여 그는 며칠 후 흑룡강성 신안진과 영안 등지에 가서 소학교 교사로 근무하게 된다. 어릴 때 자신을 가르쳐 주었던 김수산 선생의 도움으로 김좌진(金佐鎭)이 설립했다고 하는 진성국민우급학교(振城國民優級學校)에서 재직하는가 하면, 이후에는 성서국민우급학교(城西國民優級學校)에서도 근무하였던 것이다.

한편 성서국민우급학교에서 교사로 재직하던 그는, 1945년 초 그의 8촌 형인 심경수의 소개로 백인덕[21]의 딸 백보배를 만나, 같은 해 2월 용정 시내에 있는 한 예배당에서 결혼한다. 그러나 불행히도 그는 동년(同年) 8월 근무처인 영안현에서 임신한 아내가 머물던 용정으로 가던 중, 중간 지점인 왕청현(汪淸縣) 춘양진(春陽鎭) 역전(驛前)의 물탱크 부근에서 정체불명의 사람들과 시비가 붙어 다투다가, 그들에 의해 무참히 피살되었다.[22] 그토록 바라던 광복을 1주일 남겨 둔 채 안타깝게도 그는 유명을 달리한 것이다. 그래서 같은 해 10월 그의 부친은 시신을 수습해 궤(櫃)에 넣어 지고 와 용정 토기동 뒷산 가족묘지에 안장했다. 그리고 다음 해 1월 그의 유복자인 심상룡(沈相龍)이 태어나게 되는데, 그는 현재

---

21) 백인덕은 평안도 출신으로 용정의 소지주였다 한다.

22) 류연산, 「민족시인 심련수의 흉수는 누구? — 시인 심련수의 죽음의 미스테리」, 『인류속의 우리민족』, 요녕민족출판사, 2002, 264~273면. 이 글에서 필자는 심연수가, 추후 국민당 정부 시절 '국민당 동북 정진군(挺進軍) 선견군(先遣軍) 사령'에까지 임명된 바 있는, 비적 마희산(馬熹山)에 의해 피살되었을 가능성이 높음을 다음과 같이 밝힌 바 있다. "직접 흉수는 마희산일 가능성이 많다. 그런데 우리가 심련수의 죽인 흉수는 일본제국주의라고 한다. 그것은 일제가 만주를 침략해서 권력을 행사하던 때였고 만주 산하의 모든 조직과 무장세력은 일본관동군의 직접 지휘를 받기 때문이다. 특히 춘양의 일본경찰서는 춘양일대의 신선대, 선무반, 협조회, 삼림경찰대 등 모든 조직과 무장의 직접 상급이었다."

평양에 거주하고 있다고 한다. 또한 심연수의 아내는 그가 사망한 지 4년쯤 후에 재혼하였는데, 1992년경 68세의 나이로 운명한 것으로 알려지고 있다.

이렇게 볼 때 심연수가 사망한 지 무려 반세기가 지나서야 그와 그의 작품의 존재가 널리 알려지게 된 것이 늦으나마 다행이라는 점은 앞에서도 언급한 바와 같다. 그의 생애와 작품은 앞으로 잊힐지 모를 우리 근현대사의 비극의 한 단면을 다시금 되새겨 보게 하기 때문이다.

Ⅲ. 시의 원전 확정 및 작품 해석 문제

1. 원전 확정상의 오류

심연수가 창작한 시 가운데 지금까지 알려진 작품은 총 321편 정도에 이른다. 그의 동생 심호수에 의해 보관되어 온 육필 원본 304편을 비롯하여, 삼척 심씨 대종회에서 찾아진 복사본 7편과, 시인이 독시한 『노산시조집(鷺山時調集)』에 기재된 시 원본 7편,[23] 시인이 중학생 시절 영어 교재로 사용했던 것으로 추정되는 책의

---

23) 심연수의 유복자인 심상룡은 30여 년 전에 그의 막역지우인 윤길복에게 책 한 권을 선물한 적이 있는데, 그 책은 다름 아닌 그의 아버지가 생전에 읽었던 『노산시조집』(3판; 한성도 서주식회사, 1937)으로, 여기에는 심연수의 친필 유고 시조 7편이 기록되어 있다. 이에 대해서는 김룡운이 「청송 심련수와 그의 시조문학」(인터넷 '문화산맥', 중국연변조선족문화발전추진회, http://koreancc.com, 2003. 8. 30.)이라는 글에서 처음 밝힌 바 있는데, 필자도 2006년 8월 연변에 갔을 때 실제 이를 확인한 바 있다.

여백에 쓰인 시 2편,[24] 그리고 ≪만선일보(滿鮮日報)≫(1941. 3. 3.)에 발표된 시 「길」 1편[25] 등이 그것이다. 그런데 필자가 앞서 『심연수 원본대조 시전집』을 엮으면서 이들 시 원본을 비교 검토해 보니 이 중 206편은 한 편씩만 존재하여 이를 그대로 최종본으로 볼 수 있는 데 비하여, 나머지 115편은 그 이본이 눈에 띄어 최종본 선정이 필요한 것들이라는 점을 알 수 있었다. 그러므로 필자가 앞에서 언급한 바와 같이, 이들에 대해서는 시 원본 끝에 기록된 창작일과 원본의 묶음별[26] 수록 순서 및 그것의 고쳐진 흔적 등을 참조하여 최종본을 결정하였다. 이 115편은 49편의 시가 한 차례부터 세 차례에 걸쳐 고쳐진 것으로 판단되어, 이들에 대해서는 그중 각기 한 편씩을 최종본으로 선정한 것이다. 이처럼 필자는 심연수의 시 총 321편 가운데 255편이 최종본이라는 사실을 파악할 수 있게 되었다.[27]

물론 이보다 앞서 한 논자는, "심연수의 총 작품의 편수는 모두 311편이고, 그중 작품의 종수는 244편이었으며 46편의 작품이 1－4회까지 반복하여 다듬어서 고쳤음을 확인할 수 있었다."[28]고 하여, 그 연구 결과에 있어 다소 차이를 보인 바 있다. 그런데 여기

---

24) 深澤由次郎・佐川春水, 『ザ・マーキュリ・イングリツジュ・グラマ』, 東京: 帝國書院, 昭和七年 十月 三十一日, 126면, 133면 ; 황규수 편저, 앞의 책, 513면, 515면.

25) 필자는 연세대학교 도서관에 보관되어 있는 ≪만선일보≫ 마이크로필름을 확인해 본 결과, 거기에 발표된 시 「길」과, 심호수 보관본의 시 「길」이 제목만 같을 뿐이지 여러 측면에서 상이점을 보인다는 사실을 파악할 수 있었다.

26) 현재 심호수가 보관하고 있는 304편의 시 원본은, 그의 맏아들(시인의 조카) 심상인에 의해 제1집부터 제10집까지 10개의 묶음과 기타 2개의 묶음으로 정리되어 있다.

27) 이에 대해서는 필자가 앞서 「심연수(沈連洙) 시의 원전(原典)과 세계 탐구」(『어문연구』 134, 한국어문교육연구회, 2007. 6. 303~306면)에서 상세히 논한 바 있다.

28) 김해응, 『심연수 시문학 연구』, 한국학술정보, 2006, 57~58면.

서 먼저, 총 작품 수에 있어 10편의 차이가 발생된 데에는, 필자가 그 대상에 있어, 당초 심호수가 보관해 왔던 총 311편 이외에 추후 발굴된 시들도 연구 대상으로 삼았기 때문이다. 또한 작품의 종수에 있어서도 11편의 차이를 보인 데에는 우선, 나중에 발굴된 10편 가운데 7편의 시가 이본이 없어 그대로 최종본으로 인정할 수 있는 것이었기 때문이다. 특히 『노산시조집』에 기재되었다가 후에 고쳐진, 「청춘」·「참(眞)」(나중에 제목도 「소원」으로 고쳐짐)·「님의 뜻」 등의 시를 제외한 나머지 작품들이, 이에 해당되는 것이다. 「봄소식」·「책집」·「동경(憧憬)의 금강(金剛)」·「할 일」 등의 시가 그것이다. 그리고 나머지 4편의 시에서 차이를 보인 것은, 필자와 논자가 최종본을 선정하는 데에 있어 다소 시각이 다르기 때문에 빚어진 결과로 볼 수 있다. 즉 그는 「해란강」과 「추억의 해란강」, 「대지의 봄」과 「북국의 봄맞이」, 「침송(寢頌)」과 「야송(夜頌)」, 그리고 같은 제목의 「맨발」 등을 각기 같은 시의 이본으로 파악하고 있다. 이 가운데 「추억의 해란강」과 「대지의 봄」, 「침송(寢頌)」, 그리고 같은 제목의 「맨발」 원본들 중 제3집의 1편만을 최종본으로 인정하여, 그가 편한 『심연수 시전집』에는 이 4편만을 수록해 놓은 것이다. 그러나 필자의 판단으로는, 이것들뿐만 아니라 이 이외의 원본들도 별개의 시로 인정하는 것이 오히려 타당할 것이라고 생각한다. 왜냐하면 이들 시에서는 각각 유사함보다는 상이점이 더욱 눈에 띄기 때문이다.

　이렇게 본다면 심연수의 시에 대한 연구에 있어서는 작품의 최종본을 그 주된 대상으로 삼아야 한다는 것은, 당연한 일이다. 그러나 실제에 있어서는 그렇지 않은 경우도 적지 않다는 점에 문제

가 있다. 심지어 2001년 8월 8일 용정시 용정실험소학교 교정에
세워진 그의 시비(詩碑)에 있어서는, 그 제목도 원전과 달리 잘못
새겨져 있는 것을 볼 수 있다.

〈사진 2〉 용정실험소학교 교정의 심연수 시비「지평선」

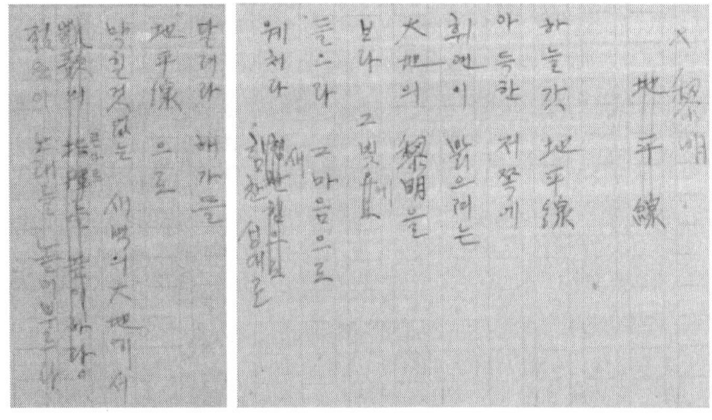

〈사진 3〉「여명」 원본 전문 사진29)

<사진 3>에서와 같이 시「여명(黎明)」은 본래,「지평선」이라는 제목으로 쓰였다. 그런데 원본 묶음 제2집의 1번째에 수록되어 있는 이 시의 이본을 보면 이것은, 제3집에서 고쳐진 것과 매우 흡사하게 정리되어 있다는 점을 알 수 있게 된다. 이와 같은 측면에서 제3집보다는 제2집에 실려 있는 이 시의 이본이 최종본이라고 보는 것이 타당하므로, 그의 시비도 이에 근거하여 세워졌어야 할 것이다. 그러나 실제 그의 시비 제목은「지평선」과 같이 수정되기 이전의 것이 새겨져 있어, 정정이 요망된다.

이와 같은 맥락에서 지금까지 그의 작품을 대상으로 한 논문에서, 원전 확정이 제대로 이루어지지 않은 상태에서 논의가 진행됨으로써 오류를 범할 수밖에 없었던 경우가 있었는데, 이에 대해서는 다시 확인이 필요한 것으로 판단된다.[30] 이 중 먼저「심련수 시에 나타난 시의식 연구」라는 논문에서는, 인용한「교외」및「목자」등의 시 초고와 개작 순서가 바뀐 것을 볼 수 있다.[31] 그리고「심연수 시조 연구」라는 글에서는 시조로 편입되어야 한다고 기술한「속」이 본래는 한 편의 시로 창작된 것이 아니라 시「과오」의 뒷부분이라는 점을 파악할 수 있다.[32] 특히「노인공동묘지(露人共同墓地)」라는 시조에 있어서는, 기존의 출판본에서「로천공원묘지

---

29) 원본 묶음 제3집의 1번째 수록.

30) 황규수,「심연수 문학의 연구 동향과 전망」,『심연수 학술세미나 논문총서』, 심연수선양사업위원회, 2007, 523～536면. 필자는 앞서 '민족시인 심연수 제7차 학술세미나'(2007. 12. 4, 서울프레스센터)에 참석하여 이에 대해 언급한 바 있다.

31) 노철,「심련수 시에 나타난 시의식 연구」,『인문사회과학연구』5, 부경대 인문사회과학연구소, 2005, 60～63면.

32) 허형만,「심연수 시조 연구」,『민족시인 심연수 제6차 학술세미나』, 심연수선양사업위원회, 2006, 59～61면.

(露天共園墓地)」,[33] 또는 「로천 공동묘지(露天 共同墓地)」[34] 등으로 그 제목이 잘못 알려짐에 따라, 작품의 의미까지 그릇되게 해석되기도 했다.

〈사진 4〉「노인공동묘지」 원본 전문 사진[35]

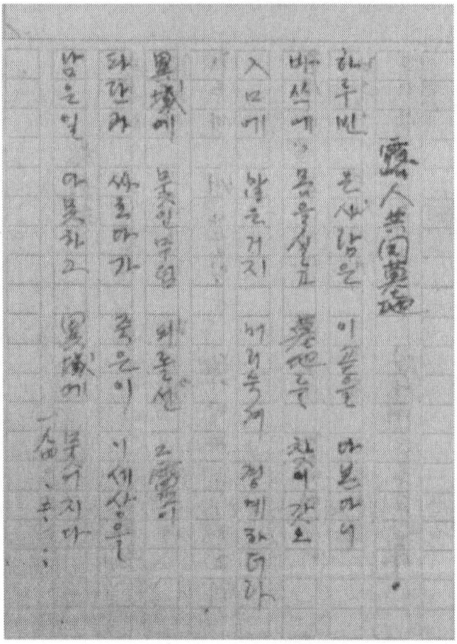

한 논자는, "「노천공원묘지」에서도 '남은 일 다 못하고 이역에 묻혀진' 우리 동포들의 한 많은 삶을 영위한 그 영들에게 고개를 숙이고 있다."[36]고 하여, 이역에 묻힌 사람들이 다름 아닌 우리 동포들이라고 기술한 바 있다. 그러나 실제에 있어서는 그렇지가 않

33) 『사료전집』(2000), 300면, 『사료전집』(2004), 217~218면.
34) 김해응 편, 『심연수 시전집』, 앞의 책, 257면.
35) 원본 묶음 제8집의 57번째 수록.
36) 허형만, 앞의 글, 66면.

다. 이들은 러시아 사람들을 지칭하는 것이다. 시 제목 「노인공동묘지」에서 '노인(露人)'은 '러시아 사람'을 뜻하기 때문이다. 이렇게 본다면 이 시에 대한 다른 평자의 해석이 오히려 타당하다고 생각될 수 있다. "독자는, 하얼빈에 와 러시아인 묘지를 찾은, 이국살이 신세의 심연수가, 이국땅에서 한을 남기고 죽어간 러시아 사람들의 심정을 향해 생각을 달리는 모습을 이해할 수"[37] 있게 되는 것이다. 이와 같이 원전 확정이 제대로 이루어지지 않은 상태에서 논의가 진행됨으로써, 작품 해석상에 이론(異論)이 제기될 수 있는 경우는 더 있다.

〈사진 5〉 「님의 뜻」 초고 전문 사진[38]

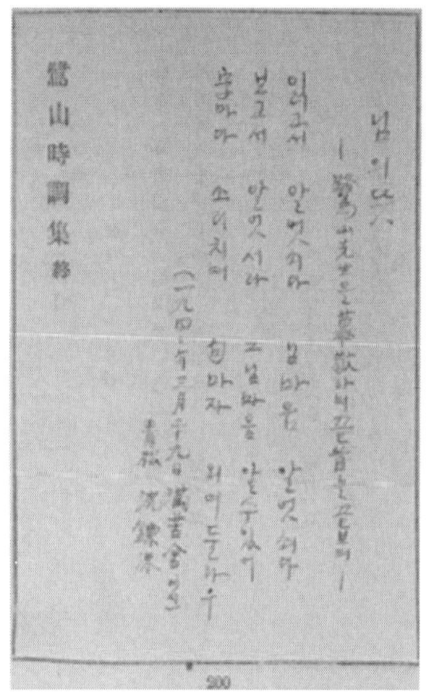

---

37) 오오무라 마스오, 「재 '만' 한인문학의 제상(諸相)」, 『국제언어문학』 제9호, 국제언어문학회, 2004. 6, 30면.

① 읽고서 알엇쇠다 님마음 알엇쇠다
  보고서 알엇쇠다 그님마음 알 수 있어
  字마다 살엇고 句마다 뛰더이다.

            -「님의 뜻」전문39)

② 읽고서 알았쇠다
  님마음 알았쇠다
  보고서 알았쇠다
  님마음 알았쇠다
  글자마다 살았고
  구절마다 뛰더이다.

            -「봄의 뜻」전문40)

　위에 인용한 ①번 시조는, 심연수 시인이 『노산시조집(鷺山時調集)』을 읽으면서 그 여백에 남긴 7편41) 중 하나를 일부 개작한 것이다. 그런데 <사진 1>에서와 같이 고쳐지기 전 이 작품의 초고에는 본래 "노산 선생을 모경(慕敬)하며 끝 수(首)를 끝 보며"라는 부제(副題)가 쓰여 있어, 이 시조는 그가 이은상의 작품을 읽고 감동을 받아 이를 시조 양식으로 표현한 것이라는 점을 이해할 수 있다. 이렇게 본다면 이 시조에서 '님'은 다름 아닌 이은상을 뜻한다는 사실도 알 수 있게 된다. 심연수의 시조가 이은상으로부터 받은 영향 관계를 파악할 수 있게 하는 중요한 단서를 제공해 주는 것이다. 그럼에도 불구하고 ②번에서는 어떠한가? 『사료전집』(2000)의 편자(編者)에 의해 이 시는 본디 4음보에서 2음보율로 임

____

38) 이은상 저, 심연수 독서, 『노산시조집(鷺山時調集)』, 3판; 한성도서주식회사, 1937, 200면.
39) 시집 『지평선』 원고 묶음 99면 ; 황규수 편저, 앞의 책, 307면.
40) 『사료전집』(2000), 58면.
41) 황규수 편저, 앞의 책, 506~512면 수록.

의로 고쳐질 뿐만 아니라, 제목도 「님의 뜻」에서 「봄의 뜻」으로
바뀜에 따라, 처음 시인이 이 작품을 창작할 때 표현하고자 의도
했던 바로부터 많이 벗어나 있는 점을 확인할 수 있게 된다. 이와
같은 맥락에서 한 논자가, "이 시에서 시인이 말하고자 하는 것,
즉 봄을 뜻으로 풀이하고 있음에 유의해야 한다."[42]고 기술한 내
용은 주목을 요한다. 왜냐하면 원전 확정이 제대로 이루어지지 않
은 상태에서 논의가 진행됨으로써 작품 본래의 의미가 훼손된 경
우를 여기서도 파악할 수 있기 때문이다.

2. '항일시'와 '친일시' 논란

「일제강점기 재만 조선인 시인 연구 – 심연수 시의 심미성 연구 –」
라는 논문은, 그의 시세계를 살펴보고 그 심미적 특성을 밝혀 보
고자 쓰인 것인데, 이 글에서 논자들은 선행 연구들이 보여준 평
가를 존중하면서도 그의 시의 의미를 다시 한번 되짚어 보기 위해
선행 연구에서 다소 소홀하게 다루어졌거나, 잠시 유보되었던 점들
에 대해서도 논하고자 하여 주목된다.[43] 여기서 그들은 특히, "심
연수의 외적인 일생이 동시대 윤동주의 삶과 유사하다고 해서 면
밀한 검증 없이 그를 '항일시인'으로 섣불리 규정하는 것은 지극히
위험하다는 점"을 지적하고 있다. 윤동주와 심연수를 외적 생애의

---

42) 이재호, 「민족시인 심연수의 대표시 해설」, 『교단문학』 29, 2001, 봄, 44~45면. 이와
　　관련하여 이 글에서 논자는, "여기서 님은 봄이 뜻하는 개화와 해방의 님인 것이다."고 언
　　급하기도 했다.

43) 정덕준·김정훈, 「일제강점기 재만 조선인 시인 연구 – 심연수 시의 심미성 연구 –」, 『한
　　국문학이론과 비평』 제24집, 2004. 9, 145~146면.

부분적 유사성으로 인해 동일선상에 놓고 파악하는 것은 상당한 문제점을 내포하고 있다는 것이다. 이와 관련하여 논자들은 실제 작품의 검토 과정을 거쳐, 이제까지 선행 연구자들에 의해 항일시로 분류되었던 시들 중 「등불」 정도를 제외하고 「대지의 봄」이나 「육화(肉華)」 등을 몇몇 시어와 이미지의 유사성만을 근거로 항일시로 분류해 넣기에는 다소 무리가 따른다고 하고 있다. 또한 「신경(新京)」이나 「용고(龍高)」, 「이상(理想)의 나라」, 「지구(地球)의 노래」와 같은 작품들은 이와 달리 읽힐 여지가 많고, 「육화」의 경우도 보다 면밀한 검증이 필요하다고 하고 있다.[44)]

① 때는 온다./온天下가 뒤집혀도/겁낼것 없다./온地脈이 뒤틀려도/덤빌것 없다./옴작도 않하는大膽/그속엔 말못할待機가/駿馬같이 豫期하고 있다./그속엔 말못할希望이/天馬같이 橫行하고 있다./行屍走肉은 아님,/蠻勇暴爲도 아님,/피없는 고기없고/고기없는 피없다./피끓고 고기뛰는 義憤/피쏘고 고기깍는 싸홈/그것은 오직 빛나는史光/칼끝에 肉華를 피우리라./銃부리에 肉香을 피우리라./聖火에 血香을 피우리라./오! 肉華,/아! 肉香,/亞細亞의 黃瑞는/曙光에 빛나리니,/때는 만들고야 오노니,/때는 왔다.

-「육화(肉華)」 전문[45)]

② 東으로는太平洋의潮香/西으로는興安嶺넘는억센瑞嵐/大地에뛰노는健兒야말로/우리들이땅의새일군일세.//
　　몸바치자우리들은東洋平和에/東亞의첫동이이제야트는고나/메일任務는많다고하나/鍛鍊된몸마음은鋼鐵같도다.//
　　배호자힘쓰자大地에서/王道樂土의젊은이여/五族協和가빛나는곧에/솜씨야빛나거라歷史에남기자.

-「대지(大地)의 젊은이들」 전문[46)]

---

44) 위의 글, 171면.
45) 황규수 편저, 앞의 책, 15~16면.

③ 國都의 얼골에는 웃음이 넘엇어라
　街頭에 가고오는 五族의 우슴소리
　이아니 王道樂土 다른데 없으이다

　大同街 아스팔트 南으로 뻣엇으니
　南方 瑞祥들어 옵시사 이나라서울
　大滿洲 도읍터에 吉祥이 나리소서.

―「신경(新京)」 전문(1940. 5. 19.)[47]

위에 인용한 시 ①은 앞서 한 평자에 의해, "육신을 바쳐 역사의 한 송이 꽃으로 승화하겠다는 시인의 투지는 비록 그 낯선 시어조차도 긴장미를 더해 주는 역할을 한다."고 하며, "우리 근대 시문학사에서 이와 같은 직절한 자기 헌신의 시를 찾기는 그리 쉽지 않을 것이다."고 평가된 바 있는 작품이다. 그럼으로써 이 시는 그에 의해, 「소년아 봄은 오려니」와 함께 심연수의 저항시 중 백미로 꼽힌 작품이기도 하다.[48] 그럼에도 불구하고 앞의 논자들에 의해 이 시가, 항일을 노래하고 광복의 의지를 보이고 있는 시일까에 대해 의심을 받게 된 이유는 무엇 때문인가? "'아세아의 황서'를 노래하고 '총부리에 육향을 피우며, 성화에 힐향을 피우는' 행동에 필연성을 부여하고 있는 이 시는 광복에 대한 확신이라기보다는 오히려 일제가 말한 소위 '대동아전쟁'의 선전과 많은 부분 닮아" 있기 때문이라는 것이다. 이렇게 본다면 이 논자들의 의견처럼, 이에 반론을 제기할 만한 타당한 근거를 제시하지 못한 채 이

---

46) 위의 책, 23면.

47) 위의 책, 103면.

48) 임헌영, 「심연수의 생애와 문학」, 『소년아 봄은 오려니』, 강원도민일보사, 2001, 151~152면.

시를 항일저항시의 범주에 넣게 될 때, 이는 오히려 많은 문제를 야기할 수도 있다. 더욱이 일문시(日文詩) 「용고」를 번역해 놓은 듯한 시 「대지의 젊은이들」이나 기행시조로서의 성격을 지니는 「신경」과 같은 시가, 이 시와 비슷한 시기에 쓰인 것으로 추정된다는 점은,49) 이들의 견해에 신빙성을 더해 주는 근거가 된다 하겠다. 왜냐하면 이들 시에서도 저항시로서의 특성을 감지하기란 그리 쉬운 일이 아니기 때문이다.

그럼에도 불구하고 다음과 같이 이들 논자가, '현재' '우리의 입장'에서 「신경」이나 「대지의 젊은이들」 등의 시에 대해 파악하고 있는 점은 무리가 있다.

> 이 시조는 만주국의 수도 신경의 활기찬 거리를 보면서 앞날을 축수하는 내용의 시조이다. 만주국이 일제의 괴뢰국임을 알고 있는 우리로서는 이제까지 항일의식을 곳곳에서 강하게 내비치던 시인이 갑자기 이처럼 정반대로 태도를 바꿔 일제의 괴뢰국의 앞날을 축수하고, 일제의 구호인 '오족협화(五族協和)'와 '왕도낙토(王道樂土)'를 아무런 의심 없이 외쳐대는 것에 대해 자못 당혹스럽기까지 하다. 자유시 형태를 취하고 있지만, 역시 동흥중학 4학년 때 쓴 「용고(龍高)」에서도 ……(중략 – 필자)…… 이와 유사한 내용을 드러내고 있는 점을 고려해 보면, 이런 심연수의 몰역사적 인식은 우연의 소산이라고 넘기기에는 지나친 감이 있다.50)

위의 인용문에서와 같이 현재 우리는, 당시 만주국이 일제의 괴뢰국임을 알고 있다. 그러나 그때 심연수가 그것을 제대로 알 수

---

49) 「육화」 및 「용고」 등의 시 원본 끝에는 창작일이 기록되어 있지 않다. 그렇지만 이들 시와 같은 묶음에 포함되어 있는 「어대로 갈가」나 「북국의 봄맞이」 등의 시 원본 끝에는 똑같이 1940년 4월 3일에 창작한 것으로 기록되어 있어, 이들 시도 그때를 전후하여 창작된 작품임을 추정해 볼 수 있다.

50) 정덕준·김정훈, 앞의 글, 152면.

있었을까? 아마도 몰랐을 가능성이 높은 것으로 추측된다. 왜냐하면 "우리는 조선영화를 많이 보지 못하였다. 그것은 작품이 적은 까닭이냐. 우리가 보아서는 아니 될 것이기 때문이냐. 하여튼 두 가지가 다 우리들로 하여금 적게 보게 한 원인일 것이다."51)라는 그의 일기의 한 부분에 단적으로 잘 나타나 있는 것처럼, 당시 그는 통제된 상황 속에서 생활할 수밖에 없었던 것으로 짐작되기 때문이다. 더욱이 그는 이와 같이 통제된 현실 상황에서 제도교육을 받을 수밖에 없었다.52) 그러므로 이러한 그로 하여금 처음부터 올바른 역사 인식을 지니기를 기대한다는 것이, 어쩌면 지나친 바람인지도 모를 일이다. 이와 같은 맥락에서, "그의 식민지시대 말기의 활동은 그 자체로서 작품에 대한 가치평가 자체를 넘어서는 사실로서 존중되어야 할 것"이라는, 한 논자의 지적은53) 주목을 요한다. 그의 작품에 대한 올바른 이해를 위해서는 그때 그가 처해 있었던 상황이 충분히 고려되어야 할 것으로 판단되기 때문이다. 이와 관련하여 그의 「대지의 젊은이들」이나 「신경」 등의 시에서 만주국의 국가이념을 나타내는 '오족협화', '왕도낙토' 등의 단어가 눈에 띄는데, 이를 그대로 일제의 구호와 동일시하는 것이, 과연 적절한지에 대해서는 좀 더 숙고가 필요하다고 생각된다. 왜냐하면 이들 시에서 그는 오히려 진실로 민족 간의 차별54)이 없는 살기

---

51) 심연수, 「구월(九月) 구일(九日) 월(月) 청(晴)」, 『사료전집』(2004), 334~335면.

52) 특히 그의 중학교 졸업앨범사진을 보면 그 학교의 교사들 중에는 일본인도 포함되어 있는 것을 확인할 수 있어, 그들로부터 자연스럽게 만주국의 국가 이념 교육 등이 이루어졌으리라는 점은 쉽게 짐작할 수 있다.

53) 문덕수, 「심연수론을 위한 각서」, 『민족시인 심연수 제6차 학술세미나』, 심연수선양사업위원회, 2006, 18면.

54) 심연수, 「구월(九月) 십이일(十二日) 목(木) 청(晴)」, 『사료전집』(2004), 336면. 다음과 같

좋은 곳에서 살았으면 하는 순진한 바람을 이렇게 표현한 것은 아닌가 하는 생각을 가져볼 수도 있기 때문이다. 물론 그렇다고 해서 당시 그가 역사적인 인식이 부족했다는 점까지도 부인될 수는 없다. 다만 한 논자가 지적한 바와 같이, 만주국문학과 친일문학은 그 성격상 구분되는 것이어서, 그의 시에서 '오족협화' 또는 '왕도낙토' 등을 언급했다 하여 그가 그때까지 항일의식을 곳곳에서 강하게 내비치던 것으로부터 갑자기 정반대로 태도를 바꾼 것처럼 이해하는 데에는 이견이 제시될 수 있다는 것이다.

> 이 범주에서 보면 '왕도낙토'를 노래하기, 즉 '5족협화'의 이념 기리기란, 문제가 없지는 않으나 큰 흠이 될 수 없을 터이다. 그러한 것을 노래한 작품이 있다면 그것은 친일문학도 아니며 그렇다고 조선문학일 수도 없는 것. 곧, 만주국문학 범주에 들 따름이다. 만일 대중국문학 범주가 설정된다면 그 속의 한 가지 '조선족의 문학' 범주에 들 수 있을 터이다.[55]

이렇게 본다면 앞의 글에서 「신경」이나 「용고」 등의 시와 「이상의 나라」나 「지구의 노래」 등의 작품을 같은 맥락에서 논할 수 있는 것처럼 기술하고 있는 점에도[56] 다른 견해를 보일 수 있다. 앞의 작품들은 뒤의 시들과 그 성격을 달리하는 것으로 판단되기 때문이다.

이 1940년 9월 12일에 그가 쓴 일기의 한 부분을 보면, 당시 그가 살던 곳에서도 조선인에 대한 차별이 심했음을 어렵지 않게 짐작할 수 있다. "오날은 조회시간에 상급학교 지망자에 대하여 주의가 있엇다. 1인 1고 지망이란 제도가 생기엇다. 입학률을 낼 수 없는 조선 사람들에게 또 이런 제한까지 내리고 보니 대타격이 아니랄 수 없다."

55) 김윤식, 『설렘과 황홀의 순간』, 솔출판사, 1994, 92~94면.
56) 정덕준 · 김정훈, 앞의 글, 171면.

① 해돗는 아츰바다/맑고깨끗한 섬땅/섬은섬이나 섬아닌나라/맑은내 흐른곧에
대숲이있고/논밭이있는곧에 사람이산다/車中의사람 車外의自然/모다가 처음
보는珍景/朝靄에 싸인데는 마을이있고/마을이있는데는 生氣가있다/瀬戸海
고흔물에/松島가 띄여있고/白帆이움직이는데는/하늘이맑게개였다/自然도그렇
고 人力도그렇다/人力이빛나는곧에 理想鄉있나니/沿線에일하는 모든哲士는/
理想鄉을建設하는 鬪士들이니/나도내려가팔을걷고 땅을파고싶다.

- 「이상의 나라」 전문57)

② 오늘도 沙漠에는/지친隊商이 건느겟지/暴熱에 목말은駱駝와사람/沙原에
는 世紀도踏步만한다.// ……(중략 - 필자)…… //黃河는紅水로 흘은지벌서
十年/長江沿岸에는 鬼怨聲만들리고/배매던垂楊에는 日本刀가 꽂였다.//
……(중략 - 필자)…… //총검이 서로닥디리는戰場/東에도西에도 砲煙이자욱
/눈에는눈물도 다흘렀는지/砲煙도막을수없이 말러버렸다/善惡은安協없는 人
間의作難/正義의哲則은 不變의眞理나/二十億良心은 운무에쌓여/발등을밟고
도 싸우우더라/歷史의眞僞는 언제나判明되는/隱閉못할 嚴然한史實이니/양심
의가책앞에무릎을꿀고/不義의過誤를 謝罪하여라/새로히罪惡을 저즈르는/世
紀의獨善者를 驅逐하자// ……(중략 - 필자)…… 오!絕頂에설 히마리스트/피
ㅅ긜끝으로 박힌탄환을돗굴제/地脈의血管엔 새피가순환하고/낡은傷場에는새
살이돗을것이다.

- 「지구의 노래」 부분(1943. 3. 1.)58)

먼저 시 ①은, 작품 끝에 "二月 九日 車中에서"라고 쓰여 있는
것처럼, 1941년 2월 9일 현해탄을 건너 일본 유학길에 오른 시인
이 주로 차 안에서 바깥 풍경을 바라보며 이를 시로 나타낸 것이
다. 그런데 얼핏 보았을 때 이 시는 일본을 이상의 나라라고 표현
한 것처럼 보인다. 그러나 자세히 읽어보면 이 시는 한 논자의 지
적처럼 그것이 아니라 이상사회 건설을 위해 일하는 외국 서민들

---

57) 황규수 편저, 앞의 책, 249면.
58) 위의 책, 473~475면.

의 모습을 엿보고 그것에 공감하는 마음을 형상화한 것으로 이해할 수 있다. 이렇게 본다면 이 시는 결코 '친일'시가 아니다.[59]

또한 총 9연으로 비교적 길게 쓰인 시 ②는, 거시적인 관점에서 당시 제국주의자들의 죄악상을 고발하고 있을 뿐만 아니라, 불변의 진리 또는 자연 법칙에 따라 새로운 미래가 올 것에 대한 확신을 드러내 주고 있기도 하여 관심을 끈다. 한 치 앞을 내다보기 어려웠던 당시의 절망적 상황에서도 미래의 희망적 세계를 제시해 줌으로써 읽는 이에게 힘과 용기를 더해 주고 있는 것이다. 이렇게 볼 때 이 시가 지니는 사회 역사적 의미는 실로 심장(深長)하다 하겠다.[60] 그러면 그가 이 시를 쓴 때와 거의 같은 시기인 1943년 2월 8일 창작한 그의 대표작 중 하나인 시 「소년아 봄은 오려니」에서처럼 부정적인 현실 상황 속에서도 자연 또는 우주의 순환 질서에 대한 나름대로의 깊이 있는 통찰을 바탕으로 미래에 대한 낙관적 전망을 펼쳐 보일 수 있게 한 근본 동기는 어디서 비롯된 것이겠는가? 기본적으로는 자연 속에서 참된 진리와 법칙을 얻어내고자 하며[61] 낙천적으로 생각한[62] 그의 생활 태도에서 그것을 찾을 수 있을 것이다. 또한 그가 예언적 시인으로 한용운(韓龍雲)의 『님의 침묵』을 읽은 점도[63] 그 중요 요인으로 작용했을 것으로 짐작해 볼 수 있다. 더욱이 그가 일본에 유학하는 동안 여운형(呂運亨)을 만나게 됨은 그가 이와 같은 시를 쓸 수 있게 하는 결정적 계

---

59) 오오무라 마스오, 앞의 글, 32면.

60) 황규수, 「심연수(沈連洙) 시의 원전(原典)과 세계 탐구」, 앞의 책, 317~318면.

61) 심연수, 「사월(四月) 삼일(三日) 수(水) 청(晴)」, 『사료전집』(2004), 281면.

62) 심연수, 「사월(四月) 일일(一日) 월(月) 청(晴)」, 위의 책, 280면.

63) 심연수, 「사월(四月) 이십구일(二十九日) 월(月) 청(晴) 대풍(大風)」, 위의 책, 294면.

기를 마련해 주었을 것으로 판단된다. 왜냐하면 당시 전황(戰況)에 대해 궁금해 하던 시인에게 몽양(夢陽)은 일본의 패망이 결정적이라는 말을 했던 것으로 이기형에게는 기억되고 있기 때문이다.[64]

결국 1941년 2월 9일 그가 현해탄을 건너 일본 유학길에 오른 때를 전후(前後)하여 그의 시는 크게 변화된 특성을 보이게 됨을 여기서도 알 수 있게 된다. 심연수 시인이 한용운을 비롯하여 심훈·이육사·박두진 등과 함께 일제 강점의 어두운 역사적 상황에서도 광복의 '그날'이 올 것에 대한 신념을 잃지 않고 이를 시로써 나타낸 중요 시인 중의 한 사람으로 꼽힐 수 있다면 이는 바로 이러한 점 때문이다. 그가 동시대의 윤동주와 더불어 '암흑기'의 공백을 메우기에 충분한, 한국 현대시사에서 대표 시인 중 한 사람으로 지칭될 수 있다면 이 또한 그 때문인 것이다.

Ⅳ. 결어 – 남은 과제

심연수가 작고한 지 55년 만인 2000년 7월 한꺼번에 처음 공개된 심연수의 문학 작품은 세간의 관심을 끌기에 충분한 것이었다. 국내에서는 한글로 작품을 창작하여 발표한다는 것 자체가 거의 불가능했던 상황에서, 비록 이국땅에서이긴 하지만 한글로 쓰인 그의 문학 작품이 이처럼 잘 보존되었다가 널리 알려지게 된 점은, 그것 자체만으로도 가히 사건이라 할 수 있는 것이었기 때문이다.

---

64) 이기형, 『여운형 평전』, 실천문학사, 2000, 231~233면.

그럼에도 불구하고 최근까지 그의 작품 원본들은 원전 확정이 제대로 이루어지지 않은 상태에서 급하게 책으로 엮이다 보니, 잘못 정리되는 경우가 적지 않았다. 또한 그의 생애 및 작품에 대한 연보 작성이 제대로 행해지지 않은 채 그에 관한 연구가 진행되다 보니 그의 작품 세계에 대한 통시적 고찰은 처음부터 기대하기 어려웠다. 더욱이 일제 강점이라고 하는 당시의 시대 상황 속에서 구소련 및 만주, 일본 등지에서 어렵게 살다 간 그의 행적에 대한 바른 이해가 부족한 상태에서 진행된 이전의 논의에서는 그의 작품에 대해 온전히 해석하는 것을 바랄 수 없었다. 이와 같은 맥락에서 기존의 연구 성과를 바탕으로 하되 그의 생애 및 시 작품 원전에 대해 좀 더 실증적으로 고찰한 내용을 토대로 시 해석상에 논란의 여지가 있는 작품들에 대해 대비해서 검토해 봄으로써 그의 시에 대해 보다 올바로 이해하고 평가하기 위한 기틀을 마련하기 위해 작성된 본고에서는 다음과 같은 결과를 얻을 수 있었다.

먼저, 일제 강점의 시대 상황에서 주로 만주와 일본에서 학창 시절을 보낸 그의 삶의 체험은 작품에 잘 반영되어 나타남을 볼 수 있었다. 특히 1941년 2월 9일 그가 현해탄을 건너 일본 유학길에 오른 때를 전후(前後)하여 그의 시는 크게 변화된 특성을 보인다는 점을 알 수 있었다. 그래서 그가 당시의 어두운 역사적 상황에서도 광복의 '그날'이 올 것에 대한 신념을 잃지 않고 이를 시로써 나타낸 중요 시인 중의 한 사람으로 꼽힐 수 있다면 이는 그의 후반기 작품 「소년아 봄은 오려니」나 「지구의 노래」 등의 시 때문이라는 점을 거듭 확인할 수 있었다. 물론 그가 전반기에 창작한 작품 가운데 「대지의 젊은이들」이나 「신경」 등의 시에서는 만주국문학으로서의 특질을 엿볼 수 있기도 하였다. 그러나 그렇다고 해서 일부 논자들이 주장하는 것처럼 그가 그때까지 항일의식을 곳곳에서 강하게 내비치던 것으로부터 갑자기 정반대로 태도를 바꾼 것처럼 이해하는 데에는 이견이 제시될 수 있다. 왜냐하면 그의 시에서 보이는 만주국문학으로서의 성격은 친일문학의 그것과는 구분되는 것으로, 그의 전반기 시에서 드러나는 부분적인 특성이기 때문이다.

또한 그의 시에 대한 지금까지의 일부 논의에서는 인용한 시의 초고와 개작 순서가 바뀐 점, 시 한 편의 뒷부분이 별개의 작품으로 오인된 점, 기존의 출판본에서 제목이 잘못 알려짐에 따라 그 작품의 의미까지 그릇되게 해석되기도 한 점 등을 파악할 수 있었다. 원전 확정이 제대로 이루어지지 않은 상태에서 논의가 진행됨으로써 오류를 범할 수밖에 없었던 경우가 눈에 띄었던 것이다.

이렇게 본다면 그의 작품에 대해 더욱 올바로 해석하고 평가하기 위해서는 그의 생애 및 작품에 대한 보다 폭넓고 깊이 있는 논의 전개와 함께 균형 잡힌 시각에 의한 연구 자세가 요망된다 하겠다. 그의 생애뿐만 아니라 작품에서 보이는 '어둠'과 '밝음'의 측면 또는 '그림자'와 '빛'의 문제에 함께 주목하게 될 때 그의 문학 연구에 있어서도 큰 빌진을 기대할 수 있는 것이다.

(2008. 8.)

제2장 기존 심연수 작품집의 의의와 문제점

Ⅰ. 서언 – 문제 제기

올해로 심연수(1918~1945) 시인의 작품이 발굴된 지 어느새 8년이 지나고 있다. 지난 2000년 중국 조선족이 그곳에 이주하여 정착한 지 100년을 맞이해서 그들의 민족문화유산을 정리하기 위해 출판 기획한, 50권의 『20세기 중국조선족문학사료전집』 중 제1집[1]에 그의 문학편이 수록되어 일반에게 공개된 이후 그와 같은 세월이 흐른 것이다. 그간 그의 생애의 비극성과 작품의 우수성에서 드러나는, 윤동주 시인과의 유사성은 연변 현지에서만이 아니라 한국 내에서도 이제 심연수를, '윤동주와 쌍벽'을 이루며 일제 말 이국땅에서 민족문학을 지켜낸 대표적 시인 중 한 사람으로 평가[2]하는 데에 주저치 않게 한 바 있다.

그럼에도 불구하고 윤동주의 시가 그의 사후 3년 만에 일반에게

---

1) 심련수, 『20세기 중국조선족문학사료전집』 제1집(심련수 문학편), 연변: 연변인민출판사, 2000. 이후 이 책을 언급할 때는 편의상 간략히 『사료전집』(2000)이라 일컫기로 한다.

2) 이명재, 「민족시인 심연수 문학론」, 『20세기 중국조선족문학사료전집』 제1집(심연수 문학편), 서울: 중국조선민족 문화예술출판사, 2004, 573~574면.

공개된 것에 비해, 같은 해에 사망한 심연수의 작품이 그가 죽고 난 지 50여 년의 세월이 흐른 뒤에야 알려지게 된 점은, 두 시인의 작품에 대한 정리 및 연구 성과에 있어 큰 차이를 발생시킨 주된 요인이 된 것으로 이해된다. 먼저 작품의 정리 측면에서 윤동주의 경우는 원본 전집뿐만 아니라 『사진판 자필 시고전집』[3] 등이 이미 간행되어 그 연구의 기본 요건이 잘 갖추어져 있는 상태라면, 심연수의 경우는 그렇지 못하다. 중국 현지뿐만 아니라 한국 내에서도 심연수의 원본 시집이 제대로 간행된 것은 아직 눈에 띄지 않는다.[4] 『사료전집』(2000)이 지니는 선구적 의의에도 불구하고, 두 번째 간행된 그것에서조차 '발간사'의 "받침이 틀리면 틀린 대로 기록하여 그 시대 북간도 어휘를 연구하는 데 도움이 되도록 원본 그대로를 기록하였다."[5]라는 기술과 달리, 원본과의 상이점이 그대로 발견된다. 이처럼 편집상의 일관된 정책 없이 책이 엮어지기는, 그가 태어난 강원도의 한 신문사에서 출판한 시선집 『소년아 봄은 오려니』[6]에서도 마찬가지다. 이와 무관하지 않게 윤동주에 비해 심연수의 작품에 대한 연구 성과는 그 양적인 면에서 보더라도 빈약하기 짝이 없다. 학문적 연구 성과로서 박사학위논문만 비교해 보더라도, 윤동주에 대한 것은 수십 편에 달하는 데 반하여 심연수의 경우는 이제 고작 2편 정도에 머물러 있는 것이다.[7]

---

3) 왕신영·심원섭·오오무라 마스오·윤인석 편, 『사진판 윤동주 자필 시고전집(寫眞版 尹東柱 自筆 詩稿全集)』, 증보판; 민음사, 2002.

4) 필자가 근자에 『심연수 원본대조 시전집』(한국학술정보, 2007)을 엮어 낸 것이 고작이다.

5) 심연수, 『20세기 중국조선족문학사료전집』제1집(심연수 문학편), 서울: 중국조선민족 문화예술출판사, 2004, 26~27면. 이후 이 책을 언급할 때도 편의상 간략히 『사료전집』(2004)이라 일컫기로 한다.

6) 심연수, 『소년아 봄은 오려니』, 춘천: 강원도민일보사, 2001.

　이와 같은 맥락에서 근자에 개최된 ‘민족시인 심연수 60주기 추모 문학의 밤 및 제5차 국제학술세미나’ 행사 때 기조강연자 및 발표자들에 의해 제안된 ‘심연수 시인 선양사업의 발전 방안’으로 제시된 여러 항목들은 이제 조속한 시일 내에 더욱 구체적으로 실제 시행되어야 할 것들이다.[8] 그런데 이 중에서도 특히 원본 정리 문제는 아주 시급한 일이 아닐 수 없다. 왜냐하면 원전(text)의 확정 없이 연구가 진행되어 그 작가 및 작품에 대해 잘못된 이해를 초래한 경우를 지금까지 우리는 적지 않게 보아 왔기 때문이다.

　따라서 여기서는 기존에 간행된 심연수 작품집을 대상으로 그것들이 지니는 의의와 문제점에 대해 살펴보는 것에 논의의 중점을 두고자 한다. 『사료전집』(2000)을 비롯하여 『소년아 봄은 오려니』(2001)·『사료전집』(2004)·『심연수 시전집』(2006)[9]·『심연수 원본대조 시전집』(2007) 등에 수록된 작품들을 대상으로 그것들 사이에서 발견되는 상이점들을 비교 검토하여 그의 시에 대한 올바른 이해와 평가의 기본 요건을 더욱 충실하게 갖추어 놓고자 하는 데에 본 논의의 근본 목적이 있는 것이다.[10]

---

7) 김해응, 「심연수 시문학 연구」, 한국정신문화연구원 한국학대학원 박사학위논문, 2003.
　최종인, 「심연수 시문학 연구」, 관동대학교 대학원 박사학위논문, 2006.

8) 이명재 외, 「심연수 시인 선양사업의 발전 방안」, 『민족시인 심연수 60주기 추모 문학의 밤 및 제5차 국제학술세미나』, 심연수시인선양사업위원회, 2005. 11, 163~178면.

9) 김해응 편, 『심연수 시전집』, 『심연수 시문학 연구』, 한국학술정보, 2006, 229~330면.

10) 이에 대한 더욱 상세한 논의는 필자가 최근 간행한 『심연수 시의 원전 비평』(한국학술정보, 2008)을 참조할 것.

Ⅱ. 기존 작품집에 대한 검토

1. 『20세기 중국조선족문학사료전집』 제1집(2000)과 『소년아 봄은 오려니』(2001) 출판의 선구적 의의

심연수와 그의 작품의 존재가 널리 알려질 수 있도록 중요한 계기가 마련된 것은 『사료전집』(2000)이 간행되면서부터다. 그런데 이 책은 그의 작품이 발굴되자마자 곧바로 출판된 것이어서 그것이 지니는 나름대로의 선구적 의의에도 불구하고 많은 문제점을 또한 지닐 수밖에 없었다. 이러한 측면에서 이것이 지니고 있는 문제점에 대한 몇몇 연구자들의 구체적인 지적[11]은 앞으로 심연수의 제대로 된 원전시집이 간행되는 데에 좋은 참조가 될 만하다. 특히 심연수의 원고와 비교하여 처음 출판된 『사료전집』(2000)이 지니고 있는 근본적인 문제점에 대한 한 논자의 지적은 주목에 값한다.

우선 서문이나 후기 등 어디에도 시 전집의 편집에 대한 정책을 언급하지 않고 있다는 점을 말할 수 있다. 예를 들면 띄어쓰기와 원전 시어(詩語)의 명백한 오류는 어떻게 처리했는지, 작품 목록은 어떤 순서로 실었는지 등과 같은 작업과정에 대한 설명이 빠져 있다. 그러므로 독자들은 출판본이 어떠한 기준에서 작업한 것인지, 어디까지가 심연수 본인의 원고를 존중한 것인지, 어

---

11) 권철, 「심련수 유작의 정리와 출판을 두고」, 인터넷 '문화산맥', 중국연변조선족문화발전추진회, http://koreancc.com, 2004. 2, 1~3면 ; 엄창섭, 「심연수 초기시의 사적 고찰」, 『민족시인 심연수의 문학과 삶』, 홍익출판사, 2003, 85~113면 ; 오오무라 마스오, 「재'만' 한인문학의 제상」, 『국제언어문학』 제9호, 국제언어문학회, 2004. 6, 27~30면 ; 허형만, 「심연수 시의 텍스트 비평」, 『인문사회과학연구』 제5권, 부경대 인문사회과학연구소, 2005. 2, 1~28면.

디까지가 편집자의 의사인지 알 수 없다. 출판본의 정책에 대해 오직 추론(推論)만 가능할 뿐이다.

이어 그는 출판본의 문제점들을 실제 작품의 예를 들며 더욱 세세하게 비판하기도 한다. 첫째, 시의 형식을 유지하지 않았다는 점, 둘째, 일부 구절을 누락시키는 등 원문을 손상하였다는 점, 셋째, 여러 편의 이본이 있을 경우 최종본의 선택에 원칙이 없다는 점, 넷째, 일부 작품을 누락하였다는 점, 다섯째, 원문 표기를 임의로 변경하였다는 점, 여섯째, 작품 연도를 잘못 표기하였다는 점, 일곱째, 작품의 제목과 내용을 잘못 연결하였다는 점, 여덟째, 작품 내용을 임의로 변경하여 원본을 훼손하였다는 점 등[12]이 이에 해당되는 항목들이다. 이와 같은 이유로 그는 이 출판본은 연구 텍스트로서의 자격을 상실하였다고 본다.

그 단적인 예로 시 「님의 뜻」의 경우를 들 수 있다.

---

12) 김해응. 앞의 책, 47～52면.

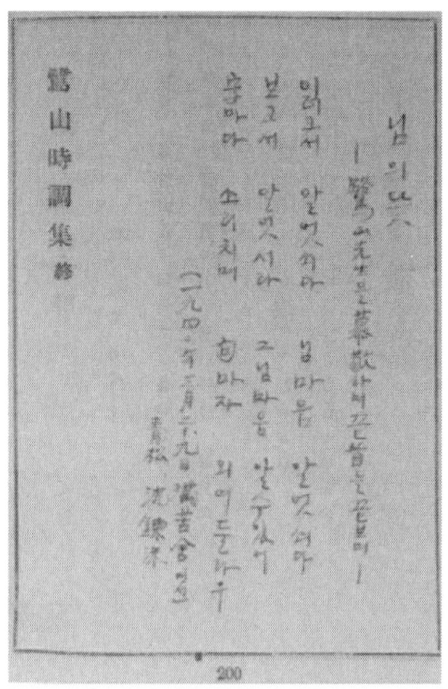

① 읽고서 알엇쇠다 님마음 알엇쇠다
　보고서 알엇쇠다 그님마음 알 수 있어
　字마다 살엇고 句마다 뛰더이다.

－「님의 뜻」 전문14)

② 읽고서 알았쇠다
　님마음 알았쇠다
　보고서 알았쇠다
　님마음 알았쇠다
　글자마다 살았고
　구절마다 뛰더이다.

－「봄의 뜻」 전문15)

---

13) 이은상 저, 심연수 독서, 『노산시조집(鷺山時調集)』, 3판; 한성도서주식회사, 1937, 200면.

14) 원본 묶음 제3집 『지평선』의 99면 수록 ; 황규수 편저, 『심연수 원본대조 시전집』, 한국
학술정보, 2007, 307면.

위에 인용한 ①번 시조는, 심연수 시인이 『노산시조집(鷺山時調集)』을 읽으면서 그 여백에 남긴 7편[16] 중 하나를 일부 개작한 것이다. 그런데 <사진 1>에서와 같이 고쳐지기 전 이 작품의 초고에는 본래 "노산 선생을 모경(慕敬)하며 끝 수(首)를 끝 보며"라는 부제(副題)가 쓰여 있어, 이 시조는 그가 이은상의 작품을 읽고 감동을 받아 이를 시조 양식으로 표현한 것이라는 점을 이해할 수 있다. 이렇게 본다면 이 시조에서 '님'은, 다름 아닌 이은상을 뜻한다는 사실도 알 수 있게 된다. 심연수의 시조가 이은상으로부터 받은 영향 관계를 파악할 수 있게 하는 중요한 단서를 제공해 주는 것이다. 그럼에도 불구하고 ②번에서는 어떠한가? 『사료전집』(2000)의 편자(編者)에 의해 이 시는 본디 4음보에서 2음보율로 임의로 고쳐질 뿐만 아니라, 제목도 「님의 뜻」에서 「봄의 뜻」으로 바뀜에 따라, 처음 시인이 이 작품을 창작할 때 표현하고자 의도했던 바로부터 많이 벗어나 있는 점을 확인할 수 있게 된다. 이와 같은 맥락에서 한 논자가, "이 시에서 시인이 말하고자 하는 것, 즉 봄을 뜻으로 풀이하고 있음에 유의해야 한다."[17]고 기술한 내용은 주목을 요한다. 왜냐하면 원전 확정이 제대로 이루어지지 않은 상태에서 논의가 진행됨으로써 작품 본래의 의미가 훼손된 경우를 여기서 파악할 수 있기 때문이다.

『사료전집』(2000)에 수록된 시 「돌아가신 할아버지」도, 원본이

---

15) 『사료전집』(2000), 58면.

16) 황규수 편저, 앞의 책, 506~512면 수록.

17) 이재호, 「민족시인 심연수의 대표시 해설」, 『교단문학』 29, 2001, 봄, 44~45면. 이와 관련하여 이 글에서 논자는, "여기서 님은 봄이 뜻하는 개화와 해방의 님인 것이다."고 언급하기도 했다.

편자 임의로 바뀜에 따라, 그 본래의 순수한 의미로부터 많이 멀어진 경우의 예로 들 수 있다.

〈사진 2〉「돌아가신 할아버지」원본 부분 사진18)

고(苦)에서 고생으로 돌아가신
가엾은 우리 할아버지
할아버지의 할아버지적부터
물려주신 가난에 싸여 지내시며
자손(子孫)까지 끼칠가바 애쓰신 일
나는 차마 눈뜨고 못볼 때가 많았나니
돌아가시던 그날 식전까지
수고를 모르시고 도우시다가
자손을 위하여 길바닥에서 놈들의 총에 맞아
객사하신 나의 할아버지시여
왜 그렇게 총망히 오셨다가
무정히 가시는가요
자손으로 봉양을 제대로 못한 저희들을
부디 용서하여주세요

---

18) 원본 묶음 제9집의 8번째 수록.

마지막 눈을 감는 그 시각
굶주린 수두룩한 자식들을 두고
유언의 말씀도 많으셨겠건만
한마디 말씀 못하시고 못하시고

-「돌아가신 할아버지」 부분19)

위에 인용한 시 「돌아가신 할아버지」 원본 사진과 『사료전집』 (2000)에 수록된 것을 대비해 보았을 때, 이들 사이에서는 적지 않은 상이점이 발생되었음을 알 수 있다. 한자가 한글로 바뀐 점, 띄어쓰기가 더 된 점, 행 구분이 달라진 점, 가필(加筆)이 이루어진 점 등이 눈에 띄는 것이다. 그런데 이 중에서도 원본에 첨삭이 가해진 점은 본래 이 시가 지닌 순수한 의미를 왜곡시킬 수도 있다는 점에서 문제의 심각성을 더해 준다. 특히 이 시 원본 10행과 11행의 "子孫을爲하여 길바닥에서/客死하신 나의하라버지시여"라는 시구(詩句)에, "놈들의 총에 맞아"라는 구절이 삽입된 점은 그 대표적인 예에 해당되는 것이다. 실제로 그의 할아버지는 당시 용정역(龍井驛) 근처에서 기차에 치이어 사망한 것으로 확인된 바 있다.20) 이 시 20행과 21행의 "돌아가시다니 돌아가시다니/그現代가낳은魔物때문에"라는 시구는 이를 상징적으로 비유해서 나타낸 것이다. 그럼에도 불구하고 이처럼 원본에는 없는 이와 같은 구절의 삽입은 이 시의 주제와도 밀접한 관련이 있는 할아버지의 사망 원인을 달리 해석할 수도 있게 한다. 독자에 따라서는 당시 시대

---

19) 『사료전집』(2000), 161면.

20) 필자는 근자(2008. 1. 20.)에 시인의 아우 심호수와의 전화 통화를 통해 이 같은 사실을 직접 확인한 바 있다.

상황과 관련하여 그것이 일제의 만행과 연관된 것이 아닌가 하는 추측을 할 수도 있기 때문이다. 물론 한 작품의 해석은 읽는 이에 따라 달라질 수도 있다. 그렇지만 사실에 근거하지 않은 시 해석은 그것이 지닌 본래의 의미를 왜곡시키기에 충분한 것이다.

이처럼 첫 출판본이 지닌 여러 문제점들은 그 이후 간행된 그의 시선집 『소년아 봄은 오려니』에서도 크게 개선되어 있지 않음을 볼 수 있다. '일러두기'에서 밝히고 있듯이[21] 이 책은 기본적으로 첫 출판본을 저본(底本)으로 삼고 있기 때문에, 그중 중요한 작품을 뽑으면서 원본에 충실해 오류를 바로잡았다고는 하지만, 그 한계로부터 많이 벗어날 수 없었던 것으로 판단된다. 이와 같은 맥락에서 이 시선집에 대해 한 논자가 다음과 같이 자신의 견해를 피력한 것은 주목할 만하다.

> 예술가와 예술작품에 대한 사랑과 애정은 철저하게, 엄정하게 방법적이어야 한다. 하루빨리 『시선집』 초판의 시판을 과감하게 중단하고, 새 『전집』(『사료전집』(2004) – 필자 주)에 근거하여 수록 시편들의 선정에서부터 수록 방식에 이르기까지 완전히 새로운 시각에 입각한 총체적인 작업을 통해 새 『시선집』을 간행하는 일이 필요할 것이다.[22]

---

21) 심연수 시선집 『소년아 봄은 오려니』(강원두민일보사, 2001)의 '일러두기'(26면)에서는 이 책의 편집 지침을 다음과 같이 밝힌 바 있다.
   1. 이 시선집은 중국 연변인민출판사 『20세기 중국조선족문학사료전집』 제1권(심련수 문학편)을 대본으로 삼아 그중 중요한 작품을 뽑으면서 원본에 충실해 오류를 바로잡았다.
   2. 선집의 구성은 독자들의 편의를 위해 현대 한국의 표기법에 따라 실었다.
   3. 되도록 원문을 고치지 않는다는 원칙에서 사투리, 된소리 등 시적인 표현은 그대로 옮겼으며, 띄어쓰기는 의미가 손상되지 않는 범위에서 읽기 좋게 했다.
   4. 한자는 불필요한 것은 뺀 대신 필요한 것은 넣었다.
   5. 의미가 애매한 단어들이 있지만 각주는 생략했다.
22) 심재상, 「심연수 시의 형태에 대한 고찰」, 『인문학연구』 제9집, 관동대 인문과학연구소, 2005. 2, 151면.

위의 인용문에 이어 논자는 이후 간행된 『사료전집』(2004)에 대해, 여기에도 여전히 섬세한 보완과 수정을 기다리고 있는 부분들이 많이 남아 있지만, 원본 확정이 이루어 낸 획기적인 결실이라고 평한 바 있다.[23] 그런데 이처럼 새 전집이 새로운 시선집을 출판하는 데에 있어 근거로 삼을 만큼 믿을 만한가에 대해서는 좀 더 구체적인 검토가 요망된다.

2. 『20세기 중국조선족문학사료전집』 제1집(2004)의 재출판

재출판된 『사료전집』(2004)의 경우에는 그 '발간사'에서 펴낸이가 일체 교정을 하지 않아 원본에 가깝도록 최선을 다하였다고 기술하고 있음에도 불구하고, 실제 수록된 작품들을 살펴보면 여기에도 그렇지 않은 점이 눈에 띈다. 부득이 원본을 구하지 못한 것은 이전 출판본의 것을 그대로 썼다고 같은 자리에서 밝히고 있기는 하지만, 재출판된 『사료전집』에 실린 작품들과 시 원본들 사이에 상이점이 여전히 남아 있음에도 불구하고, 이에 대한 구체적인 해명이 없다는 점은 문제의 심각성을 더해 주는 것이다. 따라서 첫 출판본에 비해 재출판본에서 개선된 점뿐만 아니라, 그것에 그대로 남아 있는 문제점도 함께 고찰해 보는 것은, 다시 이의 제대로 된 개편을 진행하는 데에 중요한 참고 자료가 될 것이다.

이렇게 볼 때 이 책의 출판으로 초판본에 수록된 시들 중에서 문제가 있다고 판단되는 것이 일부 바로잡힌 점은 그나마 다행이

----

23) 같은 곳.

라고 생각된다. 먼저 첫 출판본의 시 「지평선」 제목이, 재출판본에서 「여명」으로 바뀌어 기술된 것은 잘된 사례로 꼽을 수 있다. 왜냐하면 그의 시 원본에는 '지평선'에서 '여명'으로 제목이 고쳐져 있기 때문이다.

〈사진 3〉「여명」 원본 부분 사진24)

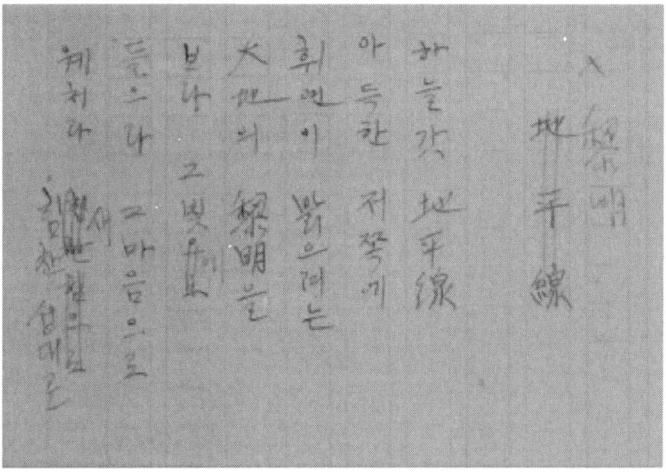

이와 함께 첫 출판본에서는 「봄의 뜻」으로 그 제목이 오기된 시 「님의 뜻」의 그것이 재출판본에서는 바로잡혀 있다. 더욱이 원본 시 제목 「야업(夜業)」이, 첫 출판본에서는 「밤 일」과 같이 한글 표기로 풀어서 기술되었던 것이, 재출판본에는 다시 본래대로 적혀 있다. 동시에 빠진 구절이 첨가되기도 했다. 또한 첫 출판본에서는 목차의 제목과 수록된 시의 그것이 각기 「우리의 부름」과 「세기의 노래」로 차이를 보여 혼란을 야기하는 경우도 있었다. 그런데 재

---

24) 원본 묶음 제3집의 1번째 수록.

출판본에서는 그것이 「세기(世紀)의 노래」, 하나로 일치를 보이고 있다. 물론 그것이 최종본이냐 하는 문제에 대해서는 더 확인이 필요하지만 말이다. 특히 원본은 있지만 『사료전집』(2000)에는 수록되지 않았던 「경회루」, 「덕수궁」, 「신경(新京)」 등의 시가 재출판본에는 실려 있다.25)

그렇지만 재출판된 『사료전집』에서도 여전히 해결되지 않은 문제의 첫 번째로 꼽을 수 있는 점은 그의 작품 원본은 있지만 재출판본에는 수록되지 않은 시가 남아 있다는 것이다. 그중에서도 시 「이상(理想)의 나라」가 대표적인 예에 해당되는 작품이다.

〈사진 4〉 「이상의 나라」 원본 전문 사진26)

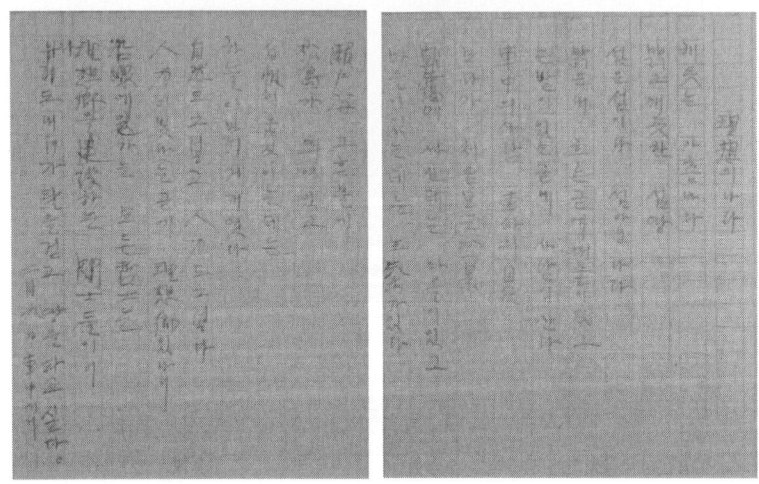

---

25) 재출판본에는 첫 출판본에 수록되지 않았던, 「초망부악(初望富嶽)」(177면), 「생과 사」(181면), 「가을아침」(182면), 「가을」(182면), 「밤길」(183면), 「용고(龍高)」(185면), 「대지의 젊은이들」(185면), 「경회루」(204면), 「덕수궁」(205면), 「신경(新京)」(216면) 등의 시가 추가되어 있는 것을 볼 수 있다. 그런데 이 중 시 「초망부악」을 제외한 나머지 작품은 시조로 분류되고 있다. 그러나 이들 작품을 모두 시조에 포함시키는 것이 과연 타당한지에 대해서는 이론이 제기될 수 있다. 특히 일문시(日文詩)인 「용고」의 경우는 더욱 그러하다.

> 해돗는 아츰바다/맑고깨끗한 섬땅/섬은섬이나 섬아닌나라/맑은내 흐른곧에
> 대숩이있고/논밭이있는곧에 사람이산다/車中의사람 車外의自然/모다가 처음
> 보는珍景/朝靄에 싸인데는 마을이있고/마을이있는데는 生氣가있다/瀨戶海
> 고흔물에/松島가 띄여있고/白帆이움직이는데는/하늘이맑게개엿다/自然도그렇
> 고 人力도그렇다/人力이빛나는곧에 理想鄕있나니/沿線에일하는 모든哲士는/
> 理想鄕을建設하는 鬪士들이니/나도내려가팔을걷고 땅을파고싶다.
>
> —「理想의나라」 전문(二月九日 車中에서)[27]

그런데 이 시가 수록되지 않은 이유가, '친일'시적인 성향을 보
이기 때문이라고 한다면 이는 이 시의 내용에 대해 잘못 이해한
데서 비롯된 결과이기 쉽다. 왜냐하면 이와 관련하여 한 논자는
다음과 같이 언급한 바도 있기 때문이다.

> 시 「이상의 나라」는 일본이 이상의 나라라고 노래하고 있는 것이 아니라,
> 이상사회 건설을 위해 일하는 외국 서민들의 모습을 엿보고, 그것에 공감하는
> 마음을 노래하고 있다는 것이다. 「이상의 나라」가 중국에서 출판된 A(『사료전
> 집』(2000) - 필자 주)에도 한국에서 출판된 B(『소년아 봄은 오려니』(2001) -
> 필자 주)에도 수록되어 있지 않은 것은 필자에게는 이해하기 어렵다. 「이상의
> 나라」는 결코 '친일시'가 아니기 때문이다.[28]

이러한 맥락에서 본다면 이 시도 당연히 이 책에 수록해 놓음으
로써 이에 대한 연구자뿐만 아니라 일반 독자들도 이와 같은 시인
의 다양한 작품 세계를 직접 접할 수 있노록 기회를 마련해 주는
것이 좀 더 타당했으리라 생각한다.

이외에 첫 출판본에서와 마찬가지로 재출판본에서도 여전히 원

---

26) 원본 묶음 제9집의 3번째 수록.

27) 황규수 편저, 앞의 책, 249면.

28) 오오무라 마스오, 「재 '만' 한인문학의 제상」, 앞의 책, 32면.

본의 시 제목이 잘못 기술된 채로 있는 경우가 있다. 원본의 「그」
라는 제목의 시가, 『사료전집』(2004)에는 「무제(2)」[29]로 달리 기술
되어 있다. 또한 「비사문(毘沙門)」·「비로봉(毘盧峰)」·「마하연(摩
訶衍)」 등의 시에서는, 시의 제목에서뿐만 아니라 그 내용에서도
원본과 달리 '곤사문(昆沙門)'·'곤로봉(昆盧峰)'·'마사연(摩詞衍)'
등으로 오기되어 있는 것이다. 특히 「노인공동묘지(露人共同墓地)
」라는 시조에 있어서는, 기존의 출판본에서 「로천공원묘지(露天共
園墓地)」로 그 제목이 잘못 알려짐에 따라, 작품의 의미까지 그릇
되게 해석되기도 했다.

〈사진 5〉 「노인공동묘지」 원본 전문 사진[30]

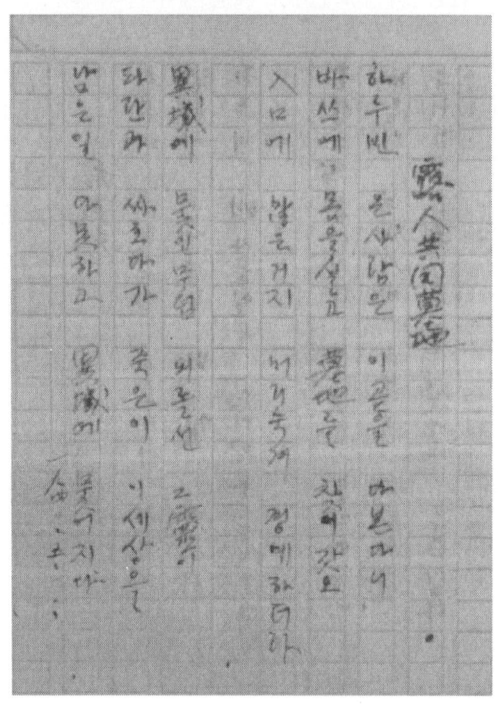

<hr>

29) 『사료전집』(2004), 54면.

하르빈 온 사람은 이곧을 다본다니
바쓰에 몸을 싣고 墓地를 찾어갓오
入口에 많은 거지 머리 숙여 경례하더라.

異域에 묻힌 무덤 외롤손 그 靈이
파란과 싸호다가 죽은이 이세상을
남은 일 다 못하고 異域에 묻혀지다.

－「로천공원묘지(露天共園墓地)」 전문(1940. 5. 20.)[31]

한 논자는, "「노천공원묘지」에서도 '남은 일 다 못하고 이역에 묻혀진' 우리 동포들의 한 많은 삶을 영위한 그 영들에게 고개를 숙이고 있다."[32]고 하여, 이역에 묻힌 사람들이 다름 아닌 우리 동포들이라고 기술한 바 있다. 그러나 실제에 있어서는 그렇지가 않다. 이들은 러시아 사람들을 지칭하는 것이다. 시 제목 「노인공동묘지」에서 '노인(露人)'은 '러시아 사람'을 뜻하기 때문이다. 이렇게 본다면 이 시와 관련된 다른 평자의 다음과 같은 지적이 오히려 적절하다고 볼 수 있다.

A(『사료전집』(2000) － 필자 주)만을 보고 있는 독자는, 하얼빈에 와 러시아인 묘지를 찾은, 이국살이 신세의 심연수가, 이국땅에서 한을 남기고 죽어 간 러시아 사람들의 심정을 향해 생각을 달리는 모습을 이해할 수 없을 것이다.[33]

또한 재출판본에서마저 원본의 단어 및 구절이 잘못 기술되거나

---

30) 원본 묶음 제8집의 57번째 수록.

31) 『사료전집』(2004), 217~218면.

32) 허형만, 「심연수 시조 연구」, 『민족시인 심연수 제6차 학술세미나』, 심연수선양사업위원회, 2006, 66면.

33) 오오무라 마스오, 「재 '만' 한인문학의 제상」, 앞의 책, 30면.

아예 빠진 점은 문제점으로 지적되지 않을 수 없다. 그 대표적인 예로, 시 「침묵」34)에서는 "부처처럼 聖스럽고"에서 '부처'가 '붓'으로, 시 「들꽃」35)에서는 "억세일天候를 익이려는힘"이라는 구절에서 '천후(天候)'가 '천사(天使)'로 오기되어 있다. 또한 시 「흩어질무리」의 원본 6·7행에는 "불을안고 돌아갈제/새히망 타올으는"으로 기술되어 있는데, 『사료전집』(2004)에는 "불을안고 타올으는"이라 하여 일부 구절이 빠져 있는 것을 볼 수 있다.36) 더욱이 시 「고독」의 원본에서 끝의 두 행 "峻嶺넘은 기쁨을 가슴에품고/孤獨의 한평생을 맞이려한다."가, 『사료전집』(2004)에 수록된 시 「고독 (1)」의 마지막 행에서는 "峻嶺 넘는 한평생을 맞이려 한다."로 바뀌어 있는 것을 볼 수 있다.37) 이 또한 시의 주제와 관련하여 의미 전달에 있어 애매모호함을 발생시키는 주된 요인이 됨을 파악할 수 있게 하는 것이다.

원본과 행 또는 연 구분이 다른 경우도 볼 수 있다. 「여명(黎明)」 (31면)을 비롯하여 「대지의 봄」(31~32면)·「여창(旅窓)의 밤」(32~33면)·「대지의 모색(暮色)」(34면)·「어제와 오늘」(59~60면)·「샘물」(64면)·「수명」(65면) 등의 시에서 이를 목격할 수 있는 것이다.

이와 같이 기존에 출판된 심연수의 『사료전집』(2004)도 적지 않은 오류들을 지니고 있으므로, 여기에 수록된 작품들 또한 연구 대상으로 삼기에는 만족스럽지 못한 것이다.

---

34) 『사료전집』(2004), 55면.

35) 위의 책, 63면.

36) 위의 책, 46면.

37) 「고독(1)」, 위의 책, 61면.

3. 『심연수 시전집』(2006)의 간행

기존에 출판된 심연수의 『사료전집』(2000, 2004)이 모두 문제점들을 지니고 있어 그의 육필 원고들을 입수해서 총 311편의 작품 중 244편의 시를 최종본으로 선정하고 이를 다시 교정하여 『심연수 시전집』으로 엮어 낸 김해응의 연구 성과는 주목에 값한다. 실제로 필자도 육필 원고의 사진본과 한국 내에 반입되어 있는 복사본[38]을 비교 검토해 본 결과, 그간 대체로 알려진 그의 작품 수는 311편에 이르는 것을 확인할 수 있었다.

그럼에도 불구하고 여기에는 그의 일부 작품이 포함되어 있지 않다. 심연수 시인이 『노산시조집』을 읽으면서 쓴 7편의 시와 중학생 시절 영어 교재로 사용했던 것으로 추정되는 책에 써 놓은 2편의 시, 그리고 1941년 3월 3일자 ≪만선일보≫(4면)에 발표한 시 「길」 등 총 10편의 시가 이에 해당되는 것이다.

또한 편자에 의해 최종본으로 선정된 244편 중에는 일부 시가 제외되어 있다. 「북국의 봄맞이」와 「야송(夜頌)」·「해란강」·「맨발」 등 4편의 시가 그것이다. 물론 논자는 그의 저서에서 '추억의 해란강」과 「해란강」, 「침송(寢頌)」과 「야송」을, 제목은 다르지만 내용이 같은 작품으로 구분하여, 이들을 같은 작품의 이본으로 본 듯하다.[39] 그러나 이 작품들뿐만 아니라 「대지의 봄」과 「북국의 봄맞이」, 『심연수 시전집』에 수록된 「맨발」과 여기서 지칭하는 시 「맨발」 사이에는 유사점보다 상이점이 더욱 눈에 띄어, 이들은 각

---

38) 필자는 현재 강릉의 삼척 심씨 대종회에 보관되어 있는 복사본을 참조하였다.
39) 김해응, 앞의 책, 57면.

기 별개의 시로 구분하는 것이 오히려 자연스러울 듯싶다.

더욱이 최종본으로 선정된 작품들 가운데 일부는 그것으로 보기에 적합하지 않은 이본들인 것으로 판단된다. 편자는, 최종본으로 미결정 상태에 있었던 46편 중 42편이, 심연수가 출판을 준비한 듯한 자선시집 수록분이어서, 이를 1차적인 최종본으로 인정하였다. 물론 그는 자선시집이 출판된 것이 아니었기 때문에 최종본 선정을 유보하고 보충적인 작업들을 진행하였다고 덧붙여서 설명하고 있기는 하지만, 이 묶음에 포함된 원본들을 대체로 최종본으로 수긍하고 있는 것이다.[40] 그러나 실제 시 원본들을 대비해 보면 자선시집에 수록된 작품들 가운데 16편은 오히려 다른 묶음의 것이 최종본이라는 판단을 가능케 한다. 따라서 이 중「현해탄을 건너며」를 대표적인 예로 들어 그 이본들에 대한 구체적인 검토를 해 보기로 하자.

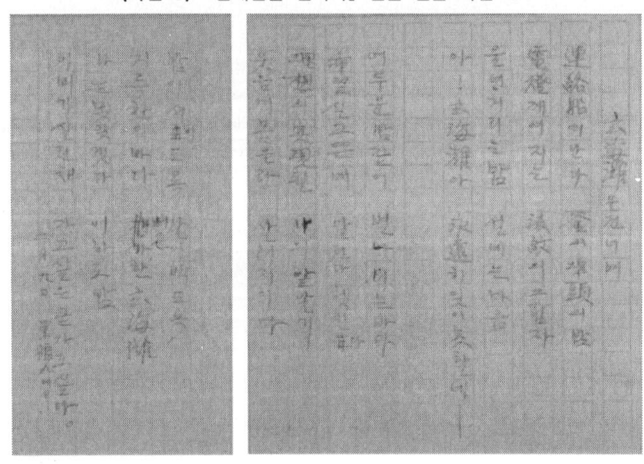

〈사진 6〉「현해탄을 건너며」 원본 전문 사진 ①[41]

---

40) 위의 책, 59〜60면.
41) 원본 묶음 제9집의 2번째 수록.

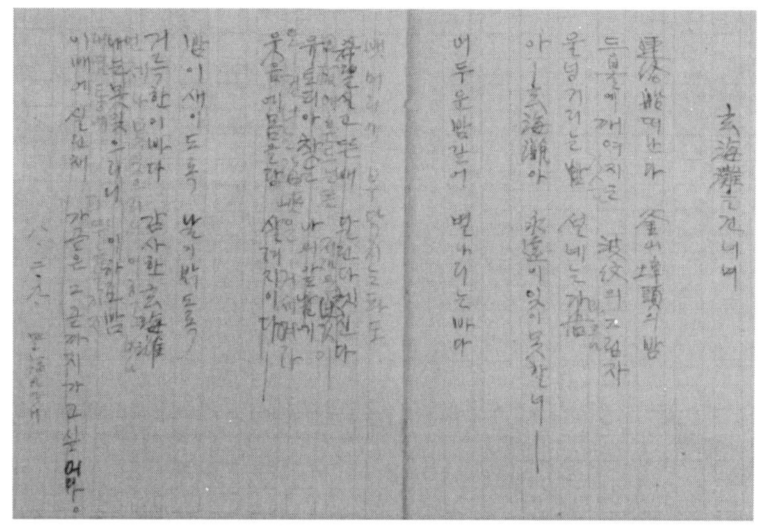

〈사진 7〉「현해탄을 건너며」 원본 전문 사진 ②42)

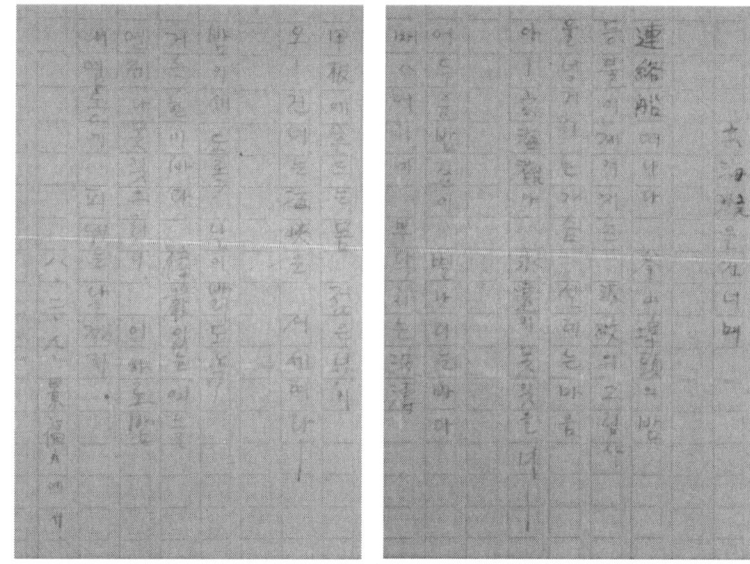

〈사진 8〉「현해탄을 건너며」 원본 전문 사진 ③43)

---

42) 원본 묶음 제3집의 25번째 수록.

43) 원본 묶음 제2집의 5번째 수록.

위에서와 같이 시 「현해탄을 건너며」의 원본은 3가지가 있다. 그래서 최종본 선정을 위해서는 이들 이본에 대한 대조 검토가 필요하다. 그런데 각 이본 끝에 기록된 창작일을 통해서는 어느 것이 최종본인지 구분하기가 어렵다. 왜냐하면 일반적으로는 작자에 의해 나중에 고쳐진 것이 최종본이라 할 수 있지만, 이들 이본의 끝에는 창작일이 똑같이, 그가 일본에 유학 가기 위해 현해탄을 건널 때인 1941년 2월 9일로 기록되어 있기 때문이다. 물론 원본 사진 ①에는 창작 연도가 생략되어 있기는 하지만, 이들 이본에는 수정이 가해졌다 하더라도 수정된 날짜보다는 처음 창작된 날짜가 모두 기록되어 있어서, 이에 근거한 최종본 판단은 처음부터 기대할 수 없었던 것이다. 그러므로 여기서는 이보다는 고쳐진 흔적을 좀 더 면밀히 조사해 볼 필요가 있다고 생각되는데, 이에 의거해서 살펴보면 이 시는 '원본 ①→원본 ②→원본 ③'의 순서에 따라 수정되고 다시 정리되는 과정을 거쳤음을 확인할 수 있게 된다. 이와 같은 과정을 거치면서 이 시는 시적 표현을 획득하게 되었다는 사실을 파악할 수 있게 되는 것이다. 이렇게 본다면 이 시의 최종본은 당연히 원본 ③이다. 그러면 『심연수 시전집』에 수록된 시 「현해탄을 건너며」는 어떠한가?

連絡船 떠난다 釜山埠頭의 밤
등불에 깨여지는 波紋의 그림자
울넝거리는 가슴 설네는 마음
아 ─ 玄海灘아 永遠이 잊지 못할
너 ─

어두운 밤 깊어 별 나리는 바다
뱃머리에 부닥치는 파도

甲板에 흔드는 몸 젊은 넋이
오 - 건너는 海峽은 거세여라 -

밤이 새이도록 날이 밝도록
거룩한 이 바다 감사한 玄海灘
언제나 못 잊으리니 이 하로밤
내 염통에 피 뛰는 날까지

1941. 2. 9. 景福丸에서[44]

위에서와 같이 『심연수 시전집』의 이 시는 원본 ②를 저본으로 삼고 있다. 앞에서 언급한 바와 같이 편자는 자선시집 수록분에 좀 더 비중을 두어 이를 최종본으로 인정하여, 그 표기 및 띄어쓰기를 대체로 현대 한글 정서법에 맞게 바꾸어 시전집에 실어 놓은 것이다. 이 때문에 『심연수 시전집』의 시 「현해탄을 건너며」와 실제 이 시의 최종본이라 판단되는 원본 ③ 사이에는 차이점이 발생될 수밖에 없었다. 시인이 원본 ②를 수정하여 원본 ③과 같이 정리하는 과정에서 더 고쳐 놓은 부분이 있는데, 『심연수 시전집』의 이 시에는 이것이 바뀌어 있지 않은 것이다. 위에 인용해 놓은 시전집의 시에서 특히, 1연 4행·5행의 "永遠이 잊지 못할/너 - "와, 3연 2행의 "감사한 玄海灘"이라는 시구가 이에 해당되는 것이다. 이들은 원본 ③의 "永遠이못잇을너 - "와 "偉嚴있는여을"이라는 구절처럼 고쳐졌어야 하는 것이다. 이와 같은 맥락에서 본다면, 시 「현해탄을 건너며」와 같이 그의 자선시집에 수록된 작품들 가운데서 시인에 의해 다시 수정 및 정리되어 다른 원고 묶음에 옮겨진 대략 16편의 작품은,[45] 이것들이 최종본이다. 그러므로 『심연수 시

---

44) 김해응 편, 『심연수 시전집』, 앞의 책, 272면.

전집』에는 이러한 최종본이 수록되었어야 했다. 여기에 수록된 그 이본들은 고쳐졌어야 하는 것이다.

이와 함께 『심연수 시전집』에 최종본으로 선정된 작품들은, 편자 임의대로 편의상 『기행시집』·『지평선』·『수평선』 등 세 부분으로 나뉘어 수록되어 있는데, 이 또한 아쉬운 점이라 할 수 있다. 왜냐하면 수집된 작품들은 연보 작성 과정을 거쳐 그 순서에 따라 수록될 때, 작품세계의 통시적 고찰에서 그 변이과정을 살피는 데 도움이 될 수 있기 때문이다.[46]

이외에 연이나 행 구분이 잘못된 점이나, 오자(誤字) 또는 탈자(脫字)가 발생된 점 등도 확인이 필요한 사항이다. 예를 들어 「구만물상(舊萬物相)」(246면)이나 「모란봉(牡丹峯)」(252면)·「낯익은 품속의 사랑」(258면)·「경포대(鏡浦臺)」(260면) 등은, 본래 연시조 형식으로 쓰인 시이므로 원본에서와 같이 마땅히 연 구분이 되어야 한다. 이에 반해 「들꽃」과 같은 시는 아래 사진에서처럼 본래 단연시(單聯詩)로 창작된 것임에도 불구하고 『심연수 시전집』(279면)에는 4행 다음에 연 구분이 되어 있다.

---

45) 원본 묶음 제2집에 수록된 총 17편의 작품 중 시 「야송(夜頌)」을 제외한 16편이, 이에 해당되는 것들이다.
46) 김학동, 『원전확정과 작가론의 반성 ─ 미해결의 문제들』, 새문사, 2006, 173면.

<사진 9> 「들꽃」 원본 전문 사진47)

또한 앞서 인용한 시 「현해탄을 건너며」의 경우를 보면, 이 시
는 원본에서와 같이 본래 한 연이 4행씩으로 이루어진 총 3연 12
행의 작품이다. 그런데 『심연수 시전집』(272면)에 수록된 이 시 1
연은 5행으로 되어 있는 것을 볼 수 있다. 여기서 5행은 원래 4행
끝에 이어진 부분인데, 행 구분이 되어야 하는 것처럼 인쇄되어
있는 것이다. 물론 좌우 2단의 좁은 지면(紙面)에 시들이 옮겨지다
보니 이와 같은 일이 발생된 것으로 그 요인이 이해되지 않는 바
는 아니지만, 앞의 행에 이어지는 부분은 다음 행에서 내어 쓰기
가 되어야 하는 것이 상식이다. 그럼에도 불구하고 전체 수록된
시들의 긴 행들이 모두 이렇게 인쇄되어 있다 보니 이는 본래 행
구분이 그렇게 된 것인지, 아닌지에 대한 의문을 야기할 수 있다.

그리고 이 시집에 수록된 「비로봉(毘盧峰)」(248면)·「마하연(摩

詞衍)」(248~249면) 등의 시에서는 시의 제목에서뿐만 아니라 그 내용에서도 원본과 달리 '毘勞峰'·'麻訶衍' 등으로 일부 한자가 오기되어 있는 것이 눈에 띈다. 더구나 시 「경회루(慶會樓)」(252 면)에서는 '국빈(國賓)'이 '국민(國民)', 「수학여행을 마치고」(259면)에서는 '폐허(廢墟)'와 '우울(憂鬱)'이 '처처(處處)'와 '우수(憂愁)', 「밤이 새도록」(291면)에서는 '구들'이 '그들' 등으로 오기되어 있어, 시 해석상에 오류가 범해질 가능성이 내재되어 있는 것으로 볼 수 있다. 이에 비해 「과오(過誤)」(314면) 같은 시에서는, 13행 다음에 "한 몸이 그처럼 알뜰하던지"라는 구절이 빠져 있어, 이 또한 작품을 올바로 해석하는 데에 저해 요인으로 작용할 수 있다.

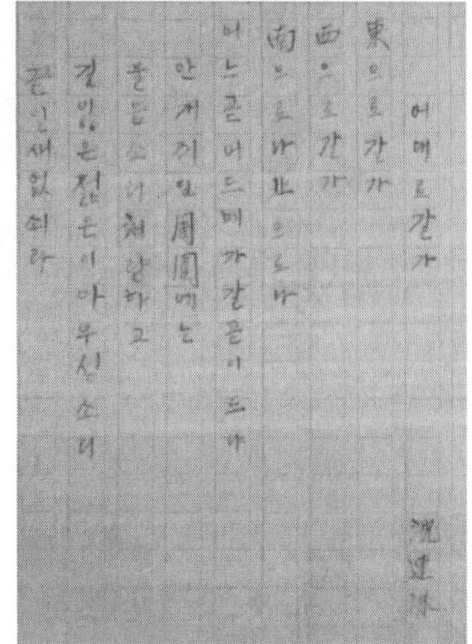

〈사진 10〉 「어대로 갈가」 원본 전문 사진48)

<hr>

48) 원본 기타 묶음 1의 7번째 수록.

더욱이 편자는 그의 논문에서 첫 출판본인 『사료전집』(2000)이 지니고 있는 문제점들 중의 하나로, 여기 수록된 시들 가운데 원고와 달리 임의적으로 시의 형식이 고쳐진 경우가 있다는 점을 지적한 바 있다.[49] 그런데 『심연수 시전집』에 실려 있는 「어대로 갈가」(292면)와 같은 시에서는, 여전히 들여쓰기(indentation)에 의한 시의 구획이 무시되어 있다는 점에서 보완이 요망된다 하겠다.

4. 『심연수 원본대조 시전집』(2007)의 발간

필자가 최근 『심연수 원본대조 시전집』을 엮게 된 동기는, 기존의 심연수 작품집들이 나름대로의 의의를 지니고 있음에도 불구하고, 원본에 대한 충실한 연구가 진행되지 않은 상태에서 간행된 것이 대부분이기 때문이었다. 필자가 위에서뿐만 아니라 이 『심연수 원본대조 시전집』의 뒷부분에 수록해 놓은 논문 「심연수(沈連洙) 시의 원본 연구」[50]에서도 일부 지적한 바와 같이, 이들은 몇 가지 측면에서의 오류를 내포하고 있었던 것이다. 이러한 점에서 필자는 이미 공개된 것뿐만 아니라 다시 발굴된 시들까지를 대상으로, 이에 대한 원전 확정 과정을 거쳐, 일문(日文)시를 포함하여 총 258편[51]에 대한 연보[52]를 먼저 작성했다. 그의 육필 유고 끝에

---

49) 김해응, 앞의 책, 47~49면.

50) 황규수, 「심연수(沈連洙) 시의 원본 연구」, 『심연수 원본대조 시전집』, 한국학술정보, 2007, 529~563면.

51) 이와 관련하여 『심연수 원본대조 시전집』에는, 필자가 최종본으로 선정한 255편의 시 이외에 3편의 이본이 더 실려 있는 것을 볼 수 있다. 그런데 이는, 시인이 『노산시조집』을 읽으면서 쓴 7편의 시 중 「님의 뜻」을 비롯하여 「청춘」·「참(眞)」 등 3편이 추후 고쳐진 것(「참(眞)」은 「소원」으로 제목도 바뀜)임에도 불구하고 추가로 발굴된 시편이어서, 이 책

기록된 창작 연월일을 근거로 이를 만들었던 것이다. 물론 그것이 구체적으로 밝혀져 있지 않은 경우에는 각 원고의 묶음별 순서 및 전후 정황을 고려했다. 그래서 그가 동흥중학교를 졸업하고 일본대학에 입학할 무렵인 1941년을 기준으로 그 이전과 이후의 것을 제1부(1940년까지의 시)와 제2부(1941~1943년 사이의 시)로 구분하여 창작 연월일 순으로 수록하되, '추가 발굴 및 일문(日文) 시편'은 제3부에 따로 실었다. 그런데 이 중 제1부 및 제2부의 시들은 현대문으로 바꾼 것을 먼저 수록하고, 원문을 가로쓰기하여 옮긴 것을 각각 그 다음에 순서대로 실어 놓았다. 그럼으로써 이 책이 일반 독자용으로뿐만 아니라 학술 연구용으로도 활용될 수 있도록 엮어 놓은 것이다.

물론 이 책에 수록된 시는 1943년 7월경까지 창작된 작품들로, 이후 그가 1945년 8월 8일 광복을 1주일 앞두고 27세의 젊은 나이에 사망할 때까지 대략 2년 동안 쓴 것은 빠져 있다. 심연수 시인이 검문소에서 군인들에게 피살될 당시 그는 트렁크를 갖고 있었다고 하는데, 거기에 있었을 것으로 추정되는 작품들을 실제로 본 이는 아직 없기 때문이다. 또한 이 책에는 지금까지 공개 및 발굴된 그의 시들을 대상으로 필자가 최종본을 선정해서 그 원문을 현대문으로 바꾼 것과 함께 수록해 놓았는데 보충할 부분이 있다. 이와 관련하여 이에 대해 평한 한 논자의 글은 주목할 필요가 있다.

의 제3부에도 중복해서 수록됐기 때문이다.

52) 황규수 편저, 앞의 책, 520~527면.

우선 텍스트를 확정하는 작업으로부터 출발해야 한다. 심연수론은 그때부터 시작해도 늦지 않다. 그런 의미에서 황규수 씨의 작업은 귀감이 된다. 그런 한편으로 역시 불충하다고 생각되는 점도 있다. 첫째, 왜 시만 하고 소설, 각본, 평론, 수필 등 다른 분야의 원문대조에는 손을 대지 않았는가. 둘째, 왜 원고의 사진판을 사용하지 않는가. 사진판이라면 본인의 필적을 그대로 전해준다. 사진판에는 오기도 있을 터이니, 그것을 정정한다거나 방언, 한어(漢語), 고어에 주를 붙이든가 해서 사진판을 기본으로 원문을 확정한 후에 현대어로 고쳤더라면 하는 생각이 든다. 셋째, 더 나아가 말한다면, 시 「용고(龍高)」처럼 심연수 작인지 불분명한 것까지 심연수의 작품으로 하고 있다. 「용고」는 기성의 교가(일부 오기가 있다)를 베꼈다든가, 학생임에도 불구하고 당시 교가 응모에 내려고 했던 원고일 가능성이 높다. 황규수 씨도 '심호수 씨가 현재 보관하고 있는 원고 묶음 중에 포함되어 있음'이라고 주석에 밝혀 다른 작품일 가능성도 암시하고 있다.[53]

위에서 평자가 먼저 지적한 바와 마찬가지로, 시 이외에 소설 및 수필 등 다른 부문의 원문대조도 필요하다. 왜냐하면 기존의 출판본에서는 이 부분에서도 잘못 표기된 것이 눈에 띄기 때문이다. 그 단적인 예로 다음과 같은 그의 일기를 보자.

---

53) 오오무라 마스오, 「심연수의 일본관」, 『심연수 학술세미나 논문총서』, 심연수선양사업위원회, 2007, 470면.

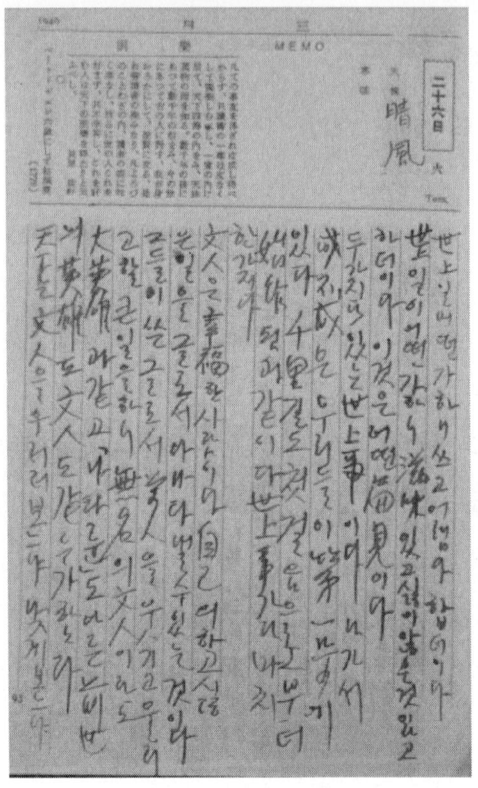

> 文人은 幸福한 사람이다. 自己의 하고 <u>싫은</u>(밑줄 – 필자) 일을 글로서 다 나타낼 수 있는 것이다. 그들이 쓴 글로서 萬人을 웃기고 울리고 할 큰일을 하니, 無名의 文人이라도 大英雄과 같고 〈나파룐〉도 다른 前世의 英雄도 文人도 같은가 하노라. 天下는 文人을 우러러 보느냐 낮게 보느냐.[54]

　위의 인용문은 1940년 3월 26일 그가 쓴 일기 내용 중 일부분인데, 전체 내용의 흐름상 밑줄 그은 '싫은'은 '싶은'의 오기로 볼 수 있다. 현실 세계에서와는 달리 문학의 세계에서는 글을 이용해

---

54) 심연수, 「삼월 이십육일 화 청(晴) 풍(風)」, 『사료전집』(2004), 276면.

서 자신의 소망을 표현할 수 있어 행복감을 느낀다는 것이다. 실제로 원문을 보더라도 인용문 내용 중 '싫' 자 대신에, '시'에 'ㅍㅎ' 받침을 한 글자가 쓰여 있어, 이는 '싶은'의 뜻으로 쓰인 것임이 확인된다. 따라서 이와 같은 오류를 바로잡기 위해서라도 시 이외의 다른 부문에 있어서도 원문대조 및 정리가 필요하지만,『심연수 원본대조 시전집』에서는 그 지면 및 시간 관계상 이를 다음 기회로 미루기로 하였다.

또한 평자가 언급한 대로 이 책에서는 시 원본을 사진판으로 보여주지 못했으며, 주석 처리에 있어서도 미흡한 면이 있다. 그런데 이는 연구자 한 개인만의 노력으로 단시간 내에 해결될 수 있는 문제가 아니다. 일단 국내의 출판 현실상 그에 필요한 경비가 어느 정도 조성되어야 할 뿐만 아니라, 공동 연구를 위한 기반도 마련되어야 할 것이다. 따라서 이의 성취를 위해서는 더욱 다양한 측면에서의 지원과 연구가 있어야 할 것으로 판단된다.

마지막으로 평자는, 이 책에서 시 「용고(龍高)」처럼 심연수 작인지 불분명한 것까지 심연수의 작품으로 하고 있다고 기술하였다. 그러나 이 시의 원본 제목 다음에는 '四／三 沈連洙'라고 쓰여 있어 시 「용고」를 쓴 사람이 심연수일 가능성이 높음을 보여준다.

東으로는太平洋의潮香
西으로는興安嶺넘는억센瑞嵐
大地에뛰노는健兒야말로
우리들이땅의새일군일세.

몸바치자우리들은東洋平和에
東亞의첫동이이제야트는고나
메일任務는많다고하나
鍛鍊된몸마음은鋼鐵같도다.

배호자힘쓰자大地에서
王道樂土의젊은이여
五族協和가빛나는곧에
솜씨야빛나거라歷史에남기자.

－「대지(大地)의 젊은이들」 전문56)

---

55) 원본 기타 묶음 1의 3번째 수록.

56) 황규수 편저, 앞의 책, 23면. 이 시의 원본에는 시인의 이름이 제목 다음에 적혀 있음.

더욱이 위에 인용한 그의 시 「대지의 젊은이들」은 일문시(日文詩) 「용고」와 내용이 아주 흡사하여, 둘 가운데 어느 것이 먼저 쓰였는지까지는 구분되지 않지만, 전자만이 아니라 후자도 그에 의해 지어진 것이라는 점은 믿어 의심치 않게 한다.[57]

이렇게 본다면 『심연수 원본대조 시전집』은 앞으로 보완되어야 할 과제를 지니고 있음에도 불구하고, 『사진판 심연수 자필(自筆) 시고전집(詩稿全集)』이나 『심연수 정본 시전집』이 간행되기 어려운 상황에서, 그 준비 과정에서 엮어진 것이라는 점에서 일차적인 의미가 있다 하겠다. 왜냐하면 위에서 언급한 바와 같이 그 이전의 출판본이 나름대로 의의를 지니고 있음에도 불구하고 문제점 또한 내포하고 있어, 여기에 수록된 작품들을 자료로 하여 연구가 진행될 때 발생될 수 있는 오류가, 이 책의 간행으로 어느 정도 극복될 수 있을 것으로 기대되기 때문이다.

Ⅲ. 결어 – 남은 과제

지금까지 간행된 심연수의 작품집들을 검토해 본 결과, 그것들이 지니는 나름대로의 의의는 인정하지만, 그것들이 내포하고 있는 문제점 또한 부인할 수 없다. 그의 작품들이 발굴된 후 짧은 시간 내에 정리되다 보니 여러 가지 오류가 발생될 수 있었던 점은 이

---

57) 오오무라 마스오 교수는 추후(2007. 12. 7.) 필자와의 면담에서, 이와 같은 필자의 견해에 동의한 바 있다.

해된다. 그럼에도 불구하고 나중에 발행된 작품집에서도 유사한 잘못이 여전히 반복될 때 이는 비판받기에 충분한 것이다.

이와 같은 맥락에서 현재는 그의 작품이 발굴될 당시의 흥분을 가라앉히고, 냉정하게 그것을 다시 바라볼 때다. 일제 강점기라고 하는 당시의 시점에서 그의 모든 작품에 대해 지나치게 기대를 갖고 대하는 것은 그의 작품을 과대평가하게 하는 한 요인을 제공할 수 있지만, 현재의 시점에서 그에 대해 과도하게 작품성을 요구하는 것도 그의 작품을 올바로 평가하는 데에 방해하는 한 요인으로 작용할 수 있는 것이다.

이와 관련하여 근자에 필자가 엮은 『심연수 원본대조 시전집』은 앞으로 보완되어야 할 과제를 지니고 있음에도 불구하고 그 나름의 의미가 있다 하겠다. 그의 발굴된 작품들 중에서 이전의 작품집에 수록되지 않은 것이 보충되고, 중복되는 것은 원전 확정 과정을 거쳐 삭제되며, 작품 연보도 마련된 것 등이 그 구체적인 예에 해당되는 것들이다. 그의 작품에 대한 제대로 된 이해와 평가를 위해서는 이와 같은 작업이 먼저 요망되었던 것이다. 그러므로 이를 바탕으로 새로운 작품집을 간행함에 있어서는 우선, 영인본주의에 입각한 사진판 출간이 요청된다 하겠다. 왜냐하면 이를 토대로 연구자들이 그의 시를 학문적 대상으로 다양하게 접근할 수 있는 기틀이 마련될 수 있기 때문이다. 물론 사진판 시전집이라 하여 여기에 시 원본 사진만이 실려야 하는 것은 아니다. 책의 한 면에는 시 원본 사진을 일률적으로 수록하되 다른 한 면에는 교열본주의에 입각한 현대어본을 대비되게 싣는다면, 일반 독자들이 그의 작품을 쉽게 이해하는 데도 도움이 될 것이다.

　　이렇게 볼 때 이와 같이 현대어본을 겸한 사진판 시전집이 출판
된다면 그의 시에 대한 연구는 한층 더 깊이를 더할 것이며, 일반
독자들이 그의 시를 폭넓게 접할 수 있는 기회도 증대될 것이라는
점은 믿어 의심치 않는다. 따라서 이의 조속한 실현을 위해서는
관련 단체뿐만 아니라 뜻있는 이들의 보다 많은 인적 그리고 물적
지원이 있어야 함은 더 이상 언급할 필요가 없다 하겠다.

(2008. 8.)

제3장 심연수 시의 이본과 원전 확정 문제

Ⅰ. 서언 - 『심연수 원본대조 시전집』의 간행 배경

지난 2000년 중국 조선족이 이주 100년을 맞이해서 민족문화유산을 정리하기 위해 50권에 달하는 『20세기 중국조선족문학사료전집』[1]의 출판을 기획하였는데, 그중 제1집에 심연수(1918~1945)의 문학편이 수록됨으로써 그의 작품이 일반에게 공개된 이래 어느새 8년의 세월이 흐르고 있다. 1945년 일제로부터 광복을 1주일 앞둔 시점에서 비극적으로 유명을 달리한 그의 작품이, 사후 55년이 되어서야 세상에 알려지게 되었는데, 그 이후 다시 이 같은 시간이 지나고 있는 것이다. 물론 그도 살아생전에 작품을 전혀 발표하지 않은 것은 아니지만,[2] 이처럼 많은 작품이 한꺼번에 공개된 것은

---

1) 심련수, 『20세기 중국조선족문학사료전집』 제1집(심련수 문학편), 연변: 연변인민출판사, 2000. 이후 이 책을 언급할 때는 편의상 간략히 『사료전집』(2000)이라 일컫기로 한다.

2) 《만선일보》에 발표된 심연수의 작품을 순서대로 열거해 보면 다음과 같다. 먼저 시에 있어서는 「대지의 봄」(1940년 4월 16일)·「여창(旅窓)의 밤」(1940년 4월 29일)·「대지의 모색(暮色)」(1940년 5월 5일)·「길」(1941년 3월 3일)·「인류의 노래」(1941년 12월 3일) 등이 있으며, 기행문에는 「근역(槿域)을 찾아서」(1~3, 1941년 2월 18일~3월 5일)가 있고, 단편소설로는 「농향(農鄕)」(상·하, 1941년 11월 12일·11월 19일)이 있다.

늦게나마 다행스러운 일이었다. 그럼에도 불구하고 짧은 시간 내에 발굴 작품이 출판되다 보니, 그것이 지니는 나름대로의 선구적 의의는 그 문제점에 의해 가려지지 않을 수 없었다. 이와 같은 맥락에서 첫째, 시의 형식을 유지하지 않았다는 점, 둘째, 일부 구절을 누락시키는 등 원문을 손상하였다는 점, 셋째, 여러 편의 이본이 있을 경우 최종본의 선택에 원칙이 없다는 점, 넷째, 일부 작품을 누락하였다는 점, 다섯째, 원문 표기를 임의로 변경하였다는 점, 여섯째, 작품 연도를 잘못 표기하였다는 점, 일곱째, 작품의 제목과 내용을 잘못 연결하였다는 점, 여덟째, 작품 내용을 임의로 변경하여 원본을 훼손하였다는 점 등을 들어, 이 출판본이 연구 텍스트로서의 자격을 상실하였다는 한 논자의 지적[3]은 적절하다고 본다. 이러한 문제점으로 인해 이 출판본은 더 이상 간행될 수 없게 되었는데, 이에 따라 용정 대성중학교 기념관에서 윤동주 시집 등과 같이 전시 판매되던 이 책이 이제는 눈에 띄지 않게 되어 안타까움을 더해 준다.

이처럼 첫 출판본이 많은 문제점을 지니고 있다면 그 이후 간행된 책들에 있어서는 어떠한가? 그의 시선집 『소년아 봄은 오려니』에서도 첫 출판본의 문제점들이 그리 개선되어 있지 않음을 볼 수 있다. '일러두기'에서 밝히고 있듯이[4] 이 책은 기본적으로 첫 출판

---

3) 김해응, 『심연수 시문학 연구』, 한국학술정보, 2006, 46~52면.
4) 심연수 시선집 『소년아 봄은 오려니』(강원도민일보사, 2001)의 '일러두기'(26면)에서는 이 책의 편집 지침을 다음과 같이 밝힌 바 있다.
   1. 이 시선집은 중국 연변인민출판사 『20세기 중국조선족문학사료전집』 제1권(심련수 문학 편)을 대본으로 삼아 그중 중요한 작품을 뽑으면서 원본에 충실해 오류를 바로 잡았다.
   2. 선집의 구성은 독자들의 편의를 위해 현대 한국의 표기법에 따라 실었다.
   3. 되도록 원문을 고치지 않는다는 원칙에서 사투리, 된소리 등 시적인 표현은 그대로 옮겼으며, 띄어쓰기는 의미가 손상되지 않는 범위에서 읽기 좋게 했다.

본을 대본으로 삼고 있기 때문에, 그중 중요한 작품을 뽑으면서 원본에 충실해 오류를 바로 잡았다고는 하지만, 그 한계로부터 크게 벗어날 수 없었던 것으로 판단된다. 그러므로 이 책이 일반 독자들에게 읽히기에는 큰 문제가 없다 할지라도 연구자들에게 이용되기에는 적절치 않다는 점에서는 첫 출판본과 크게 다르지 않다.

한편 재출판된 『20세기 중국조선족문학사료전집』[5]의 경우에는 첫 출판본에서 보인 몇 가지 문제점이 개선된 사실을 확인할 수 있다.[6] 원본에는 있지만 『사료전집』(2000)에는 수록되지 않았던 「경회루」, 「덕수궁」, 「신경(新京)」 등의 시가 재출판본에 실리게 된 점과,[7] 첫 출판본에 수록된 시들 중에서 문제가 있다고 판단되는 것이 바로잡힌 점[8] 등을 그 대표적인 예로 꼽을 수 있다. 그렇지만 '발간사'에서 펴낸이가 일체 교정을 하지 않아 원본에 가깝도록 최선을 다하였다고 기술하고 있음에도 불구하고 실제 작품에 있어

---

4. 한자는 불필요한 것은 뺀 대신 필요한 것은 넣었다.
5. 의미가 애매한 단어들이 있지만 각주는 생략했다.

5) 심연수, 『20세기 중국조선족문학사료전집』 제1집(심연수 문학편), 서울: 중국조선민족 문화예술출판사, 2004. 이후 이 책을 언급할 때는 편의상 간략히 『사료전집』(2004)이라 하여, 첫 출판본인 『사료전집』(2000)과 구분해서 지칭하고자 한다.

6) 필자는 최근, 「기존 심연수 작품집의 의의와 문제점」(연변대학조선언어문학학과 편, 『조선－한국언어문학연구』 4, 민족출판사, 2007. 3, 251～265면)에서, 이에 대해 좀 더 구체적으로 논의한 바 있다.

7) 재출판본에는 첫 출판본에 수록되지 않았던, 「초망부악(初望富嶽)」(177면), 「생과 사」(181면), 「가을아침」(182면), 「가을」(182면), 「밤길」(183면), 「용고(龍高)」(185면), 「대지의 젊은이들」(185면), 「경회루」(204면), 「덕수궁」(205면), 「신경(新京)」(216면) 등의 시가 추가되어 있는 것을 볼 수 있다. 그런데 이 중 시 「초망부악」을 제외한 나머지 작품은 시조로 분류되고 있다. 그러나 이들 작품을 모두 시조에 포함시키는 것이 과연 타당한지에 대해서는 이론이 제기될 수 있다. 특히 일문시(日文詩)인 「용고」의 경우는 더욱 그러하다.

8) 첫 출판본에서 「지평선」·「봄의 뜻」·「밤 일」 등으로 제목이 잘못 쓰인 것이, 재출판본에서는 각기 「여명(黎明)」·「님의 뜻」·「야업(夜業)」 등과 같이 원본의 제목대로 고쳐진 점이 그 첫 번째 예로 꼽힐 수 있다. 또한 첫 출판본에서는 목차의 제목과 수록된 시의 그것이, 각기 「우리의 부름」과 「세기의 노래」로 차이를 보여 혼란을 불러일으키는 경우가 있었는데 재출판본에서는 그것이 「세기(世紀)의 노래」, 하나로 일치를 보이는 것도 그 예라 하겠다.

서는 그렇지 않은 점이 눈에 띈다. 부득이 원본을 구하지 못한 것은 이전 출판본의 것을 그대로 썼다고 같은 자리에서 밝히고 있기는 하지만, 재출판된 『사료전집』에 수록된 작품들과 시 원본들 사이에 상이점이 여전히 남아 있음에도 불구하고, 이에 대한 해명이 없다는 점은 문제의 심각성을 더해 주는 것이다. 구체적으로 원본에는 있지만 재출판본에는 수록되지 않은 시가 남아 있는 점,9) 원본의 시 제목이 달리 기술10)되거나 오기11)된 점, 원본의 단어 및 구절이 잘못 기술되거나 아예 빠진 점,12) 원본과 행 또는 연 구분이 다른 점13) 등은 이에 해당되는 예로 볼 수 있는 것이다.

이와 같이 기존에 출판된 심연수의 『사료전집』(2000, 2004)은 많은 오류를 지니고 있으므로, 여기에 수록된 작품들은 연구대상으로 삼기에 만족스럽지 못한 것이 사실이다. 이러한 점에서 그 문제점들을 파악하여 그의 육필원고들을 입수해서 총 311편의 작품 중 244편의 시를 최종본으로 선정하고 이를 다시 교정하여 『심연

---

9) 시 「이상(理想)의 나라」는 재출판본에도 수록되어 있지 않다.

10) 원본의 「그」라는 제목의 시가, 『사료전집』(2004)에는 「무제(2)」(54면)로 달리 기술되어 있다.

11) 「비사문(毘沙門)」・「비로봉(毘盧峰)」・「마하연(摩訶衍)」 등의 시에서는, 첫 출판본에서와 마찬가지로 재출판본에서도 여전히 시의 제목에서뿐만 아니라 그 내용에서도 원본과 달리 '곤사문(昆沙門)'・'곤로봉(昆盧峰)'・'마사연(摩詞衍)' 등으로 오기되어 있다.

12) 그 대표적인 예로, 시 「침묵」(55면)에서는 "부ㅅ처처럼 聖스럽고"에서 '부ㅅ처'가 '붓'으로, 시 「들꽃」(63면)에서는 "억세일天候를 익이려는힘"이라는 구절에서 '천후(天候)'가 '천사(天使)'로 오기되어 있다. 또한 시 「흘어질무리」(46면)의 원본 6・7행에는 "불을안고 돌아갈제/새히망 타올으는"으로 기술되어 있는데, 『사료전집』(2004)에는 "불을안고 타올으는"이라 하여 일부 구절이 빠져 있는 것을 볼 수 있다. 더욱이 시 「고독」(「고독」(1), 60면)의 마지막 두 행에서도 "峻嶺넘은 기쁨을 가슴에품고/孤獨의 한평생을 맞이려한다."가 "峻嶺넘는 한평생을 맞이려한다."로 바뀌어 있는 것을 볼 수 있는데, 이 또한 시의 주제와 관련하여 의미 전달에 있어 애매모호함을 발생시키는 주된 요인이 됨을 파악할 수 있게 한다.

13) 시의 행 또는 연 구분이 원본과 다른 작품으로는, 「여명(黎明)」(31면)을 비롯하여 「대지의 봄」(31면)・「여창(旅窓)의 밤」(32면)・「대지의 모색(暮色)」(34면)・「어제와 오늘」(59면)・「샘물」(64면)・「수명(壽命)」(65면) 등의 시가 있다.

수 시전집』14)을 엮어 낸 김해응의 연구 성과는 주목할 만하다. 나름대로의 최종본 선정 원칙15)을 밝히고 그에 입각하여 그것을 확정해서 정리한 경우는 그 이전까지 없었기 때문이다. 또한 선정된 최종본을 다시 교정하는 데에 있어서도 편자가 자기 나름대로의 합리적이고 일관성 있는 원칙과 정책을 마련16)하여 적용한 것도 마찬가지이기 때문이다. 실제로 필자도 현재 심연수 시인의 아우 심호수가 보관하고 있는 육필원고의 사진본17)과 한국 내에 반입되어 있는 복사본18)을 비교 검토해 본 결과, 지금까지 알려진 그의 시 작품 수는 311편에 이르는 것을 확인할 수 있었다. 그럼에도 불구하고 심연수 시인의 추가로 발굴된 작품들19)과 1941년 3월 3일자 ≪만선일보≫(4면)에 발표된 시 「길」 등 총 10편의 시가 여기에는 포함되어 있지 않다. 또한 편자에 의해 최종본으로 선정된

---

14) 김해응 편, 『심연수 시전집』, 『심연수 시문학 연구』, 한국학술정보, 2006, 229~330면.

15) 연이 나누어진 작품을 우선으로 하는 원칙, 제목이 있는 작품을 우선으로 하는 원칙, 고쳐 쓴 흔적에 따라 추적하는 원칙, 작품내용 외에 시인이 제시한 구체적인 주변 정보들을 통하여 선정하는 원칙 등은, 편자가 심연수 시의 원전을 확정하는 과정에서 적용한 원칙들이다. 위의 책, 59~65면.

16) 편자는 '『심연수 시전집』 일러두기'에서 "표기법은 시인의 원고대로 입력하는 것을 원칙으로 한다. 띄어쓰기는 현대 맞춤법을 적용한다. 현대 한글 정서법에 어긋나는 표기에 대해서는 다음과 같은 원칙에 따라 입력한다."고 전제한 후, 그 아랫부분에 원칙 15가지를 기술한 바 있다. 위의 책, 231~232면.

17) 필자는 지난 2006년 7월 31일부터 8월 7일까지 연변에 머물면서, 심연수 시 원본을 보관하고 있는 그의 아우 심호수 씨 댁을 직접 방문하여, 이를 사진으로 찍어 온 바 있다. 이때 도움을 주신 시인의 유가족과 김룡운 선생님, 그리고 연변대학교의 우상렬 교수님·임향란 박사님께 이 자리를 빌려 다시 감사드린다.

18) 필자는 현재 강릉의 삼척 심씨 대종회에 보관되어 있는 복사본을 참조하였다. 이때 도움을 주신 귀회의 관계자 여러분들께도 이 자리를 빌려 다시 감사드린다.

19) 황규수 편저, 『심연수 원본대조 시전집』, 한국학술정보, 2007, 506~515면. 심연수 시인이 『노산시조집(鷺山時調集)』(3판; 경성: 한성도서주식회사, 1937)을 읽으면서 쓴 7편의 시와, 중학생 시절 영어 교재로 사용했던 것으로 추정되는 책에 써 놓은 2편의 시가 이에 해당되는 것이다.

244편 중에는 일부 시가 제외되어 있다.[20] 이와 관련하여 최종본으로 선정된 이 작품들 가운데에는 그것으로 보기에 적합하지 않은 것들도 일부 포함되어 있다고 판단된다.

이러한 점에서 이에 대해서는 좀 더 깊이 있는 논의가 요망된다고 생각하며, 본고가 쓰이게 된 동기도 여기에 있다. 따라서 이 자리에서는 심연수 시들 중에서 주로 이본이 존재하는 원본들에 대한 비교 고찰에 의해, 그의 시의 원전 확정을 위한 한 방안을 모색해 보고자 한다. 그럼으로써 그의 작품에 대한 올바른 이해와 평가의 기본 요건을 갖추어 놓고자 하는 것이다.

Ⅱ. 심연수 시의 이본과 원전 확정을 위한 방안 모색

앞서 언급한 바와 같이 근자에 추가로 발굴된 작품들을 포함하면 심연수의 시는 총 321편에 이른다. 그런데 이 중 206편은 한 차례만 수록되어 이를 그대로 최종본으로 볼 수 있지만, 나머지 115편은 49편의 시가 한 차례부터 세 차례에 걸쳐 고쳐진 것으로 판단되어 이들에 대해서는 어느 작품이 최종본인지를 보다 신중히

---

20) 이에 해당되는 작품으로는 「북국의 봄맞이」와 「야송(夜頌)」·「해란강」·「맨발」 등 4편의 시가 있다. 물론 김해응은 그의 글(앞의 책, 57면)에서 「추억의 해란강」과 「해란강」, 「침송(寢頌)」과 「야송」을, 제목은 다르지만 내용이 같은 작품으로 구분하여, 이들을 같은 작품의 이본으로 본 듯하다. 그러나 필자가 보기에는 이 작품들뿐만 아니라, 「대지의 봄」과 「북국의 봄맞이」, 『심연수 시전집』에 수록된 「맨발」과 여기서 지칭하는 시 「맨발」 사이에도 유사점보다 상이점이 더욱 눈에 띄어, 이들을 각기 별개의 시로 구분하고자 한다. 따라서 필자가 엮은 『심연수 원본대조 시전집』에는 이들 작품이 각기 수록되어 있는 것을 볼 수 있는데, 이와 같은 이유 때문에 여기서 시 「맨발」은 1과 2로 구분되어 있다.

결정하는 과정이 요망된다.[21] 그러면 이와 같은 작품들의 이본들 가운데에서 어떤 것을 최종본으로 선정할 수 있겠는가? 무엇보다 작품 끝에 모두 쓴 날짜가 기록되어 있다면 최종본을 결정하는 것이 그리 복잡한 일은 아닐 것이다. 그러나 그런 작품이 기대만큼 많지 않을 뿐만 아니라, 그러한 시라 하더라도 이본들에 있어서는 보통 같은 날짜가 적혀 있다는 점이, 이 일을 쉽지 않게 한다. 그럼에도 불구하고 심연수의 일부 시 원본에는 고쳐진 흔적이 남아 있는 점과, 이본이 존재하는 49편의 작품 중 무려 45편[22]이 그의 자선 시집 『지평선』의 원고 묶음[23]에 포함되어 있는 점은, 그의 시에서 최종본을 선정하는 데에 중요한 단서를 제공해 준다. 왜냐 하면 이것이 시인이 살아 있을 때 공식적으로 출판된 것은 아니라 할지라도, 여기에 수록된 작품들은 시집으로 엮기 위해 일차적으로 정리되어 최종본일 가능성이 높은 것으로 추정되기 때문이다. 따라 서 이를 전제로 『지평선』에 수록된 시들을 대상으로 먼저, 이본이 존재하는 양상을 조사하여 이를 표로 작성해 보면 다음과 같다.

---

21) 이와 관련하여 필자가 엮은 『심연수 원본대조 시전집』에는, 본인이 최종본으로 선정한 255편의 시 이외에 3편의 이본이 더 실려 있는 것을 볼 수 있다. 그런데 이는 시인이 『노산 시조집』을 읽으면서 쓴 7편의 시 중 「님의 뜻」을 비롯하여 「청춘(靑春)」·「참(眞)」 등 3편 이 추후 고쳐진 것(「참(眞)」은 「소원」으로 제목도 바뀜)임에도 불구하고 추가로 발굴된 시 편이어서, 이 책의 제3부에도 중복해서 수록됐기 때문이다.

22) 여기에 포함되어 있지 않은 시로는, 「어디로 갈까」·「송화강 저쪽」·「추회(追懷)」·「심성 (心星)」 등 4편이 있는데, 이들에 있어서는 각기 두 편씩의 이본이 존재한다.

23) 추가로 발굴된 시 10편 이외에 현재 심호수 씨 댁에 보관되어 있는 나머지 304편의 시 원본은, 그의 맏아들(시인의 조카) 심상인에 의해 제1집부터 제10집까지 10개의 묶음과 기 타 2개의 묶음으로 정리되어 있다. 그런데 이 중 『지평선』이라는 시집 제목 아래 48편의 시가 그 목록과 함께 묶여 있는 것은 제3집이다. 그리고 이 밖에 「대지의 젊은이들」·「생과 사」·「봉천성(奉天城) 위에서」·「신경(新京)」·「불탄 자리3」·「구우(舊友)를 찾아서」·「 눈보라」 등 7편의 시 원본은 여기에 포함되어 있지 않고, 강릉의 삼척 심씨 대종회에 그 복사본만이 보관되어 있는 것을 볼 수 있는데, 그 이유가 무엇인지에 대해 알기 위해서는 좀 더 확인이 필요하다고 생각한다.

〈표 1-1〉 제3집 『지평선』에 수록된 시들의 이본 존재 양상

순서	시 제목	이본 수	2집	6집	9집	노산 시조집	순서	시 제목	이본 수	2집	6집	9집	노산 시조집
1	여명	2	○				25	현해탄을 건너며	3	○		○	
2	대지의 봄	3	○	○			26	이향의 야우	2			○	
3	여창의 밤	3	○	○			27	자지 않는 밤	2			○	
4	이역의 만종	3	○	○			28	추억의 해란강	2			○	
5	대지의 모색	3	○	○			29	한 줌의 모래	2			○	
6	청춘	4	○	○		○	30	인생의 사막	3	○		○	
7	쏟아진 잉크	3	○	○			31	아침	2			○	
8	소원	4	○	○		○24)	32	그	·				
9	침송	2		○			33	기다림	2			○	
10	대지의 여름	2		○			34	침묵	3	○		○	
11	교외	2		○			35	귀로	2			○	
12	모교	2		○			36	새벽	2			○	
13	불탄 자리	2		○			37	안식처	2			○	
14	대지의 가을	3	○	○			38	맨발	2			○	
15	들길	2		○			39	세기의 노래	3	○		○25)	
16	앞길	3	○	○			40	어제와 오늘	2			○	
17	목자	2		○			41	고독	2			○	
18	사연	2		○26)			42	님의 뜻	2				○
19	운성	3	○	○			43	떠나는 설움	2			○	
20	흩어질 무리	2		○27)			44	들꽃	2			○	
21	안도의 바다	3	○28)	○			45	냇가	2			○29)	
22	밤은 깊었으련만	2		○			46	샘물	·				
23	대지의 겨울	2		○			47	수명	2			○	
24	떠나는 젊은 뜻	2			○		48	오신 것을	·				
소계		61	12	22	1	2	소계		46	4	·	20	1
총 계									107	16	22	21	3

---

24) 심연수가 독서한 『노산시조집』에 기재되어 있는, 이 시 이본의 제목은 「참(眞)」임.

25) 원본 묶음 제9집에 수록되어 있는, 이 시 이본의 제목은 「우리의 부름」임.

26) 원본 묶음 제6집에 수록되어 있는, 이 시 이본의 제목은 「편지」임.

27) 원본 묶음 제6집에 수록되어 있는, 이 시 이본의 제목은 「흩어질 무리(이)」임.

28) 원본 묶음 제2집에 수록되어 있는, 이 시 최종본의 제목은 「안도의 품」임.

29) 원본 묶음 제9집에 수록되어 있는, 이 시 이본의 제목은 「고독」임.

위의 표에서와 같이 시집 『지평선』의 원고 묶음 속에 있는 48편의 시 중, 「그」・「샘물」・「오신 것을」 등 3편을 제외한 나머지 45편은, 당시 시인이 읽었던 『노산시조집』[30]이나 제2집・제6집・제9집 등 3개의 원고 묶음에도 최소한 한 번부터 최대한 세 번까지 수록되어 있어, 적게는 두 편부터 많게는 네 편까지의 이본이 존재함을 알 수 있게 한다. 그러면 이들 사이의 선후 관계는 어떠한가? 이 가운데 우선 『노산시조집』에 수록되어 있는 3편은, 다른 원고 묶음에 포함되어 있는 작품들[31]과 달리 원고지에 옮겨 적기 이전의 것일 뿐만 아니라, 창작일이 1940년 3월 29일로 가장 초기에 창작된 것이므로, 그중 먼저 쓰인 이본으로 판단된다. 다음으로 『지평선』에 실려 있는 48편 중 전반부의 22편은, 주로 1940년에 쓰인 총 47편이 수록되어 있는 제6집의 시들과 많은 유사성을 보여, 이의 이본들로 볼 수 있다. 그런데 제6집의 일부 작품에는 고쳐진 흔적이 남아 있어, 이와 『지평선』에 수록된 것을 비교해 보면, 전자를 고친 후 다시 정리한 것이 후자라는 사실을 알 수 있게 된다.[32] 그리고 이와 같은 방법에 따라 『지평선』의 후반부에 실려 있는 작품들과, 주로 1941년 2월부터 7월까지 창작된 총 30편이 수록되어 있는 제9집의 시들을 비교해 보면, 이 중 21편이

---

30) 심연수의 유복자인 심상룡은 30여 년 전에 그의 막역지우인 윤길복에게 책 한 권을 선물한 적이 있는데, 그 책은 다름 아닌 그의 아버지가 생전에 읽었던 『노산시조집』으로, 여기에는 「봄소식」・「책집」・「동경(憧憬)의 금강(金剛)」・「할 일」 등 심연수의 친필 유고 시조 7편이 기록되어 있다. 이에 대해서는 김룡운이 「청송 심련수와 그의 시조문학」(인터넷 '문화산맥', 중국연변조선족문화발전추진회, http://koreancc.com, 2003. 8. 30.)이라는 글에서 처음 밝힌 바 있는데, 필자도 2006년 8월 연변에 갔을 때 실제 확인한 바 있다.

31) 12개의 묶음에 수록되어 있는 심연수의 시 원본들은 대체로, 200자 원고지에 세로쓰기 형태로 쓰여 있다.

32) 「모교」・「불탄 자리」・「흩어질 무리(이)」・「안도의 바다」・「밤은 깊었으련만」 등의 시가, 이에 해당되는 예이다.

이본인데, 여기서도 『지평선』에 실려 있는 것이 추후 고쳐진 것임을 파악할 수 있다.33) 그렇다면 『지평선』에 정리된 작품들과, 제2집에 수록된 총 21편 중 그 이본으로 판단되는 16편 사이의 선후 관계는 어떠한가? 같은 방법으로 비교해 보면 여기서는 오히려 『지평선』에서 다시 고쳐진 시가 제2집에 정리되어 있다는 사실을 알 수 있다.34) 이렇게 볼 때 『지평선』의 시가, 시인이 살아 있을 때 시집으로 엮기 위해 정리해 놓은 것이라 할지라도, 그 모두가 최종본이 아니며, 이 중 제2집에 다시 수록된 16편의 시는 그것이 최종본이라고 보는 것이 타당하리라고 생각한다.

Ⅲ. 작품에 대한 실제 검토

위에서와 같이 이본에 대한 비교 검토를 통한 선후 관계의 고찰은, 그의 시에서 최종본을 선정하는 데에 있어서만이 아니라, 더 나아가 그의 시를 보다 폭넓고 깊이 있게 이해하는 일에 있어서도 중요한 단서를 제공해 준다. 그러므로 실제 작품을 대상으로 이에 대한 논의를 더욱 구체적으로 전개해 보면 다음과 같다.

---

33) 「자지 않는 밤」·「추억의 해란강」·「인생의 사막」·「아침」·「기다림」·「침묵」·「귀로」· 「새벽」·「맨발」·「우리의 부름」·「어제와 오늘」·「들꽃」·「수명」 등의 시가, 이에 해당되는 예이다.

34) 「여명」·「이역의 만종」·「청춘」·「쏟아진 잉크」·「대지의 가을」·「현해탄을 건너며」 등의 시가 이에 해당되는 예이다.

① 읽고서 알엇쇠다 님마음 알엇쇠다
　보고서 알엇서라 그님마음 알 수 있어
　字마다 소리치며 句마자 외여둘라우

(一九四〇年三月二十九日滿苦舍에서)
靑松 沈鍊洙

—「님의뜻—鷺山先生을慕敬하며끝首를끝보며—」 전문35)

② 읽고서 알엇쇠다 님마음 알엇쇠다
　보고서 알엇쇠다 그님마음 알 수 있어
　字마다 살엇고 句마다 뛰더이다.

—「님의 뜻」 전문36)

　위에 인용한 시 ①은, 심연수 시인이 『노산시조집』을 읽으면서 거기에 직접 쓴 작품 중의 하나로 「님의 뜻」인데, 『지평선』에 수록된 같은 제목의 시 ②와 비교해 봤을 때 몇 가지 상이점이 눈에 띄어 주목된다. "鷺山先生을慕敬하며끝首를끝보며"라는 부제가 있는 점과, "(一九四〇年三月二十九日滿苦舍에서)/靑松 沈鍊洙"와 같이 창작일 및 그 장소와 시인의 호·이름이 명시되어 있는 점 등이, 시인의 생애 및 작품과 관련하여 중요한 정보를 제공해 준다. 이와 같은 맥락에서 이 시의 종장 "字마다 소리치며 句마자 외여둘라우"라는 구절에는, 시의 주제와 관련하여 시인의 심사(心思)가 보다 직설적으로 나타나 있는 것을 볼 수 있다. 시 ②의 종장에서는, "字마다 살엇고 句마다 뛰더이다."라고 하여, 그것이 우

---

35) 이은상 저, 심연수 독서, 『노산시조집(鷺山時調集)』, 3판; 한성도서주식회사, 1937, 200면 ; 황규수 편저, 앞의 책, 512면.
36) 시집 『지평선』 원고 묶음 99면, 황규수 편저, 위의 책, 307면.

회적으로 표현된 것과는 대비되는 특성을 보여주는 것이다. 이처럼 시 「님의 뜻」의 이본에 대한 검토를 통해 우리는 그의 시가 단순한 기록문 또는 감상록의 차원에서 벗어나 나름대로의 시적 표현을 얻어 가는 과정을 파악할 수 있다.

이와 같은 측면에서 『노산시조집』에는 「참(眞)」이라는 제목으로 처음 쓰였지만, 이후 3차례의 개작 과정을 거치며 「소원」으로 제목까지 바뀐 이 작품의 이본에 대한 구체적인 고찰은, 심연수 시인이 한 편의 시를 완성하기 위해 얼마나 고뇌했던가를 그대로 보여주는 것이기도 하여 관심을 끈다.

① 찾노라 知己를랑 나와같은 젊은이를
　一生을 두고돕을 나와같을 늙은이를
　바라니 어느뉘가 나와같이 사올과저

(一九四〇年三月二十九日)
青松

－「참(眞)」 전문37)

② 찾노라 知己를
　나와같은 젊은이를
　一生을 두고親할
　나와같을 늙은이를.38)

③ 찾노라 知己를 나와같은 젊은이를
　一生을 두고사괼 나와같을 늙은이를.39)

---

37) 심연수 독서, 『노산시조집』, 95면 ; 황규수 편저, 위의 책, 511면.
38) 제6집의 9번째 수록.
39) 제3집 『지평선』의 8번째 수록.

④ 찾노라 知己를
　　나와같은 젊은이를,
　　一生을 두고사괼
　　나와같을 늙은이를.[40]

　이 4편의 시는 『노산시조집』에 「참(眞)」이라는 제목으로 제일 먼저 쓰인 작품으로부터, 제6집과 제3집·제2집 등의 원본 묶음에 「소원(所願)」이라는 제목으로 고쳐진 작품에 이르기까지, 이 작품의 이본들을 개작된 순서대로 옮겨 놓은 것이다. 시 ①에서와 같이 이 시도 처음에는 4음보의 일반적인 시조 형식으로 쓰였지만, 추후 종장이 생략되는가 하면 행 구분이 달라지면서 고쳐진 과정을 보여주는 것이다. 이렇게 볼 때 심연수 시인이 노산으로부터 받은 영향 관계를 논함에 있어, 그의 초기 시 가운데 시조의 형식을 취하고 있는 작품이 많다는 점을 그 논거로 제시한다면, 이는 보다 폭넓게 적용될 수 있을 것이다. 시 「소원(所願)」의 최종본에서와 같이 시조의 일반적인 4음보 형식이 변형된 2음보 형식의 시는, 그의 다른 작품에서도 어렵지 않게 볼 수 있기 때문이다.

　또한 『노산시조집』에 처음 쓰였다가 다시 3차례의 개작 과정을 거치면서 정리된 시 「청춘(靑春)」의 이본들에 대한 검토도, 그의 시가 지닌 특성을 밝히는 데에 중요한 역할을 하여, 이를 좀 더 구체적으로 살펴보면 다음과 같다.

---

40) 황규수 편저, 앞의 책, 9면. 제2집의 11번째에 수록되어 있는 이 시의 원본에는, 2행 '같은'과 4행 '같을' 위에 점이 찍혀 있다.

① 沙漠에 남긴자최 보이니 하나이요
  간사람 몇이든가 하날아 너알겟지(뭇노나니)
  한駱駝 두몸실고 오아시쓰 찻더라오
        (一九四〇年三月二十九日滿苦舍에서)
              靑松 沈鍊洙

        「청춘」 전문41)

② 沙漠에 남긴자최 뵈이니 하나이요
  간사람 몇이든가 하날아 뭇노나니
  한駱駝 두몸실고 오아시쓰찻더라우.

  낮이면 熱沙漠〻 밤이면 冷沙渺〻
  온길은 몇千里며 갈길은 몇萬里냐
  헤매다 못찾으면 그일을 어찌한담.42)

③ 沙漠에 남긴자최 뵈노니 하나이요
  간사람 몇이던가 하늘아 뭇노나니
  한駱駝 두몸실고 生命水 찾더라우.

  낮이면 熱沙漠〻 밤이면 冷沙渺〻
  온길은 몇千里며 갈길은 몇萬里냐
  헤마다 짖어지면 그일을 어찌한담.43)

　　위에 인용한 시 ①은 『노산시조집』에 처음 쓰인 것이며, 시 ②
와 ③은 추후 고쳐져 심연수 시인의 원고 묶음에 수록되어 있는
것이다. 그런데 시 ①과 ②를 먼저 비교해 보면, 이 시가 처음에는
1연으로 쓰였지만, 이후 한 연이 추가되어 전체 2연으로 고쳐졌다
는 사실을 알 수 있다. 1연에서는 사막에서 오아시스를 찾아다니

----

41) 심연수 독서, 『노산시조집』, 64면 ; 황규수 편저, 위의 책, 510면.
42) 제6집의 6번째 수록.
43) 제2집의 14번째 수록 ; 황규수 편저, 앞의 책, 29면.

는 낙타의 행위에 빗대어 '청춘'의 특성을 시적으로 표현했다면, 이어 2연에서는 이와 같은 시적 상황뿐만 아니라 그곳에서의 화자의 내면 정서까지도 보다 구체화하여 나타내고 있는 것이다. 시 ②의 1연에서도 시 ①과 달리, 표기 및 표현과 띄어쓰기 등에 있어 고쳐진 면이 눈에 띈다. "뵈이니"·"뭇노나니"·"오아시쓰찾더라우"와 같은 구절이 이에 해당되는 것이다. 그러면 그 다음 이본에서는 어떠한가? 다시 고쳐진 면이 그리 많지 않아 여기 따로 시를 인용해 놓지는 않았지만, 제3집 『지평선』의 6번째에 수록된 작품과 시 ②를 비교해 보면, 1연의 표기 및 띄어쓰기에 있어 다소 달라진 것을 볼 수 있다. "뵈오니"·"하날아"·"오아시쓰 찾더라우" 등이 그 예이다. 그럼에도 불구하고 2연 3행의 "못찾으면"이라는 시구 위에 한 줄이 그어져 있을 뿐만 아니라 그 옆에 "짖어지면"이라고 쓰여 있는 점은, 이 시의 최종본을 결정하는 데에 중요한 단서를 제공해 주어 주목된다. 왜냐하면 이 시 ③번 이본의 2연 3행에는 "짖어지면"이라고 고쳐진 상태로 정리되어 있어, 이것이 최종본이라는 점을 믿어 의심치 않게 하기 때문이다. 이외에도 ③번 이본의 1연 3행에서는 "오아시쓰"가 "生命水"로 바뀌어 있는 것이 눈에 띄는데, 그럼으로써 시 전개상에 있어 자연스러움이 더해지는 것을 실감할 수 있게 된다. 이렇게 본다면 『심연수 시전집』에는 제3집 『지평선』의 원고 묶음에 먼저 정리된 이 시의 이본44)보다는, 최종본인 ③번 원본이 그대로 수록되었어야 하리라고 판단된다. 그러나 실제에 있어서는 그렇지 않다는 데에 재론의 여지가 있다.

---

44) 김해응 편, 『심연수 시전집』, 앞의 책, 266면.

시 「청춘」의 이본에서처럼 고쳐진 흔적이 있어 제3집보다는 제2집에 실린 시가 최종본임에 틀림이 없으리라 판단되는 작품에는 이 밖에도, 「여명(黎明)」을 비롯하여 「이역(異域)의 만종(晩鐘)」·「쏟아진 잉크」·「대지(大地)의 가을」·「현해탄을 건너며」 등이 더 있다. 그럼에도 불구하고 이 시들에서도 『심연수 시전집』에는 제3집 『지평선』의 원고 묶음에서 직접 고쳐진 부분만 바뀌어 있을 뿐, 그 이본들이 다시 제2집에 옮겨지면서 개작된 부분은 바뀌어 있지 않다. 특히 시 「대지의 가을」의 9연 같은 경우 제2집에는 "하늘곳게 올으는/아침연기에/精神나는가을이/소리없이 여물어간다."라고 표현되어 있는데 반하여, 『심연수 시전집』에는 제3집에서처럼 "하늘 곳게 올으는/아츰연기ㅅ대에/달아 올려라 힘차게/이땅의일군 總動員信號를."이라고 적혀 있어 차이를 보인다. 또한 「여명」이나 「이역의 만종」과 같은 작품들에 있어서도 행 또는 연 구분 등에 차이를 보이는데,[45] 이에 대해서도 보다 신중한 검토가 요망된다 하겠다.

이와 같이 제3집 『지평선』에 수록된 일련의 작품들에서 고쳐진 내용이, 제2집에서는 정리되어 있는 것을 볼 수 있다는 점은, 심연수 시 원본 묶음 제2집과 제3십 사이의 선후 관계를 알 수 있게 해 주는 중요한 단서가 된다. 그래서 이는, 위에서 언급한 작품들 뿐만 아니라 제2집에 실려 있는 나머지 시들도, 제3집의 이본에 고쳐진 흔적이 없다 할지라도 이것을 다시 개작한 최종본이라는 사실을 방증해 주는 근거가 되기도 한다. 앞서 지적한 바와 같이

---

45) 시 「여명」의 경우 제2집에는 1연 10행으로 되어 있으나, 제3집에는 1연 11행, 『심연수 시전집』에는 2연 11행으로 되어 있는 것을 볼 수 있다. 또한 시 「이역의 만종」의 경우는, 제2집에는 각 연 4행씩 3연 12행으로 되어 있으나, 제3집과 마찬가지로 『심연수 시전집』에는 연 구분 없이 1연 12행으로 되어 있는 것을 확인할 수 있다.

제3집에 수록된 이본들 중에는 한 작품 안에서도 고쳐진 흔적이 있는 부분도 있지만 그렇지 않은 곳도 있기 때문이다.

이렇게 볼 때 심연수의 작품 중 유이민 시로서의 특성[46]을 잘 보여주고 있어 대표작의 하나로 꼽히는 시 「여창의 밤」에 있어서도, 그의 작품집에는 최종본으로 판단되는 제2집의 시가 수록되었어야 하는 것은 당연하다. 그럼에도 불구하고 실제로는 그렇지 않은 경우가 대부분이어서 문제의 심각성을 더해 준다. 그러므로 그 실상을 보다 구체적으로 파악하기 위해 먼저 그가 살아생전에 쓴 3편의 이본과 ≪만선일보≫에 발표한 시[47] 사이에 존재하는 상이점들을 비교 검토해 보고자 한다. 그러고 나서 다시 그의 사후에 간행된 작품집에 수록된 시들과 최종본과의 차이점을 파악해 봄으로써, 그의 작품에 대한 본격적인 논의에 앞서 원전 확정이 얼마나 중요한가에 대해 다시금 생각해 보는 기회를 갖고자 한다. 왜냐하면 원전으로부터 와전(訛傳)된 작품을 대상으로 한 논의에서는, 그의 시에 담겨 있는 순수한 의미를 놓쳐 버리기 쉽기 때문이다.

---

46) 황규수, 「한국문학과 만주체험 Ⅱ - 심연수의 시세계」, 『한국 현대시의 공간과 시간』, 한국문화사, 2004, 27~53면. 이 글에서 필자는 심연수의 시세계를, '이역 체험과 이상 세계에의 꿈', '부정적 현실 인식과 정의 추구', '국토순례와 비극적 역사 인식', '우주의 순환 질서와 낙관적 전망' 등으로 나누어 고찰한 바 있다.
47) ≪만선일보≫ 2306호, 1940. 4. 29, 4면.

〈표 1-2〉 시 「여창의 밤」의 이본 존재 양상 ① - 시인 생전

대조 내용	① 원본 (제3집)	② 원본 (제6집)	③ 원본 (제2집)	④ ≪만선일보≫ (1940. 4. 29.)
전체 연·행 수	4연 16행	4연 16행 (× × 표시로 연 구분)	4연 13행(1·3· 4연: 각 3행, 2연: 4행)	단연(單聯) 16행
병서(竝書) 한자 띄어쓰기 문장부호	각자 병서 노출 대체로 규칙적 사용(온점)	각자 병서 노출 전혀 안 됨 사용(온점)	각자 병서 노출 대체로 규칙적 사용(온점, 느낌표, 물음표 등)	합용 병서 노출(오기) 대체로 규칙적 사용 안 함
창작일 및 장소 기록	강덕七·四·二〇· 龍井에서	강덕七·四 二〇 龍井에서	없음	강덕七·四·二〇·龍井에서
1연 1·2행	길손이 잠 못이루는/ 이한밤	길손이잠못이루는/ 이한밤	길손이 잠못이루는 이한밤	길손이 잠 못이루는/ 이 한밤
1연 3행	胡窓에 희미한 등불	胡窓에히미한등불	胡窓에 히미한 등불	胡窓에 희미한 등불
1연 4행	더욱히나 서글퍼요.	더욱히나서글퍼요.	더욱히나 서글퍼!	더욱이나 서글퍼요
2연 2행	뭇손의 旅塵이 쩔어 있오	뭇손이旅塵이쩔어 있고	뭇손의 旅塵이 쩔어있고	뭇손의 旅塵이 쩔어잇소
2연 4행	旅愁가 몇천번 베여 젓댓나.	旅愁가몇千번베여 젓댓나.	旅愁가 몇千번 베여 댓나?	旅愁가 몃천번 베여젓댓나
3연 1행	지난 손 화김에	지난손화김에	지냇손 화ㅅ김에	지난 손 화김에
3연 2행	애꾸지 탠 담배꽁다리	애꾸지탠담배꽁다리	애꾸지 탠 담배꽁다리	애꾸지 탄 담배꽁다리
3연 3·4행	구석에 타고 있어/마음 더욱 설레운다.	구석에타고있어/마음더욱설네운다.	구석에 쌓여있어 맘더욱 설렌다.	구석에 타고 잇서/마음 더욱 설레운다
4연 1행	어두운 이밤길에 달리는 旅車	어두운이밤길에달리는旅車	어두운 이밤길에 달리는幌馬車	어두운 이밤길에 달리는 旅中
4연 2행	왈그럭 떨그럭	왈그럭떨그럭	없음	왈그럭 썰그럭
4연 3행	胡馬의 발굽과 무거운박휘	胡馬의발굽과무거운박휘	胡馬의 발굽과 무거운박휘	胡馬의 발굽과 무거운박휘
4연 4행	이마음 넓고 골리가누나.	이내마음밟고넘어가누나.	이마음 또밟고 넘어가누나.	이내마음 밝고 굴러가누나

앞에서 원본 끝에 기록된 창작일과 각 묶음별 작품의 수록 순서 및 고쳐진 흔적 등을 근거로 심연수 시 원본의 묶음별 선후 관계를 고찰해 보았을 때, '제6집→제3집(시집 『지평선』)→제2집'으로의 개작 순서를 파악할 수 있었다. 이와 같은 맥락에서 시 「여창의 밤」에서도 개작 과정을 거치면서 변화된 특징을 검토해 보면

먼저 짜임상에 있어서는 총 4연 16행에서 4연 13행으로 바뀐 것을 확인할 수 있다. 제6집과 마찬가지로 제3집의 원본은 각 연이 4행씩으로 일정하게 이루어져 있는데 반해, 최종본인 제2집의 원본은 각 연을 이루는 행수가 3행 내지 4행으로 변화된 면을 보이고 있는 것이다. 또한 문장부호의 사용과 단어 및 구절의 쓰임에서도 마찬가지로 달라진 특성을 보여, 제6집과 제3집 원본에서는 문장부호가 온점만이 사용되었는데, 최종본에는 그 이외에 느낌표나 물음표 등의 다양한 문장부호가 함께 쓰인 점이 주목된다. 이 밖에 제6집과 제3집 원본에서와는 달리 제2집 원본에서는, 4연 1행의 '여차(旅車)' 대신에 '황마차(幌馬車)'로 바뀐 점, 4연 2행의 '왈그럭 떨그럭'과 같은 의성적 표현이 생략된 점 등도 그 변화된 특성으로 볼 수 있는 것이다.

물론 혹자는 ≪만선일보≫에 게재된 시가, 신문에 발표된 작품이며 그 날짜가 1940년 4월 29일이라는 점 등을 근거로, 이 시가 최종본일 가능성이 높다고 주장할 수도 있다. 그렇지만 이는 사실과 다르다고 생각한다. 왜냐하면 당시 시인이 쓴 일기를 보면, 그가 시를 써서 만선일보사에 보낸 것은 1940년 4월 20일이고,[48] 이 시의 신문 게재를 확인한 날은 같은 달 30일이며,[49] 그가 시를 베껴서 한곳에 모은 때는 같은 해 11월 17일이었던 것[50]으로 기록되어 있기 때문이다. 실제로 제6집의 이 시 이본이 쓰인 원고지의

---

48) 「4월 20일 토 청(晴)」, 『사료전집』(2004), 290면. "詩 一首를 보내다. 滿鮮 日報에 다가…."

49) 「4월 30일 화 청(晴)」, 『사료전집』(2004), 295면. "두 번째 詩가 났다. 〈旅窓의 밤〉."

50) 「11월 17일 일 청(晴)」, 『사료전집』(2004), 367면. "집에서 시를 베끼엿다. 한곧에다 모아가지고 보려함아렷다."

윗부분에는, ≪만선일보≫에 발표된 작품이 오려져서 붙여져 있던 흔적이 남아 있다. 이렇게 볼 때 ≪만선일보≫의 시는 오히려 제6집에 옮겨 적기 이전의 이본이라는 점을 알 수 있게 된다.

그러면 심연수 시인의 사후 간행된 책들에 수록되어 있는 시 「여창의 밤」에 있어서는 어떠한가? 중국뿐만 아니라 국내에서도 출판된 전집 및 시선집 등에 실려 있는 이 시의 이본들에서도, 실제 원전이라 판단되는 작품과 다른 점이 여러 군데 발견되어 주목된다. 따라서 이러한 양상을 보다 구체적으로 살펴보기 위하여, 이를 다시 도표로 정리해 보면 다음과 같다.

<표 1-3> 시 「여창의 밤」의 이본 존재 양상 ② - 시인 사후

대조 내용	⑤『사료 전집』(2000)[51]	⑥『소년아 봄은 오려니』[52]	⑦『사료 전집』(2004)[53]	⑧『중국조선민족 문학대계5』[54]	⑨『심연수 시전집』[55]
전체 연·행 수	4연 16행	4연 16행	3연 16행(1연: 8행, 2연·3연: 각 4행)	단연(單聯) 15행	4연 16행
병서(竝書) 한자 띄어쓰기	각자 병서 괄호 안 대체로 규칙적	각자 병서 괄호 안 규칙적	각자 병서 노출 규칙적	합용 병서 노출(오기) 대체로 규칙적	각자 병서 노출 규칙적
문장부호	일부 사용(온점)	일부 사용(온점)	일부 사용(온점)	일부 사용(온점)	사용(온섬)
창작일 및 장소 기록	강덕 7년 4월 20일 룡정에서	(1940. 4. 20.)	강덕 7년 4월 20일 龍井에서	강덕七·四·二〇, 龍井에	1940. 4. 20. 龍井에서

---

51) 『사료전집』(2000), 7면.

52) 『소년아 봄은 오려니』, 강원도민일보사, 2001, 47면.

53) 『사료전집』(2004), 32면.

54) 연변대학 조선문학연구소 편, 『중국조선민족문학대계5 현대시집성』, 흑룡강조선민족출판사, 2005, 447면.

55) 김해응 편, 앞의 책, 265면.

대조 내용	⑤『사료전집』(2000)[56]	⑥『소년아 봄은 오려니』[57]	⑦『사료전집』(2004)[58]	⑧『중국조선민족문학대계5』[59]	⑨『심연수 시전집』[60]
1연 1·2행	길손이 잠못 이루는/이 한밤	길손이 잠 못 이루는/이 한밤	길손이 잠 못 이루는/이 한밤	길손이 잠 못이루는 이 한밤	길손이 잠 못 이루는/이 한 밤
1연 3행	호창(胡窓)의 희미한 등불	호창(胡窓)의 희미한 등불	胡窓에 희미한 등불	胡窓에 희미한 등불	胡窓에 희미한 등불
1연 4행	더우기나 서글퍼요	더욱이나 서글퍼요	더욱하나 서글퍼요	더욱이나 서글퍼요	더욱히나 서글퍼요.
2연 1행	칼자리틈눈에는	갈자리 틈 눈에는	갈 자리 틈 눈에는	갈자리 롬 눈에는	칼 자리 틈 눈에는
2연 2행	뭇손의 려진(旅塵)이 절어있고	뭇손의 여진(旅塵)이 절어있고	뭇 손의 旅塵이 쩔어 있소	旅歷이 짤어잇소	뭇 손의 旅塵이 쩔어 있소
2연 3행	칼자리 난 목침에는	칼자리 난 목침에는	칼 자리 난 목침에는	칼자리 난 木枕에는	칼 자리 난 木枕에는
2연 4행	려수(旅愁)가 아득히 배였구나.	여수(旅愁)가 몇 천 번 베어졌댔나	旅愁가 몇 천 번 베어젓댓나	旅愁가 몇천번 베여젓댓나	旅愁가 몇 천 번 베여젓댓나.
3연 1행	지난손 화김에	지난 손 홧김에	지난 손 화김에	지난 손 화김에	지난 손 화김에
3연 2행	애꿎이 태운 담배꽁다리	애꿎이 태운 담배 꽁다리	애꾸지 탠 담배 꽁다리	애쑤지 탄 담배쏭다리	애꾸지 탠 담배 꽁다리
3연 3행	구석에 타고있어	구석에 타고있어	구석에 타고 있어	구석에 타고 잇서	구석에 타고 있어
3연 4행	마음 더욱 설레인다	마음 더욱 설레인다	마음 더욱 설레운다	마음 더욱 설레운다	마음 더욱 설레운다.
4연 1행	어두운 이 밤길에 달리는 려차(旅車)	어두운 이 밤길에 달리는 여차	어두운 이 밤길에 달리는 旅車	어두운 이밤길에 달리는 旅中	어두운 이 밤길에 달리는 旅車
4연 2행	왈그락덜그락	왈그럭 덜그럭	왈그럭 떨거럭	왈그덕 썰그덕	왈그럭 떨그럭
4연 3행	호마(胡馬)의 발굽과 무거운 바퀴	호마(胡馬)의 발굽과 무거운 바퀴	胡馬의 발굽과 무거운 박휘	胡馬의 발굽과 무거운박휘	胡馬의 발굽과 무거운 박휘
4연 4행	이 마음 밟고 굴러가누나.	이 마음 밟고 넘어 가누나.	이 마음 밟고 굴러 가누나.	이내마음 밟고 굴러가누나.	이 마음 밟고 굴러가누나.

56) 『사료전집』(2000), 7면.

57) 『소년아 봄은 오려니』, 강원도민일보사, 2001, 47면.

58) 『사료전집』(2004), 32면.

59) 연변대학 조선문학연구소 편, 『중국조선민족문학대계5 현대시집성』, 흑룡강조선민족출판사, 2005, 447면.

60) 김해응 편, 앞의 책, 265면.

먼저 ⑤~⑨번까지에 수록된 이 시의 이본들을 전반적으로 보면, ⑤·⑥·⑨번 이본과 같이 이들은 대체로 4연 16행으로 짜여 있어, 제3집 『지평선』의 원본을 작품의 저본(底本)으로 하고 있는 것으로 판단된다. 이에 반해 ⑦·⑧번 이본은 각기 3연 16행 또는 단연(單聯) 15행으로 되어 있어 차이를 보이는데, 이는 편집자들이 원본 자체를 달리했을 뿐만 아니라 실수까지도 범한 데서 발생된 결과로 이해된다. 특히 ⑦번 이본의 4행 다음에 연 구분이 되어 있지 않은 점은 작품을 수록하는 과정에서 실수가 있었던 것으로 보인다. 또한 ⑧번 이본에는 '1940년 4월 29일 ≪만선일보≫에 게재.'라고 주 처리가 되어 있는 것처럼, 이 이본은 ≪만선일보≫에 발표된 작품을 저본으로 함으로써 원전으로 확정된 시와 큰 차이점을 보이게 된 것이다. 그런데 ≪만선일보≫에 발표된 ④번 시가 전체 16행인 데 비해, 이 이본은 15행으로 이루어져 있어 차이를 보인다. 더욱이 ≪만선일보≫ 이본 5행의 '틈'과 6행의 '여진(旅塵)' 자(字)가, 이 이본에서는 '롬'과 '여력(旅歷)'으로 쓰여 있어 차이를 보이는데, 이는 오기로 판단된다. 특히 ≪만선일보≫ 이본 6행의 "뭇손의 旅塵이 썰어잇소"라는 구절이, 이 이본에서는 "旅歷이 깔어잇소"로 바뀜에 따라 오자만이 아니라 탈자까지도 발생된 데에는, 이 이본이 지니는 문제의 심각성이 적지 않음을 나타내 주는 것이라 하겠다.

더욱이 『사료전집』(2000)에 수록된 ⑤번 이본에서는, 편자(編者)의 작품에 대한 자의적 해석에 따라 원본이 수정되어 있는 점이 눈에 띈다. 특히 이는 이 이본 2연에서, 원전인 제2집 원본의 "갈자리 틈눈에는"이 "칼자리틈눈에는"으로, 그리고 원전의 "旅愁가

몇千번 베여졌댓나?"가 "려수(旅愁)가 아득히 배였구나."로 바뀌어 있다는 점에서 확인된다. 편자는 이 이본 2연 1행에서 '갈자리' 대신에 3행에서와 같이 '칼자리'를 쓰고 있는데, 여기서는 '갈대를 엮어서 만든 자리'라는 뜻의 '갈자리'라는 단어를 원전에서와 같이 그대로 썼어야 문맥적 의미상으로도 맞는 것이다. 또한 이 시 2연 4행에서도 원전에서와 같이 "旅愁가 몇千번 베여졌댓나?"라고 썼어야 했을 것으로 생각하는 데에는, 원전에는 시인의 진의(眞意)가 담겨 있기도 하지만, 3행의 "칼 자리 난 목침"이라는 구절에는 "베여졌댓나?"라는 단어가 연결되는 것이 보다 자연스럽게 느껴지기 때문이다.

최근 간행된 『심연수 시문학 연구』의 부록 『심연수 시전집』에 수록된 ⑨번 이본에서도 2연 1행의 '칼 자리'가 원전의 '갈자리'에서 잘못 쓰인 것이라는 점은 문제점으로 지적되지 않을 수 없다. 위에서 언급한 바와 같이 『사료전집』(2000)에 실려 있는 ⑤번 이본에서 범해진 잘못이, 이 이본에서도 계속 저질러지고 있기 때문이다.

⑤～⑨번까지에 수록된 여타 이본들과 달리, 심연수 시선집 『소년아 봄은 오려니』(2001)에 수록된 ⑥번 이본에서 보이는 가장 두드러진 상이점은, 이 이본의 마지막 행인 4연 4행에 "이 마음 밟고 넘어 가누나."라는 구절이 쓰였다는 점이다. 원전의 "이마음 또 밟고 넘어가누나."라는 구절에 가장 근접해 있는 것이다. 그럼에도 불구하고 이 이본이 최종본으로 판단되는 제2집 원본을 저본으로 삼은 것이 아니라는 점에 있어서는 다른 이본의 경우와 마찬가지다. 왜냐하면 이 이본에서도 원전과의 차이점이 여러 군데서 보이

기 때문이다.

결국 심연수 시인의 사후 간행된 전집 및 시선집 등에 수록되어 있는 시 「여창의 밤」의 이본들을 대상으로 실제 비교 고찰하는 과정에서도 구체적으로 밝혀진 이런 문제점들은, 앞으로 해결되어야 할 주요 과제 중의 하나로 제시될 수 있다. 이와 같은 맥락에서 필자가 최근 엮은 『심연수 원본대조 시전집』에는 이 시의 최종본으로 판단되는 제2집 원본의 현대문과 원문을 함께 수록해 놓았는데,[61] 앞으로 간행될 새로운 형태의 시전집에서도 제2집의 원본이 저본으로 삼아져야 할 것이다. 왜냐하면 그래야만 그의 시에 대한 더욱 올바른 해석과 평가가 이루어질 수 있을 것으로 생각되기 때문이다.

Ⅳ. 결어 – 남은 과제

지난 2000년 『20세기 중국조선족문학사료전집』 제1집에 심여수의 문학편이 수록됨으로써 그의 작품이 일반에게 공개된 이래, 그에 대한 논의는 점차 다양하고 깊이 있게 진행되어 왔다. 특히 일제 강점기인 1940년대, 한국 내에서는 한글로의 작품 활동이 자유롭지 못했던 시기에 만주 및 한국과 일본 등지에서 이루어진 그의 문학적 성과는, 그간 공허하게만 여겨졌던 당시의 한국뿐만 아니라 중국조선족문학사를 새롭게 조망하는 한 계기를 마련해 주었다. 그

---

61) 황규수 편저, 앞의 책, 32~33면.

럼에도 불구하고 지금까지 그에 대한 연구는 작품의 원전 확정이 제대로 이루어지지 않은 상태에서 전개되어 온 것이 사실이었다. 그러므로 이 글에서 필자는 심연수의 시들 중에서 주로 이본이 존재하는 원본들에 대한 비교 고찰에 의해, 그의 시의 원전 확정을 위한 한 방안을 모색해 보고자 하였다. 그럼으로써 그의 작품에 대한 올바른 이해와 평가의 기본 요건을 갖추어 놓고자 하였다.

그 결과 먼저, 현재 연변 등지에 보관돼 있는 시 원본과 ≪만선일보≫에 발표된 시 및 한국 내에 반입되어 있는 복사본 등을 비교 검토하여, 그의 시 작품 수는 모두 321편에 이르는 것을 확인할 수 있었다. 그런데 이 중 206편은 한 차례만 수록되어 이를 그대로 최종본으로 볼 수 있지만, 나머지 115편은 49편의 시가 한 차례부터 세 차례에 걸쳐 고쳐진 것으로 판단되어 이들에 대해서는 어느 작품이 최종본인지를 결정하는 과정이 요망되었다. 그래서 원본 끝에 기록된 창작일과 그 묶음별 순서, 고쳐진 흔적 등을 참조하여 최종본을 선정했다. 더욱이 그의 일부 시 원본에는 고쳐진 흔적이 남아 있는 점과, 이본이 존재하는 49편의 작품 중 무려 45편이 그의 자선 시집 『지평선』의 원고 묶음에 포함되어 있는 점은, 그의 시에서 최종본을 선정하는 데에 중요한 단서를 제공해 주었다. 제3집 『지평선』이 시인이 살아 있을 때 공식적으로 출판된 것은 아니라 할지라도, 여기에 수록된 작품들은 시집으로 엮기 위해 일차적으로 정리되어 최종본일 가능성이 높은 것으로 추정되어, 이를 전제로 그 이본들의 존재 양상을 조사하고 다시 선후 관계를 파악했던 것이다. 그런데 여기서 『지평선』의 시가 모두 최종본이 아니며, 이 중 제2집에 다시 수록된 16편은 그것이 오히려 최종본이라는 사실은, 지금까지 간행된 그의 작품집들에 수록된 시 가운데 일부가 그 이본이라는 점을 밝혀 주는 것이기도 하여, 주의가 요망된다. 실제로 그의 작품 중 유이민 시로서의 특성을 잘 보여주고 있어 대표작의 하나로 꼽히는 시 「여창의 밤」의 이본 존재 양상에 대한 구체적인 비교 검토 과정을 통해서도 확인된 바와 같이, 그의 사후 출판된 전집 및 시선집 등에 실려 있는 이 시는, 그 최종본이라기보다는 이본이다. 그러므로 이 이본들을 대상으로 한 논의에서는 작품의 해석 및 평가상에 오류를 범할 가능성이 높다는 점은 재삼 강조할 필요가 없는 것이다.

이처럼 이본에 대한 비교 검토를 통한 선후 관계의 고찰은, 그의 시에서 최종본을 선정하는 데에 있어서만이 아니라, 더 나아가 그의 시를 보다 폭넓고 깊이 있게 이해하는 일에 있어서도 중요한 단서를 제공해 준다. 특히 심연수 시인이 『노산시조집』을 읽으면서 거기에 직접 쓴 「님의 뜻」이나 「참(眞)」·「청춘」 등의 시 이본들을 통해서는, 그 창작일 및 장소와 시인의 호·이름뿐만 아니라 노산의 영향 관계 등 시인의 생애 및 작품과 관련된 중요 정보를 얻을 수 있다. 그의 시에서는 최종본보다는 그 이본에 이와 같은 사항이 더욱 잘 나타나 있어, 이에 대한 검토에 의해 시의 주제와 관련된 창작 의노 등도 쉽사리 파악할 수 있는 것이다. 이와 같은 맥락에서 그의 시의 개작 과정에 대한 고찰은, 그의 시적 표현 또는 형태상의 중요한 특질을 보다 잘 이해할 수 있게도 한다. 그의 시에서 눈에 띄는 2음보 형식이 시조의 일반적인 4음보 형식으로부터 변형된 것이라는 점 등이 바로 그것이다. 그런데 이는 그의 시가 우리 민족의 전통시적 특성을 계승하여 발전시킨 면으로서의 의의를 지니고 있다는 사실을 단적으로 입증해 주는 것이기도 하여 중요하다.

이와 관련하여 최근 필자가 그의 시에 대한 원전 확정을 다시 진행해서 『심연수 원본대조 시전집』을 엮어 놓음으로써, 종전까지 논자들이 그의 일부 시에서 이본을 최종본으로 잘못 알고 그에 대한 논의를 전개해 나갔던 것을, 최소한 방지하고자 노력하기는 했다. 그렇지만 앞으로 이른바 『사진판 심연수 자필 시고전집(寫眞版 沈連洙 自筆 詩稿全集)』이 출판되어, 그의 시에서 이본과 원전 확정 및 개작 과정 등에 대한 연구가 더욱 폭넓고 깊이 있게 진행된다면, 그에 대한 올바른 이해와 평가의 기본 요건도 보다 확충되리라 판단된다.

(2007. 8.)

제4장 심연수의 시세계

Ⅰ. 서언 -『20세기 중국조선족문학사료전집』 제1집(2000)의 간행[1]

한국 현대문학사에서 1940년대는 '암흑기'로 지칭되어 온 것이 일반적이다. 당시 일제는 패망의 날이 가까워짐에 따라 우리 민족에 대한 황국신민운동을 더 한층 강화하여 창씨개명이나 징병 징용 등 갖은 수단으로 압박을 가해 왔고, 이러한 정세 속에서 우리 문학도 수난의 시기를 맞이할 수밖에 없었던 것이다. 그래서 기존의 문학사에서 그때의 친일문학 행적에 대한 구체적인 논의는 생략되는 경우가 있었다.[2] 또한 "일제 말기의 후기는 우리 문학사에 있어서 완전한 공백기에 속한다."[3]고 하여, 그때는 '공백기'로 규정되기도 하였다. 그러나 1940년대가 비록 암흑기로 "반민족문학

---

1) 심련수, 『20세기 중국조선족문학사료전집』 제1집(심련수문학편), 연길: 연변인민출판사, 2000. 이후부터는 이 책을 언급할 때, 기술의 번거로움을 피하기 위하여 간략하게 『사료전집』이라 일컫고자 한다.

2) 이병기·백철 공저, 『국문학전사』, 신구문화사, 1982, 449~450면.

3) 조연현, 『한국현대문학사』, 성문각, 1973, 585~586면.

의 조류에 휩쓸려 가고 있었다 하더라도, 한편으로는 극소수나마 순수문학 내지 민족문학 활동도 명맥을 잇고 있었다는 사실"[4]에 대해서는 이제 대체로 수긍하고 있다. 그러므로 이들 중 대표적인 시인으로는 청록파 삼인(三人)과 윤동주 등이 꼽힌다. 더욱이 당시는 일제 강점기로 국내에서는 국어로 소신껏 창작 활동을 한다는 것이 사실상 거의 불가능했다는 특수한 사정을 감안한다면, 국외에서의 훌륭한 문학적 성과는 당연히 국문학으로 인정해야 할 것이다. 따라서 이와 관련하여 조선어 문학이 암흑 속에서 좌초되고 있을 때, 한국인에 의한 한국문학은 오히려 만주의 망명문단에서 활기를 띠고 있었다는 점에 주목하고 있음은 관심을 요한다.[5] 하지만 그렇다고 해서 "최근에 와서 중국, 소련, 미국 등지로 이주한 사람들이 국어로 창작한 작품도 국문학으로 받아들여야 할 것"[6]이라는 주장이 전적으로 긍정될 수 있는 것은 아니다. 왜냐하면 한 예로 "대륙문학이니, 개척문학이니 하는 것은 이 일본군벌의 대륙 침략을 합리화하는 정신에서 논의해 보려는 것이지, 우리 선민들의 망명과 그 개척을 뜻하는 것이 아님"[7]을 지적한 바와 같이, 당시 중국에서 이루어진 문학 작품들 중에는 진정한 의미에서 우리의 민족문학에 포함시키기에 곤란한 것도 있기 때문이다. 이런 점에서 망명지에서의 문학이라 하더라도, 일단 이에 대해 긍정적이든 부정적이든 선입견과 편견을 버리고, 작품 자체의 성격을 섬세하게 규

---

4) 오세영, 「1940년대의 시와 그 인식」, 김용직 외 공저, 『한국현대시사연구』, 일지사, 1983, 480면.

5) 김병익, 『한국문단사』, 일지사, 1973, 182~185면.

6) 조동일, 「국문학의 개념과 범위」, 장덕순 외 공저, 『한국문학사의 쟁점』, 집문당, 1986, 21면.

7) 장덕순, 「일제 암흑기의 문학사 – 1940에서 45년까지의 비양식의 국문학 –」(연재 제3회), 『세대』 6호, 1963. 11, 259면.

명하는 일이 선행되어야 할 것이다.[8] 또한 이에 따라 이를 문학사에서 어떻게 다룰 것이냐 하는 문제도 해결해야 할 것이다. 이렇게 볼 때 이에 대한 검토 대상이, 아직까지는 그 질적으로나 양적인 면에서 기대 수준에 이르지 못하고 있는 것이 사실이다. 그러나 이에 대한 연구 자료의 발굴이 지속적으로 진행됨과 동시에 그 성과물이 더욱 축적된다면, 한국 현대문학사에서 1940년대는 더 이상 공허하지 않을 것이다.

이와 관련하여 근자에 중국의 연변조선족자치주에서, 일제 강점기의 항일시인으로 심연수의 존재가 알려지고 그의 유고 작품도 소개된 점은, 크게 의미 있는 일이 아닐 수 없다. 1918년 강릉군 경포면 난곡리에서 출생한 그는 7세 되던 1925년 그의 숙부 심우택(沈雨澤)의 권유에 의해 전 가족과 함께 러시아의 블라디보스토크로 갔다.[9] 그러나 한국인을 집단 이주시키는 소련의 정책으로 인해 1931년 다시 중국으로 건너가 동흥소학교와 동흥중학교를 졸업했다. 그리고 1941년 초 일본 유학길에 올라 1943년 말 일본대학 예술과를 마친 후 용정에 돌아왔으나 일본인들이 학도병으로 끌어가려 하자 몸을 피해 신안진과 영안 등지에 가서 소학교 교사

---

8) 윤영천 교수는 그의 저서 『한국의 유민시』(실천문학사, 1987)에서 1920년대에서부터 '해방' 식후 몇 년 사이에 발표된 국내외 '유이민 시'를 문예사회학적 관점에서 체계적으로 고찰한 바 있다.

9) 황규수, 「심연수(沈連洙)의 삶과 문학」, 『한국문예비평연구』 제26집, 한국현대문예비평학회, 2008. 8, 264~267면. 심연수의 가족이 고향 강릉을 떠난 시기는 지금까지 대체로 1924년, 그의 나이 6세 때인 것으로 알려져 왔다(김룡운, 「문단에 솟아난 또 하나의 혜성—심련수론」, 『사료전집』, 621~627면). 필자가 본고를 처음 작성할 때도 그렇게 알고 있었다. 그런데 최근 필자가 그의 아우인 심호수와 면담한 바에 의하면, 1924년 12월 8일생인 자신이 태어난 지 몇 달 후 어머니의 등에 업혀 이주했다고 하여, 그 시기는 1925년으로 보는 것이 타당하리라고 생각한다. 이렇게 본다면 시인의 어린 시절 고향에 대한 추억도 그리 적지만은 않았을 것으로 추측된다.

로 있다가, 1945년 8월 8일 광복을 1주일 앞두고 영안현에서 걸어
서 용정으로 가던 중 왕청현 춘양진에서 정체불명의 사람들과 시
비가 붙어 다투다 그들에 의해 무참히 피살된다.[10] 그러므로 이러
한 그의 생애는 우리 현대사의 비극적인 한 단면을 그대로 보여주
고 있다고 할 수 있다. 더욱이 좌우파 투쟁의 시류를 피해 그의
동생 심호수(沈湖洙) 씨에 의해 항아리 속에 깊숙이 묻혀 간직되
어 오다가 공개된 그의 유고 작품은, 당시의 시대 상황과 함께 그
의 삶의 흔적을 생생하게 잘 반영하고 있어 가치가 있는 것이다.
따라서 본고에서는 중국 조선족이 그곳에 이주하여 정착한 지 어
언 100년을 맞이해서 그들의 민족문화유산을 정리하기 위해 출판
기획한, 50권의 『20세기 중국조선족문학사료전집』 중 제1집에 해
당되는 심연수 문학편에 수록한 시편[11]을 중심으로, 거기서 두드
러지게 나타나는 시적 특성을 주로 살펴봄으로써 그것이 지니는

---

10) 류연산, 「민족시인 심련수의 흉수는 누구? - 시인 심련수의 죽음의 미스테리」, 『인류속의
   우리민족』, 요녕민족출판사, 2002, 264~273면. 이 글에서 필자는 심연수가, 추후 국민
   당 정부 시절 '국민당 동북 정진군(挺進軍) 선견군(先遣軍) 사령'에까지 임명된 바 있는,
   비적 마희산(馬嬉山)에 의해 피살되었을 가능성이 높음을 다음과 같이 밝힌 바 있다. "직
   접 흉수는 마희산일 가능성이 많다. 그런데 우리가 심련수의 죽인 흉수는 일본제국주의라고
   한다. 그것은 일제가 만주를 침략해서 권력을 행사하던 때였고 만주 산하의 모든 조직과
   무장세력은 일본관동군의 직접 지휘를 받기 때문이다. 특히 춘양의 일본경찰서는 춘양일대
   의 신선대, 선무반, 협조회, 삼림경찰대 등 모든 조직과 무장의 직접 상급이었다."

11) 『사료전집』은, 제1부 시편(174편), 제2부 기행시초편(64편), 제3부 소설수필편(단편소설 4
   편, 만필 4편, 수필 2편, 평론 1편), 제4부 기행문편(1편), 제5부 편지편(26편), 제6부 일기
   편(310편), 부록(「희생」(전2막), 강영희 작, 심련수 베낌)으로 구성되어 있다. 그런데 "구체
   적으로 심련수문학사료발굴에 착수"하여 그의 "친필원고들을 분류하고 정리하고 연구론문을
   내기까지"(김성호, 「후기」, 『사료전집』, 644면) 한, 김룡운이 그의 '심련수론'인 「문단에 솟
   아난 또 하나의 혜성」(『사료전집』, 621~642면)에서는 "현재 심련수의 유작으로 시 300여
   수, 만필과 소설 7편, 평론 1편, 기행문 1편, 일기 300여 편, 편지 200여 통이 있다."고 기
   술한 바 있다. 그래서 그의 발굴 자료가 모두 이번 『사료전집』에 수록된 것이 아님을 짐작할
   수 있다. 또한 『사료전집』의 제1부 시편에 실려 있는 174편 중 시 「어디로 갈가」는, 같은
   날짜(1940. 4. 3.)에 쓰인 거의 같은 작품인데도 불구하고, 두 곳(158면과 208~209면)에
   서 눈에 띈다. 그러나 이것들은 텍스트 확정 과정을 통해 한 편의 시로 취급될 수 있는 것이
   어서, 실제로 여기에 소개된 시편은 모두 173편으로 볼 수 있다.

문학사적 의의를 파악하고자 한다.

Ⅱ. 이역 체험과 이상 세계에의 꿈

"인생은 예술을 떨어져서는 살 수 없다."12) 이는 『사료전집』 제 6부 일기편13)에 기술된 내용 중의 한 부분인데, 여기서는 심연수 시인의 예술에 대한 기본적인 생각 또는 입장을 알 수 있어서 주목된다. 즉 이 문장에서는 예술과 인생과는 긴밀한 관련성이 있음을 단적으로 나타내고 있는 점을 파악할 수 있다. 더욱이 그는 비슷한 시기의 다른 일기에서는, "세상에서 예술마저 없다면 우리들은 무엇에 위안을 받으며 생에 애착심이 있으리오."14)라고 함으로써, 그 둘 사이의 관계에 대해 보다 구체적으로 언급하고 있다. 험난한 현실 상황 속에서 삶을 살아갈 수밖에 없었던 그에게 예술은 큰 위안의 대상으로 생에 애착심을 갖게 해 주었다는 것이다. 그러므로 다시 그의 다른 일기에서, "문인은 행복한 사람이다. 자기가 하고 싶은 것을 글로써나마 나타낼 수 있는 것이다."15)라고 하여, 현실 세계에서와는 달리 문학의 세계에서는 글을 이용해서라도 자신의 소망을 표현할 수 있는 데에 행복감을 느낀다고 함은 어색

---

12) 「4월 9일 화 청(晴)」, 『사료전집』, 462~463면.

13) 여기에는 1940년 한 해 동안 그가 쓴 310편의 일기가 수록되어 있어, 일제 강점기 이국 땅에서 22세라는 늦은 나이에 그나마 중학교를 졸업할 수 있게 된 시인이, 시국 및 자신의 진로 문제 등으로 얼마나 고뇌했던가를 주로 알 수 있게 한다.

14) 「4월 22일 월 청(晴) 풍(風)」, 앞의 책, 471면.

15) 「3월 26일 청(晴)-풍(風)」, 위의 책, 454면.

하지 않다. 자기 나라말로 자신의 이름을 적는 것조차 허용되지
않았던 억압된 시대 상황에서 비록 이국땅이긴 하지만, 그의 바람
을 글로써 나타낼 수 있었던 것은 행복이라는 말이다.

　이러한 점과 관련하여 그의 시들 중에서는 먼저, 억압된 현실
상황 속에서 나그네처럼 떠돌아다닐 수밖에 없었던 자신의 처지와
서러움 등을 나타낸 작품들이 적지 않게 눈에 띈다. 그렇지만 이
와 같은 시들 중에서는 이상적 세계에 대한 꿈을 잃지 않는 시인
의 삶의 자세를 엿볼 수 있기도 하여 관심을 끈다.

　　　잘살려고 고향 떠나
　　　못사는게 타향살이
　　　간 곳마다 펼친 심하(心荷)
　　　뜰 때마다 허실됐다

　　　흐뭇할 품을 찾아
　　　들뜬 마음 잡으려고
　　　동해를 둘러서 어선에 실려
　　　대인 곳은
　　　막막한 벌판이였다

　　　싸늘한 북풍받이 허넓은 곳
　　　땅장막을 차고 누워
　　　떠돌던 몸 쉬이려던 심사
　　　불쌍한 류랑민의 꿈이였다

　　　서글퍼 가엾던 부모형제
　　　헐벗고 주림을 참던 일
　　　지금도 뼈아픈 눈물의 기록
　　　잊지 못할 척사(拓史)의 혈흔이였다.

　　　　　　　－「만주」 전문16)

이 시는 그 끝에 기록된 날짜로 보아 그가 일본에 유학 갔을 때의 작품 중 하나임을 알 수 있게 한다.[17] 그렇지만 이 시에는 시인 자신뿐만 아니라 그의 가족들이 태어나서 살던 한국의 고향을 떠나 러시아의 블라디보스토크를 거쳐 중국의 밀산과 신안진·용정 등에서 생활하던 시절 그 감회가 담겨 있다. 이 시는 일제 강점이라고 하는 비극적 상황에서 불쌍한 떠돌이의 삶을 살아갈 수밖에 없었던 시인과 그 가족의 실제 체험을 바탕으로 쓰인 것이다. 이처럼 시인의 만주체험이 시의 근간을 이루고 있는 이 시는, 내용상 대비되는 것이 특징이다. 먼저 1·2연의 앞부분에는 "잘살려고 고향 떠나"와 "흐뭇할 품을 찾아"라고 하여, 그가 정든 고향을 떠나게 된 이유가 잘 나타나 있다. 경제적인 가난과 정신적인 불만이 그로 하여금 더 이상 이곳에 머물지 못하게 하였던 것이다. 그러나 같은 연에는 "못사는게 타향살이"이고 "막막한 벌판이였다"라는 구절도 이어져 있어서 그것이 그리 쉽게 해결될 수 있는 문제가 아니라는 점을 나타내 주고 있다. 그곳에서의 삶은 고향에서의 그것과 별반 다르지 않다는 것이다. 그래서 이 시의 3연에서 "떠돌넌 몸 쉬이려넌 심사/불쌍한 류랑민의 꿈이였다"와 같은 결론

---

16) 소화 16년 9월 말, 위의 책, 67~68면.

17) 심련수의 『사료전집』에 실린 시 174편 중 115편은, 작품 끝의 기록을 통해 창작 시기를 알 수 있다. 이들은 서기나 강덕 또는 소화 등의 연호로 그 제작 연도가 구체적으로 밝혀져 있는 것이다. 날짜만 쓰여 있거나 전혀 아무 기록이 없는 시들도, 작품 내용과 그 수록 순서의 전후 관계로 창작 연도를 추정해 볼 수 있다. 그래서 이에 따르자면 『사료전집』의 작품들은 1940년부터 1943년까지 4년간에 걸쳐 제작된 것임을 파악할 수 있다. 그리고 이들은 다시 그 창작 시기에 따라 1940년 84편, 1941년 18편, 1942년 49편, 1943년 23편으로 세분된다. 연도별로 볼 때 1940년 12월 그가 중학교를 졸업할 무렵의 시가 가장 많음을 알 수 있는 것이다. 또한 이 외의 작품들은 1941년 4월부터 1943년 말까지 그가 주로 일본에 유학할 시기의 것들이다. 그런데 이러한 분류 결과, 1943년 말 그가 유학을 마치고 돌아와 1945년 8월 피살될 때까지의 시는, 그리 눈에 띄지 않아 그 이유에 대한 의문은 남게 된다.

에 도달하게 됨은, 당연한 이치라 하겠다. 이역 땅에서라도 풍요롭고 평안한 삶을 살지 못하고 방황하던 유랑민에게 이제 꿈은 단지 쉬고자 하는 것임을 소박하게 표현하고 있기 때문이다. 이러한 점에서 "지금도 뼈아픈 눈물의 기록/잊지 못할 척사(拓史)의 혈흔이었다."라고 함으로써 이 시가 끝맺게 됨은, 시인과 그 가족이 당시 그곳에서 겪었던 고통이 얼마나 심했던가 하는 것을 거듭 짐작할 수 있게 해 준다. 또한 이는, 이 시가 그곳에서 발표된 동시대의 다른 시인들의 작품들과는 그 성격을 달리하고 있다는, 하나의 구체적인 근거가 되기도 한다. 이 시가 쓰인 바로 다음 해인 1942년 만주에서는 『만주시인집』과 『재만조선시인집』 등 두 권의 시집이 간행되었는데, 심연수의 시 「만주」는 여기에 수록된 일련의 시들에서 드러나는 '만주국문학'이나 '친일문학'으로서의 시적 특성을 보이지 않는다는 것이다.[18] 그러므로 이 시는 '한국문학'의 범주 내에서 논의될 수 있다. 그렇지만 만주를 우리의 옛 땅으로 인식하거나, 그곳에서 고향을 그리워하는 시인의 태도를 보이지 않는다는 점에서는 차이가 있다.

한편 심연수 시인이 더욱 억압되는 현실 상황 속에서도 이상적 세계에 대한 꿈을 잃지 않았음은 만주에서 중학교를 졸업하고 일본으로 유학의 길을 택한 그의 인생 역정이 작품에 반영되어 나타

---

18) 필자는 박팔양 편, 『만주시인집(滿洲詩人集)』(길림: 제일협화구락부문화부, 1942)과 김조규 편, 『재만조선시인집(在滿朝鮮詩人集)』(간도: 예문당, 1942)에 수록된 작품들을 중심으로, '만주시'의 성격에 대해 파악하고자 한 바 있다. 그래서 '만주시'는 만주 및 그곳에서의 삶에 대한 인식 태도와 이의 시적 반영 양상에 따라 그 특성을 달리하여, 이에 따라 '만주국문학', '친일문학', '한국문학' 등으로 유형 분류될 수 있다고 하였다. 또한 이로 인해 그 가치 평가 및 한국문학사에서의 자리매김도 달라질 수 있다고 하였다. 황규수, 「한국문학과 만주체험」, 『인하어문연구』 제2호, 인하대학교 인하어문연구회, 1995, 209~232면.

나는 것에서도 알 수 있다. 물론 혹자는 일제 강점하에서 식민 통치국가로의 유학은 논의의 가치가 없다고 말할 수 있다. 심지어 이는 자신의 안위만을 위한 이기적 사고의 소산이 아니냐고 의문을 제기할 수도 있다. 그러나 그 무렵 그가 쓴 시만이 아니라 일기나 편지 등 2차적 자료까지 면밀히 검토해 보면 이는 사실과 다름이 판명된다.

> 련락선 떠난다 부산부두의 밤
> 등불에 깨여지는 파문의 그림자
> 울렁거리는 가슴 설레는 마음
> 아 - 현해탄아 영원히 잊지 못할 너
>
> 어두운 밤 깊어 별 내리는 밤
> 배머리에 부닥치는 파도
> 갑판에 흔드는 몸 젊은 넋이
> 오, 건너는 해협은 거세여라
>
> 밤이 새도록 날이 밝도록
> 거룩한 이 바다
> 감사한 현해탄
> 언제나 못잊으리
> 이 하루밤
> 내 염통에 피 뛰는 날까지
> 이 배에 실린채
> 가고픈 그곳까지 가고싶어라.
>
> － 「현해탄(玄海灘)을 건너며」 전문19)

---

19) 강덕 8년 2월 9일, 『사료전집』, 34면. 앞의 '제2장 기존 심연수 작품집의 의의와 문제점' 부분에서도 언급한 바와 같이 이 시의 원본은 3가지가 있다. 그래서 그의 작품집에는 당연히 원전 확정 과정을 거쳐 최종본이 수록되었어야 함에도 불구하고 여기에는 그 이본이 실려 있다. 특히 이 이본의 3연에서는 행 구분이 달라진 것이 눈에 띈다.

이 시는 그 제목에 단적으로 잘 나타나 있는 바와 같이, 그가 일본에 유학을 가기 위해 부산에서 현해탄을 건너며 그 감회를 피력해 놓은 작품이다. 이 시 말미의 기록처럼 그가 부산을 떠나 일본 유학길에 오른 것은 1941년 2월 9일이다.[20] 그런데 이 시에는 그때 시인의 설렘이 감사하는 마음과 함께 잘 드러나 있는 것이다. 특히 이 시 1연의 "울렁거리는 가슴 설레는 마음"이라는 시구에서는, 그 설렘이 직접적으로 표출되어 있는 것을 볼 수 있다. 또한 3연의 "거룩한 이 바다/감사한 현해탄/언제나 못잊으리"라는 구절에서는, 현해탄에 대해 고맙게 여기는 시인의 마음이 구체적으로 나타나 있는 것이 눈에 띈다. 그러면 2연에서는 거세게 파도치는 해협으로 묘사되던 현해탄이, 여기서는 이처럼 시인에게 감사하는 마음을 지니게 하는 이유는 무엇 때문인가? 3연의 후반부에 "내 염통에 피 뛰는 날까지/이 배에 실린채/가고픈 그곳까지 가고싶어라."라는 구절은, 그 이유를 알 수 있게 하는, 한 단서를 제공해 준다. 생명이 다할 때까지 이상적 세계에 도달하고자 하는 바람을 지닌 그에게 현해탄은, 그에 이르기 위한 한 도정이 되었기 때문이다. 유랑민 생활로 "다른 사람들은 대학을 졸업하고 실업계에서 대활약"[21]을 할 나이에 그는 늦게나마 중학교를 졸업하게 되었다. 그렇지만 당시 조선 사람으로는 자기 실력마저 제대로 한번 발휘

---

20) 「부주 전 상서」, 소화 16년 2월 12일, 위의 책, 390~391면. 그가 일본에 도착한 후 그의 아버지께 보낸 다음과 같은 편지 내용에서 이러한 사실이 입증된다. "저는 그날 아무 일 없이 10일 오전 7시에 동경에 도착하였습니다. 동행하는 하순(河旬) 동생과 나는 동창생 허하룡이 나와 주었기에 쉽게 학교를 찾아갔습니다." 이러한 점에서 그의 생애에 대한 기술에서, 그가 일본 유학길에 오른 때를 '1940년 4월'로 기록하고 있는 김룡운의 견해(앞의 글, 위의 책, 623면)는 정정되어야 할 것으로 판단된다.

21) 「3월 4일 청(晴)」, 위의 책, 441면.

할 수 없었으므로[22] 그는 고학을 다짐하고[23] 일본 유학을 택했던 것이다. 따라서 그가 현해탄을 건너며 감사하는 마음을 지니게 되었다 함은 이러한 맥락에서 해석될 수 있는 것이다. 이렇게 볼 때 그와 그의 가족이 함께 만주로 이주했던 것이 이상적 세계에 대한 꿈을 지녔기 때문이라면, 그가 홀로 일본으로 떠난 것도 마찬가지 이유에서였다. 그러나 그가 정작 그때 쓴 일련의 시들에서도, 그곳에서의 고단한 삶과 그 설움을 나타낸 작품들이 오히려 많이 눈에 띄는 것이 일반적 특성이다. 특히 「새」와 「갈매기」, 「외로운 새」 등의 시에서는, 그게 '새'의 그것으로 비유되고 있어 관심을 끈다. "굶고 목 말라 여위였구나"(「새」 부분),[24] "피까지 무거운 이역의 설음"(「갈매기」 부분),[25] "무거워 지친 모습 애처로와라."(「외로운 새」 부분)[26] 등의 구절이 이를 잘 알 수 있게 해 주는 것이다.

---

22) 「9월 12일 목 청(晴)」·「11월 6일 수 청(晴)」, 위의 책, 527·561면.

23) 「부주 전 상서」, 소화 16년 2월 12일, 위의 책, 390~391면.

24) 소화 17년 6월 23일 밤, 위의 책, 173면.

25) 소화 17년 7월 10일, 위의 책, 215면. 이처럼 『소년아 봄은 오려니』의 106면에도 「갈매기」라는 제목으로 수록되어 있는, 이 시의 원본에는 본래 제목이 없다. 이와 관련하여 재출판된 『사료전집』(2004, 44~45면)에서는 「무제(1)」, 『심연수 시전집』(313면)에서는 「무제(C)」 등의 제목이 붙여져 있는 것을 볼 수 있다. 그런데 같은 시임에도 불구하고 이와 같이 여러 이름으로 불릴 경우에는 혼란을 불러일으킬 수 있으므로 필자가 종전에 『심연수 원본대조 시전집』(386면)을 엮으면서는 이 시에 「무제3」이라는 이름을 붙이게 되었다. 왜냐하면 그의 시 원고 묶음에는 제목이 없는 시가 두 편이 더 있는데, 그것들보다 이것이 창작일이 더 나중이기 때문이었다.

26) 소화 17년 7월 27일, 『사료전집』, 166면.

Ⅲ. 부정적 현실 인식과 정의 추구

심연수 시인과 그 가족이 이역 땅으로의 이주를 감행한 것이 이상적 세계에 대한 꿈 때문이었다는 점은 위에서 언급한 바와 같다. 그렇지만 그가 만주나 일본 등 그 어떤 곳에서도 그리 만족스러운 삶을 살지 못했다는 것 역시 위에서 논의된 바와 마찬가지다. 물론 이것이 근본적으로는 당시가 일제 강점기였기 때문에 이에서 비롯된 당연한 결과로 볼 수 있다. 그런데 그의 일련의 시에는 그러한 부정적 현실에 대한 인식이 상세하게 나타나 있어 주목된다. 더욱이 이러한 시대 상황 속에서도 이에 굴하거나 타협하기보다는 여기서 벗어나 정의롭고 자유로울 뿐만 아니라 밝고 깨끗한 삶을 살아가고자 하는 시인의 의연함과 함께 그 의지가 잘 드러나 있어 관심을 끈다.

> 내 어린 가슴에 작은 염통이 뛰고
> 몽롱한 리상에 새 빛이 비칠 때
> 귀에 들린 힘찬 소리는
> 틀림없이 네가 웨친 고함이였다
> 내 4년동안 날마다 아침저녁
> 밑창빠진 신을 끌고 룡문교의 널판을 밟았나니
> 그때마다 너를 보고 듣고 했다
> 어쩌면 그리도 내 마음을 잘 알아주던지
> 안개낀 모아산 소리에 깨는 아침
> 락조에 물든 비파암의 저녁빛에
> 굽이굽이 맺혀진 고난이 풀리고
> 주린 배 졸라매고 돌아오는 길이였다
>
> ……(중략 – 필자)……

　　해란강이 주는 소리 귀에 고이 간직하고
　　이 몸이 한목숨을 해란과 약속하오.

－「해란강」 부분27)

　　이 시는 그가 중학교 졸업을 앞두고 4년간에 걸친 그 동안의 추억을 주로 나타낸 작품이다. 비록 가난하여 굶주렸던 고난의 시절이었지만, 해란강을 동무 삼아 그것이 매일 들려주는 힘찬 소리를 들으며 하루하루를 보냈다는 것이다. 특히 "내 4년동안 날마다 아침저녁/밑창빠진 신을 끌고 룡문교의 널판을 밟았나니/그때마다 너를 보고 듣고 했다"라는 구절에는, 이러한 그의 기억이 잘 드러나 있다. 그래서 "가노라 멀리멀리 이 발길 가는 곳 산을 넘고 물을 건너 이 마음 맞는데로/해란강이 주는 소리 귀에 고이 간직하고"라는 시구처럼 시인에게 해란강은, 과거뿐만 아니라 현재에 있어서도 그가 시세에 영합하지 않고 자신의 뜻대로 살아가는 데에 있어서 조언자로서의 역할을 해 주는, 중요한 대상으로 표현되고 있다.

　　이처럼 "할아버지의 할아버지적부터/물려주신 가난"(「돌아가신 할아버지」 부분)28)은, 그의 가족이 만주로 이주한 이후까지도 별반 달라지지 않은 것으로 볼 수 있다. 그런데 여기에다 그의 일본 유학은, 그의 가족은 물론 그 자신에게 경제적으로 큰 부담이 되었을 것이다. 고학을 다짐하고 떠난 그의 배움의 길이었기에, 그가 현실적으로 겪었을 고통은 상당히 컸을 것으로 생각된다는 말이다. 실제로 시 「가난한 거리」나 「밤일」, 「검은 사람」 등에서는 이러한

---

27) 강덕 7년 10월, 위의 책, 103~104면.
28) 소화 17년 3월 3일, 위의 책, 161~164면.

특징이 구체적으로 눈에 띈다. 그의 자서전적 성격을 지니는 이들 시에서 "일에 지친/이 거리의 사내"(「가난한 거리」 부분)29)나 "하늘에 작은 별/조을며 새는 밤/구름의 틈새에/하늘도 보이고/달없는 심야에/자잖고 새는자"(「밤일」 부분)30) 등은 그의 시적 분신으로 이해될 수 있는 것이다.

한편 「턴넬」이나 「방」 등의 시에서는 당시의 부정적인 현실에 대한 인식이 어둠 의식을 통해서 나타나는 것을 볼 수 있다. 이들 시에서는 "우를 우러러도/아래를 굽어보아도/캄캄한 굴속, 캄캄한 굴속."(「턴넬」 부분)31)이나 "언제나 어두운/햇빛 한점 못보는/캄캄한 글방/뙤창 하나 못가진 주위/어둠에 반죽된 벽/한결같이 막히운 방"(「방」 부분)32)처럼 어두운 곳을 모두 시적 공간으로 취하고 있다. 그런데 이들은 당시의 현실 세계를 암시해서 드러낸 것으로 판단된다는 말이다. 더욱이 시 「턴넬」에서는 이러한 어둠 의식이 죽음 의식과도 연결되어 섬뜩함마저 느끼게 한다. 특히 "밟히우는 송장/바닥 가득 늘어자빠진 꼴/아, 빛이 없어 죽었나/빛이 싫어 죽었나/그러나 또 무수한 생명이/ 레루를 베고 침묵33)을 베고 누워/지나갈 바퀴를 기다리고있음을/또 어찌하리"라는 시구에서 그러하다. 과거만이 아니라 현재에 있어서도 많은 생명체들이 죽음의 상황에 처해 있음을 나타낸 것이다. 그런데 시 「방」에서는 이와 같

---

29) 4월 24일, 위의 책, 75면.

30) 소화 16년 10월 17일 우환(羽丸)에서, 위의 책, 200면. 이 시의 원본에는 제목이 「야업(夜業)」으로 되어 있다.

31) 소화 17년 1월 3일, 위의 책, 192~193면.

32) 위의 책, 240면.

33) 황규수 편저, 『심연수 원본대조 시전집』, 한국학술정보, 2007, 337면. 이 시의 원본에는 '침묵'이 아니라 '枕木'이라 되어 있다.

은 어둠 속에 고립되어 있음에도 불구하고, 이에 좌절하지 않고 의연함을 보이는 시적 대상과 만나게 된다. "죄수처럼 갇히워/조각같이 앉았거늘/변함없는 성자"가 바로 이에 해당되는 것이다.

이와 같이 심연수 시인의 경우 그가 살아가면서 접한 현실 세계는, 가난과 어둠의 그것이었다. 그런데 그의 다른 일련의 시들에서는 그 이외에 거짓됨과 사악함도, 그것의 중요한 특성임을 나타내 준다. 특히 「밤은 깊었으련만」, 「맨발(1)」, 「맨발(2)」, 「고독」, 「밭머리에 선 남자」, 「폭풍」 등의 시에서는 이러한 특징이 잘 드러난다. "사악과 가식의 티끌먼지바람이/밉살궂게 불어온단다"(「폭풍」 부분)[34]라는 구절처럼 그가 살고 있는 세상에서는 사악과 가식을 쉽게 접할 수 있다는 것이다. 그래서 그는 또한 그러한 것들에서 벗어나 선하고 참된 세계에서 살아가고자 하는 바람을 표현하기도 한다. 더욱이 "거짓과 허위를 벗어던진 알몸/오-내게로 돌아온 자연/그 무엇에 얽매우랴/거짓없는 감촉이 감사하다"(「맨발(2)」 1연)[35]라는 시구에서는, 이로부터 벗어나서 얻게 되는 자유로움이, 발에 아무것도 신지 않을 때 얻게 되는 그것에 빗대어서 나타내고 있는 것을 볼 수 있다. 이렇게 볼 때 그가 진정 추구한 바가 궁극적으로는 정의라는 것을 알 수 있다. "정의의 앞에 굴복할자는/허위를 감행하던 익마(惡魔)자이리라."(「세기의 노래」 부분)[36]라는 구절에서와 같이, 그에 대해서는 확신까지도 가지고 있었음을 밝혀 주고 있는 것이다. 그런데 시 「빨래」에서는, 이처럼 정의로운 사회

---

34) 『사료전집』, 155면.

35) 소화 17년 8월 16일, 위의 책, 168면.

36) 소화 17년 6월 5일, 위의 책, 160면.

가 구현되기 위해서는 개인만이 아니라 민족적인 차원에서 지속적인 노력이 있어야 한다는 점이 강조되고 있어 주목된다.

−「빨래」 전문37)

1연 8행의 단연시(單聯詩)인 이 시는 짧고 꾸밈이 없어 소박하게 느껴지지만 주제 의식이 강하게 나타나는 것이 특징이다. '조선의 엄마와 누나'에게 당부하는 글 양식을 취하고 있는 이 시에는 정의로운 삶과 관련하여 깨끗하게 살고자 하는 시인의 바람이 잘 드러나 있는 것이다. 그런데 여기서 깨끗한 삶은 외적으로만이 아니라 내적인 면에서도 그러함을 뜻한다. 이 시에서는 깨끗이 해야할 대상으로 '땀젖은 옷'과 '마음가운데 때'를 제시하고 있기 때문이다. 또한 이 시에서는 이것이 우리 고유의 민족정신과 연관되어 있는 것에 주목하지 않을 수 없다. "빨래를 생명으로 아는/조선의 엄마 누나야"라는 구절에 단적으로 잘 나타나 있는 것처럼, 이는 백의민족으로서 우리 민족의 특색과 일맥상통하는 면이 있는 것이

---

37) 강덕 7년 7월 24일, 위의 책, 89면 ; 황규수 편저, 앞의 책, 129면. 이 시의 원본에는 4
   행 다음에 연 구분 표시(ⅩⅩ)가 있다. 또한 6행(원본 2연 2행)의 "때가 묻거든"이라는 구
   절 앞에는 '不義의'라는 수식 어구가 있다.

다. 따라서 "깨끗하게 빨아주소"와 "두드려 씻어주소서!"라는 시구
에는 우리 민족의식을 지키고자 하는 시인의 강렬한 바람이 잘 드
러나 있다 하겠다. 더욱이 이 시가 일제 강점기 이역 땅에서 쓰인
것이라는 점을 감안한다면, 이는 단지 자신의 바람만이 아니라 자
기에 대한 경계 태도도 함께 표현한 것이라는 점을 알 수 있게 한
다. 이렇게 본다면 시 「빨래」는 이와 같은 당시의 시대 상황 속에
서도 더럽혀지지 않고 깨끗한 삶을 살고자 한 시인의 개인적 소망
을 민족적 차원으로까지 고양시켜 나타낸 작품이라 하겠다.

Ⅳ. 국토순례와 비극적 역사 인식

　심연수의 시에서 민족적 동질성을 드러낸 작품은 시 「빨래」 이
외에도 여러 편이 더 있다. 특히 그는 중학교 졸업을 앞두고 1940
년 5월 5일부터 22일까지 18일간에 걸쳐 수학여행을 하게 된다.[38]
그런데 그때 그의 조국방문은, 그가 이러한 특성을 지닌 작품을
남기는 데에 중요한, 한 계기를 마련해 주었던 것이다. 그래서 그
의 『사료전집』 제2부 기행시초편에 수록된 64편의 시 중 45편은,
이와 같은 그의 체험을 직접 반영해서 나타낸 것으로 볼 수 있다.
또한 그는 같은 해 8월 중순을 전후해서 방학을 이용하여 고향 강
릉을 찾았는데, 이때의 시적 소산으로는 『사료전집』 제1부 시편에
실려 있는 시들 중 「옛터를 지나면서」, 「바다가에서」, 「경포대」

---

38) 심련수, 「일만리 려정을 답파하고서」, 『사료전집』, 377~382면.

등 8편 정도를 들 수 있다. 이들 시는 그 내용이나 쓴 날짜와 장소 등에서 이에 해당되는 작품으로 보기에 충분한 것이다.

이처럼 이들 시에서 민족적 동질성을 느낄 수 있는 데에는 이들 시가 단지 고향을 포함한 국토순례의 소산이어서만이 아니다. 이들 시는 대체로 4음보율의 일반적인 시조 형식을 취하고 있어 전반적으로 친근감을 더해 주는데, 이외에도 다른 몇 가지 측면에서 이의 구체적인 이유를 찾을 수 있는 단서를 제공해 준다.

> 서울서 밤을 자니 서울밤 보고싶어 거리에 나서니까
> 말소리 서울말씨 옷도 조선옷이요
> 말도 다 조선말이더라
>
> 거리엔 흰옷 조선옷 흰빛이요
> 얼굴도 조선얼굴 모습도 조선모습
> 눈과 귀를 다 뜨고 보고 듣고 하였쇠라.
>
> ― 「서울의 밤」 전문39)

이 시는 평시조 형태가 2연 중첩된 연시조 형식을 취하고 있다. 물론 각 장마다 길이에 있어 다소 차이를 보이고 있다. 또한 각 연 종장의 첫 구절이 3음절로 시작되지 않는다. 그렇지만 대체로 4음보율에서 크게 벗어나지 않아 이 시는 시조로 보아도 큰 무리가 없는 것이다. 그런데 이 시에서는 시인이 이역 땅에서는 온전히 느끼기 어려운 민족적 동질성을 시조 양식을 통해 나타내고 있

---

39) 1940년 5월 11일, 위의 책, 277면 ; 황규수 편저, 앞의 책, 77면. 『사료전집』에 수록되어 있는 이 시조의 1수는 행 구분이 원본과 달리되어 있다. 그래서 이 부분을 원본대로 옮겨 놓으면 다음과 같다. "서울서 밤을자니 서울밤 보곺어서/거리에 나서니까 말소리 서울말씨/옷도 조선옷이요 말도다 조선말이더라."

어, 그 시적 묘미를 더해 주고 있다. 특히 여기서는 '흰옷'만이 아니라 '조선말, 조선얼굴, 조선모습' 등에서 그것이 다양하면서도 전면적으로 다루어지고 있는 것이 특징이다. "눈과 귀를 다 뜨고 보고 듣고 하였쇠라."라는 구절에서처럼 그는 조국 방문에서 많은 체험을 하고자 하였는데, 이 시에는 거기서 얻게 된 민족적 동질성에 대한 인식이 잘 드러나 있는 것이다. 또한 이러한 인식이 작품에 잘 반영되어 있는 시로는 「온정리(溫井里)」와 「온정리의 하루밤」 등을 더 들 수 있다. 이들 시에서는 그것이 '선함'과 '뜨거운 정' 등의 나눔에 의해 공감될 수 있다는 점이 제시되어 있는 것이다. 특히 "이곳 사람들과 함께 선한 일 하며 살련다."(「온정리」 부분)40)나 "만나는 사람마다 뜨거운 정이 흐르고"(「온정리의 하루밤」 부분)41) 등의 구절에는 이러한 면이 잘 나타나 있다.

그런데 시조 형식을 취하고 있는 그의 시들 중에서도 비극적인 역사 인식이 담겨 있는 작품들에서는 더욱 민족적인 동질성을 느낄 수 있다. "한가지 잊지 말아야 할것은/려로를 통해 거미줄친 력사를 다시 생각하는것"(「수학려행(修學旅行)을 마치고」 부분)42)이라는 구절에 압축되어 있는 것처럼, 그가 지금 비록 이역 땅에 별어져 있을지라도, 같은 민족으로 겪었던 역사적 불행을 기억하고자 하는 마음에는 다를 바가 없음을 나타내고 있기 때문이다. 특히 「마의태자릉」, 「한강」, 「남대문」, 「송도」, 「만월대(滿月臺)」, 「송도를 떠나며」, 「로천공원묘지」43) 등의 시에서는 이러한 면을 구체적으

---

40) 1940년 5월 7일, 『사료전집』, 251면.

41) 1940년 5월 7일, 위의 책, 253면.

42) 1940년 5월 22일, 위의 책, 309~310면.

43) 이 시의 본래 제목은 「노인공동묘지(露人共同墓地)」인데, 『사료전집』에는 이와 같이 오기

로 알 수 있다.

> 남대문기와장은 이끼에 빛이 있어
> 장안을 드나드는 사람도 보고있어
> 서울의 남쪽에 서서 한양을 지키는듯
>
> 옛날의 남대문엔 빛이 있어 빛나더니
> 오늘엔 고색조차 수집어 서있나니
> 서울을 찾아왔다가 한숨짓고 가는 길손.
>
> ―「남대문」 전문44)

시조 형식을 취하고 있는 이 시에서는 일제 강점기인 당시 우리 민족이 겪을 수밖에 없던 역사적 불행이, 과거와 달라진 남대문의 모습 및 빛깔과 대비되어 표현되고 있는 것이 특징이다. 옛날의 그것은 위풍당당한 모습과 찬란한 빛을 지니고 있었지만 지금은 그렇지 않다는 것이다. 특히 "옛날의 남대문엔 빛이 있어 빛나더니/ 오늘엔 고색조차 수집어 서있나니"라는 구절에는 이러한 면이 잘 나타나 있다. 그래서 "서울을 찾아왔다가 한숨짓고 가는 길손."이라는 시구에서는, 이러한 조국의 현실 상황에 직접 접하고 개탄을 금치 못하는 시인의 마음이, 길손의 그것에 빗대어져 있는 것을 확인할 수 있게 된다. 이처럼 과거에는 번성했으나 현재에는 그렇지 못한 우리 민족의 서러운 역사를, 그 시적 내용으로 다루고 있는 작품으로는 「송도」나 「만월대」 등도 있다. "옛날의 영화가 하

되어 있다. 물론 여기서 '노인'은 러시아 사람을 뜻하는 말이어서, 이 작품에서는 당시 우리 민족이 처한 상황을, 이국땅에서 한을 남기고 죽어 간 러시아 사람들의 처지에 빗대어 우회적으로 나타낸 것으로 이해할 수 있다.

44) 1940년 5월 11일, 『사료전집』, 275면.

나의 꿈인듯이/주추돌 몇 개만이 잔디속에 남아있다"(「만월대」 부분)[45]라는 구절에서도, 이러한 특성이 단적으로 드러나는 있는 것을 볼 수 있다는 말이다. 더욱이 이어진 "달빛아래 옛것들 어디론가 가고 없어/달님도 여기 와서는 처량히 웃더라."라는 시구에서는 그것이 서경적으로 표현되고 있어 그 시적 전달 효과를 더해 주고 있다.

그러나 「북악산」, 「선죽교(善竹橋)」, 「대동강(大同江)」, 「청천강(淸川江)」 등의 시에서는 그러한 현실 상황에서도 새로운 세계의 도래에 대한 바람을, 이를 위한 스스로의 다짐과 함께 나타내고 있어 주목된다.

<blockquote>
살수(薩水)는 옛 안잊고 충성을 다했건만
옛 장수 다 없으니 그 충성 아까와라
문덕공 싸운 자리 옌가 젠가 살펴봤소

청천강 부디부디 몸조심 하였다가
새 장수 나거들랑 모으신 그 솜씨를
마음껏 다하여서 도와나 주옵소서.

－「청천강」 전문[46]
</blockquote>

4음보율의 평시조기 2연 중첩되어 연시조 형식을 취하고 있는 이 시에서도 과거는 현재와 대비되고 있다. 예전에는 을지문덕과 같은 훌륭한 장군이 있어 살수에서 대승을 거두었으나 지금은 그렇지 못하다는 것이다. 그래서 이전과 다른 당시의 시대 상황을

---

45) 1940년 5월 11일, 위의 책, 280면.
46) 1940년 5월 14일, 위의 책, 289면.

반영해서 나타내고 있는 이 시의 1연에는 그에 대한 감회가 피력되어 있는 것을 볼 수 있다. 그런데 2연에서는 이러한 현재의 상태가 악화되지 말고, 오히려 새로운 미래가 다시 전개될 것에 대한 소망을 표현하고 있다는 점에서 차이를 보인다. 특히 여기서는 '옛 장수'에 대해 '새 장수'의 탄생에 대한 바람을 통해 이를 나타내고 있는 것이다. 따라서 이는 다소 막연하나마 절망적 상황에서도 희망을 버리지 않는 시인의 꿋꿋한 삶의 자세를 엿볼 수 있게 해 준다는 점에서 의의가 있다 하겠다.

또한 이와 관련하여 그의 다른 일련의 시에서는 과거의 자기 잘못에 대한 반성 또는 개선 노력이 필요함을 지적하고 있는 것도 의미가 있다. 이와 함께 새로운 미래의 성취를 위해서는 이를 위한 실천 의지가 요망됨에 주목하고 있는 점도 가치가 있다. 특히 "북악아 앞으로는 잘못을 고쳐다구."(「북악산」 부분)[47]나, "사람아 충신이야 못된다 치더라도/마음에 느끼는바 있거든 실행해보소이다."(「선죽교」 부분)[48], 그리고 "남아야 이제는 너도 새 일군 되어보렴."(「대동강」 부분)[49] 등의 구절에서 그러한 것이다.

V. 우주의 순환 질서와 낙관적 전망

심연수 시의 주된 특징 중 하나가, 현실 세계에 대한 부정적 인

---

47) 1940년 5월 11일, 위의 책, 276면.
48) 위의 책, 281면.
49) 1940년 5월 13일, 위의 책, 287면.

식을 밑바탕으로 하고 있는 것이라는 점은 앞에서 언급한 바와 같다. 그러나 그가 그러한 세계에 그대로 머물러 있지 않고 정의를 추구하였다는 것도 마찬가지다. 더욱이 그의 시는 그와 같은 시대 상황에서도 새로운 세계의 도래에 대한 바람을, 이를 위한 스스로의 다짐과 함께 나타내고 있어 주목되기도 하였다. 그러면 그가 이처럼 부정적인 현실 상황 속에서도 이와 같은 바람을 포기하지 않고 다짐까지 할 수 있게 한 정신적인 힘은 어디에서 나온 것이었겠는가? 이는 무엇보다 그가 미래에 대해 낙관적으로 전망하는 태도를 지니고 있었기 때문에 이로부터 비롯된 결과로 볼 수 있다. 그리고 실제 그의 시들 중에는 우주 또는 자연의 순환 질서에 대해 나름대로 깊이 있게 관찰하여, 여기서 얻게 된 깨달음을 표현한 일련의 작품들이 있는데, 이들 시에서 이러한 특성이 드러나는 점을 파악할 수 있다.

봄은 가까이에 왔다
말랐던 풀에 새움이 돋으리니
너의 조상은 농부였다
너의 아버지도 농부였다
전지(田地)는 남의것이 되었으나
씨앗은 너의 집에 있을게다
기산(家山)은 팔렸으나
나무는 그대로 자라더라
재밑의 대장간집 멀리 떠나갔지만
끌 풍구는 그대로 놓여있더구나
화덕에 숯 놓고 불씨 붙여
옛소리를 다시 내여봐라
너의 집이 가난해도
그만한 불은 있을게다
서투른 대장쟁이의 땀방울이

무딘 연장을 들게 한다더라
너는 농부의 아들
대장의 아들은 아니래도…
겨울은 가고야만다
계절은 순차(順次)를 명심하자
봄이 오면 해마다 생명의 환희가
생기로운 신비의 씨앗을 받더라.

-「소년아 봄은 오려니」 전문50)

이 시도 기본적으로는 현실 세계에 대한 부정적 인식을 밑바탕으로 하고 있다. "너의 집이 가난해도"라는 시구에서 이를 단적으로 알 수 있는 것이다. 더욱이 남의 것이 된 '전지'나 팔린 '가산' 등에는 이러한 사실이 구체적으로 제시되고 있다. 이와 같은 맥락에서 본다면 멀리 떠나간 '대장간집'도 가난 때문에 이주할 수밖에 없었던, 당시 유이민 가정을 상징적으로 나타낸 것으로 이해할 수 있다. 그런데 이 시에서도 이러한 시대 상황일지라도 미래에 대한 희망을 잃지 않는 시적 화자와 만나게 된다. 그는 그러한 상태에서도 '씨앗'과 '나무' 그리고 '끌 풍구'와 '불' 등이 남아 있다는 사실에 주목함으로써 앞날이 그리 비관적이지만은 않다는 점을 보여주고 있는 것이다. 특히 그가 "겨울은 가고야만다/계절은 순차(順次)를 명심하자/봄이 오면 해마다 생명의 환희가/생기로운 신비의 씨앗을 받더라."와 같이, 자연의 순환 질서에 대한 깨달음에 의거하여 생명력 넘치는 미래가 곧 도래할 것에 대한 확신을 나타내고 있는 점은, 그 설득력을 더해 준다. 또한 이 시에서는 시적 화자에 대해 청자를 특별히 '소년'으로 설정하고 있는데, 이는 "화덕

---

50) 소화 18년 2월 8일, 위의 책, 129~130면.

에 숯 놓고 불씨 붙여/옛소리를 다시 내여봐라"에서처럼, 그날에 대비하는 자세도 필요함을 암시하기 위한 시적 장치로 판단된다. 그리고 이렇게 볼 때 이 시는, 같은 일제 강점기에 쓰인 작품이라 하더라도, 이상화의 「쌔앗긴들에도 봄은오는가」와 대비되는 특성을 지니고 있음이 확연히 드러난다. 이상화의 이 시는 국토 또는 국권 상실의 시대에 개인의 작은 자유마저도 박탈당할지 모른다는 위기감이 잘 드러나 있는 작품이다. 특히 이 시의 첫 연인 "지금은 남의쌍 – 쌔앗긴들에도 봄은오는가?"와 끝 구절 "그러나 지금은 – 들을쌔앗겨 봄조차 쌔앗기것네"[51]에는 이러한 주제가 잘 표명되어 있다. 이에 반해 시 「소년아 봄은 오려니」에는 오히려 그 기대감이 잘 표현되어 있는 것이다.

이와 같이 자연의 순환 질서에 대한 깨달음에 의거하여 새로운 미래가 곧 올 것에 대한 확신을 나타내고 있는 시로는, 「새벽」, 「너는 나와 같더라」, 「비명(碑銘)에 찾는 이름」 등이 더 있다. 물론 이들 시에 있어서는 '겨울로부터 봄'이 아니라, '밤으로부터 새벽'이 온다는 자연의 순환 질서에 대한 깨달음을 통해 이를 드러내고 있다는 점에서 다소 차이를 보인다.

> 오오! 사림은 무잇에 속아 사나
> 캄캄한 밤은 샐 때가 있으려니
> 인생도 그같은 새벽이 있으리라
> 만일 없는줄 안다면
> 어떻게 하려나 사람아 너는
> 영원한 밤이 계속한다면
> 참혹한 현실이 사로잡히면

---

51) ≪개벽(開闢)≫ 70호, 1926. 6.

오오! 너는 죽음으로써
모든 것을 청산할만하냐
⋯⋯(중략 – 필자)⋯⋯
자전은 그대로 자전(自轉)대로
육중한 몸을 굴릴 것이다.

–「너는 나와 같더라」 전문52)

"영원한 밤이 계속한다면/참혹한 현실이 사로잡히면"과 같이 이 시에서도 현실 세계는 참혹한 것으로 표현되고 있다. 그런데 여기서 시간은 밤으로 되어 있어, 당시의 부정적 현실에 대한 인식이 어둠 의식을 통해서 나타나는 것은, 앞에서 논의된 시와 마찬가지다. 그렇지만 시인이 이러한 기만적 현실 상황 속에서도 밝은 미래가 전개될 것에 대한 믿음을 지닐 수 있게 됨은, 밤이 지나면 새벽이 온다는 자연의 순환 질서에 대한 깨달음을 얻었기 때문이다. 특히 "오오! 사람은 무엇에 속아 사나/캄캄한 밤은 샐 때가 있으려니/인생도 그같은 새벽이 있으리라"라는 구절에는, 이러한 면이 잘 드러나 있는 것이다. 더욱이 "자전은 그대로 자전(自轉)대로/육중한 몸을 굴릴 것이다."라는 시구에서는, 세사(世事)의 변화에도 흔들림이 없는 자연의 법칙을 들어, 그에 합당한 생을 살고자 하는 시인의 삶의 자세를 은연중에 강조해서 나타낸 것을 볼 수 있다.

그런데 이러한 특성을 드러내는 시들이 이외에도 몇 편 더 있음은 앞에서 언급한 바와 같다. 특히 "만난을 극복한 투사여/오래지 않아 서광이/그의 낯을 몸을 비치리니"(「새벽」 부분)53)나 "이 밤도

---

52) 소화 18년 1월 31일, 『사료전집』, 131면.
53) 강덕 7년 5월, 위의 책, 49~50면.

벌써 새려 하누나/래일은 또 밝아오려니"(「비명(碑銘)에 찾는 이름
」 부분)[54] 등의 구절에서 그러하다. 더욱이 「지구의 노래」와 같은
시에서는, 거시적인 관점에서 당시 제국주의자들의 죄악상을 고발
하고 있을 뿐만 아니라, 불변의 진리 또는 자연 법칙에 따라 새로
운 미래가 올 것에 대한 확신을 드러내 주고 있기도 하여 관심을
끈다.

오늘도 사막에는
지친 대상(隊商)이 건느겠지
폭열에 목마른 락타와 사람
사원(沙原)에는 세기가 답보만 한다
……(중략 – 필자)……

황하는 홍파로(紅波) 흐른지 벌써 10년
장강연안에는 귀원성만 들리고
헤매던 루각에는 일본도가 꽂혔다
……(중략 – 필자)……

총검이 서로 부닥치는 전장
동에도 서에도 포연이 자욱
눈에는 눈물도 다 흘렸는지
포연도 막을수 없이 말라버렸다
선악은 타협없는 인간의 장난
진리의 철칙은 불변의 진리다
20억 량심은 운무에 싸여
발등을 밟고도 싸우더라
력사의 진위는 언제나 판명되는
음폐 못할 엄연한 사실이니
량심의 가책앞에 무릎을 꿇고
불의의 과오를 사죄하여라
새로이 죄악을 저지르는

---

54) 소화 18년 2월 17일, 위의 책, 132~133면.

세기의 독재자를 축출하자

……(중략 – 필자)……
오! 절정에 설 희마리스트
핀센트로 박힌 탄알을 돋굴제
지맥의 혈악(血岳)엔
새 피가 순환하고
낡은 상장(傷場)에는
새살이 돋을 것이다.

-「지구의 노래」 전문55)

  총 6연으로 비교적 길게 쓰인 이 시는, 그 시적 규모에 있어서도 여느 시에 비해 큰 것이 특징이다. 앞서 논의되었던 시들에서보다 당시의 세계사적인 변화의 흐름을 구체적으로 반영해서 나타내고 있어 김기림의 시 「기상도」를 연상시키기도 하지만, 시 「지구의 노래」는 그와 대비되는 특성을 보이는 것이다. 먼저 이 시에는 세계 각처가 독재자의 억압적 상황 속에 놓여 있다는 사실이 시적으로 제시되어 있다. 물론 이 시의 1연에서는 그것이, 지친 대상(隊商)이 건너는 '사막'으로 다소 막연하게 표현되어 있다. 그러나 2연부터 4연까지에서는 그것이 보다 구체적인 상황 설정을 통해 암시되고 있는 점을 알 수 있다. 특히 "아프리카항행에 지친 함대가/일본해의 암초에 갈아 앉을 때"(3연 부분)나 "알프스산정에 바줄이 걸리고/포신이 바위에 부딪칠 때"(4연 부분) 등의 시구에서 이러한 사실을 짐작할 수 있는 것이다. 더욱이 5연의 "총검이 서

---

55) 소화 18년 2월 2일, 위의 책, 143~146면 ; 황규수 편저, 앞의 책, 473~475면. 이 시의 원본은 총 9연으로 이루어져 있어, 『사료전집』에 수록된 이 시의 연 구분이 잘못된 것임을 확인할 수 있다.

로 부닥치는 전장/동에도 서에도 포연이 자욱"과 같은 구절에서는 그것이 확연히 드러남을 볼 수 있다. 하지만 이어서 시인이, 진리의 철칙은 불변이듯이 역사의 진위는 언제나 판명된다고 밝히고 있음은 주목된다. 그가 이처럼 불의와 죄악의 세상에서도 밝은 미래가 전개될 것에 대한 확신을 지닐 수 있게 됨은, 이와 같은 깨달음이 있었기 때문이다. 그리고 이러한 깨달음에 의해 그가 미래에 대한 낙관적 전망을 가질 수 있게 되었다는 점은 이 시의 마지막 6연 끝부분에서도 다시 확인할 수 있다. "지맥의 혈악(血岳)엔/새 피가 순환하고/낡은 상장(傷場)에는/새살이 돋을 것이다."라는 상징적 시구가 바로 이에 해당되는 것이다. 이렇게 볼 때 이 시가 지니는 사회 역사적 의미는 실로 심장(深長)하다 하겠다. 이 시는 한 치 앞을 내다보기 어려웠던 당시의 절망적 상황에서도 미래의 희망적 세계를 제시해 줌으로써 읽는 이에게 힘과 용기를 더해 주고 있기 때문이다. 이러한 점에서 그는 한용운이나 심훈·이육사·박두진 등과 함께, 일제 강점의 어두운 역사적 상황에서도 광복의 '그날'이 올 것에 대한 신념을 잃지 않고 이를 시로써 나타낸, 중요 시인 중의 한 사람이라 판단된다. 또한 이로써 그는 농시대의 시인으로 윤동주와 더불어 '암흑기'의 공백을 메우기에 충분한 한국 현대시사에서 내표 시인 중의 한 사람으로 지칭될 수 있다.

Ⅵ. 결어 – 남은 과제

광복된 지 어언 반세기가 지나 새로운 세기를 맞이하는 시점에
서 세상에 알려진 심연수 시인의 존재는 그간 공허하게만 여겨졌
던 1940년대 한국 현대시사를 새롭게 조망하는 한 계기를 마련해
준다. 한국 현대사에서 일제 강점의 특수한 역사적 상황은 국내에
서만이 아니라 국외에서 활동한 작가들의 작품에 대해서도 우리
문학사에 포함시켜 논의하는 것을 어색하지 않게 한다. 그런데 근
자에 발굴된 심연수의 시들은 그 문학사적 실체로, 그것이 지니는
특성상 '한국문학'임에 틀림없음을 입증해 주는 것이다. 구체적으
로 그의 시는 '유이민 시'로서의 성격을 지녀, 고국을 떠나 이국에
서 떠돌이 생활을 할 수밖에 없었던 당시 우리 민족의 현실 상황
을 잘 반영해서 나타내 주고 있다. 그럼에도 불구하고 그의 시에
서 그는 이상 세계에 대한 꿈을 잃지 않고 정의를 추구함과 동시
에, 우주의 순환 질서 또는 자연 법칙에 대한 깨달음에 의해 미래
에 대한 낙관적 전망을 가질 수 있게 되었음을 보여주기도 한다.
또한 과학 기술의 발전과 함께 물질문명의 발달로 변화되는 세계
사의 흐름 속에서 일본 유학 등의 이역 체험을 한 그의 시에서는
'모더니즘'적 시 특성이 드러남을 볼 수 있게도 된다. 그러나 이와
대비되게 그의 조국 방문을 즈음하여 그때의 체험을 4음보율의 시
조 형태로 나타내고 있는 일련의 시에서는 민족적 동질성을 느낄
수 있다. 이처럼 그의 시는 양면적이면서도 다양한 특질을 보이는
데, 이는 식민지 근대로서 당시의 시대 상황이 여러모로 반영된

결과라 하겠다. 특히 패망을 앞두고 일제가 침략 정책을 더욱 강화하던 1940년대의 시점에서도 이에 동화되거나 좌절하지 않고 나름대로의 역사의식을 바탕으로 새로운 미래가 전개될 것에 대한 희망을 밝혀 준 그의 시적 성과는 한국 현대시사에서 실로 값진 것이 아닐 수 없다.

물론 그의 시에 대한 연구가 온전히 이루어지기 위해서는 몇 가지 보완되어야 할 점이 있다. 먼저, 앞서 지적한 바와 같이 근자에 발굴된 그의 작품들은 주로 1940년부터 1943년까지 4년간에 걸쳐 제작된 것들이다. 그가 일본 유학을 마치고 귀국한 1943년 말부터 광복을 1주일 앞두고 안타깝게 피살된 때까지 그의 창작시는 눈에 띄지 않았던 것이다. 그래서 그의 작품에 대한 발굴 작업은 아직 완결된 것이 아니라고 판단되며, 이에 따라 그를 위한 노력은 지속되어야 할 것으로 생각한다. 이와 함께 그의 발굴된 작품들에는 습작품으로 여겨지는 것들도 그대로 포함되어 있다. 그러므로 그의 시에 대한 본격적인 논의에서는, 꼭 필요한 경우 이외에, 그 대상에서 이들 작품을 선별하여 제외시켜야 할 것이다. 또한 나머지 시들에 있어서도 그들 사이의 관계를 고려하여 텍스트를 확정한 후에 논의를 진행시켜 나가야 할 것이다.

따라서 이러한 과제가 선결된다면 그의 시에 대한 논의는 더욱 진전될 것이다. 그리고 이와 같은 논의 기틀의 마련과 함께 그 결과가 축적되어, 제2·제3의 심연수와 같은 존재의 발견과 더불어, 그들의 작품에 대한 연구로 이어질 때 통일문학사로서 한국의 민족문학사 기술을 위한 토대는 한층 굳건해질 것이다.

(2003. 7.)

제5장 심연수의 시조 창작과 그 특질

Ⅰ. 서언 - 기존 논의와 그 문제점

일제 강점기 재만조선시인 청송(靑松) 심연수(1918. 5. 20～
1945. 8. 8). 2000년 7월, 『20세기 중국조선족문학사료전집』 제1집
(심련수 문학편)[1]이 간행되기 전까지 그는 무명 문인이었다. 물론
그도 살아생전에 작품을 전혀 발표하지 않은 것은 아니어서 ≪만선
일보(滿鮮日報)≫에 그 일부가 실린 바 있다.[2] 1918년 강릉에서
출생한 그는 가난에서 헤어 나오지 못하던 전 가족과 함께 러시아
의 블라디보스토크를 거쳐 중국으로 건너가 용정의 동흥중학교를
졸업(제18회, 용정국민고등학교 제2회)하게 되었는데, 그 무렵부터

---

1) 심련수, 『20세기 중국조선족문학사료전집』 제1집(심련수 문학편), 연길: 연변인민출판사,
2000. 이 책은, 제1부 시편(174편), 제2부 기행시초편(64편), 제3부 소설수필편(단편소설 4
편, 만필 4편, 수필 2편, 평론 1편), 제4부 기행문편(1편), 제5부 편지편(26편), 제6부 일기
편(310편), 부록(「희생」(전2막), 강영희 작, 심련수 베낌)으로 구성되어 있다. 이후 이 책을
언급할 때는 편의상 간략히 『사료전집』(2000)이라 일컫기로 한다.

2) ≪만선일보≫에 발표된 심연수의 작품을 순서대로 열거해 보면 다음과 같다. 먼저 시에 있
어서는 「대지의 봄」(1940. 4. 16)·「여창(旅窓)의 밤」(1940. 4. 29)·「대지의 모색(暮色)
」(1940. 5. 5)·「길」(1941. 3. 3)·「인류의 노래」(1941. 12. 3) 등이 있으며, 기행문에는
「근역(槿域)을 찾아서」(1～3, 1941. 2. 18～3. 5)가 있고, 단편소설로는 「귀향(農鄕)」(상·
하, 1941. 11. 12·11. 19)이 있다.

작품을 발표하기 시작했다. 그러나 그것도 잠깐. 1943년 일본대학 전문부 예술과를 마치고 용정에 돌아왔으나 그는 일본인들이 학도병으로 끌어가려 하자 몸을 피해[3] 흑룡강성 신안진과 영안현 등에서 소학교(진성국민우급학교 및 성서국민우급학교 등) 교사로 있다가, 1945년 8월 8일 광복을 1주일 앞두고 영안현에서 걸어서 용정으로 가던 중, 왕청현 춘양진의 한 검문소에서 시비가 붙어 다투다가, 위만군(僞滿軍)에 의해 무참히 피살된다.[4] 그래서 이후 그의 동생 심호수에 의해 항아리 속에 깊숙이 묻혀 간직되어 오다가, 그가 죽은 지 55년이 지난 2000년이 되어서야 비로소 공개된 그의 유고 작품은, 한 일본인 학자에 의해서도 다음과 같이 평가된 바 있기도 하다.

> 심연수의 시는 내성적이지 않으며, 단순 솔직하게 자신을 드러내고 있다. 예술적 향기라는 면에서는 다소 떨어지나, 기록성 면에서는 귀중하다. 당시의 재'만' 조선청년이 어떤 생각으로 어떤 생활을 보내고 있었는가를 알기에는 매우 좋은 재료다.[5]

그런데 작품 발굴 시기의 격차에도 불구하고 심연수와 윤동주 시인의 생애에서 드러나는 유사성은, 심연수의 시에 대한 초기 논

---

3) 강근모, 「〈〈학도병 징집령〉〉을 반대하여」, 『중국조선민족발자취총서4 결전』, 북경: 민족출판사, 1991, 71~74면. 당시의 상황은, 강근모가 쓴, 다음 인용문에 잘 나타나 있다. "1943년 10월 어느날 밤, 우리는 귀향을 앞두고 이께부꾸로나까노의 ××아빠트에 있는 심련수의 하숙에서 석별의 모임을 가졌다. 우리는 이 모임에서 독립운동가 려운형 선생의 담화내용을 전달받았다. ……(중략 - 필자)…… 우리는 려운형 선생의 말씀에 따라 행동방안을 채택했다. 자신들뿐 아니라 많은 학우들까지 동원하여 학도병 징집령을 거부하고 고향으로 돌아가기로 하였다."

4) 황규수, 「시인 연보」, 『심연수 원본대조 시전집』, 한국학술정보, 2007, 518~519면.

5) 오오무라 마스오, 「재 '만' 한인문학의 제상(諸相)」, 『국제언어문학』 제9호, 국제언어문학회, 2004. 6, 34면.

의에서부터 그것을, 윤동주의 그것과 대비시켜 논하는 것을 가능케 했다.6) 그래서 발굴 당시 그는 '윤동주와 쌍벽'을 이루는 '제2의 윤동주'라고 일컬어진 바 있다.7) 그러나 윤동주의 시가 그의 사후 3년 만에 일반에게 공개8)된 것에 비해, 같은 해에 사망한 심연수의 작품이 그가 죽고 난 지 50여 년의 세월이 흐른 뒤에야 알려지게 된 점은, 두 시인의 작품에 대한 정리 및 연구 성과에 있어 큰 차이를 발생시킨 주된 요인이 된 것으로 이해된다.

먼저 작품의 정리 측면에서 윤동주의 경우는 정본 전집9)뿐만 아니라『사진판 자필 시고전집』10) 등이 이미 간행되어 그 연구의 기본 요건이 잘 갖추어져 있는 상태라면, 심연수의 경우는 그렇지 못하다. 또한 그들 시에 대한 연구에 있어서도 여러 면에서 많은 차이를 보이게 되어, 가장 단적인 예로 윤동주의 경우는 1995년 광복 50주년과 함께 그의 서거 50주년을 맞는 기념으로 전집이 이미 간행11)된 바 있다. 지금으로부터 10여 년 전에 그의 작품에 대한 정리는 어느 정도 이루어졌으며, 그에 대한 연구 성과도 단행본으로 엮어 낼 수 있는 단계에 이르렀던 것이다. 그러면 심연수의 경우는 어떠한가?

---

6) 임헌영, 「심연수의 생애와 문학」,『소년아 봄은 오려니』, 강원도민일보사, 2001, 141~159면.

7) 김룡운, 「문단에 솟아난 또 하나의 혜성—심련수론」, 심련수,『사료전집』(2000), 621면.

8) 윤동주의 시는 정음사본 유고 시집『하늘과 바람과 별과 시』초판본(1948)에 30편이 처음 소개되었다. 이후 그의 시는 증보판(1955)을 거쳐 삼판(1976)에 이르는 동안 여러 편이 추가되어 110편으로 증가되었다. 물론 여기에 그의 자필 시고에는 제목이 없지만 흔히 「서시」라고 일컬어지는 것도 한 편의 시로 포함시킨다면, 그의 시는 111편이 된다.

9) 홍장학 엮음,『정본 윤동주 전집』, 문학과지성사, 2004.

10) 왕신영·심원섭·오오무라 마스오·윤인석 편,『사진판 윤동주 자필 시고전집(寫眞版 尹東柱 自筆 詩稿全集)』, 증보판; 민음사, 2002.

11) 권영민 편,『윤동주 전집1—하늘과 바람과 별과 시』와『윤동주 전집2—윤동주 연구』(문학사상사, 1995)가 이에 해당되는 것이다.

그의 작품이 발굴된 이후 그에 대한 논의도 여러 논자들에 의해 지속적으로 진행되고 있는 것은 늦게나마 다행스러운 일이라 아니 할 수 없다. 그래서 지금까지 그 성과물은 일반 논문으로부터 학위논문[12]과 저서[13] 등에 이르기까지 그 형태를 달리하며 집적되고 있는 것을 볼 수 있다. 또한 그에 대한 연구는 많은 경우 민족시인 또는 저항시인으로서의 면모에 초점이 맞추어져 시 작품을 중심으로 행해져 온 것이 사실이다. 그렇지만 다른 한편으로는 고향 회귀와 귀농의식, 시간의식과 공간의식, 모더니즘, 텍스트 비평 등 다양한 측면에서 접근하려는 시도도 있어 왔다.[14]

이와 같은 맥락에서 시조를 주된 대상으로 해서 그의 시에 대해 접근하고자 한 일련의 논의는 관심을 끌기에 충분하다. 그의 시에서 시조가 차지하는 비중은 실로 적지 않아서, 이에 대한 고찰을 통해 그의 시가 지니는 주요 특징은 보다 구체적으로 파악될 수 있을 것으로 기대되기 때문이다. 그렇지만 지금까지 진행된 이 방면의 논의에서도 몇 가지 문제점이 지적되지 않을 수 없다.

이 중에서도 먼저, 논의에 앞서 그 대상이 분명하고도 폭넓게 설정되지 않은 점이, 그 첫 번째로 꼽힐 수 있다. 심연수의 시 가운데서 시조라고 일컬어질 만한 것으로는 이른바 '여행시조'만이

---

12) 고세환(2002. 8), 김명순(2003. 2), 임향란(2003. 8), 이장식(2004. 2), 김원장(2004. 8), 박복금(2005. 2) 등의 석사학위논문 6편과 김해응(2004. 2), 최종인(2006. 2) 등의 박사학위논문 2편이, 이에 해당되는 것이다.

13) 엄창섭, 『민족시인 심연수의 문학과 삶』, 홍익출판사, 2003.
엄창섭・최종인, 『심연수 문학연구』, 푸른사상사, 2006.

14) 시인의 고향인 강릉에서는 심연수선양사업위원회 주최 학술세미나가 2000년부터 거의 매년 개최되어 왔는데, 이 가운데서도 제5차 때인 2005년에 발표된 「심연수의 귀농의식 고찰」(이영자), 「심연수 시에 나타난 시간의식과 공간의식」(홍문표), 「심연수의 시와 모더니즘」(이승훈), 「심연수 시의 원전 확정 문제」(허형만) 등의 논문은 이와 관련하여 주목된다.

있는 것은 아니다.[15] 그가 동흥중학교 졸업에 앞서 수학여행을 하며 쓴 시조[16]와 함께, 이후 일본 유학 전에 고향 강릉을 방문했을 때 쓴 시조[17]가, 그 핵심을 이루는 것은 사실이다. 그러나 이에 앞서 그가 읽었던 『노산시조집(鷺山時調集)』에서 그의 친필로 쓴 유고 시조 7편이 추가로 발굴[18]된 이상, 이들도 그의 시조를 논함에 있어 그 대상에 포함시켜야 함은 당연한 것이다. 왜냐하면 이는 이은상 시조가 그의 시에 미친 영향 관계를 파악할 수 있는 중요한 단서를 제공해 줄 수 있기 때문이다. 이와 관련하여 그의 시조에 대해 논하는 자리에서 여행시조 이외에 다른 일반 시조가 제외된 점도, 문제로 지적하지 않을 수 없다. 왜냐하면 그의 작품들 가운데는 시조 형식을 취하고 있는 것도 눈에 띄기 때문이다. 이러한 점에서 그 논의 대상이 보다 폭넓게 설정된 일련의 논문들[19]은

---

15) 그의 여행시조를 주된 대상으로 논의를 전개한 글로는, 김원장의 「심연수 시조의 특성과 경향에 대한 연구 - 여행시조를 중심으로 - 」(관동대 교육대학원 석사학위논문, 2004. 8.)와 이충섭의 「용정시인 심연수 〈여행시조〉와의 1940년대 여행」(『시조문학』 2005, 여름) 등이 있다.

16) 심연수의 시조 중에는, 그가 동흥중학교 졸업을 앞두고 1940년 5월 5일부터 22일까지 18일 동안 수학여행하면서 보고 듣고 느낀 바를 시조 양식으로 표현한 67편의 시가 있다. 그래서 여행시조로 분류되는 이들 시의 끝에는 쓴 날짜가 적혀 있어, 그 순서대로 이를 읽어 보면, 그가 용정을 출발하여 '두만강→원산→금강산→서울→개성→평양→신의주→대련→봉천→신경→하얼빈→목단강' 으로 이어지는 경로에 따라 여행하면서 느낀 바가 어떠했는지 짐작해 볼 수 있게 된다.

17) 그는 수학여행을 다녀온 같은 해인 1940년 8월, 다시 조국을 방문할 기회가 생겼다. 방학을 이용해서 그는 호적등본을 떼기 위하여 고향 강릉을 다녀갔는데, 「옛터를 지나면서」, 「솔밭길을 걸으며」, 「바닷가에서」, 「경포대」, 「경호정(鏡湖亭)」 등 9편의 시조들은, 이때의 시적 소산인 것이다. 이런 점에서 이들 작품도 '여행시조'에 포함시켜 논의할 수 있다.

18) 심연수의 유복자인 심상룡은 30여 년 전에 그의 막역지우인 윤길복에게 책 한 권을 선물한 적이 있는데, 그 책은 다름 아닌 그의 아버지가 생전에 읽었던 『노산시조집』(3판; 한성도서주식회사, 1937)으로, 여기에는 「봄소식」・「책집」・「동경(憧憬)의 금강(金剛)」・「할일」 등 심연수의 친필 유고 시조 7편이 기록되어 있다. 이에 대해서는 김룡운이 「청송 심련수와 그의 시조문학」(인터넷 '문화산맥', 중국연변조선족문화발전추진회, http://koreancc.com, 2003. 8. 30.)이라는 글에서 처음 밝힌 바 있는데, 필자도 2006년 8월 연변에 갔을 때 실제 이를 확인한 바 있다.

주목해 볼 만하다. 물론 이들 논문도 원전 확정이 제대로 이루어지지 않은 상태에서 전개된 것이기 때문에 그 일부 오류[20]가 정정되어야 한다는 점에서는 마찬가지다.

따라서 본고에서는, 1940년 3월 28일 심연수 시인이 『노산시조집』을 사서 읽으면서[21] 거기에 친필로 쓴 그의 유고 시조를 비롯하여, 수학여행 및 고향 방문 때에 창작한 여행시조뿐만 아니라, 그 이외의 일반시조 등까지도 모두 포함해서, 그의 시조가 지니는 시적 특질을 총체적으로 탐구해 보고자 하는 데에 그 일차적 목표를 두고자 한다. 왜냐하면 앞서 언급한 바와 같이 그의 시조에 대한 지금까지의 논의는 일부분에 국한된 것이 보통이어서, 이에 대한 구체적인 분석 고찰은, 궁극적으로 그의 시가 중국조선족문학사에서만이 아니라 한국문학사에서도 온당하게 자리매김될 수 있도록 그 기반을 마련하는 데에 도움이 될 것으로 판단되기 때문이다.

---

19) 노철의 「심련수 시에 나타난 시의식 연구」(『인문사회과학연구』 5, 부경대 인문사회과학연구소, 2005, 55~73면), 심재상의 「심연수 시의 형태에 대한 고찰」(『인문학연구』 9, 관동대 인문과학연구소, 2005, 139~154면), 허형만의 「심연수 시조 연구」(『민족시인 심연수 제6차 학술세미나』, 심연수선양사업위원회, 2006, 57~72면) 등은 그 대표적인 것들이다.

20) 논문에 인용한 「교외」와 「목자」 등의 시에서 초고와 개작의 순서가 바뀐 점(노철, 위의 논문, 60~63면), 시조로 편입되어야 한다고 기술한 「속」은 본래 한 편의 시로 창작된 것이 아니라 시 「과오」의 뒷부분이라는 점(허형만, 위의 논문, 59~61면) 등은, 다시 확인이 요망되는 대표적인 예에 해당되는 것들이다.

21) 심연수, 『20세기 중국조선족문학사료전집』 제1집(심연수 문학편), 중국조선민족 문화예술출판사, 2004, 277면. 이후 이 책을 언급할 때는 편의상 간략히 『사료전집』(2004)이라 일컫기로 한다.

Ⅱ. 심연수 시조의 특질

현대시조는 고시조와 여러 측면에서 차이점을 보인다. 고시조는
조선조 사회가 지녔던 정신적인 경향들을 담고 있다는 점, 고시조
는 반드시 음악을 전제해야 했다는 점, 고시조는 가곡창이든 시조
창이든 음악으로 향유되었기 때문에 그 창작동기 또한 공개성을
띠었다는 점 등이, 현대시조와 다른 고시조의 특징으로 꼽히는 것
들이다.[22] 그럼에도 불구하고 고시조와 마찬가지로 현대시조도 시
조임에는 틀림없다고 하는 데에는 현대시조에도 시조를 시조답게
하는 특성이 내포되어 있기 때문이다. 그러면 이처럼 시조를 시조
이게 하는 가장 뚜렷한 기준은 무엇인가? 무엇보다 시조의 자질로
서 가장 중요하면서도 핵심적인 것으로는 3장의 형식과 의미의 율
격이 언급될 수 있다. 현대시조가 제아무리 변모한다고 하더라도
이것을 버리고 멀리 떠나갈 수는 없다는 것이다.[23] 따라서 심연수
의 시 가운데 이러한 시조의 가장 핵심적 자질을 갖추었다고 판단
되는 그의 시조를 대상으로, 그 특질을 구체적으로 파악해 보면
다음과 같다.

1. 『노산시조집』의 독서와 시조 창작

심연수의 일기를 비롯하여 그가 남긴 유품들을 살펴보면, 비록

---

22) 김대행, 『우리 시의 틀』, 문학과비평사, 1989, 273~274면.
23) 위의 책, 275~282면.

그가 일제 강점기에 만주를 삶의 주요 터전으로 해서 생활하였음에도 불구하고, 국내에서 간행된 문학 작품집 및 이론서들도 제법 섭렵하였다는 사실을 알 수 있게 된다. 『상록수』를 비롯하여 『무정』·『노산시조집』·『님의 침묵』·『문장강화』·『조선문학전집 단편집』중(中) 및 하(下) 등이 이에 해당되는 것이다. 이외에도 그는 여러 책들을 애독하여,[24] 이는 그가 문학 작품을 창작하는 데에 있어서도 많은 영향을 미쳤을 것으로 짐작해 볼 수 있다. 이 중에서도 특히 『노산시조집』은 그의 생애에 있어서뿐만 아니라 시조 창작에 있어서도 매우 큰 영향을 주었다는 사실을 알 수 있게 하는데, 그가 이 책을 사서 읽으면서 쓴 일기 및 시집 여백의 친필 시조가 이를 입증해 준다.

『노산시조집』을 사다. 그는 최행복자(最幸福者)다. 대대의 마음을 잃지 않고 남긴 사람이다. 나는 그대를 숭경(崇敬)한다. 문인 가운데도 그런 사람을 나는 한 책의 시조를 다 보다. 일후(日後) 두고두고 몇 번이라도 다시 읽고 보련다.[25]

위에 인용한 글은, 심연수 자신이 『노산시조집』을 산 날 쓴, 일기 내용의 일부다. 그가 이 책을 사서 읽으면서, 노산을 훌륭히 여겨 우러러 공경하는 마음이 생겨났다는 것이다. 노산은 『노산시조집』의 「서(序)」에서, 그가 시조를 가까이 접할 뿐만 아니라 창작의 길에까지 이르게 된 것이 그의 아버지의 영향 때문이었다는 점을 밝힌 바 있다.[26] 그런데 그가 이처럼 세대가 바뀜에도 불구하고

---

24) 김해응, 『심연수 시문학 연구』, 한국학술정보, 2006, 38면.

25) 「3월 28일 목(木) 청(晴) 석초우(夕初雨)」, 『사료전집』(2004), 277면.

26) 이은상, 「서(序)」, 『노산시조집』, 한성도서주식회사, 1933, 1~2면. "내가 소학교를 마칠

대대로 이어져 내려오는 전통 정신을 잃지 않고 계승시켰다는 점이, 심연수로 하여금 감동을 자아내게 했고, 이것이 또한 그에게 자신의 생각과 시적 정서를 시조 양식을 통해 표현할 수 있게 하는 중요한 계기가 되었음을 이해할 수 있는 것이다.

실제로 심연수 시인이 『노산시조집』을 읽으면서 그 여백에 남긴 7편의 시조[27] 가운데 「님의 뜻」이라는 시조가 있는데, 그 부제(副題)로 "노산 선생을 모경(慕敬)하며 끝 수(首)를 끝 보며"라고 쓰여 있는 점은, 이를 단적으로 증명해 주는 중요한 근거가 된다. 이 시조에서 '님'은, 다름 아닌 이은상을 뜻한다는 사실을 알 수 있는 것이다.

<blockquote>

읽고서 알엇쇠다 님마음 알엇쇠다
보고서 알엇서라 그님마음 알수있어
字마다 소리치며 句마자 외여둘라우
       (一九四〇年三月二十九日滿苦舍에서)
            青松 沈鍊洙

     −「님의뜻—鷺山先生을慕敬하며끝首를끝보며—」 전문[28]

</blockquote>

또한 『노산시조집』에 쓴 시조 가운데 「봄소식」은, 이은상의 시조가 그의 시조에 미친 영향 관계를 보다 구체적으로 파악할 수

때까지도 흔이 나를 업으시고 황혼이면 뜰앞 나무 밑을 거니시엇습니다. 그리고는 늘 고인(古人)의 시조를 읊으시엇습니다. ……(중략 − 필자)…… 뒤에 듣자오매 자작(自作)도 하셧다건만 불초자 − 뫼셔 둔것이 없음은 일생에 잊지못할 한사(恨事)어니와, 그 님이 가오신지 어느덧 십년. 그로 말미암아 내가 시조의 길로 들어선것이 또한 십년. 이제 한 적은 책자를 만들어 세상에 보내매 당신 생각이 다시금 간절합니다."

27) 황규수 편저, 『심연수 원본대조 시전집』, 한국학술정보, 2007, 506~512면 수록.

28) 이은상 저, 심연수 독서, 『노산시조집』, 3판; 한성도서주식회사, 1937, 200면 ; 황규수 편저, 위의 책, 512면.

있게 하는 작품이어서 주목된다. 왜냐하면 이 시조는, 『노산시조집』
에 수록된 시조 「봄」의 바로 옆에 쓰여 있는데, 몇 가지 측면에서
비교를 가능케 하기 때문이다.

① 처마에 落水소리 인제분명 봄이로고
　福비는 動鈴僧이 마슬로 올때로다
　오늘쯤 回心曲소리 들릴것도 같아라
　　　　　　　　(一九二四年三月二十八日 漢陽宿舍에서)

　　　　　　－「봄」 전문29)

② 봄님이 오신다고 종달새 아뢰울제
　뒷山에 찾으려다 할미꽃 피온것을
　그먼저 온줄랑을 아는것 어이하리
　　　　　　　(一九四〇年三月二十八日봄뫼에서)
　　　　　　　　　　　　　青松 沈鍊洙

　　　　　　－「봄소식」 전문30)

　먼저 두 편의 시조에서는, 제목의 유사함과 마찬가지로, 시적 발
상(發想)에 있어서도 그러함이 눈에 띈다. 이들 시조는 모두 봄을
소재로 하고 있는데, 자연 현상의 변화를 통해 봄이 다가왔음을
표현하고 있는 점이 공통점으로 지적될 수 있는 것이다. 물론 심
연수의 시조와 달리 이은상의 시조에는, 자연 현상에 있어서만이
아니라 인간사에 있어서도 그러함이 함께 표현되어 있다. 또한 이
은상의 시조 「봄」에서는 시조의 특수한 종결 방식31)이 그대로 지

---

29) 이은상 저, 위의 책, 27면.

30) 같은 곳 ; 황규수 편저, 앞의 책, 506면.

31) 양태순, 『한국고전시가의 종합적 고찰』, 민속원, 2005, 404면. 이와 관련하여 논자는, "종장
　은 그 특수한 제약으로 인해 양식적으로 시적 완결성을 보장하고 있다."고 언급한 바 있다.

켜지고 있다. 그럼에도 불구하고 시조를 쓴 날짜 및 장소를 기술하는 방식에서까지도 두 편의 시조가 유사함은 단지 우연의 일치가 아니다. 이은상의 시조가 심연수의 그것에 미친 영향 관계를 입증할 수 있는 작품 외적인 근거로 볼 수 있는 것이다.

『노산시조집』에 남겨진 심연수의 시조 중, 이은상이 그에 미친 영향 관계를 논함에 있어 빼놓을 수 없는 작품으로, 「동경(憧憬)의 금강(金剛)」도 있다.

<blockquote>

金剛이 좋다해도 가지못하니 이름뿐
애꾸진 마음만이 金剛을 徘徊한다
어즈버 이몸이 못가는곳 金剛인가하노라
一九四〇年三月二十八日
鍊洙 作

－「憧憬의金剛」 전문32)

</blockquote>

이 시조는 심연수가 읽었던 『노산시조집』의 일곱 번째 소제목 '금강행' 뒷면에서 발견된 작품이다. 그가 '금강행'에 수록된 시조들을 읽고, 그에 대해 동경의 마음이 들게 되었음을 읊은 것이다. 특히 이 시조의 종장 "어즈버 이몸이 못가는곳 金剛인가하노라"라는 구절에는 이러한 심사가 잘 나타나 있다. 그를 동경하지만 가지 못하는 슬픔이 여기에는 압축적으로 표현되어 있는 것이다. 이와 같은 맥락에서 본다면 그가 이 시조를 쓴 지 1달여 후에, 중학교 졸업을 앞두고 수학여행을 하게 되는데, 이때 여행시조를 남기게 됨은 우연의 소산이 아니라고 생각된다. 왜냐하면 『노산시조집』

---

32) 이은상 저, 앞의 책, 122면 ; 황규수 편저, 앞의 책, 508면.

의 시조들은 여덟 개의 소제목 아래에 나뉘어 실려 있는데, '금강행'뿐만 아니라 '송도 노래'라는 제목 속에 놓여 있는 작품들은 여행시조로서 공통된 특성을 지니고 있기 때문이다. 두 시인의 여행시조들 중에는 현재 그들이 본 자연 풍경과 함께 거기서 느낀 바를 시조로 나타낸 것 이외에, 그들이 여행하며 접하게 된 여러 대상들을 시적 소재로 하여 그와 관련된 다양한 내용을 시조 형식으로 표현해 놓은 작품들도 적지 않은 것이다. 더욱이 「만월대」나 「선죽교」 그리고 「장안사」, 「비로봉」, 「옥류동」, 「비봉폭」 등의 시조는 제목까지도 똑같다. 그래서 이와 같이 심연수의 여행시조와 이은상의 그것을 대비해서 고찰해 보았을 때, 그 제목에서만이 아니라 표현 방식 및 시적 발상 등에서 파악되는 공통된 특징은, 이은상 시조가 그에 미친 영향이 적지 않았음을 알 수 있게 하는, 또다른 근거가 된다 하겠다.[33]

한편 심연수가 읽었던 『노산시조집』에 남겨진 7편 가운데 「책집」·「할 일」·「청춘」·「참(眞)」 등의 시조에서는, 지금까지 검토된 「님의 뜻」과 「봄소식」·「동경(憧憬)의 금강(金剛)」 등의 작품들에서와 같이, 이은상의 시조가 심연수의 그것에 미친 영향 관계에 대해 보다 직접적인 측면에서 구체적으로 논의하기가 곤란하다. 이들 시조에서는 노산 시조에서와 같은 공통된 특성이 눈에 띄지 않기 때문이다. 그럼에도 불구하고 이들 시조에는 당시 시인의 생각 또는 시적 정서가 시조의 형식으로 표현되어 있어 주목된다. 이들 작품을 통해서도 그의 초기 시의 한 유형상의 특징을 엿볼 수 있는 것

---

33) 황규수, 「심연수와 그의 시조」, 김용성 외, 『한국문학연구의 현단계』, 역락, 2005, 107~117면. 이와 관련하여 필자는 앞서, 그의 시조가 이은상 시조와 갖는 관계성에 대해 논의한 바 있다.

이다.

이 중에서도 먼저 관심을 끄는 작품은 「책집」이다. 이 시조는 추후 그의 시가 전개될 향방에 대해 미리 짐작할 수 있게 해 주기 때문이다.

책집엘 들어가선 빈주먹 페여보고
들고선 갇고싶ㅎ34)어 못견데 만저보며
없음아 너어이해 이곧까지 딸아왓니
　　　　　(一九四〇年三月二十八日龍井博文館에서)
　　　　　　　　　　　　　　　　青松 作

－「책집 —읽으라고만든책이지두라고아니련마는아 —참—」 전문35)

더욱이 이 시는 그 끝부분에, "一九四〇年三月二十八日龍井博文館에서"라고 기록되어 있어, 심연수 시인이 동흥중학교 졸업반이었던 1940년 3월 28일 용정의 박문관이라는 서점에 들렀을 때,36) 체험한 바를 시조 형식으로 나타낸 것이라는 점을 알 수 있게 한다. 이 시조에는 당시 궁핍했던 현실 상황 속에서 학창시절을 보내야만 했던 시인37)의 삶의 고뇌가 꾸밈없이 잘 드러나 있는 것이다. 특히 이와 같은 이 시조의 주된 내용은, "없음아 너어이해 이곧까지 딸아왓니"라고 하는 종장에 압축해서 제시되어 있는 것

---

34) 이 시의 원본에는 '시'에 'ㅍㅎ' 받침을 쓴 것으로 되어 있음.

35) 이은상 저, 앞의 책, 53면 ; 황규수 편저, 앞의 책, 507면.

36) 당시 심연수가 사서 읽은 『노산시조집』의 출판사항이 인쇄된 면(201면)의 오른쪽 상단에도, '간도용정 도서문구 박문관'이라는 곳의 전화번호가 찍혀 있는 쪽지가 붙여져 있어, 이것이 사실임을 뒷받침해 준다.

37) 당시 심연수 시인이 가정 형편이 몹시 좋지 않아 학교로부터 고학증(苦學證)을 발급받아 학업에 임할 수밖에 없었다고 한, 동생 심호수의 증언은, 이를 입증해 주는 단적인 예에 해당되는 것이다.

을 볼 수 있다. '없음'과 관련하여 초장과 중장에서 병렬된 시상이, 여기서 접속·종결되는 현상을 목격할 수 있는 것이다.[38] 이렇게 볼 때 이 시조는 시인의 초기작 중 한 편으로, 여기에는 그의 작품세계에서 큰 비중을 차지하는 '없음' 또는 가난의 문제가 다루어져 있어 추후 그의 시가 어떠한 방향으로 전개되어 나갈 것인가에 대해 미리 짐작해 볼 수 있게 해 준다는 점에서, 그 나름대로 의미가 있는 작품이라 판단된다.

이 밖에 심연수 시인이 『노산시조집』에 친필로 쓴 작품 중 「청춘」과 「참(眞)」 등의 시조는 최종본이 아니어서,[39] 그의 시가 어떠한 과정을 거쳐 개작되어 가는지를 파악하는 데에 좋은 자료가 된다는 점에서 의미가 있다 하겠다. 이와 같은 측면에서 우선, 『노산시조집』에는 「참(眞)」이라는 제목으로 처음 쓰였지만 이후 3차례의 개작 과정을 거치며 「소원」으로 제목까지 바뀐 이 작품의 이본에 대한 구체적인 고찰은, 심연수 시인이 한 편의 시를 완성하기 위해 얼마나 고뇌했던가를 그대로 보여주는 것이기도 하여 관심을 끈다.

---

38) 이와 관련하여 다소 차이가 있기는 하지만, 시조 3장의 구성 원리를 초장과 중장의 병렬과 종장의 접속·종결 관계로 파악한, 일련의 논의들이 있다. 김대행, 『시조 유형론』, 이화여대 출판부, 1998, 164면 ; 양태순, 앞의 책, 406면.

39) 황규수, 「심연수(沈連洙) 시의 원전(原典)과 세계 탐구」, 『어문연구』 134호, 한국어문교육연구회, 2007, 여름, 301~306면. 필자는 시 원본 끝에 기록된 창작일과 원본의 묶음별 수록 순서(현재 심호수의 집에 보관되어 있는 304편의 시 원본은, 그의 맏아들에 의해 제1집부터 제10집까지 10개의 묶음과 기타 2개의 묶음으로 정리되어 있다.) 및 그것의 고쳐진 흔적 등을 참조하여 최종본을 결정한 바 있다.

① 찾노라 知己를랑 나와같은 젊은이를
　一生을 두고돕을 나와같을 늙은이를
　바라니 어느뉘가 나와같이 사올과저
　　　　　　　　　　(一九四〇年三月二十九日)
　　　　　　　　　　　　　　青松

　　　　　-「참(眞)」전문40)

② 찾노라 知己를
　나와같은 젊은이를
　一生을 두고親할
　나와같을 늙은이를.41)

③ 찾노라 知己를 나와같은 젊은이를
　一生을 두고사괼 나와같을 늙은이를.42)

④ 찾노라 知己를
　나와같은 젊은이를,
　一生을 두고사괼
　나와같을 늙은이를.43)

　　이 4편은, 『노산시조집』에 「참(眞)」이라는 제목으로 제일 먼저
쓰인 작품으로부터, 제6집과 제3집·제2집 등의 원본 묶음에 「소
원(所願)」이라는 제목으로 고쳐진 작품에 이르기까지, 이 작품의
이본들을 개작된 순서대로 옮겨 놓은 것이다. ①에서와 같이 이
시도 처음에는 3장 4음보의 일반적인 시조 형식으로 쓰였지만 추
후 종장이 생략되는가 하면 행 구분이 달라지면서 고쳐진 과정을

---

40) 이은상 저, 앞의 책, 95면 ; 황규수 편저, 앞의 책, 511면.

41) 제6집의 9번째 수록.

42) 제3집 『지평선』의 8번째 수록.

43) 황규수 편저, 앞의 책, 9면. 제2집의 11번째에 수록되어 있는 이 시의 원본에는, 2행 '같
　은'과 4행 '같을' 위에 점이 찍혀 있다.

보여주는 것이다. 이렇게 볼 때 심연수 시인이 노산으로부터 받은 영향 관계를 논함에 있어, 그의 초기 시 가운데 시조의 형식을 취하고 있는 작품이 많다는 점을 그 논거로 제시한다면, 이는 보다 폭넓게 적용될 수 있을 것이다. 시 「소원」의 최종본에서와 같이 시조의 일반적인 4음보 형식이 변형된 2음보 형식의 시는 그의 다른 작품들에서도 어렵지 않게 볼 수 있기 때문이다.

또한 『노산시조집』에 처음 쓰였다가 다시 3차례의 개작 과정을 거치면서 정리된 시 「청춘」의 이본들에 대한 검토도, 그의 시가 지닌 특성을 밝히는 데에 중요한 역할을 하여, 이를 좀 더 구체적으로 살펴보면 다음과 같다.

① 沙漠에 남긴자최 보이니 하나이요
　　간사람 몇이든가 하날아 너알겟지(뭇노나니)
　　한駱駝 두몸실고 오아시쓰 찾더라오
　　　　　　　(一九四〇年三月二十九日滿苦舍에서)

　　　　　　　　　　　　　　青松 沈鍊洙

　　　　　-「청춘」 전문44)

② 沙漠에 남긴자최 뵈이니 하나이요
　　간사람 몇이든가 하날아 뭇노나니
　　한駱駝 두몸실고 오아시쓰찾더라우.

　　낮이면 熱沙漠々 밤이면 冷沙渺々
　　온길은 몇千里며 갈길은 몇萬里나
　　헤매다 못찾으면 그일을 어찌한담.45)

---

44) 이은상 저, 앞의 책, 64면 ; 황규수 편저, 위의 책, 510면.
45) 제6집의 6번째 수록.

③ 沙漠에 남긴자최 뵈노니 하나이요
    간사람 몇이던가 하늘아 뭇노나니
    한駱駝 두몸실고 生命水 찾더라우.

    낮이면 熱沙漠〻 밤이면 冷沙渺〻
    온길은 몇千里며 갈길은 몇萬里냐
    헤마다 짖어지면 그일을 어찌한담.46)

　　위에 인용한 ①은 『노산시조집』에 처음 쓰인 것이며, ②와 ③은
추후 고쳐져, 심연수 시인의 원고 묶음에 수록되어 있는 것이다.
그런데 ①과 ②를 먼저 비교해 보면, 이 시가 처음에는 1수로 쓰
였지만, 이후 다시 1수가 추가되어 전체 2수로 고쳐졌다는 사실을
알 수 있다. 1수에서는 사막에서 오아시스를 찾아다니는 낙타의
행위에 빗대어 '청춘'의 특성을 시적으로 표현했다면, 이어 2수에
서는 이와 같은 시적 상황뿐만 아니라 그곳에서의 화자의 내면 정
서까지도 보다 구체화하여 나타내고 있는 것이다. ②의 1수에서도
①과 달리, 표기 및 표현과 띄어쓰기 등에 있어 고쳐진 면이 눈에
띈다. "뵈이니"·"뭇노나니"·"오아시쓰찾더라우"와 같은 구절이
이에 해당되는 것이다. 그러면 그 다음 이본에서는 어떠한가? 다시
고쳐진 면이 그리 많지 않아 여기 따로 시를 인용해 놓지는 않았
지만, 제3집 『지평선』의 6번째에 수록된 작품과 시 ②를 비교해
보면, 1연의 표기 및 띄어쓰기에 있어 다소 달라진 것을 볼 수 있
다. "뵈오니"·"하날아"·"오아시쓰 찾더라우" 등이 그 예다. 그럼
에도 불구하고 2연 3행의 "못찾으면"이라는 시구 위에 한 줄이 그
어져 있을 뿐만 아니라 그 옆에 "짖어지면"이라고 쓰여 있는 점은,

─────────────

46) 제2집의 14번째 수록, 황규수 편저, 앞의 책, 29면.

이 시의 최종본을 결정하는 데에 중요한 단서를 제공해 주어 주목된다. 왜냐하면 이 시 ③번 이본의 2연 3행에는 "짖어지면"이라고 고쳐진 상태로 정리되어 있어, 이것이 최종본이라는 점을 믿어 의심치 않게 하기 때문이다. 이외에도 ③번 이본의 1연 3행에서는 "오아시쓰"가 "生命水"로 바뀌어 있는 것이 눈에 띄는데, 그럼으로써 시 전개상에 있어 자연스러움이 더해지는 것을 실감할 수 있게 된다.

이처럼 심연수 시인이 『노산시조집』을 사서 읽으면서 거기에 친필로 쓴 시조는 모두 평시조 형식으로 쓰여 있어, 그의 초기 시의 한 유형상의 특징을 그대로 보여주고 있다. 이은상 시조의 직·간접적인 영향 아래 창작된 것으로 보이는 이들 시는, 거듭 개작되는 등 미흡한 부분을 많이 내포하고 있다 할지라도, 작품과 관련된 여러 정보를 지니고 있을 뿐만 아니라 추후 그의 시가 전개될 향방에 대해 미리 짐작할 수 있게 해 준다는 점에서, 그의 시의 원형과 같은 존재로 파악될 수 있는 것이다.

2. 수학여행 및 고국방문과 여행시조

1940년 심연수의 중학교 졸업을 앞둔 수학여행과 고향 강릉의 방문이, 그로 하여금 무려 76편에 이르는 여행시조를 남기게 하는 중요 계기가 되었음은, 앞에서 언급한 바와 같다.[47] 특히 수학여행은 그가, 이은상의 시조를 읽고 동경하던 금강산 등의 자연 경관

---

47) 앞의 주 16)과 17) 참조.

을 조망하고 역사적인 유적지 등을 관람할 뿐만 아니라, 낯선 이 국땅을 밟아 볼 수도 있게 하는, 좋은 기회를 제공해 주었다. 그래 서 당시 그곳에서의 체험이 잘 반영되어 있는 이들 시조를 보면, 그의 생각과 느낌이 어떠했는지를 짐작해 볼 수 있다.

이 중에서도 먼저, 「온정리(溫井里)의 하룻밤」과 「서울의 밤」 등의 시조에서는 그가 조국을 방문하여, 같은 민족으로서의 민족적 동질성을 더욱 느낄 수 있게 되었음이 잘 나타나 있어 관심을 끈다.

> 서울서 밤을자니 서울밤 보곺어서
> 거리에 나서니까 말소리 서울말씨
> 옷도 조선옷이요 말도다 조선말이더라.
>
> 거리엔 흰옷이 조선옷 힌빛이요
> 얼골은 조선얼골 모습도 조선모습
> 눈을　귀를다뜨고 들48)고보고 하엿쇠다.

－「서울의 밤」 전문(1940. 5. 11.)49)

연시조 형식을 취하고 있는 이 시조에는, 시인이 이역 땅에서는 온전히 느끼기 어려운, 민족적 동질성에 대한 인식이 잘 제시되어 있다. 특히 이 시조에서는 '흰옷'만이 아니라 '조선말, 조선얼굴, 조선모습' 등을 통해서 그것을 인식하게 되었다는 점이 다양하면 서도 전면적으로 다루어지고 있는 것이 특징이다. "눈을 귀를다뜨 고 들고보고 하엿쇠다"라는 구절에서처럼 그는 조국방문에서 많은 체험을 하고자 하였는데, 이 시에는 거기서 얻게 된, 같은 민족에

---

48) 여기서 '들'은 '듣'의 오기인 듯함.
49) 황규수 편저, 앞의 책, 77면.

대한 인식이 잘 드러나 있는 것이다. 물론 논자에 따라서는 이 시
조가 4음보 3장시로서의 시조 형식을 따르고 있음에도 불구하고,
여기서 시조를 시조답게 하는 특성으로서 '시조성'을 느끼기가 다
소 어렵다는 점을 지적할 수도 있다. 고시조에서 '시조성'은 다음
과 같이 정리될 수 있기 때문이다.

고시조의 시조다운 특성은 기승전결의 '4단구조'를 초(起)·중(承)·종장
(轉結)의 '3장구조'로 홀수화하면서 종장의 첫머리를 3음절로 고정시켜 시상
의 전환 혹은 전이 기능을 하는 전환축이 되도록 하고, 여기서 힘을 받아 그
다음의 마디가 5~8음절의 파격적인 과음보를 이루며, 거기에다 종장의 마무
리(셋째, 넷째 마디)를 평음보(4음절)와 소음보(3음절) 순으로 조직하여(그 역순
이 되어야 순탄한 마디로 지속될 것을 거꾸로 배열함) 깔끔한 종결을 이루도
록 하는 데 있다.[50]

그러나 현대시조는 현대성과 시조성을 동시에 충족해야 하는 위
치에 놓여 있다. 현대시조는 고시조가 갖지 못한 현대성을 갖기에
현대에 존립해야 할 명백한 이유를 가지고 있는 것이다.[51] 이렇게
볼 때 심연수의 다른 시조에서와 마찬가지로 이 시조에서도 종장
의 종결 방식에 있어 고시조에서와 다른 차이점이 다소 눈에 띈다
면 이는, 이와 같은 맥락에서 이해되어야 할 것이다. 특히 이 시조
에서 종장의 첫 구가 3음절이 아닌 2음절로 되어 있지만 한 칸씩
을 더 띄어쓰기해 놓음으로써 3음절로서의 효과를 가져다줄 수 있
도록 표기된 점은, 심연수의 시조가 고시조와 달리 현대시조로서의
특질을 지니고 있음을 나타내 주는, 단적인 예에 해당되는 것이다.
　한편 그의 여행시조들 중에서도 당시 우리 민족이 겪을 수밖에

---

50) 홍성란, 「시조의 형식실험과 현대성의 모색 양상 연구」, 성균관대 박사학위논문, 2005. 2, 6면.
51) 김학성, 「현대시조의 좌표와 방향」, 『유심』 2004. 봄, 233~234면.

없었던 역사적 불행이 표현되어 있는 작품들에서는, 시인이 같은 민족으로서 느끼게 되는, 민족적 동질성에 대한 인식이 더욱 깊이 배어 있음을 감지할 수 있다. 특히 첫 출판된 『사료전집』(2000)에는 수록되지 않았던 시조 「경회루(慶會樓)」에서는 이러한 특성이 더욱 확연히 드러난다.

> 國賓이 놀던곧도 이곧이 그엿지만
> 國賓　없는오날엔 主人도 않놀겟지
> 흙발에 더러워진 石階는 누구의所行인고.
>
> －「경회루」 부분(1940. 5. 11.)[52]

본래는 전체가 두 수로 짜여 있는 이 시조에서는 현재가 과거와 대비되어 있다. 일제 강점으로 인해 국권을 상실하게 된 당시의 시대 상황이, 과거와 달리 현재 경회루에는 국빈이 없음에 빗대어져 있는 것이다. 특히 이 시조의 종장에서 시인은 "흙발에 더러워진 石階는 누구의所行인고."라고 함으로써, 침략자들의 만행에 대해 준엄하게 꾸짖고 있다. 시조 「남대문」의 "서울을 찾아와서는 한숨짓고 가는길손."[53]이라는 구절에서와 같이, 과거와 달라진 남대문의 현재 모습에 탄식하던 그와는 다른, 시의 화자가 눈에 띄는 것이다.

더욱이 이와 같이 과거와 달라진 현실 상황 속에서도, 이에 단지 서글퍼하거나 분노하지만은 않는 시의 화자를, 그의 또 다른 시조에서는 접할 수 있다.

---

52) 황규수 편저, 앞의 책, 79면.
53) 위의 책, 75면.

薩水는 옛안잊고 忠誠을 다햇건만
옛장수 다없으니 그忠誠 아까워라
文德公 싸혼자리 옌가젠가 살펴봤오

淸川江 부대부대 몸조심 하엿다가
새將수 나거들랑 모으신 그솜씨를
마음껏 다하여서 도와나 주소옵소.

-「청천강」 전문(1940. 5. 14.)[54]

이 시조에서도 과거와 달라진 시대 상황에 대한 안타까움을 먼저 나타내고 있다. 고구려의 명장 을지문덕이 수나라와의 싸움에서 대승을 거두었던 청천강에서, 지금은 그와 같은 지략을 쓸 장수가 없음에 대한 아쉬움을 표현하고 있는 것이다. 그러나 시인의 생각이 여기서 멈추지 않는다는 데에 이 시의 독창성이 있다. 그는 '옛장수'에 비견될 만한 '새 장수'의 탄생에 대한 기대와 함께, 그에 대한 도움을 요청하고 있는 것이다. 이처럼 시인의 정신이 과거 또는 현재에만 머물러 있지 않고 미래에까지 미침으로써 그의 시는 현실 도피적이거나 회의적이지 않다. 나름대로의 역사의식을 내포하게 되는 것이다. 결국 시인의 역사의식이 담겨 있는 시조 「청천강」에서도 같은 민족으로서의 민족적 동질성에 대한 인식이 시의 바탕을 이루고 있음을 알 수 있게 된다.

이와 같이 심연수가 수학여행을 하면서 쓴 여행시조 67편 중, 주로 국내에서의 그것이 48편이라면, 대체로 국외에서 쓰인 것은 나머지 19편이다. 그래서 같은 여행시조라 하더라도 전자와 달리 후자에서는 이역 체험이 그 바탕을 이루고 있는 점을 주된 특성으

---

54) 위의 책, 91면.

로 꼽을 수 있다. 그곳에서의 고적 또는 풍물 등이 시의 주요 대상이 되고 있는 것이다. 그런데 이 중에서도 우선 주목되는 작품은 「노인공동묘지(露人共同墓地)」라는 시조다.

하루빈 온사람은 이곧을 다본다니
바쓰에 몸을실고 墓地를 찾어갓오
入口에 많은거지 머리숙겨 경예하더라

異域에 묻인무덤 외롤선 그靈이
파란과 싸호다가 죽은이 이세상을
남은일 다못하고 異域에 묻어지다

－「노인공동묘지」(1940. 5. 20.)[55]

이 작품은, 최근 필자가 『심연수 원본대조 시전집』을 엮어 내기 전까지는 원본에 대한 확인이 제대로 이루어지지 않아서, 그 제목이 잘못 알려져 왔던 시조다. 기존의 출판본에서는 「로천공원묘지(露天共園墓地)」[56] 또는 「로천 공동묘지(露天 共同墓地)」[57] 등으로 지칭되어 왔던 것이다. 이와 관련하여 이는, 이 작품의 의미까지도 잘못 해석하게 하는 요인으로 작용하기도 했다. 한 논자는, "「노천공원묘지」에서도 '남은 일 다 못하고 이역에 묻혀진' 우리 동포들의 한 많은 삶을 영위한 그 영들에게 고개를 숙이고 있다."[58]고 하여, 이역에 묻힌 사람들이 다름 아니라 우리 동포들이라고 기술한 바 있었는데, 실제에 있어서 이들은 러시아 사람들이었던

---

55) 위의 책, 107면.
56) 『사료전집』(2000), 300면 ; 『사료전집』(2004), 217~218면.
57) 김해응 편, 『심연수 시전집』, 앞의 책, 257면.
58) 허형만, 「심연수 시조 연구」, 앞의 책, 66면.

것이다. 시 제목 「노인공동묘지」에서 '노인(露人)'은 '러시아 사람'
을 뜻하기 때문이다. 이렇게 볼 때 이 시에 대한 다른 평자의 지
적처럼, "독자는, 하얼빈에 와 러시아인 묘지를 찾은, 이국살이 신
세의 심연수가, 이국땅에서 한을 남기고 죽어 간 러시아 사람들의
심정을 향해 생각을 달리는 모습을 이해할 수"59) 있게 된다.
　한편 당시 심연수의 시조 가운데에는 앞에서 언급된 작품들과는
그 성격을 달리하여 읽는 이로 하여금 의아함을 금치 못하게 하는
시조로 「신경(新京)」이 있어 주목된다.

<blockquote>
國都의 얼골에는 웃음이 넘엇어라
街頭에 가고오는 五族의 우슴소리
이아니 王道樂土 다른데 없으이다

大同街 아스팔트 南으로 뻣엇으니
南方 瑞祥들어 옵시사 이나라서울
大滿洲 도읍터에 吉祥이 나리소서.
</blockquote>

- 「신경」(1940. 5. 19.) 전문60)

　이 시소에서는 먼저, 당시 만주국의 수도였던 신경의 거리 풍경
이 활기차게 그려져 있는 것이 눈에 띤다. 특히 여기서는 그 모습
이 웃음소리와 결합되어 청각화해서 표현되고 있어, 그 활기참이
실제로 느껴지는 듯하다. 더욱이 이러한 점에서 시의 화자는 이곳
이 바로 왕도낙토임을 인식하고, 그 앞날에 좋은 일이 있기를 기
원하고 있다는 것에 주목하지 않을 수 없다. 왜냐하면 이와 관련

---

59) 오오무라 마스오, 「재 '만' 한인문학의 제상(諸相)」, 앞의 책, 30면.
60) 황규수 편저, 앞의 책, 103면.

하여 '오족협화'나 '왕도낙토' 등은 당시 일본의 괴뢰정부로서 만주국이 만주통치를 위해 내세운 구호이기도 하기 때문이다. 이와 같은 맥락에서 한 논자는 시인의 역사의식을 의심한 바 있다. 구체적으로 그는, 시인이 동흥중학교 4학년 때 쓴 「용고(龍高)」 등의 시까지 예를 들어, "이런 심연수의 몰역사적 인식은 우연의 소산이라고 넘기기에는 지나친 감이 있다."[61]고 지적했던 것이다. 물론 이와 같이 그의 시가 지니는 문제점은 지적되는 것이 당연하다. 그럼에도 불구하고 그의 일부 시에서 발견되는 이러한 문제점으로 말미암아, 그의 다른 작품들도 그 연장선상에서 이해될 수 있을 것으로 추측한다면, 이 또한 경계되어야 할 태도라고 말하지 않을 수 없다. 왜냐하면 그 단적인 예로, 위의 논자가 논의를 전개해 나가면서 「신경」 및 「용고」 등의 시와 같은 측면에서 해석될 수 있을 것으로 언급한, 「이상(理想)의 나라」나 「지구(地球)의 노래」 등의 작품은, 그 성격을 달리하는 것으로 판단되기 때문이다.[62] 이렇게 볼 때 심연수의 시조 「신경」과 같은 계열의 시를 보다 올바로 이해하기 위해서는 다음과 같은 견해를 주목해 볼 필요가 있다.

> 이 범주에서 보면 '왕도낙토'를 노래하기, 즉 '5족협화'의 이념 기리기란, 문제가 없지는 않으나 큰 흠이 될 수 없을 터이다. 그러한 것을 노래한 작품이 있다면 그것은 친일문학도 아니며 그렇다고 조선문학일 수도 없는 것. 곧,

---

61) 정덕준・김정훈, 「일제강점기 재만 조선인 시인 연구 – 심연수 시의 심미성 연구」, 『한국문학이론과 비평』 제24집, 2004. 9, 152면.

62) 오오무라 마스오, 앞의 논문, 32면. 이와 관련하여 시 「이상의 나라」에 대한 다음과 같은 평은, 주목에 값한다. "시 「이상의 나라」는 일본이 이상의 나라라고 노래하고 있는 것이 아니라, 이상사회 건설을 위해 일하는 외국 서민들의 모습을 엿보고, 그것에 공감하는 마음을 노래하고 있는 것이다. ……(중략 – 필자)…… 「이상의 나라」는 결코 '친일' 시가 아니기 때문이다."

그러면 이처럼 심연수의 작품에서도 오족협화나 왕도낙토를 노
래한 시가 눈에 띄게 된 주된 요인은 어디서 찾을 수 있겠는가?
무엇보다 당시 그가 만주국 간도 용정에서 제도교육을 받지 않을
수 없었다는 데에서 그 원인의 첫 번째를 찾을 수 있다. 그는 가
난을 피해 가족과 함께 고국을 떠나 이역 땅을 떠돌다가, 1935년
부터 용정으로 이주하여 그곳에서 소학교와 중학교를 마치게 되었
는데, 그 학교의 교사들 중에는 일본인도 포함되어 있어,[64] 그들로
부터 자연스럽게 만주국의 국가 이념 교육 등이 이루어졌으리라는
점은 쉽게 짐작할 수 있는 것이다. 이렇게 본다면 그가 중학교를
졸업할 무렵에 창작한 작품들 중에서, 이처럼 이른바 '만주국문학'
으로서의 특성을 보이는 시가 일부 존재한다는 사실은, 이 때문인
것으로 이해할 수 있다. 그리고 이와 같이 친일시와는 구분되는
그의 시가 현재 한국문학사에서만이 아니라 중국조선족문학사에서
도 언급될 수 있는 이유도 바로 여기에 있다 하겠다.

3. 이국살이와 일반시조

심연수의 시조 가운데에는 위에서 논의된, 『노산시조집』을 읽으
면서 거기에 쓴 시조 및 여행시조만 있는 것이 아니어서, 일상생

---

63) 김윤식, 『설렘과 황홀의 순간』, 솔출판사, 1994, 92~94면.
64) 그의 중학교 졸업 당시 앨범 사진을 보면 이를 확인할 수 있다.

활을 하면서 창작한 일반시조도 몇 편 존재하여 이들에 대한 고찰도 필요로 됨은, 앞에서 언급한 바와 같다. 따라서 심연수의 시조 가운데 「흩어지는 무리(1)」과 「추억의 해란강」 등의 작품을 중심으로[65] 그 특질을 파악해 보면 다음과 같다.

> ① 가거라 부대부대 앞일을랑 조심하여
>   義에서 사는무리 義를찾어 싸호라
>   네할일 그밖게없으니 그런줄만 믿으소서.
>
>   —「흩어지는 무리(1)」 부분[66]
>
> ② 六年이란 그동안 잊지못할一生 의한토막
>   바람세인 北쪽하늘에 黃塵이날릴제
>   눌러쓴고개를숙여 龍門橋를 건너다녓다.
>
>   봄여름 가을 겨을 흐린날 개인날
>   말없이 혼자서 다니는때도
>   마음속엔 언제나 네가 동무하여주엇섯다.
>
>   —「추억(追憶)의 해란강(海蘭江)」(1941?. 3. 17.) 부분[67]

위에 인용한 ①은, 1940년 말경 시인이 만 22세의 늦은 나이로 동흥중학교를 졸업하기에 앞서 쓴 연시조 「흩어지는 무리(1)」의 총 일곱 수 중 마지막 수에 해당되는 부분인데, 여기에는 그가 함께

---

65) 허형만, 앞의 논문, 63~65면. 허형만은 심연수의 시조 중 일반시조로 분류할 수 있는 것을 13편이라 한 바 있다. 그런데 여기서 심연수가 강릉을 방문하였을 때 쓴 9편의 시조는, 그 성격상 여행시조에 포함시키는 것이 보다 타당하리라 생각된다. 이렇게 본다면 그의 시조 가운데 일반시조는 4편으로, 「흩어지는 무리(1)」과 「추억의 해란강」, 「청춘」, 「벽공」 등이 이에 해당되는 것이다.

66) 황규수 편저, 앞의 책, 205면.

67) 위의 책, 261면.

공부했던 친구들에게 당부하는 내용이 주로 담겨 있다. 당시 어려웠던 생활환경 속에서도 4년이란 그리 짧지 않은 시간 동안을 같이 생활했던 학우들과 헤어지려니 한편으로는 걱정되기도 하지만, 다른 한편으로는 정의롭게 사는 것만이 그들의 앞날을 개척할 수 있는 유일한 방법이라는 시인의 믿음이, 이 부분에는 잘 제시되어 있는 것이다. 이렇게 본다면 여기서 시인은 친구들에게 당부하는 형식을 취하고 있지만, 이는 곧 시인 자신이 앞으로의 각오를 밝힌 것으로도 이해할 수 있다. 왜냐하면 시인 스스로의 이와 같은 깨달음이 먼저 있었기에, 그의 친구들에게 이러한 부탁도 가능했을 것으로 판단되기 때문이다.

시 ①에서는 시의 화자의 시선이 미래를 향해 있다면, 시 ②에서는 그 방향이 과거를 향해 있는 것을 볼 수 있다. 위에 인용한 ②는, 작품의 끝에 창작된 월일(月日)만 밝혀져 있어 시인이 일본에 공부하기 위해 떠난 지 얼마 되지 않은 1941년 3월 17일에 쓰인 것으로 추정되는, 연시조 「추억의 해란강」의 전체 다섯 수 가운데 4수와 5수에 해당되는 부분이다. 여기에는 시인이 일본으로 떠나기 전까지 6년 동안이나 학장 시절을 보냈던 용성의 해란상에 대한 추억의 내용이 담겨 있는 것이다. 그러면 그에게 해란강은 이띠한 존재었던가? 동무였던 것으로 기억되고 있다. 그가 목마르거나 괴롭고 힘들 때 그것은 그에게 이를 해결해 줄 수 있는 생명수와 같은 존재였던 것이다. 이렇게 보았을 때 당시 시인이 떠나있는 곳은 일본이지만, 그의 생각은 아직 추억의 공간인 해란강에 머물러 있었던 것으로 짐작할 수 있다.

이와 같이 「흩어지는 무리(1)」과 「추억의 해란강」 등 그의 일반

시조는 모두 연시조 형식을 취하고 있는 것이 특징이다. 물론 그의 여행시조도 이와 마찬가지이기는 하다. 그렇지만 그의 여행시조에는 2수로 쓰인 것이 상대적으로 많다면, 일반시조에는 4수 이상인 작품이 대부분인 것이다.

Ⅲ. 결 어

본고에서 필자는, 심연수의 시에서 큰 비중을 차지하고 있는 시조를 주된 대상으로 그 시적 특질을 파악해 봄으로써, 그것이 지니는 의의를 살펴보고자 하였다. 그가 『노산시조집』을 읽으면서 거기에 쓴 시조 및 수학여행 등을 하면서 지은 여행시조, 그리고 일상생활을 하면서 창작한 일반시조 등을 모두 포함해서, 이에 해당되는 대표작 또는 문제작들에 대해 구체적으로 분석 고찰하여, 궁극적으로는 그의 시가 중국조선족문학사뿐만 아니라 한국문학사에서도 온당하게 자리매김될 수 있도록 그 기반을 마련하고자 했던 것이다. 그래서 지금까지 논의된 내용 중, 중요한 사항을 정리해 보면 다음과 같다.

먼저 심연수 시인이 1940년 3월 28일 『노산시조집』을 사서 읽으면서 거기에 쓴 7편의 시조는, 모두 평시조 형식으로 쓰여 있어, 그의 초기 시의 한 유형상의 특징을 그대로 보여주고 있다. 이은상 시조의 직·간접적인 영향 아래 창작된 것으로 보이는 이들 시는, 거듭 개작되는 등 미흡한 부분을 많이 내포하고 있다 할지라도, 작품과 관련된 여러 정보를 지니고 있을 뿐만 아니라 추후 그의 시가 전개될 향방에 대해 미리 짐작할 수 있게 해 준다는 점에서, 그의 시의 원형과 같은 존재로 파악될 수 있는 것이다.

또한 1940년 심연수의 중학교 졸업을 앞둔 수학여행(1940. 5. 5 ~ 5. 22)과 고향 강릉의 방문은 그로 하여금 무려 76편에 이르는 여행시조를 남기게 하는 중요 계기가 되었다. 그의 수학여행과 고향 방문은, 그가 고국의 자연 경관을 조망하고 역사적인 유적지 등을 관람할 뿐만 아니라, 낯선 이국땅을 밟아 볼 수도 있게 하는, 좋은 기회를 제공해 주었다. 그래서 당시 그곳에서의 체험이 잘 반영되어 있는 이들 시조는 그의 생각과 느낌이 어떠했는지를 짐작해 볼 수 있게 하는 것이다. 특히 그의 조국방문은 그에게 같은 민족으로서의 민족적 동질성을 실감케 하는 계기를 마련해 주어 그에 대한 인식이 반영된 여러 편의 시조를 탄생케 하였다. 이에 비해 그의 이역(異域) 체험이 시의 바탕을 이루고 있는 시조들은, 그곳에서의 고적 또는 풍물 등이 시의 주요 대상을 이루고 있는 것이 특징인데, 이 중에서도 더욱 주목되는 작품은 「노인공동묘지(露人共同墓地)」와 「신경(新京)」이다. 왜나하면 이들 시는 이국살이 신세에 놓여 있던 시인이, 자신과 같은 처지에 있던 사람들의 삶의 모습에 비추어 자신의 생에 대해 되돌아보는 듯한 자세를 보어주고 있기 때문이다.

심연수의 시조 가운데에는 그가 일상생활을 하면서 창작한 일반 시조도 몇 편 존재하는데, 이는 모두 연시조 형식을 취하고 있는 것이 특징이다. 물론 그의 여행시조도 이와 마찬가지이기는 하지만, 그의 여행시조에는 2수로 쓰인 것이 상대적으로 많다면, 일반

시조에는 4수 이상인 작품이 대부분인 것이다.

이처럼 심연수 시인이 1941년 2월 일본에 유학 가기 이전에 주로 창작한 시조는 그의 초기 시의 형상이 어떠했는지를 구체적으로 파악할 수 있게 해 준다는 점에서 나름대로 의미가 있다 하겠다. 일제 강점기 만주에서 힘겹지만 꿈을 키우며 살아갔던 시인의 정신적인 지형도(地形圖)가 어떠했던가를 그려 볼 수 있게 해 주는 것이다. 물론 그것이 보다 세밀하게 작성되기 위해서는, 그의 시조 및 그 변용의 차원에서 이해될 수 있는 작품들뿐만 아니라, 기타 자유시에 이르기까지 논의의 폭이 보다 확대되어, 시조 및 그와 관련된 양상이 더욱 깊이 있게 탐구되어야 할 것이다. 그리고 그렇게 진행될 때 그의 시에 대한 보다 올바른 이해 및 평가와 함께 그를 바탕으로 한 문학사에서의 온당한 자리매김의 길도 열리게 될 것이다.

(2007. 12.)

〈심연수 시인 및 시 작품 연보〉

Ⅰ. 심연수 시인 연보

1918년 5월 20일 강원도 강릉시 경포면 난곡리 399번지에서 삼
　　　척 심씨 심운택(沈雲澤)과 최정배(崔貞倍) 사이에서 세
　　　번째 자식(5남 2녀 중 장남)으로 출생함. 본명(호적 명)
　　　은 연수(鍊洙).

1925년 가족과 함께 구(舊)소련 블라디보스토크로 이주함.

1931년 구소련에서 제1차 5개년 계획을 실시하면서 그곳에 사
　　　는 조선 사람들을 중앙아시아로 집단 이주시키는 바람
　　　에 심 씨네 가족은 부득불 중국으로 건너가게 됨.

1935년 중국에 건너간 후 처음에는 밀산, 그 후에는 신안진에서
　　　살다가 1935년부터는 용정에서 머물게 됨.

1937년 신안진에서 소학교를 다니던 심연수는, 용정으로 이사하면
　　　서 동흥소학교에 편입하여 다니다가 1937년에 졸업함.

1940년 1937년 동흥중학교에 입학하여, 1940년 졸업(동흥중학교 제
　　　18회, 용정국민고등학교 제2회)함. 동흥중학교 재학 시 교

무주임 장하일(張河一)의 부인 강경애(姜敬愛)와 가까이 교
유하는 인연을 맺음.

1941년 2월 도일하여 4월 일본대학 예술과에 입학함.

1943년 경제적인 어려움 속에서도 대학을 졸업한 심연수는 일제
의 학도병 강제 징집을 피해 용정에 돌아온 후에도 이곳
에 머무르지 못하고 흑룡강성 신안진과 영안 등지에서
소학교(진성국민우급학교 및 성서국민우급학교 등) 교사
로 근무함.

1945년 2월 용정 시내 예배당에서 백보배와 결혼함. 같은 해 8
월 근무처인 영안현에서 임신한 아내가 머물던 용정으
로 가던 중, 중간 지점인 왕청현(汪淸縣) 춘양진(春陽鎭)
역전(驛前)의 물탱크 부근에서 정체불명의 사람들과 시
비가 붙어 다투다가 그들에 의해 무참히 피살됨.

1945년 10월 그의 부친이 시신을 수습해 궤(櫃)에 넣어 지고 와
용정 토기동 뒷산 가족묘지에 안장함. 이후 유복자 심상
룡(沈相龍)이 태어남(현재 평양에 거주함). 심연수의 아
내는 그가 사망한 지 4년쯤 후에 재혼하였는데, 1992년
경 68세의 나이로 유명을 달리한 것으로 알려짐.

2000년 7월 동생 심호수(沈湖洙, 당시에는 중국 용정에서 거주
하였으나 2007년 5월부터는 고향 강릉에서 살고 있음)
가 항아리 등에 감추어 보관해 왔던 심연수의 육필 유
고가, 『20세기 중국조선족문학사료전집』 제1집(심련수
문학편)(연변인민출판사, 2000)으로 출간되어 세상에 공
개됨.

2001년 8월 8일 한국 우리문학기림회에 의해 심연수 시비(詩碑, 「지평선」)가 용정시 용정실험소학교 교정에 세워짐.

2003년 5월 20일 심연수 시비(詩碑, 「눈보라」)가 강릉 경포호변 시비·조각 공원에 세워짐.

2003년 6월 삼척 심씨 대종회와 용정시 심련수시인선양사업추진 회의 협력하에 심연수 가족 묘지가 단장됨.

2007년 2월 추후 발굴된 작품들을 포함하여 『심연수 원본대조 시전집』(황규수 편저, 한국학술정보, 2007)이 간행됨.

2007년 12월 4일 '2007 심연수 문학제'(강원도민일보사, 심연수 선양사업위원회 주최) 행사의 일환으로, '민족시인 심연 수 제7차 학술세미나', '제1회 심연수문학상 시상식(수상 자: 이승훈)', '심연수 소설 『불멸의 혼불』(이경득 작, 성 원인쇄문화사, 2007) 출판기념회' 등이 개최됨.

2008년 8월 8~9일 '2008 심연수 문학제' 행사의 일환으로, '제 8차 심연수 학술세미나', '제2회 심연수문학상 시상식(수 상자: 오양호)', '제3회 심연수 선양 전국 시낭송대회' 등 이 개죄됨.

Ⅱ. 심연수 시 작품 연보

여기 연보 작성의 대상이 된 심연수의 시 작품 원본 수는 총 325편이다. 이는 시인이 살아생전에 창작한 시들 가운데 지금까지 찾아진 육필 원본 및 신문에 발표한 시들인데, 그의 사후 동생 심호수가 보관해 온 311편 이외에, 시인이 『노산시조집』을 읽으면서 그 여백에 쓴 7편의 시뿐만 아니라, 중학생 시절 영어 교재로 사용했던 것으로 추정되는 책에 써 놓은 2편, 그리고 ≪만선일보≫에 발표한 시 5편 등이 이에 해당되는 것들이다. 물론 이들 중 205편은 그 이본이 존재하지 않아 그대로 최종본으로 볼 수 있는 데 비하여, 나머지 120편은 이본이 눈에 띄어 최종본 선정이 필요한 것들이어서, 이들에 대해서는 시 원본 끝에 기록된 창작일과 원본의 묶음별 수록 순서 및 그것의 고쳐진 흔적 등을 참조하여 최종본을 결정하였다. 아래 표에서와 같이, 이 120편은 50편의 시가 한 차례부터 세 차례에 걸쳐 고쳐진 것으로 판단되어, 이들에 대해서는 그중 각기 한 편씩을 최종본으로 선정한 것이다.

각 시의 이본 존재 양상	작품 최종본 수(편)	원본 수 계산식	전체 작품 원본 수(편)
그대로 최종본인 것 (이본이 없는 것)	205	1×205	205
최종본과 그 이본이 1편 (총 이본 2편)인 것	35	2×35	70
최종본과 그 이본이 2편 (총 이본 3편)인 것	10	3×10	30
최종본과 그 이본이 3편 (총 이본 4편)인 것	5	4×5	20
합 계	255	·	325

그래서 여기 심연수 시 작품 연보에는 그의 시 최종본 255편의 제목을, 창작 연월일 순서에 따라 기록해 놓았다. 물론 작품에 따라서는 창작일이 구체적으로 쓰여 있지 않은 것도 있어서, 이들에

대해서는 원본 묶음별 수록 순서 등을 고려하여 그것을 추정해서 적었다. 그리고 작품의 이본이 있는 경우에는, 그 총수(總數)를 비고란에 기록해 놓음으로써 그것이 참고 자료로 활용될 수 있게 했다. 또한 이 연보에는 시인이 『노산시조집』을 읽으면서 그 여백에 쓴 7편의 시 제목이 모두 기재되어 있는 것을 볼 수 있다. 이들 가운데 「청춘」·「참(眞)」(추후 제목이 「소원」으로 바뀜)·「님의 뜻」 등 3편은 최종본이 아닌 이본임에도 불구하고 그 제목이 중복해서 기록되어 있는 것이다. 그런데 이는, 이와 같이 이들 원본이 지니는 특징을 강조하기 위함에서였다.

한편 심연수의 시 원본 중에는 본디 제목이 없거나 제목이 같아서 독자들을 혼란에 빠지게 할 만한 작품들이 여럿 포함되어 있다는 점은 앞에서 언급한 바와 같다. 그래서 이를 방지하기 위해 이 연보에서는, 제목이 없는 작품에 대해서는 일단 '무제'라 제목을 붙이고, 제목이 같은 작품들에 대해서는 창작 순서 등을 고려하여 1, 2, 3 등 제목 옆에 번호를 매겨 줌으로써 그 구분을 가능케 했다. 그리고 본래 그 작품과 관련된 중요 사항은 비고란에 적어 놓아 참고가 될 수 있게 했다.

창작 연월일	구분	작품명	비고
1940. 1. 27.		검은 교복	
1940. 3. 28.		봄소식	『노산시조집』에 적음, '청송(靑松)'이라는 호 씀
1940. 3. 28.		책집	『노산시조집』에 적음
1940. 3. 28.		憧憬의 金剛	『노산시조집』에 적음, '연수(鍊洙)'라는 본명(호적명) 씀
1940. 3. 28. 전후		할 일	『노산시조집』에 적음
1940. 3. 29.		靑春	『노산시조집』에 적음, '연수(鍊洙)'라는 본명 씀, 추후 수정 정리됨
1940. 3. 29.		참(眞)	『노산시조집』에 적음, '청송(靑松)'이라는 호 씀, 추후 수정 정리됨
1940. 3. 29.		님의 뜻	『노산시조집』에 적음, '청송(靑松)'이라는 호와 연수(鍊洙)'라는 본명 씀, 추후 수정 정리됨
1940. 4. 1.		대지의 봄	『만선일보』(1940. 4. 16)에 발표, 총 이본 넷
1940. 4. 1. 전후		黎明	총 이본 둘(제목이 「地平線」에서 바뀜)
1940. 4. 1. 전후		소원	『노산시조집』에 기재된 「참(眞)」을 포함하여 총 이본 넷
1940. 4. 3.		북국의 봄맞이	「대지의 봄」과 유사함
1940. 4. 3.		어디로 갈까	총 이본 둘
1940. 4. 3. 전후		肉華	이름 대신에 '침묵(沈黙)'이라는 호 씀
1940. 4. 3. 전후		龍高	일문시, 「대지의 젊은이들」과 내용이 유사함
1940. 4. 3. 전후		길 1	『기타 묶음1』의 5번째 수록
1940. 4. 3. 전후		귀한 그들	
1940. 4. 3. 전후		대지의 젊은이들	
1940. 4. 5.		異域의 晩鐘	총 이본 셋
1940. 4. 5.		대지의 暮色	『만선일보』(1940. 5. 5)에 발표, 총 이본 셋
1940. 4. 5. 전후		청춘	『노산시조집』에 기재된 원본을 포함하여 총 이본 넷

창작 연월일	구분	작품명	비고
1940. 4. 17.		생과 사	
1940. 4. 20.		旅窓의 밤	『만선일보』(1940. 4. 29)에 발표, 총 이본 셋
1940. 4. 29.		쏟아진 잉크	총 이본 셋
1940. 4. 29. 전후		방	
1940. 5. 3.		무제 1	원본에는 제목 없음, 『기타 묶음1』의 8번째 수록
1940. 5. 5.	기행 시조	떠나는 길 1	원본 묶음 제8집의 1번째 수록
1940. 5. 5.	기행 시조	국경의 하룻밤	
1940. 5. 6.	기행 시조	동해	
1940. 5. 7.	기행 시조	元山埠頭에서	
1940. 5. 7.	기행 시조	동해 북부선 차 안에서	
1940. 5. 7.	기행 시조	外金剛驛	
1940. 5. 7.	기행 시조	溫井里	
1940. 5. 7.	기행 시조	舊萬物相	
1940. 5. 7.	기행 시조	溫井里의 하룻밤	
1940. 5. 8.	기행 시조	神溪寺	
1940. 5. 8.	기행 시조	金剛門	
1940. 5. 8.	기행 시조	飛鳳瀑	
1940. 5. 8.	기행 시조	玉流洞	
1940. 5. 8.	기행 시조	九龍淵	
1940. 5. 8.	기행 시조	毘沙門	
1940. 5. 8.	기행 시조	麻衣太子陵	
1940. 5. 8.	기행 시조	毘盧峰	
1940. 5. 8.	기행 시조	銀梯와 金梯	
1940. 5. 8.	기행 시조	妙吉祥	
1940. 5. 8.	기행 시조	摩訶衍	
1940. 5. 8.	기행 시조	萬瀑洞	
1940. 5. 8.	기행 시조	長安寺	
1940. 5. 8.	기행 시조	長安寺村에서	
1940. 5. 9.	기행 시조	三佛岩	
1940. 5. 9.	기행 시조	西山大師와 四冥堂碑	
1940. 5. 9.	기행 시조	望軍台	
1940. 5. 9.	기행 시조	面鏡台	
1940. 5. 10.	기행 시조	금강산을 떠나면서	

창작 연월일	구분	작품명	비고
1940. 5. 10.	기행 시조	금강산 전철을 타고서	
1940. 5. 10.	기행 시조	한강	
1940. 5. 11.	기행 시조	남대문	
1940. 5. 11.	기행 시조	北岳山	
1940. 5. 11.	기행 시조	서울의 밤	
1940. 5. 11.	기행 시조	경복궁	
1940. 5. 11.	기행 시조	慶會樓	
1940. 5. 11.	기행 시조	德壽宮	
1940. 5. 12.	기행 시조	松都	
1940. 5. 12.	기행 시조	滿月台	
1940. 5. 12.	기행 시조	善竹橋	
1940. 5. 12.	기행 시조	松都를 떠나며	
1940. 5. 13.	기행 시조	牡丹峯	
1940. 5. 13.	기행 시조	牡丹台	
1940. 5. 13.	기행 시조	乙密台	
1940. 5. 13.	기행 시조	浮碧樓	
1940. 5. 13.	기행 시조	大同江	
1940. 5. 13.	기행 시조	箕子陵	
1940. 5. 14.	기행 시조	淸川江	
1940. 5. 14.	기행 시조	압록강	
1940. 5. 15.	기행 시조	大連港市	
1940. 5. 16.	기행 시조	旅順	
1940. 5. 16.	기행 시조	遼東半島의 하루	
1940. 5. 16.	기행 시조	황해	
1940. 5. 16.	기행 시조	連京線 밤車	
1940. 5. 17.	기행 시조	奉天	
1940. 5. 17.	기행 시조	北陵	
1940. 5. 18.	기행 시조	奉天城 위에서	
1940. 5. 19.	기행 시조	新京	
1940. 5. 20.	기행 시조	哈爾浜 驛頭에서	
1940. 5. 20.	기행 시조	露人共同墓地	
1940. 5. 20.	기행 시조	松花江	
1940. 5. 20.	기행 시조	끼다야쓰카의 밤	
1940. 5. 21.	기행 시조	濱綏線 車中에서	
1940. 5. 21.	기행 시조	牡丹江	
1940. 5. 22.	기행 시조	여행은 오늘이 끝이다	

창작 연월일	구분	작품명	비고
1940. 5. 22.	기행 시조	낯익은 품속의 사랑	
1940. 5. 22.	기행 시조	龍井 駅頭에서	
1940. 5. 22.	기행 시조	수학여행을 마치고	
1940. 6. 0.		그러지 마세요	
1940. 6. 27.		여름	
1940. 7. 24.		빨래	
1940. 7. 24.		정오	
1940. 7. 24. 전후		사내	
1940. 7. 24. 전후		떠나는 길 2	원본 묶음 제6집의 12번째 수록
1940. 7. 24. 전후		땀	
1940. 7. 24. 전후		밭머리에 선 남자	
1940?. 8. 10.	기행 시조	옛터를 지나면서	
1940?. 8. 11.	기행 시조	솔밭길을 걸으며	
1940?. 8. 14.	기행 시조	바닷가에서	
1940?. 8. 14.	기행 시조	鏡浦臺	
1940. 8. 15.	기행 시조	鏡湖亭	
1940. 8. 15.	기행 시조	兄弟岩	
1940. 8. 16. 전후	기행 시조	海邊 一日	
1940. 8. 16.	기행 시조	새바위	
1940. 8. 17.	기행 시조	竹島	
1940. 9. 13.		寢頌	총 이본 둘. 「夜頌」과 유사함
1940. 9. 13.		밤길	
1940. 9. 13.		가늘	
1940. 9. 13.		가을 아침	
1940. 9. 13. 전후		대지의 여름	총 이본 둘
1940. 9. 13. 전후		폭풍	
1940. 9. 13. 전후		소녀	
1940. 9. 17.		대지의 가을	총 이본 셋
1940. 9. 22.		들길	총 이본 둘
1940. 9. 22.		개인 하늘	
1940. 9. 22.		일요일	
1940. 9. 27.		제목 없음	영어책에 적음
1940. 10. 4.		제목 없음	영어책에 적음, 일문(日文)시
1940. 10. 13.		교외	총 이본 둘

창작 연월일	구분	작품명	비고
1940. 10. 14.		모교	총 이본 둘
1940. 10. 27.		불탄 자리 1	총 이본 둘. 원본 묶음 제3집의 13번째 수록
1940. 10. 27. 전후		불탄 자리 2	원본 묶음 제2집의 8번째 수록
1940. 10. 27. 전후		불탄 자리 3	삼척 심씨 대종회 보관 복사본
1940. 11. 1.		앞길	총 이본 셋
1940. 11. 1. 전후		촉감	
1940. 11. 8.		등불	
1940. 11. 14.		목자	총 이본 둘
1940. 11. 14.		밤이 새도록	
1940. 11. 15.		隕星	총 이본 셋
1940. 11. 15. 전후		夜頌	「寢頌」과 유사함
1940. 11. 15. 전후		흩어지는 무리(一)	
1940. 11. 16.		사연	총 이본 둘(이본 제목: 「편지」)
1940. 11. 26.		흩어질 무리	총 이본 둘(이본 제목: 「흩어질 무리(二)」)
1940. 11. 28.		安堵의 품	총 이본 셋(이본 제목: 「安堵의 바다」)
1940. 11. 28. 전후		밤은 깊었으련만	총 이본 둘
1940. 11. 28. 전후		해란강	
1940. 12. 6.		졸업	
1940. 12. 27.		三等車	
1940. 12. 27. 전후		교문을 나선 다음	
1940. 12. 31.		꿈	
1940. 12. 31. 除夕		1940년을 보내면서	
1940. 12. 31.		대지의 겨울	총 이본 둘
1940?.		舊友를 찾아서 (향토를 밟으며)	
1941. 1.		元旦	
1941. 1. 5.		휘파람	
1941. 1. 8.		生	
1941. 1. 8.		死	
1941. 2. 7.		떠나는 젊은 뜻	총 이본 둘
1941. 2. 9.		玄海灘을 건너며	총 이본 셋

창작 연월일	구분	작품명	비고
1941?. 2. 9.		理想의 나라	
1941. 2. 26.		나그네 1	원본 묶음 제10집의 5번째 수록
1941. 3. 3. 이전		길 2	≪만선일보≫(1941. 3. 3.)에 발표(제목: 「길」), 육필 원고 없음
1941?. 3. 3.		異鄕의 夜雨	총 이본 둘
1941?. 3. 13.		전차	
1941?. 3. 13.		자지 않는 밤	총 이본 둘
1941?. 3. 17.		추억의 해란강	총 이본 둘
1941?. 3. 21.		돌아가신 할아버지	
1941?. 3. 25.		인생의 사막	총 이본 셋
1941?. 4. 5.		좁은 문	
1941?. 4. 5.		한 줌의 모래	총 이본 둘
1941?. 4. 8.		아침	총 이본 둘
1941. 4. 8. 전후		그	
1941?. 4. 9.		기다림	총 이본 둘
1941?. 4. 22.		心紋	
1941?. 4. 24.		가난한 거리	
1941. 4. 24.		침묵	총 이본 셋
1941?. 4. 28.		死의 美 1	원본 묶음 제9집의 17번째 수록
1941?. 5.		새벽 1	총 이본 둘, 원본 묶음 제3집의 36번째 수록
1941?. 5. 5.		귀로	총 이본 둘
1941?. 5. 7.		고독 1	총 이본 둘, 원본 묶음 제3집의 41번째 수록
1941?. 5. 19.		안식처	총 이본 둘
1941?. 6. 1.		맨발 1	총 이본 둘, 원본 묶음 제3집의 38번째 수록
1941. 6. 5.		세기의 노래	총 이본 셋(이본 제목: 「우리의 부름」 1편 포함)
1941?. 6. 6.		어제와 오늘	총 이본 둘
1941. 6. 6. 전후		님의 뜻	『노산시조집』에 기재된 원본을 포함하여 총 이본 둘
1941?. 6. 29.		떠나는 설움	총 이본 둘
1941?. 7. 4.		들꽃	총 이본 둘

창작 연월일	구분	작품명	비고
1941?. 7. 19.		냇가	총 이본 둘(이본 제목:「고독」)
1941. 7. 19. 전후		샘물	
1941?. 7. 21.		壽命	총 이본 둘
1941. 7. 21. 전후		오신 것을	
1941. 7. 30.		고향	
1941?. 7. 31.		松花江 저쪽	총 이본 둘
1941. 10. 17.		夜業	
1941. 10. 21.		검은 사람	
1941. 10. 21.		저녁의 부두	
1941. 12. 3. 이전		인류의 노래	≪만선일보≫(1941. 12. 3.)에 발표, 총 이본 둘
1941?.		東京 三題	
1941?.		들불	
1942. 1. 3.		터널	
1942. 1. 8.		벙어리	
1942?. 1. 12.		星座	
1942?. 1. 14.		初望富嶽	
1942?. 1. 15.		고집	
1942?. 1. 16.		음울	
1942?. 1. 17. 夜		寒夜記	
1942?. 1. 20.		길손	
1942?. 1. 21.		인간의 노래	
1942?. 2. 5.		死의 美 2	원본 묶음 제10집의 19번째 수록
1942?. 2. 9.		무제 2	원본에는 제목 없음, 원본 묶음 제10집의 20번째 수록
1942?. 2. 9.		候鳥	
1942. 2. 20.		찬물	
1942. 3. 4.		부두의 밤	
1942?. 3. 6.		過誤	
1942. 5. 26.		새벽 2	원본 묶음 제10집의 23번째 수록
1942. 6. 15.		거울 없는 화장실	
1942. 6. 23. 밤		비	
1942. 6. 23. 밤		새	
1942. 7. 5.		우주의 노래	

창작 연월일	구분	작품명	비고
1942. 7. 10.		무제 3	원본에는 제목 없음, 원본 묶음 제1집의 3번째 수록
1942. 7. 13.		燒紙	
1942?. 7. 21.		나와 그	
1942. 7. 27.		破響	
1942. 7. 27.		외로운 새	
1942. 8. 14.		방랑	
1942. 8. 18.		맨발 2	원본 묶음 제4집의 19번째 수록
1942. 8. 18.		칠석	
1942. 8. 20.		녹슨 풍경	
1942. 9. 6.		추락한 瞑想	
1942?. 9. 12.		敗物	
1942?. 9. 중순		고독 2	원본 묶음 제4집의 2번째 수록
1942?. 9월말		만주	
1942?. 10. 7.		수평선	
1942?. 10. 8.		나그네 2	원본 묶음 제4집의 4번째 수록
1942?. 10. 9.		벽공	
1942?. 10. 9.		잊지 못할 그 눈	
1942?. 10. 9.		행복	
1942?. 10. 10.		거리에서	
1942?. 10. 13.		우정	
1942?. 10. 13.		暴想	
1942?. 10. 15.		기적	
1942?. 10. 15.		숲 속에 나는 음악 소리	
1942?.		눈보라	
1943. 1. 18		벽	
1943. 1. 31.		너는 나와 같더라	
1943. 2. 1.		슬픈 웃음	
1943. 2. 2.		밤	
1943. 2. 3.		명암	
1943. 2. 8.		소년아 봄은 오려니	
1943. 2. 8. 밤		네가 할 일	
1943. 2. 17.		碑銘에 찾는 이름	

창작 연월일	구분	작품명	비고
1943. 2. 19.		幻魔	
1943?. 2. 25.		破影	
1943. 2. 27. 야		님의 넋	
1943. 3. 1.		지구의 노래	
1943. 5. 24.		추억의 해변	
1943?. 5. 31.		잃어버리는 글	
1943. 6. 1.		懷恨	
1943. 7. 29.		追懷	총 이본 둘(이본 부제: ─일홈몰을少女 ─)
1943?.		天氷	
1943?.		地雪	
1943?.		그믐밤 혼자 깨어	
1943?.		心星	총 이본 둘(이본에는 제목 없음)

〈참고문헌〉

1. 자료

김해응 편, 『심연수 시전집』, 『심연수 시문학 연구』, 한국학술정보, 2006.

심련수, 『20세기 중국조선족문학사료전집』 제1집(심련수 문학편), 연변인민출판사, 2000.

심연수, 『민족시인 심연수 시선집─소년아 봄은 오려니』, 강원도민일보사, 2001.

＿＿＿, 『20세기 중국조선족문학사료전집』 제1집(심연수 문학편), 중국조선민족 문화예술출판사, 2004.

연변대학 조선문학연구소 편, 『중국조선민족문학대계5 현대시집성』, 흑룡강조선민족출판사, 2005.

이은상 저, 심연수 독서,『노산시조집』, 3판; 한성도서주식회사, 1937.
조성일 편,『중국조선족명시』, 민족출판사, 2004.
황규수 편저,『심연수 원본대조 시전집』, 한국학술정보, 2007.
기타 ≪만선일보≫·≪매일신보≫, 원본 묶음 등은 본문의 각주로 대신함.

2. 단행본

권영민 편,『윤동주 전집2 – 윤동주 연구』, 문학사상사, 1995.
권 철,『광복전 중국 조선민족 문학연구』, 한국문화사, 1999.
김광길·심원섭,『문학비평이란 무엇인가』, 국학자료원, 1997.
김대행,『우리 시의 틀』, 문학과비평사, 1989.
김용성·김영 외,『한국문학연구의 현단계』, 역락, 2005.
김윤식,『설렘과 황홀의 순간』, 솔출판사, 1994.
김재용 외,『재일본 및 재만주 친일문학의 논리』, 역락, 2004.
김재홍,『한국현대시인연구(2)』, 일지사, 2007.
김종회,『디아스포라를 넘어서』, 민음사, 2007.
김준오,『문학사와 장르』, 문학과지성사, 2000.
김진균·정근식 편,『근대주체와 식민지 규율권력』, 문화과학사, 2000.
김학동,『원전확정과 작가론의 반성 – 미해결의 문제들』, 새문사, 2006.
김해응,『심연수 시문학 연구』, 한국학술정보, 2006.
김호웅,『재만조선인문학연구』, 국학자료원, 1998.
류연산,『인류속의 우리민족』, 요녕민족출판사, 2002.
박종석,『작가연구방법론』, 역락, 2002.
소재영 외,『연변지역 조선족 문학연구』, 숭실대학교 출판부, 1992.
양태순,『한국고전시가의 종합적 고찰』, 민속원, 2005.
엄창섭,『민족시인 심연수의 문학과 삶』, 홍익출판사, 2003.
______·최종인,『심연수 문학연구』, 푸른 사상, 2006.
에델, 레온, 김윤식 옮김,『작가론의 방법』, 삼영사, 1983.
오양호,『만주이민문학연구』, 문예출판사, 2007.

오오무라 마스오,『윤동주와 한국문학』, 소명출판, 2001.

왕신영 외 3명 엮음,『사진판 윤동주 자필 시고전집』, 증보판; 민음사,
　　　2002.

우상렬,『농업문화로부터 본 Korea 문학』, 한국학술정보, 2006.

웰렉, 르네・워렌, 오스틴, 이경수 역,『문학의 이론』, 문예출판사,
　　　1995.

윤대석,『식민지 국민문학론』, 역락, 2006.

윤영천,『서정적 진실과 시의 힘』, 창작과비평사, 2002.

_____,『형상과 비전』, 소명출판, 2008.

윤윤진,『재중 조선인 문학연구』, 신성출판사, 2006.

이기형,『여운형 평전』, 실천문학사, 2000.

이명재,『한국 현대 민족문학사론』, 한국문화사, 2003.

이상섭,『문학연구의 방법』, 탐구당, 1980.

이지나,『백석 시의 원전비평』, 깊은샘, 2006.

임향란,『조선족문학에 나타난 삶의 현장과 의식 변화』, 한국학술정보,
　　　2008.

정규복,『한국고전문학의 원전비평』, 새문사, 1990.

정은경,『디아스포라 문학』, 이룸, 2007.

조규익,『해방전 만주지역의 우리 시인들과 시문학』, 국학자료원, 1996.

최원식,『문학의 귀환』, 창작과비평사, 2001.

카이저, 볼프강, 김윤섭 역,『언어예술작품론』, 대방출판사, 1984.

프라이, 노드럽 외, 김인환 역,『문학의 해석』, 홍성사, 1986.

홍장학,『정본(定本) 윤동주 전집 원전 연구』, 2004.

황규수,『한국 현대시의 공간과 시간』, 한국문화사, 2004.

_____,『심연수 시의 원전 비평』, 한국학술정보, 2008.

3. 논문

강근모,「＜＜학도병징집령＞＞을 반대하여」,『중국조선민족발자취총서4
　　　결전』, 북경: 민족출판사, 1991.

권 철, 「심련수 유작의 정리와 출판을 두고」, 인터넷 '문화산맥', 중국
    연변조선족문화발전추진회, http://koreancc.com, 2004. 2.

그레브스타인, 셸던 노먼, 김병걸 옮김, 「역사·전기적 비평 서설」, 이
    선영 편, 『문학 비평의 방법과 실제』, 동천사, 1987.

김룡운, 「문단에 솟아난 또 하나의 혜성 – 심련수론」, 『20세기 중국조선
    족문학사료전집』 제1집(심련수 문학편), 연변인민출판사, 2000,
    621~642면.

______, 「청송 심련수와 그의 시조문학」, 인터넷 '문화산맥', 중국연변
    조선족문화발전추진회, http://koreancc.com, 2003. 8. 30.

김재용, 「일제말 한국인의 만주인식」, 민족문학연구소, 『일제말기 문인
    들의 만주체험』, 역락, 2007.

노 철, 「심련수 시에 나타난 시의식 연구」, 『인문사회과학연구』 5, 부
    경대 인문사회과학연구소, 2005, 55~73면.

랑송, 귀스타브, 김화영 역, 「문학사의 방법론」, 김현·김주연 편, 『문
    학이란 무엇인가』, 문학과지성사, 1982.

류지연, 「자기극복의 의지 – 시인 이육사와 심연수의 시적 비교」, 『한국
    문예비평연구』 10권, 2002. 1, 221~239면.

문덕수, 「심연수론을 위한 각서」, 『민족시인 심연수 제6차 학술세미나』,
    심연수선양사업위원회, 2006, 17~18면.

박미현, 「고향 강릉과 심연수」, 『소년아 봄은 오려니』, 강원도민일보사,
    2001.

신재상, 「신연수 시의 형태에 대한 고찰」, 『인문학연구』 9, 관동대 인
    문과학연구소, 2005. 2, 139~154면.

오양호, 「심연수 소설 연구」, 『현대소설연구』 제34호, 한국현대소설학
    회, 2007. 6, 57~75면.

오오무라 마스오, 「재 '만' 한인문학의 제상(諸相)」, 『국제언어문학』 제
    9호, 국제언어문학회, 2004. 6, 5~36면.

____________, 「심연수(沈連洙)의 일본관」, 『심연수 학술세미나 논문
    총서』, 심연수선양사업위원회, 2007.

이명재, 「민족시인 심연수 문학론」, 『20세기 중국조선족문학사료전집』
    제1집(심연수 문학편), 중국조선민족 문화예술출판사, 2004.

이승훈, 「심연수의 시와 모더니즘」, 『민족시인 심연수 60주기 추모 문학의 밤 및 제5차 국제학술세미나』, 심연수시인선양사업위원회, 2005, 31~41면.

이재호, 「민족시인 심연수의 대표시 해설」, 『교단문학』 29, 2001. 봄, 31~50면.

임향란, 「심연수 시에 나타난 자연세계와 삶의 조화」, 『우리문학연구』 제16집, 우리문학회, 2003, 371~391면.

임헌영, 「심연수의 생애와 문학」, 『소년아 봄은 오려니』, 강원도민일보사, 2001.

정덕준·김정훈, 「일제강점기 재만 조선인 시인 연구-심연수 시의 심미성 연구」, 『한국문학이론과 비평』 제24집, 2004. 9, 145~173면.

조동구, 「심련수 시의 민족시적 위상」, 『인문사회과학연구』 제5권, 부경대학교 인문사회과학연구소, 2005, 37~53면.

최재락, 「심련수 문학론Ⅰ·시편」, 『임영문화』 제24집, 강릉문화원, 2000, 118~160면.

______, 「심련수 연구 시론(試論)1」, 『임영문화』 제25집, 강릉문화원, 2001, 169~216면.

허형만, 「심연수 시의 텍스트 비평」, 『인문사회과학연구』 제5권, 부경대학교 인문사회과학연구소, 2005, 1~35면.

______, 「심연수 시조 연구」, 『민족시인 심연수 제6차 학술세미나』, 심연수선양사업위원회, 2006, 57~72면.

홍문표, 「민족시인·저항시인·리얼리즘 시인 심연수」, 『월간문학』 2007. 9, 236~250면.

황규수, 「심연수(沈連洙) 시의 원전(原典)과 세계 탐구」, 『어문연구』 134호, 한국어문교육연구회, 2007. 6, 299~323면.

______, 「심연수 시조 창작과 그 특질」, 『한국문예비평연구』 제24집, 한국현대문예비평학회, 2007. 12, 143~173면.

______, 「심연수의 삶과 문학」, 『한국문예비평연구』 제26집, 한국현대문예비평학회, 2008. 8, 261~289면.

한국 현대시와 만주체험의 편린들

제1장 한국문학과 만주체험

-『만주시인집』과『재만조선시인집』 수록 시들을 중심으로

Ⅰ. 서언 - 일제 강점기 만주에서 간행된 시집 두 권

1945년은 한반도에서 역사적으로 커다란 변화와 그로 인한 충격의 물결이 굽이치기 시작했던 한 해였다. 이 땅에서 일제 침략자의 마수가 사라지는가 했더니, 어느새 또 다른 비극의 씨앗이 움트기 시작했던 것이다. 10년이면 강산도 변한다 했는데, 분단된 지 60여 년이 지난 현재의 상황에서 그러면 이곳에서는 어떠한 변화가 있어 왔는가? 또한 올바른 변화를 위해 얼마나 노력해 왔는가?

그러나 올바른 변화를 위해 노력하기보다는 우리에게 주어진 해결 과제들 중에서 중요한 많은 문제들을 그냥 내버려 두고 살아온 것은 아닌가? 일제 강점기에 자의적으로든 타의적으로든 이곳을 떠나 국외에서 작품 활동을 한 사람들에 대한 문학사적 평가도 이에 해당되는 문제 중 하나라고 지적할 수 있다. 왜냐하면 앞으로 반드시 다가와야 할 한반도의 통일시대의 민족문학사 기술에 있어

이는 빠뜨려서는 안 될 중요한 부분을 차지할 것으로 판단되기 때문이다. 이에 대한 정당한 평가 없이는 온전한 통일문학사를 기술하기 어렵게 된다는 것이다. 그러므로 나라를 빼앗긴 시대에 국외에서 행해진 작품 활동에 대한 객관적인 평가와 문학사적 자리매김에 대한 노력은 더욱 꾸준히 이루어져야 하리라고 생각한다.

물론 그렇다고 해서 당시 국내에서의 작품 활동에 대한 평가 작업이 상대적으로 등한시되어서도 좋다는 말은 아니다. 또한 국외에서의 작품 활동은 모두 가치가 있는 것이어서 한국문학사의 공허한 부분을 메우기에 충분하다는 이야기도 아니다. 논의의 핵심적 주제는 다른 민족이 사는 지역으로 이주한 사람들의 문학을 국문학에서 어떻게 처리할 것이냐 하는 문제에 놓여 있는 것이다. 근자에 이르러서 중국, 소련, 미국 등지로 이주한 사람들이 국어로 창작한 작품도 국문학으로 받아들여야 할 것이라는 지적도 있다.[1] 그러나 같은 민족에 의해 동일한 문자로 창작된 작품이라 하더라도 그것이 언제, 어디서 쓰였느냐에 따라서 지니는 의미는 다를 수 있다. 나라를 빼앗겨 국외에 임시 정부를 세울 수밖에 없었던 상황에서 국외에서 창작된 작품과 정부 수립 이후에 그곳에서 쓰인 작품과는 그 성격을 달리한다는 것이다. 왜냐하면 교포들과 '민족의식'은 공유할 수 있어도, 동일한 '국가의식'을 갖는다는 것은 불가능한 일이기 때문이다. 또한 동시대라 하더라도 작품이 쓰인 지역 혹은 국가에 따라서 그것이 지니는 성격은 다를 수 있다는

---

1) 조동일, 「국문학의 개념과 범위」, 장덕순 외 공저, 『한국문학사의 쟁점』, 집문당, 1986, 21면. 또한 이 글에서 필자는, "특히 중국과 소련에 거주하는 교포들은 민족어의 공동체를 이루고 있으며 문학 활동도 비교적 활발하게 하고 있어서 깊은 관심을 가질 필요가 있다."고 주장하고 있다.

것이다. 일제 강점기에 있어서도 그 침략의 영향을 어느 정도 받았느냐에 따라서 작품의 특성은 달리 나타날 수 있기 때문이다.

따라서 여기서는 우리 민족이 국외에서 국어로 창작한 문학 작품에 대한 연구의 일환으로, 일제 강점기에 만주에서 발간한 두 권의 시집[2])에 수록된 시를 대상으로 하여 그것이 지니고 있는 성격과 문학사적 의의에 대해 살펴보고자 한다.

Ⅱ. '만주'와 '만주문학'

중국 대륙은 우리 민족에게 있어 어떤 존재였던가? 또한 그것이 현재에 있어서는 우리에게 어떤 의미를 지니게 되는가? 일찍이 우리 조상들이 통치하던 영토는 대륙의 거대한 부분을 차지했다는, 한 주장은 관심을 끈다.

> 고조선은 오늘날의 평양에 위치하였던 것으로 보는 것이 통설이었다. 이것은 우리나라의 고대사를 한낱 중국의 속국으로 전락시키려 했던 일제 식민사관의 횡포였다. 사실은 전혀 다르다. 즉 고조선은 한반도 북부에 있던 작은 소국이 아니라 북만주 일대와 요동 일대 그리고 발해만 북부에 이르는 거대한 동아시아의 제국이었음을 여러 가지 사료를 통하여 증명할 수 있는 것이다.[3])

이러한 주장이 통설로 받아들여지기 위해서는 더욱 신빙성 있는

---

2) 박팔양 편, 『만주시인집』, 길림: 제일협화구락부문화부, 1942.
   김조규 편, 『재만조선시인집』, 간도: 예문당, 1942.
3) 이윤우, 「고대사의 재조명을 통한 '민족주체사관의 정립'」, 교육사 군사발전 편집실 편집, 『군사발전 제45호 부록(보병)』, 육군교육사령부, 1988, 122면.

여러 논거를 필요로 한다. 그러나 이 글에서 고대사 연구에 있어서도 식민사관으로부터의 탈피가 요구된다는 인식의 피력은 주목을 요한다. 왜냐하면 일제는 그들의 침략정책을 더욱 합리화하기 위해 '일선동조론(日鮮同祖論)', '만선사(滿鮮史)', '정체론(停滯論)' 등을 통해 역사 연구의 맥을 이어 왔기 때문이다.[4] 그런데 여기서 특히 만주사가 한국사의 일부가 되는 것이 아니라, 거꾸로 한국사의 일부가 만주사에 흡수되는 것으로 보아 나머지 일부는 일본사와의 관련 속에서 처리하는 여지를 둔 것으로서 '만선사'가, 중국의 소수 민족 중 하나인 조선족에 대한 역사 기술 방식과 유사성을 보여주고 있어서 주목된다.

> 우리나라의 조선족은 압록강, 도문강 이남의 다정한 이웃나라인 조선으로부터 이주해 온 위대한 민족이다. ……(중략 — 필자)…… 1636년 황태극은 후금국을 청이라 고치고 명조를 토벌하는 데 있어서 우환을 제거해 버리기 위해 군대를 풀어 그때까지 명조의 부속국으로 되어 있는 조선을 쳤다. 조선이 화해를 요구하자 그해에 조선 강화도에서 '형제맹약'을 체결하였으며 압록강, 도문강을 경계로 하여 '두 나라는 각기 변강을 고수하며 서로 적대시하지 말고 영원히 사이좋게 지내'기로 약속하였다.[5]

기원전 2세기경 송화강 유역에는 부여가 세워졌으며, 기원전 1세기에 부여의 일파에 의해 고구려가 세워졌고, 이 고구려는 점점 융성하여 5세기경에는 중국의 동북부와 한반도를 점유하는 막강한 나라가 되었다.[6] 그런데 중국에서의 조선족 역사를 기술하는 데에

---

4) 천관우, 「한국근대역사학의 발달」, 한국사연구회 편. 『한국사연구입문』, 지식산업사, 1981. 17~19면.

5) 조선족략사편찬조, 『조선족약사』, 백산서당. 1989. 25~26면.

6) 이광규, 『재중한인 — 인류학적 접근』, 일조각. 1994. 128~129면.

있어서는 이러한 내용에 대해 거의 언급이 없다. 중국의 동북은 옛날로부터 지금에 이르기까지 여러 민족이 집거하고 있는 지구의 하나였는데, 조선족은 이곳으로 이주해 온, 한 민족으로만『조선족약사』의 처음 부분에는 기록되어 있는 것이다. 그래서 중국에서의 조선족 역사는 구체적으로 17세기 이후부터 기술된다. 더욱이 "조선족인민들은 한족, 만족 등 여러 민족 인민들의 도움 밑에 가시덤불을 헤치고 황무지를 개간하여 농사를 지었"[7]다고 하는 바와 같이, 중국에서의 우리 민족의 역사는 축소와 왜곡될 뿐만 아니라 주체성이 상실되어 기록되고 있는 점이 특징이다.

물론 근세사에 있어서 재중한인의 역사는 크게 이민의 역사와 그곳에서의 생활의 역사로 나누고, 이는 다시 대체적으로 다음과 같이 4시기로 구분될 수 있다.

> 재중한인이 처음 만주지방으로 이주를 하기 시작하는 이주 초기인 1880년대부터 1910년 한국이 일본에 합방당하는 시기까지를 1기로 하겠다. 중국 만주에 일본은 1932년 괴뢰정부인 만주국(滿洲國)을 건립한다. 1910년에서 이때까지를 제2기라 하겠다. 이때부터 해방이 되던 1945년까지를 제3기라 하겠다. 이 시기에 한편에서는 공산당에 의한 항일 투쟁이 계속되고 한편에서는 한국에서 만주로 반강제적인 집단이주가 이루어진다. 해방으로부터 현재까지를 제4기 정착기라 하겠다.[8]

그러나 이것이 중국 대륙에서의 우리 민족의 역사의 전부가 아니라는 점에 주의를 기울여야 한다. 그럼에도 불구하고 중국에서는 우리 민족이 그곳으로 이주하기 시작한 때로부터 문학사도 기술하

---

7) 조선족략사편찬조, 앞의 책, 20면.
8) 이광규, 앞의 책, 14~15면.

고 있다는 데에 문제점이 있다. 중국에서는 그 나라의 사회 역사 발전의 단계성과 조선족 역사 발전의 특수성 및 조선족 문학 발전의 구체적 상황을 함께 고려하면서 조선족 문학사를 다음과 같이 7개 시기로 구분하여 살펴볼 수 있다고 하는데, 이러한 점이 비판의 대상이 될 수 있는 것이다.

상술한 시기획분을 역사시대에 편입하면 천입~1920년의 문학이 근대에 속하고 1920~1931년의 문학, 1931~1945년의 문학, 1945~1949년의 문학이 현대에 포섭되고 1949~1966년의 문학, 1966~1976년의 문학, 1976~현재의 문학이 당대에 해당된다.[9]

근대 이전에 중국에서 행해진 우리 민족의 문학 활동에 대한 사적 고찰이 이른바 '조선족문학사'에도 빠져 있다. 이러한 사정은 이곳에서 기술되고 있는 우리 문학사의 경우에도 크게 다를 바 없다.

그러나 우리 근대문학사의 경우에서만 보더라도 만주체험이 차지하는 자리는 커다란 것이어서, 최서해의 「홍염」(1927)을 비롯하여, 유치환의 「광야에 와서」(1940), 김조규의 「연길역(延吉驛) 가는 길」(1943)을 거쳐, 윤동주의 「또 다른 고향」, 「별 헤는 밤」에 이르기까지 만주는 중요한 작품의 배경을 이루어 놓았다는 사실을 김윤식 교수는 지적하고 있다.[10] 이처럼 만주를 중심으로 하여 중국에서 행해진 우리 민족의 문학 활동에 대한 연구는 시대적 상황의 변화와 필자의 연구 관점에 따라 다양하게 이루어져 왔다.

1940년대를 전후한 시기에 발표된, 이기영의 「만주와 농민문학」,[11]

---

9) 조성일·권철 주편, 『중국조선족문학사』, 연변인민출판사, 1990, 6~7면.

10) 김윤식, 『설렘과 황홀의 순간』, 솔출판사, 1994, 391면.

11) 이기영, 「만주와 농민문학」, 『인문평론』 2, 1939. 11.

현경준의 「문학풍토기 - 간도편」[12) 그리고 김오성의 「조선의 개척
문학 - 재만조선인작품집 『싹트는 대지』를 평함」[13) 등의 글을 통
해서는 당시 그곳에서 행해지고 있던 문학 활동의 한 단면적 특성
을 아주 개략적으로 이해할 수 있다. 또한 이들 글에는 당시 시대
상황과 관련된 듯한, 만주문학에 대한 필자들 나름대로의 기대와
바람이 피력되어 있는 것이 특징이다.

> ① 과연 만주에 있어서 신흥 농촌건설 사업은 동시에 농민문학 즉 대지의 문
> 학을 건설할 훌륭한 재료가 될 수 있으리라 생각한다.[14)
>
> ② ……(전략 - 필자)…… 만주에는 아직 기술적으로 운운할 문학은 없다.
> 그러나 생활의 문학, 명일의 문학은 만주에 있다.[15)
>
> ③ 특히 만주의 작가들은 처참한 생활사를 배경으로 한 개척민들의 생산적인
> 개척정신과 오족협화라는 동양적인 이념의 형성을 배경으로 해서, 한낱 현대적
> 인 인간형을 창조할 수 있다고 나는 생각한다.[16)

1960년대와 70년대에 이르게 되면, 소위 만주문학은 사적 연구
의 대상에 이르게 된다. 「일제 암흑기의 문학사」를 기술하는 자리
에서 장덕순 교수는, "대륙문학이니, 개척문학이니 하는 것은 이
일본군벌의 대륙침략을 합리화하는 정신에서 논의해 보려는 것이
지, 우리 선민(先民)들의 망명과 그 개척을 뜻하는 것이 아님"[17)을

---

12) 현경준(玄卿駿), 「문학풍토기 - 간도편」, 『인문평론』 9, 1940. 6.
13) 김오성(金午星), 「조선의 개척문학 - 재만조선인작품집 『싹트는 대지』를 평함」, 『국민문학』
    5, 1942. 3.
14) 이기영, 앞의 글, 22면.
15) 현경준, 앞의 글, 84면.
16) 김오성, 앞의 글, 21면.
17) 장덕순, 「일제 암흑기의 문학사 - 1940에서 45년까지의 비양식(非樣式)의 국문학 - 」(연재

지적하고 있다. 그러므로 이른바 대륙문학이니 개척문학이니 하며 평자들에 의해 일률적으로 평가되던 작품들에 대해서도 섬세한 재평가 작업이 이루어져야 하리라고 생각한다. 김병익은 당시 이곳을 '만주의 망명문단'으로 일컫고 있다. 조선어 문학이 암흑 속에서 좌초되고 있을 때, 한국인에 의한 한국문학은 오히려 만주의 망명문단에서 활기를 띠고 있었다는 것이다.[18]

1980년대에 이르러서는 중국에서 이루어진 우리 민족문학에 대한 연구의 폭이 좀 더 확장되어 가고 있는 점을 알게 된다. 임형택 교수는 상해에서 창간된 ≪독립신문≫에 발표된 시 작품들을 일괄 정리해서 소개하고 있을 뿐만 아니라 해제도 한 바가 있다.[19] 또 강은해는 「일제강점기 망명지문학과 지하문학」이라는 글에서 만주·간도·상해뿐만 아니라 연해주·미주 등 망명지에서의 문학과 함께 지하문학도 관심의 대상으로서 부각되어야 할 필요성을 강조하고 있다.[20] 그리고 유관지는 그의 논문에서 해방 전 만주를 중심으로 한 문학 활동에 대한 고찰과 함께, 해방 후 만주를 배경으로 한 작품에 대한 분석을 시도하였다.[21] 더욱이 윤영천 교수는 그의 저서 『한국의 유민시』에서 시기적으로 보아 1920년대에서부터 '해방' 직후 몇 년 사이에 이르기까지에 걸쳐 발표된 국내외 '유이민 시'를 문예사회학적 관점에서 체계적으로 고찰하고자 했

제3회), 『세대』 6호, 1963. 11. 259면.

18) 김병익, 『한국문단사』, 일지사, 1973. 182～185면.

19) 임형택, 「항일민족시 - 상해 독립신문 소재 - 」(자료 소개 및 해제), 『대동문화연구』 제14집, 성균관대학교 대동문화연구원, 1981. 6. 157～221면.

20) 강은해, 「일제강점기 망명지문학과 지하문학」, 『서강어문』 제3집, 1983. 10. 129～174면.

21) 유관지, 「민족 수난의 체험과 한국 현대문학」, 중앙대학교 대학원 석사학위논문, 1983. 12.

다.22) 이와 함께 오양호 교수는 그간의 연구 성과를 바탕으로 해서 만주문학을 이민문학의 관점에서 논하여 이를 단행본으로 간행하기에 이르렀다.23) 또한 채훈 교수도 작품집이나 동인지 등에 실린 소설을 중심으로 그 동안 재만한국문학에 대해 써 놓은 논문들을 한 권의 책으로 엮게 된다.24) 이외에도 만주문학에 대한 논의는 주로 소설 작품을 중심으로 하여 전개되어 왔음을 보게 된다.25)

한편 1990년대를 전후하여서는 동서의 해빙무드와 우리 정부의 북방정책 등의 영향으로 말미암아 국외에서의 우리 민족문학에 대한 논의의 폭이 더욱 확대되어 나감을 인정하지 않을 수 없게 된다. "주변 강대국 속의 한국문학과 극복가능성" 및 "일제하 '재만한인문학'의 위상"에 대한 좌담의 개최에서 이러한 면의 일단을 느낄 수 있다.26) 또한 중국에서 쓰인 우리 민족의 문학 작품과 이론서 등을 이곳에서도 어렵지 않게 구하여 볼 수 있게 된 점에서 그러하다.27) 그리고 이에 대한 평가 행위뿐만 아니라,28) 그곳에 거

---

22) 윤영천, 『한국의 유민시』, 실천문학사, 1987, 10~205면.

23) 오양호, 『한국문학과 간도』, 문예출판사, 1988, 5~216면.

24) 채훈, 『일제강점기 재만한국문학연구』, 깊은샘, 1990, 15~178면.

25) 김윤식, 『안수길 연구』, 정음사, 1986.
조남현, 「192, 30년대 소설과 만주이주 모티프」, 『한국문학』, 1987, 8~9.
이정숙, 「실향과 떠남의 실상 −일제 강점기 간도행 이민 소설을 중심으로」, 『한성대학 논문집』, 1988, 153~181면.

26) 조동일·김재홍·이동하 좌담, 「주변 강대국 속의 한국문학과 극복가능성」, 『현대시학』, 1989, 4, 45~68면.
채훈·권철·오양호 좌담, 「일제하 '재만한인문학'의 위상」, 『전망』 49, 1991, 1, 30~39면.

27) 1990년대를 전후하여 이곳에서 간행된 중국교포시인의 개인 시집으로는 다음과 같은 것이 있다. 김파의 『흰돛』(한길사, 1987)·『대륙에 묻혀 있는 섬』(도서출판 동아, 1988), 김철의 『동틀 무렵』(동광출판사, 1988)·『새별전』 상·하(을지서적, 1989), 박화의 『나그네길』(종로서적 출판주식회사, 1989), 김성휘의 『사랑이여 너는 무었이길래』(정음문화사, 1989)·『고향 생각』(평민사, 1989)·『흰옷 입은 사람아』(정음문화사, 1989)·『장백산아 이야기하라』(동광출판사, 1989), 한창희의 『백두의 메아리』(도서출판 중미, 1989)·『겨레의 한이 되

주하는 우리 교포 연구자와의 합동 강연 및 저술 활동이 자유로워
졌다는 점 등이 이를 입증해 주는 것이다.[29]

Ⅲ. '만주국문학'·'친일문학'과 '한국문학'

국내에서는 한글로 신문·잡지를 발행하는 등의 모든 출판 행위
가 억압되던 시대에 있어 국외에서 우리말로 된 두 권의 시집이
간행되었다는 사실은 관심을 끌기에 충분하다.『만주시인집』과『재
만조선시인집』의 간행이 그러하다. 그러나 그렇다고 해서 이들 시
집에 수록된 작품들이 모두 우리의 문학사적인 공백을 메워주기에
충분하다고 생각하는 것은 성급한 판단이기 쉽다. 왜냐하면 한 작
품이 지니는 가치에 대한 평가는 그 작품에 대한 성격 규명을 전
제로 하기 때문이다.

박팔양(朴八陽)의 '서(序)'가 시집의 앞부분을 장식하고 있는『만

예!』(도서출판 중미, 1991) 등이 그것이다. 또한 시선집으로는『중국 거주 한인 서정시집』
(정음문화사, 1987),『중국교포시인 대표작선집』1·2·3(융성출판, 1988),『하얀 마음,
그 안부를 묻습니다』(을지출판공사, 1990) 등이 있다.

28) ① 김재용,「민족형식을 통한 민중성의 구현」, 김철,『동틀 무렵』, 동광출판사, 1988, 227
~236면. ② 윤여탁,「만주에서의 항일무장투쟁사의 문학적 형상화」, 김성휘,『장백산아
이야기하라』, 동광출판사, 1989, 235~244면. ③ 이명재,「원초적인 정서, 고향의식 - 연
변교포 김성휘론」,『변혁기의 한국문학』, 문학세계사, 1990, 124~132면. ④ 임헌영,「
해외동포와 민족문학」,『변혁운동과 문학』, 범우사, 1989, 329~363면. ⑤ 허세욱,「'연
길시 청년시회' 신인작가들의 시세계」,『전망』57, 1991. 9, 146~152면 등이 이에 해
당되는 시에 대한 논의들이다.

29) 김호웅,「광복후 중국조선족 문단의 사상전환과 조직정비」(『해방 50주년, 세계 속의 한국
학』, 인하대학교 한국학연구소, 1995. 5, 447~459면) 등의 학술회의 발표문, 그리고 소
재영·권철·김동훈·조규익 공저『연변지역 조선족 문학연구』(숭실대학교 출판부, 1992)
등의 저서를 통해 이러한 사실을 알 수 있게 된다.

주시인집』에는 그를 비롯하여 유치환(柳致環)·윤해영(尹海榮)·신상보(申尙寶)·송철리(宋鐵利)·조학래(趙鶴來)·김조규(金朝奎)·함형수(咸亨洙)·장기선(張起善)·채정린(蔡禎麟)·천청송(千靑松) 등 11명의 시인이 쓴 37편의 시가 수록되어 있다. 또한 김조규가 편한 『재만조선시인집』에는 그를 포함하여 김달진(金達鎭)·김북원(金北原)·남승경(南勝景)·이수형(李琇馨)·이학성(李學城)·이호남(李豪男)·손소희(孫素熙)·송철리·유치환·조학래·천청송·함형수 등 13명의 시인이 창작한 53편의 시가 실려 있다. 그런데 이들 두 시집에서는 6명의 시인과 2작품이 겹치므로, 이들을 하나로 계산하면 총 18명의 시인이 쓴 88편의 시가 수록되어 있는 것으로 볼 수 있다.[30]

이처럼 18명의 시인이 쓴 88편의 시에 대해서 그 특성을 한마디로 말하기란 그리 쉬운 일이 아니다. 따라서 일련의 작품들이 지니고 있는 중요한 성격들을 규명한 이후에, 이들 만주시가 지니는 문학사적 의의를 밝히는 것이 논의의 순서라고 생각한다.

먼저, 두 시집에 수록된 일련의 작품들이 '떠남'의 모티프를 시의 비탕으로 하고 있다는 짐은 만주시가 시니고 있는 중요한 특성 중 하나로 판단된다. 왜냐하면 이와 관련된 작품들을 통해서 당시 유이민들이 만주지역으로 이주했던 경로 및 그곳에서의 생활상을 알 수 있게 되기 때문이다.

---

30) 김조규의 시 「호궁(胡弓)」이 약간 변화를 보이며 두 시집에 모두 수록되어 있다. 그리고 천청송이 『만주시인집』에서 「선구민(先驅民)」으로 발표한 시의 제5부인 '묘지'는 조금 변화되어 「무덤」이라는 한 편의 시로 『재만조선시인집』에 실려 있다.

①-㉠ 고개 마루 넘어로는 강 두만강이 오라다
      불근산에 얏튼한나절 피마른 열매를뭇고 북으로 간다.
      뒤에는 다시펴볼 숨한포기 업시차다.

                    - 채정린, 「북으로간다」(『만주시인집』) 부분

㉡ 차창(車窓)밖 두만강(豆滿江)이 너무 빨러 섭섭했다
      흐린하늘 낙엽(落葉)이 날리는 늦가을 오후(午後)
      마차(馬車)박퀴가 길을내는 찔걱찔걱한 검은 진흙길
      힌 조히쪽으로 네귀에 어찔러 발라놓은
      창경 창경
      알수없는 말소리가 귀ㅅ가로 지나가고
      때묻은 검은 다부산즈자락이 나부끼고
      어디서 호떡굽는 냄새가 난다.

      ……(중략 - 필자)……

      나는 강남(江南)제비새끼처럼
      새론 옛고향(故鄕)을 찾어 왔거니.

                    - 김달진, 「용정(龍井)」(『재만조선시인집』) 부분

②-㉠ 그때 이고개는
      밀수군 절믄이 들의
      공포(恐怖)의 관문(關門) 이든이 -
      오날 이고개엔
      오색기(五色旗) 날부ㅅ기고,
      목도군 절믄이 들의
      노래ㅅ 소리가 우렁차서
      두만강(豆滿江) 나루ㅅ터엔 다리가 걸니고
      남(南)쪽으로 연(連)한 길은 널버저……
      이봄도 나의 족속(族屬)들이
      무태이 무태이 이고개를 넘으리
      한숨도 공포(恐怖)도 다흘너간 뒤
      다 - 만희망(希望)의 깁분노래 불으며 불으며
      무태이 무태이 이고개를 넘으리.
                    - 윤해영, 「오랑캐고개」(『만주시인집』) 부분

ⓛ 나귀탄 족속(族屬)잇서
　　오랑캐령(嶺)을 넘어오든날
　　아름드리 나무는 찍히고
　　키넘는 쑥밧텐 불길이 펄펄 놉하섯느니라.

―천청송, 「선구민(先驅民), 1 이주민(移住民)」(『만주시인집』) 부분

①-㉠과 ⓛ에 인용해 놓은 시를 통해서는, '두만강'이 북쪽으로 이주해 가는 사람들에 있어 하나의 경로였다는 점을 알 수 있다. 그런데 이러한 '두만강'은 역사성과 자연성을 지니고 있어서 시적 표현의 대상이 되어 왔다는 점을, 허세욱 교수는 이욱의 시를 설명하는 과정에서 지적하고 있다.

> 두만강은 민족적 기백의 상징이었다. 한때는 주림과 추위를 참을 수 없어 쪽박을 찬 채 샛섬을 건넜던 필사적인 도강의 현장이었고, 한때는 민족적 투쟁을 벌였던 피의 강이었고, 한때는 중국민족과 함께 반봉건주의·반자본주의·반국민당의 혁명투쟁을 벌였던 이념의 경계였다. 물론 조선민족의 고유한 생활을 보존했던 전통의 장이요, 기름진 살림에 물을 댔던 젖줄이었고 동시에 노래와 시를 낳게 한 낭만의 대상이기도 했다. 이욱은 이처럼 두만강이 지닌 역사성과 자연성을 숙명적으로 표현한 시인이다. 그런 의미에서 두만강은 중국에 있어 한인문학의 성지였다.31)

또한, ②-㉠과 ⓛ의 시에서는 '오랑캐령'이 만주 유이민의 이주 관문이었다는 사실을 알 수 있게 된다. 이와 관련을 시어서 윤영천 교수는, 한명천의 서사시 『북간도』 서시·윤해영의 「오랑캐고개」·천천송의 「선구민」·이용악의 「낡은 집」 등의 시를 대상으로 하여 검토해 본 결과, 일제 강점기 만주지역 조선 유이민 시

---

31) 허세욱, 「중국 최초의 조선족 시인 이욱의 시세계」, 『전망』 53, 1991. 5. 130면.

에서 "'오랑캐령'은 하나의 시적 전형, 즉 만주지역 조선 유이민 현실의 비극성을 집약적으로 드러내 주는 중요한 시적 표상"이 되고 있다는 점을 밝혀낸 바가 있다.[32]

이와 같이 '두만강'과 '오랑캐령'은 만주 유이민이 이주하는 데에 있어서 하나의 중요한 이주 경로였으며, 이러한 역사적 사실이 시에 반영되어 나타나 있는 점을 위에 인용해 놓은 작품들을 통해서 볼 수 있다. 그런데 인제 여기서 더욱 구체적으로 논의되어야 할 문제는, 만주 유이민들이 이주하는 과정에서뿐만 아니라 이주 후에 그곳에서의 인식 태도가 어떠하였으며, 이러한 면들이 시에 어떻게 반영되어 있는가라는 점이라고 생각한다.

채정린의 시 「북으로간다」에서는 "뒤에는 다시펴볼 쑴한포기 업시차다."와 "북으로 가슴압헤 불꼿이 핀다."라는 두 시구에 단적으로 잘 나타나 있는 바와 같이, '두만강'을 경계로 하여 그 이남, 즉 일제 강점기의 한반도는 자신의 꿈을 전혀 이룰 수 없는 동토(凍土)인 데 반하여, 그 이북 지역은 자기의 꿈을 펼쳐 보일 수 있는 따뜻한 공간이라는 낭만적 인식 태도를 볼 수 있다. 그런데 과연 간도를 비롯하여 만주 지역이 헐벗고 굶주렸으며 억압받던 당시 우리 민족이 꿈을 펼칠 수 있었던 유토피아와 같은 곳이었을까? 채정린의 다른 작품들에서도 아직까지 이런 내용의 구절을 찾아볼 수 없다. 그러나 몇몇의 시인들에게 있어 만주는 자신의 꿈을 실현시킬 수 있는 곳으로서 '낙토(樂土)'로 인식되기도 한다.

---

32) 윤영천, 「일제 강점기 만주지역 조선 유이민 시와 '오랑캐령'」, 『도곡 정기호 박사 화갑기념논총』, 대제각, 1991, 483~498면.

① 여기는 아세아(亞細亞)의 쑴만흔나라
　명일(明日)이 즐겁게 해쓰는나라다.
　은호(銀狐)털속에 극락(極樂)보다 단쑴이잇고
　유방(乳房)보다 보드라운 모래언덕넘어서
　밤이면 별하나식 시집오는 사막(沙漠)이다

－ 신상보, 「사막」(『만주시인집』) 부분

② 꼬지깨의 초원(草原)이
　고량(高粱)의 평원(平原)이되고
　고량(高粱)의 평원(平原)이
　벼이삭의 바다가 되는동안
　내사 수염과 청춘(靑春)을 바꾸었고
　안해는 세아이의 어머니가 되었다.

　잔뼈가 굵어진 고향(故鄕)말이뇨
　낙동강(洛東江)물을 에워 젖처럼 마시며
　아배사 할배사 살엇드란들
　그것이야 아스런 옛이약이지.
　오붓이 점점(點點)한 우중충한 집옹이
　오색기(五色旗) 게양대(揭揚臺)아레 마을이
　봄을 기다린다.

－ 김북원, 「봄을 기다린다」(『재만조선시인집』) 부분

　신상보의 시 「사막」에서 만주는 "아세아(亞細亞)의 쑴만흔나라/ 명일(明日)이 즐겁게 해쓰는나라"로서 인식된다. 현재에 있어서는 '사막'과 같은 곳이지만, 미래에 있어서는 꿈이 실현될 수 있는 즐거운 공간으로서 받아들여지고 있는 것이다. 여기서 우리는 시인이 만주를 당시 우리 민족의 또 다른 삶의 장소로서 단순히 수긍한다기보다는 '낙토'로서 극력 찬양하는 일면을 읽을 수 있게 된다. 또한 김북원의 시 「봄을 기다린다」는 여러 해 동안의 노력의 결과로

써 만주의 초원이 농토로 바뀌었다는 내용을 담고 있다. 그래서 시의 화자에게 있어 자신이 태어나고 자라난 고향은 이미 자기와는 상관이 없는 곳으로 생각하게 되어 버렸다. 그에게 관심이 있는 것은 만주국의 오색기 아래에서 봄을 기다리는 것뿐이다. 이러한 내용을 통해서 볼 때, 시 「봄을 기다린다」에서도 만주가 단순히 새로운 생활의 터전이라는 생각의 정도를 넘어서서 시의 화자에게 있어 즐거움을 줄 수 있는 곳으로까지 인식되고 있는 것을 알 수 있다. 특히 "오색기(五色旗) 게양대(揭揚臺)아레 마을"이라는 시구는 그곳 만주가 바로 '왕도낙토(王道樂土)'라는 생각을 은연중에 드러내 보여준 것으로 판단된다. 이와 같이 만주가 새로운 기쁨을 던져 줄 수 있는 국가라는 생각은 이외의 다른 시인의 작품에서도 나타난다.

① 나는 거기서 새로운 언어(言語)를 배웟고 새로운 행동(行動)을 배웟고
　　새로운 나라(國)와 새로운 세계(世界)와 새로운 육체(肉體)와를 어텃나니
　　여기 도라온것은 실(實)로 그의 그림자 뿐이로다

－ 함형수, 「귀국(歸國)」(『만주시인집』) 부분

② 바야흐로 막게 새는날
　　늘어가는 거리의 굉음(騷音)
　　이날 이쌍의 패왕(覇王)들도
　　고통(苦痛)은 덜고 깃씀 더 하게하소서.

－ 장기선, 「새날의기원(祈願)」(『만주시인집』) 부분

이처럼 위에 인용해 놓은 일련의 시들을 통해서는 만주를 '왕도낙토'로 인식하고, '봄'으로 표상되는 바와 같이 새롭고 따뜻한 미

래의 이상 세계를 그곳에서 기대하고 바라는 마음을 시로써 나타
내고 있는 것을 볼 수 있다. 그러나 '왕도낙토' 및 '오족협화(五族
協和)'는 일본의 괴뢰정부로서 만주국의 만주통치를 위해 내세운
구호이기도 하기 때문에 이러한 내용을 우리 민족의 일련의 만주
시에서 찾아볼 수 있다는 점은 다분히 여러 평자들의 지적을 받기
에 족하다.33) 그리고 이러한 면은 시뿐만 아니라 소설에서 나타나
는 현상이기도 하다.34) 그러면 이런 일련의 시와 소설들을 한국문
학사에서는 어떻게 다루어야 할 것인가? 김윤식 교수는 이 점에
대해 다음과 같이 설명하고 있다.

> 이 범주에서 보면 '왕도낙토'를 노래하기, 즉 '5족협화'의 이념 기리기란,
> 문제가 없지는 않으나 큰 흠이 될 수 없을 터이다. 그러한 것을 노래한 작품
> 이 있다면 그것은 친일문학도 아니며 그렇다고 조선문학일 수도 없는 것. 곧,
> 만주국문학 범주에 들 따름이다. 만일 대중국문학 범주가 설정된다면 그 속의
> 한 가지 '조선족의 문학' 범주에 들 수 있을 터이다.35)

우리와 같은 민족이 한글로 써 낸 작품이라 하더라도 우리 민족
의 개별적이면서도 보편적인 사상과 감정을 그 내용으로 담고 있
지 않다면 한국문학으로 취급하기가 그리 쉽지 않다 하겠다. 물론
당시의 특수한 시대 상황을 고려할 때, 친일문학과 구분되는 '만주

---

33) 윤영천, 앞의 논문, 493면. 윤영천 교수는, 윤해영의 시 「오랑캐고개」를 살펴보는 자리에서
   이와 관련하여, 『만주시인집』의 발행인·편집인이 모두 일본인이며, 발행소가 당시 길림시
   소재의 '제일협화구락부문화부'라는 사실, 그리고 참여 시인들 중 상당수(유치환·김조규·
   함형수·천청송 등)가 만주국 기관지라 할 수 있는 ≪만선일보≫와 긴밀히 관련되어 있었
   다는 점 등을 명기할 필요가 있다는 사실을 지적하고 있다.
34) 채훈, 「해금작가들의 만주인식에 대하여」, 『숙명여자대학교 논문집』 제32집, 1991, 317~
   339면.
35) 김윤식, 『설렘과 황홀의 순간』, 솔출판사, 1994, 92~94면.

국문학'이 한국문학과 가지게 되는 관련성마저도 전혀 배제할 수
는 없을 것이다. 현재 중국의 입장에 있어서는 그곳에 거주하는
여러 민족 중 한 민족으로서 조선족이 이루어 낸 문학적 성과의
초기 단계에 해당되는 것으로 이것을 인정할 수 있다. 그리고 이
러한 측면에서 바라볼 때 이들 문학은 한국문학 주변에 놓여 있는
'교포문학'의 일부분으로 수용할 수 있게 된다는 것이다.

  ① 아츰저녁으로 다니는 나의거리는
   나에게잇서 한개의 그윽한 밀림(密林)이외다
   침묵(沈默)하며 것는 나의무거운 행진(行進)속에서
   나는 오색(五色)의 꿈과 무지개를 봅니다.

   백설(白雪)의 대동광장(大同廣場)우에 명상(瞑想)을 발브며
   세기(世紀)의 경이(驚異)속을 나는 이동(移動)합니다
   강덕회관(康德會館)은 정(正)히 중세기(中世紀)의 육중한성랑(城廊)
   해상(海上)「쎌딩」은 육지(陸地)우의 거함(巨艦)이외다.

        - 박팔양, 「계절(季節)의환상(幻想)」(『만주시인집』) 부분

  ② 나는 나를 사랑하며
   나의 안해와 자녀들을 사랑하며
   나의 부모와 형제와 자매들을 사랑하며
   나의 동리와 나의 고향을 사랑하며
   거기사는 어른들과 아이들을 사랑하며
   나의 일본 - 조선과 만주를 사랑하며
   동양과 서양과 나의 세계를 사랑하며.

   ……(중략 - 필자)……

   그쑨이랴 푸른빗으로 자라나는 식물들과
   산과 드을과 물과 돌과 흑과 그 외에도
   내눈으로 보며 쏘 못보는 모든물건을

한업시 앗기고 사랑하면서 한세상 살고십다
그들이야 나를 돌아보든말든 그까짓일 상관말고
내가 사랑아니할수업는 그런 ―
한울갓치 바다갓치 크고 널분마음으로 살고십다.

― 박팔양, 「사랑함」(『만주시인집』) 부분

그런데 위에 인용해 놓은 박팔양의 시들에서는 앞에서 검토했던 작품들과는 또 다른 시적 특성을 볼 수 있게 된다. "나의 일본 ― 조선과 만주를 사랑하며"라는 시구에 단적으로 나타나 있는 바와 같이, 친일문학으로서의 일면을 보여주고 있는 것이다. 표층적인 의미만을 해석할 때는 '사해동포주의'를 시로 형상화한 듯도 하다. "동양과 서양과 나의 세계를 사랑하며"라는 시구가 이러한 의미 파악을 더욱 가능하게 해 주는 것이다. 그러나 겉으로는 '5족협화'를 내세웠지만, 일본인·한국인·만주인 등으로 민족들 간의 서열을 매겨 놓고 차별정책을 수행하던 당대 현실 상황을 고려해 볼 때 이는 위장된 '박애주의'라 할 수 있겠다. 이처럼 이면적으로는 폭력을 행사하면서도 표면적으로는 사랑과 화합을 내세웠던 당시 일제 침략자들의 침략 징책이 위의 시들에서는 묵인되고 있을 뿐만 아니라, 지지마저 되고 있는 한 측면을 감지할 수 있게 된다. 이러한 점에서 위이 시들은 앞이 '만주국문학'의 범주에서 벗어나서 '친일문학'으로 간주될 수 있겠다.

그러나 만주체험을 바탕으로 하여 쓰인 만주시에는 만주국문학이나 친일문학으로 그 성격이 파악될 만한 작품들만 있었던 것은 아니다. 김달진의 시 「용정」에서는 "새론 옛고향(故鄕)"으로 표현되고 있는 바와 같이, 그곳이 단지 우리 민족에게 있어 새로운 삶의 터전으로서의 의미만을 지니고 있는 것이 아니라는 인식이 나타나 있다. 과거에 있어서는 우리의 영토였다는 의식이 표출되어 있는 것이다. 고구려나 발해 때까지 거슬러 올라가지 않더라도, 즉 근대에 있어서도 한반도 이북의 모든 지역이 중국의 영토는 아니었다.

> 문제는 해결되지 못한 대로 조선의 외교권이 일본에 위양되고 조선통감부 출장소가 용정촌에 나타나게 되매 간도문제는 또 한 번 국제무대에 나오게 되었다. 맛츰내 이 문제로 인하야 일본과 청국사이에 풍운이 매우 급하엿더니 안봉선문제(安奉線問題)와 교환이 되버어리고 간도신협약이 체결되어 수백년을 두고 항쟁하든 간도는 중국령이 되고 말엇다.[36]

한반도 이북의 일부 지역이 우리 민족의 역사와 밀접히 관련되어 있다는 의식은 다른 시인의 작품들에서도 나타난다.

오월(五月)의 석양(夕陽)
발해(勃海) 옛터에
집팽이와 나와
풀숩에 스다

역사(歷史)란 모도다
거짓말 갓태서

육궁(六宮)의 남은 자ㅅ최
주ㅅ추돌도 늘것는데

……(중략 – 필자)……

저 – 언덕 밧가는 농부(農夫)

---

36) 윤화수, 「간도문제란 무엇인가」, 『동광』 33, 1932. 5, 188~191면.

그시절(時節) 백성(百姓)인듯!

멍에민 소장등에
태고(太古)가 어리우다.

위에 인용해 놓은 윤해영의 시 「발해고지(勃海古址)」(『만주시인집』)에서는, 발해의 옛 궁터에 와서 회고(懷古)에 잠겨 있는 시의 화자와 만나게 된다. 또한 시의 후반부에서는 밭을 가는 농부와 멍에를 민 소 잔등이에서도 옛날 발해의 모습을 떠올리는 시의 화자의 모습을 볼 수 있게 된다. 과거에 한반도 이북을 중심으로 하여 건국되었던 발해가 우리 민족의 역사에서 지니게 되는 의의를 시적으로 형상화했다기보다는, 그 시절에 대한 회상만이 감각적으로 제시되어 있는 것이다. 과거의 역사는 현재의 시점에서 이를 돌이켜 살펴봄으로써 자신에게 반성할 기회를 마련해 줄 뿐만 아니라 더욱 발전된 미래에 대한 모색을 가능하게 해 준다는 점에서 그 가치가 있는 것이다. 그러므로 과거의 역사가 단지 회상의 대상으로서 감각적으로 이해되고 이러한 내용이 시적으로 형상화되었을 때, 이런 작품을 통해서는 과거의 역사가 지니고 있던 그 참 의미를 파악할 수 없게 된다.

한편 만주를 자신의 꿈을 실현시킬 수 있는 낙토 혹은 오족이 협화할 수 있는 사랑의 공간으로 인식하거나, 과거로부터 우리 민족이 거주하던 옛 고향으로 생각하여, 그곳에서 낯설음을 별로 느끼지 못한 사람들에게는 거기가 바로 이상 세계 또는 새로운 고향으로 받아들여졌을 것이다. 그러나 일련의 작품들에서는 본래의 고향에 대한 그리움이 짙게 배어 있음을 느끼게 된다.

① 도라지 피면 팔월(八月)도 피고
　　팔월(八月)이 피면 향수도 피드라

－송철리, 「도라지」(『만주시인집』) 부분

② 머리 맡에 귀뜨래미 울어 예고
　　어둔 창경밖 머─ㄴ 하늘 끝으로
　　별 하나 떠러저 흘러간 밤.

　　찬 벼개 우에 여윈 가슴 어루만지며
　　흘러간 내 나이 되푸리해 오이어 보면
　　늦 가을 청혼(靑昏) 못물속으로 가만히 떠오르는 흰 연(蓮)꽃처럼 피어나
　는 향수(鄕愁)가 슬프고나
　　향수(鄕愁)가 슬프고나.

－김달진, 「향수」(『재만조선시인집』) 부분

③ 이제 별은
　　나의 가슴속 적은 호수(湖水)에도
　　푸른 향수(鄕愁)를 물고 내려 고이 잠든다

　　고이 잠든다.

－이학성, 「별」(『재만조선시인집』) 부분

④ 시야(視野)에켜진 환등(幻燈)은 꺼질줄몰은다.
　　향수(鄕愁)의호젓한 그늘밑 외로운 나그내의 독백(獨白)과도같이－.

－손소희, 「밤차(車)」(『재만조선시인집』) 부분

⑤ 고향(故鄕)이 하그리워
　　넋이나마 남(南)쪽을 향(向)했도다.

－천청송, 「무덤」(『재만조선시인집』) 부분

　　위에 인용해 놓은 작품들은 모두 향수를 시의 주제로 하고 있다.
①에 인용해 놓은 시 「도라지」에서는 향수의 떠오름과 사라짐을

도라지꽃의 피고 짐에 대응시켜 나타내고 있는 것을 볼 수 있다. 또한 시 ② 「향수」에서는 향수의 떠오름을 연꽃의 피어남에 대응시켜 나타내고 있어, 시 ①과 시적 발상에 있어 유사성을 보게 된다. 그리고 시 ③ 「별」에서는 향수라는 것이 잠의 상황 속에서도 가슴 속 한 곳에 고이 간직될 정도로 쉽게 잊히지 않는 것임을 알 수 있다. 시 ④에서도 꺼지지 않는 환등의 불빛처럼 향수는 사라지지 않는 것을 그 속성으로 하고 있다는 점이 드러나 있다. 특히 시 ⑤ 「무덤」에서는 향수가 죽음의 상황 속에서도 잊힐 수 없는 영원한 것임을 제시해 준다. 그러면 이처럼 뭇 영혼들이 강한 향수를 지닌 채 죽음을 맞이할 수밖에 없었던 이유는 어디에 있었겠는가? 그것은 아마도 험난했던 당시 우리 민족의 역사적 현실 상황과 무관하지 않았으리라. 왜냐하면 같은 시 후반부에서 시인은 "표적(標的)없는 무덤들이/옹기 종기 정답게 뭉여" 있는 모습을 "눈보라 사나웁든/매듭많은 역사(歷史)를 이야기 하는" 것으로 이해하여, 이를 시로써 나타내 주고 있기 때문이다.

이처럼 조국이 외세에 의해 강제 점령당함으로써 자신들의 고향까지도 상실할 수밖에 없었던 처절한 상황에서, 그곳에 대한 그리움은 낮과 밤의 바뀜이나 사계절의 변화, 혹은 생과 사의 갈림 속에서도 그지없이 영원한 깃이었다. 비록 육신은 고국 땅을 곤긴히 지키지 못하고 이국땅에서 나그네처럼 헤매고 방황할지라도, 고향을 이내 등지지 않고 그리워하는 마음을 앞의 시인들은 항상 소중히 간직했던 것이다. 이와 같이 국권 상실과 이로 말미암은 이향(離鄕), 그리고 이에서 비롯된 향수와 이의 시적 형상화는 일제 강점기에 창작된 우리 시에서 흔히 볼 수 있었던 문학 현상이었다고

할 수 있다. 또한 이런 특성이 만주시에서도 드러나는 것이라고
판단된다. 이렇게 볼 때 만주시 중 '사향시(思鄕詩)'는 이국에서
창작되었다고 하더라도 당시의 특수한 사회 역사적 현실 상황을
고려하여 당연히 한국문학의 범주 내에서 고찰되어야 하겠다. 왜냐
하면 이들 시에서는 당시 우리 민족으로서 지닐 수밖에 없었던 비
극적 정서를 공감할 수 있게 되기 때문이다.

Ⅳ. 결 어

광복된 지 어언 60여 년이 지난 현재의 시점에 있어 만주 및 만
주에서 창작된 문학 작품은 우리에게 있어 어떠한 의미를 지니게
되는가? 국내에서뿐만 아니라 국외에서도 우리 민족이 우리글로
문학 작품을 창작해 놓았다는 데에는 관심이 끌리지 않을 수 없다.
특히 국내에서는 한글로 신문·잡지를 발행하는 등의 모든 출판
행위가 억압되던 시대에 있어 국외에서 우리말로 된 두 권의 시집
이 간행되었다는 사실은 관심을 끌기에 충분하다. 1942년 만주에서
『만주시인집』과 『재만조선시인집』이 간행되었던 것이다. 그러나
여기에 수록된 작품들이 모두 우리의 문학사적인 공백을 메워주기
에 충분하다고 생각하는 것은 성급한 판단이기 쉽다. 한 작품이
지니는 가치에 대한 평가는 그 작품에 대한 성격 규명을 전제로
하기 때문이다. 본고에서는 바로 이러한 점에 대해 특히 유의하여
살펴보고자 하였다.

그 결과, 두 시집에 수록된 일련의 작품들이 '떠남'의 모티프를 시의 바탕으로 하고 있다는 점이 중요한 특성 중 하나로 이해된다. 특히 '두만강'과 '오랑캐령'은 만주 유이민들이 이주하는 데에 있어서 중요한 이주 경로였으며, 이러한 역사적 사실이 시에 반영되어 있음은 채정린의 시 「북으로간다」와 김달진의 시 「용정」 그리고 윤해영의 시 「오랑캐고개」와 천청송의 시 「선구민」 등의 작품을 통해 알 수 있다.

그런데 만주 유이민들이 그곳으로 이주하는 과정에서뿐만 아니라 이주한 후에, 만주 및 그곳에서의 삶에 대해 어떻게 인식하였는가? 또한 이러한 면들이 시에는 어떻게 반영되어 나타나는가? 이런 점에 따라 만주시는 각기 그 성격을 달리한다.

신상보의 「사막」, 김북원의 「봄을 기다린다」, 함형수의 「귀국」, 장기선의 「새날의 기원」 등의 시는 '만주국문학'의 범주에서 이해할 수 있다. 이들 시에는 만주를 '왕도낙토'로 인식하고, 그곳에서 새롭고 따뜻한 미래의 이상 세계를 실현시키고자 하는 생각이 담겨 있기 때문이다. 이러한 일련의 시는 현재 중국의 입장에서 볼 때 그곳에 거주하는 여러 민족 중 한 민족으로서 소선족이 이루어 낸 문학적 성과의 초기 단계에 해당되는 것으로 인정할 수 있다. 이런 면에서 이들 작품은 한국문학의 주변부에 놓여 있는 '교포문학'의 일부분으로 수용할 수 있게 된다.

그런데 박팔양이 쓴 시 「계절의 환상」과 「사랑함」 등에 이르게 되면, 일제 침략자들의 침략정책이 묵인되고 있을 뿐만 아니라 노골적으로 지지마저 되는 상황에까지 접하게 된다. 이런 점에서 이들 시는 '만주국문학'의 범주에서 벗어나서 '친일문학'으로 취급되지 않을 수 없다.

이에 반하여 김달진의 「용정」, 윤해영의 「발해고지」 등 일련의 시는 한국문학의 범주에서 그 특성이 파악될 수 있는 작품이다. 이들 시에서는 만주가 우리의 옛 땅으로 인식되는 일면을 볼 수 있기 때문이다. 그러나 과거의 역사가 단순하고 감각적으로 이해되며 이러한 내용이 시적으로 표현되어 나타남으로써 그 한계를 드러낸다 하겠다.

그렇지만 송철리의 「도라지」, 김달진의 「향수」, 이학성의「별」, 손소희의 「밤차」, 천청송의 「무덤」 등 일련의 '사향시'는, 한국문학의 범주 내에서 더욱 깊이 있게 고찰될 뿐만 아니라 이를 통해 문학사적인 면에서 정당한 자리매김도 이루어져야 할 작품이다. 이들 시에는 국권 상실과 그로 인한 이향, 그리고 이에서 비롯된 향수가 그지없이 영원한 것임이 나타나 있는데, 이러한 내용의 시적 형상화는 일제 강점기에 창작된 우리의 다른 시에서도 흔히 볼 수 있었던 문학 현상이었기 때문이다.

이상에서와 같이 만주시는 만주 및 그곳에서의 삶에 대한 인식 태도와 이의 시적 반영 양상에 따라 그 성격을 달리한다. 그리고 그 성격의 유사성에 의해 이는 '만주국문학', '친일문학', '한국문학' 등으로 범주화하여 유형 분류될 수 있다. 또한 분류된 각 유형의 작품들은 그 특성으로 인해 가치에 대한 평가가 달라진다. 그렇지만 만주시의 성격과 문학사적 위치에 대해 이 자리에서 결론적으로 단정해서 말하기에는 아직 이른 감이 없지 않다. 왜냐하면 앞에서 유형 분류해 놓은 성격 이외의 특성을 미미하게나마 보여주고 있는 몇몇 시인의 다른 작품이 남아 있기 때문이다. 또한 앞에서 언급한 두 권의 시집 이외에도 만주시에 대한 연구 자료의 발굴 작업은 지금까지 계속되어 왔고 앞으로도 지속될 것이기 때문이다. 이와 함께 만주시에 대한 올바른 성격 규명과 문학사적 자리매김을 위해서는 불확실한 시인의 생애사에 대한 검토도 제대로 행해져야 할 것이다. 그리고 다른 갈래 및 여타 지역의 문학 작품과의 비교 연구가 이루어진다면, 그 특성이 보다 분명히 밝혀질 것이다. 더욱이 만주시가 지니는 과거뿐만 아니라 현재 그리고 미래의 의미도 상호 관련 속에서 더불어 파악될 때, 이는 한국문학이 민족문학으로서의 개별성과 세계문학으로서의 보편성을 확보하는 데에 하나의 이론적 토대를 마련해 주게 될 것이다. 또한 앞으로 통일문학사를 기술하는 데에 있어서도 하나의 이론적 틀을 제시해 줄 수 있을 것이다.

(1995. 12.)

❖ 참고문헌

1. 자료

김조규 편, 『재만조선시인집』, 간도: 예문당, 1942.
박팔양 편, 『만주시인집』, 길림: 제일협화구락부문화부, 1942.

2. 논저

강은해, 「국외저항시가, 소래(笑來)노래에 나타난 인식과 행동」, 『국어
　　　국문학』 87, 1982. 5.
＿＿＿, 「일제강점기 망명지문학과 지하문학」, 『서강어문』 제3집, 1983.
　　　10.
김문집, 「전통文學과 식민지문학」, 『조광』 제5권 1호, 1939. 1.
김병익, 『한국문단사』, 일지사, 1973.
김열규, 「조명희 문학에 나타난 '소비에트 모국관'」, 『전망』 51, 1991. 3.
김오성, 「조선의 개척문학 – 재만조선인작품집 『싹트는 대지』를 평함 – 」,
　　　『국민문학』 5, 1942. 3.
김윤식, 『설렘과 황홀의 순간』, 솔출판사, 1994.
김재용, 「민족형식을 통한 민중성의 구현」, 김철, 『동틀 무렵』, 동광출
　　　판사, 1988.
김호웅, 「광복후 중국조선족 문단의 사상전환과 조직정비」, 『해방 50주
　　　년, 세계 속의 한국학』, 인하대학교 한국학연구소, 1995. 5.
류광열 외 4명, 「간도문제특집」, 『동광』 33, 1932. 5.
백　철, 「신체제와 저너리즘」, 『인문평론』 13, 1940. 11.
소재영 외 3명, 『연변지역 조선족 문학연구』, 숭실대학교 출판부, 1992.
＿＿＿＿, 「해외에서 간행된 세 권의 조선문학사」, 『숭실어문』 제8집,
　　　1991. 7.
오양호, 『한국문학과 간도』, 문예출판사, 1988.
＿＿＿, 「일제강점기 간도 이민문학연구」, 『인천대학교 논문집』 제13집,
　　　1989.
＿＿＿, 「만주체험의 두 반응(3) – <시현실>동인과 초현실주의」, 『전망』
　　　52, 1991. 4.
＿＿＿＿, 「윤해영의 <선구자>와 친일시 <낙토만주>」, 『전망』 56,
　　　1991. 8.
＿＿＿＿, 「조학래 시세계의 모순된 만주체험과 작가의식」, 『전망』 59,
　　　1991. 11.
＿＿＿, 「시인부락파의 북방행과 그 시의식 – 시인 함형수의 작품세계」,

『문학사상』, 1994. 8.

유관지, 「민족 수난의 체험과 한국 현대문학」, 중앙대학교 대학원 석사
　　　학위논문, 1983. 12.

윤여탁, 「만주에서의 항일무장투쟁사의 문학적 형상화」, 김성휘, 『장백
　　　산아 이야기하라』, 동광출판사, 1989.

윤영천, 『한국의 유민시』, 실천문학사, 1987.

　　　, 「일제 강점기 만주지역 조선 유이민 시와 '오랑캐령'」, 『도곡
　　　(陶谷) 정기호 박사 화갑기념논총』, 대제각, 1991.

이광규, 『재중한인 - 인류학적 접근 - 』, 일조각, 1994.

이기영, 「만주와 농민문학」, 『인문평론』 2, 1939. 11.

이명재, 『변혁기의 한국문학』, 문학세계사, 1990.

이윤우, 「고대사의 재조명을 통한 '민족주체사관의 정립'」, 교육사 군사
　　　발전 편집실 편, 『군사발전 제45호 부록(보병)』, 육군교육사령부,
　　　1988.

이정숙, 『실향소설연구』, 도서출판 한샘, 1989.

임범송·권 철 주필, 『조선족문학연구』, 흑룡강조선민족출판사, 1989.

임헌영, 『변혁운동과 문학』, 범우사, 1989.

임형택 해제, 「항일민족시 - 상해 독립신문 소재 - 」, 『대동문화연구』 제
　　　14집, 성균관대학교 대동문화연구원, 1981. 6.

장덕순, 「일제암흑기의 문학사」 연재 제1회~제4회, 『세대』 4~7호,
　　　1963. 9.~12.

　　　 외 공저, 『한국문학사의 쟁점』, 집문당, 1986.

장윤익, 『북방문학과 한국문학』, 인문당, 1990.

정래동, 「중국문학과 조선문학」, 『조선문학』 5, 1934. 1.

조규익, 「재만시인·시작품 연구(1) - 송철리의 시를 중심으로 - 」, 『숭
　　　실어문』 제8집, 1991. 7.

조남현, 「192, 30년대 소설과 만주이주 모티프」, 『한국문학』 1987. 8~9.

조동일·김재홍·이동하 좌담, 「주변 강대국 속의 한국문학과 극복가능
　　　성」, 『현대시학』, 1989. 4.

조선족략사편찬조, 『조선족약사』, 백산서당, 1989.

조성일·권 철 주편, 『중국조선족문학사』, 연변인민출판사, 1990.

중국작가협회 연변분회 편, 『문학평론집』, 민족출판사, 1982.

채 훈, 『일제강점기 재만한국문학연구』, 깊은샘, 1990.

______, 「해금작가들의 만주인식에 대하여」, 『숙명여자대학교 논문집』 제32집, 1991.

______ · 권 철 · 오양호 좌담, 「일제하 '재만한인문학'의 위상」, 『전망』 49, 1991. 1.

천관우, 「한국근대역사학의 발달」, 한국사연구회 편, 『한국사연구입문』, 지식산업사, 1981.

최원식, 「신소설과 노동이민」, 『인문과학연구소 논문집』 제10집, 인하대학교, 1984. 10.

한 식, 「이민문학의 과거와 현재」, ≪조선일보≫ 1936. 8. 29.~9. 5.

함대훈, 「노서아문학과 조선문학」, 『조선문학』 5, 1934. 1.

허세욱, 「조선 최후의 시인 김택영의 망국시」, 『전망』 47, 1990. 11.

______, 「중국 최초의 조선족 시인 이욱의 시세계」, 『전망』 53, 1991. 5.

______, 「'연길시 청년시회' 신인작가들의 시세계」, 『전망』 57, 1991. 9.

현경준, 「문학풍토기 - 간도편 - 」, 『인문평론』 9, 1940. 6.

제2장 리욱(李旭) 시의 문학사적 고찰

- '만주 조선인 문학'에서 '중국 조선족 문학'으로의 이행

Ⅰ. 서 언

한국문학사에서 일제 말기인 1940년 이후 5년간은 과거 '암흑기'[1]로, '공백기'[2]에 속한다고 부정적으로 기술되는 것이 일반적이었다. 당시 일제는 패망의 날이 가까워짐에 따라 우리 민족에 대한 황국신민운동을 더 한층 강화하여 창씨개명이나 징병 징용 등 갖은 수단으로 압박을 가해 왔고, 이러한 정세 속에서 우리 문학도 수난의 시기를 맞이할 수밖에 없었다는 점은 사실이다. 그러나 1940년대가 비록 암흑기로 "반민족문학의 조류에 휩쓸려 가고 있었다 히더라도, 한편으로는 극소수나마 순수문학 내시 민족문학 활동도 명맥을 잇고 있었다는 사실"[3]마저 부정될 수는 없다. 당시는

---

1) 이병기·백철 공저, 『국문학전사』, 신구문화사, 1982, 449~450면.

2) 조연현, 『한국현대문학사』, 성문각, 1973, 585~586면.

3) 오세영, 「1940년대의 시와 그 인식」, 김용직 외 공저, 『한국현대시사연구』, 일지사, 1983, 480면.

일제 말기로 국내에서는 국어로 소신껏 창작 활동을 한다는 것이
사실상 거의 불가능했다는 사정을 고려할 때, 시세에 타협하거나
영합하지 않고 한글문학을 지켜내고자 한, 청록파와 윤동주 등의
노력과 그 성과는 나름대로 시사적 의미를 지니기 때문이다.

이와 관련하여 이처럼 특수한 시대 상황을 감안한다면, 그때 국
외에서 이룬 우리 민족의 훌륭한 문학적 성과도 당연히 국문학으
로 인정해야 할 것이다. 조선어 문학이 암흑 속에서 좌초되고 있
을 때, 한국인에 의한 한국문학은 오히려 만주의 망명문단에서 활
기를 띠고 있었기 때문이다.[4] 물론 당시 그곳에서 우리 민족에 의
해 창작된 한글 문학 작품이라 해서, 그것이 모두 한국문학에 편
입될 수 있는 것은 아니다. 왜냐하면 한 예로 "대륙문학이니, 개척
문학이니 하는 것은 이 일본군벌의 대륙침략을 합리화하는 정신에
서 논의해 보려는 것이지, 우리 선민들의 망명과 그 개척을 뜻하
는 것이 아님"[5]을 지적한 바와 같이, 그때 거기서 이루어진 문학
작품들 중에는 진정한 의미에서 우리의 민족문학에 포함시키기에
곤란한 것도 있기 때문이다.[6] 이런 점에서 망명지에서의 문학이라
하더라도, 일단 이에 대해 긍정적이든 부정적이든 선입견과 편견을
버리고, 작품 자체의 성격을 섬세하게 규명하는 일이 선행되어야

---

4) 이명재, 「식민지시대의 망명문단」, 『한국 현대 민족문학사론』, 한국문화사, 2003, 264면.

5) 장덕순, 「일제 암흑기의 문학사 - 1940년에서 45년까지의 비양식의 국문학 - 」(연재 제3회),
   『세대』 6호, 1963. 11, 259면.

6) 황규수, 「한국문학과 만주체험」, 『인하어문연구』 제2호, 인하대 인하어문연구회, 1995, 209
   ~232면. 필자는 박팔양 편, 『만주시인집(滿洲詩人集)』(길림: 제일협화구락부문화부,
   1942)과 김조규 편, 『재만조선시인집(在滿朝鮮詩人集)』(간도: 예문당, 1942)에 수록된 작
   품들을 중심으로, '만주시'의 성격에 대해 파악하고자 한 바 있다. 그래서 '만주시'는 만주
   및 그곳에서의 삶에 대한 인식 태도와 이의 시적 반영 양상에 따라 그 특성을 달리하여, 이
   에 따라 '만주국문학', '친일문학', '한국문학' 등으로 유형 분류될 수 있다고 하였다. 또한
   이로 인해 그 가치 평가 및 한국문학사에서의 자리매김도 달라질 수 있다고 하였다.

할 것이다.[7] 또한 이에 따라 이를 문학사에서 어떻게 다룰 것이냐 하는 문제도 해결해야 할 것이다. 이렇게 볼 때 이에 대한 검토 대상이, 아직까지는 그 질적으로나 양적인 면에서 기대 수준에 이르지 못하고 있는 것이 사실이다. 그러나 이에 대한 연구 자료의 발굴이 지속적으로 진행됨과 동시에 그 성과물이 더욱 축적된다면, 한국 현대문학사에서 1940년대는 더 이상 공허하지 않을 것이다.

따라서 본고에서는 심연수[8]에 이어 『20세기 중국조선족문학사료전집』의 제2집[9]으로 정리된, 이욱[10]의 시를 대상으로 그의 시적 특성을 시기별로 고찰해 봄으로써, 그의 시가 한국문학사에서 지니게 되는 시사적 의미에 대해 파악하는 것을 그 주된 목적으로 삼고자 한다.

---

7) 윤영천 교수는 그의 저서 『한국의 유민시』(실천문학사, 1987)에서 1920년대에서부터 '해방' 직후 몇 년 사이에 발표된 국내외 '유이민 시'를 문예사회학적 관점에서 체계적으로 고찰한 바 있다.

8) 심련수, 『20세기 중국조선족문학사료전집』 제1집(심련수 문학편), 연길: 연변인민출판사, 2000. 이처럼 근자에 중국의 연변조선족자치주에서, 일제 강점기의 항일시인으로 심연수의 존재가 알려지고 그의 유고 작품도 소개된 점은, 관심을 끌기에 충분한 것이다. 그래서 필자는 그에 대한 논의를 앞서 전개한 바 있다. 「한국문학과 만주체험Ⅱ-심연수의 시세계」(『인하어문연구』 제6호, 인하대 인하어문연구회, 2003), 「윤동주 시와 심연수 시의 비교 고찰」(『한국학연구』 제12집, 인하대 한국학연구소, 2003) 등이 이에 해당되는 것이다.

9) 리욱, 『20세기 중국조선족문학사료전집』 제2집(리욱 문학편), 서울: 중국조선민족 문화예술출판사, 2002. 지금 이후부터는 이 책을 언급할 때, 기술의 번거로움을 피하기 위하여 간략하게 『사료전집』 제2집이라 일컫고자 한다. 또한 중국 현지에서는 그의 성을 '리'로 적지만, 본고에서는 두음법칙에 따라 '이'로 표기한다.

10) 김해응, 「이욱 시 연구」, 정문연 한국학대학원 석사학위논문, 2000, 8~10면. 이욱의 본명은 이장원(李章源)이고, 아명은 이수룡(李秀龍)이다. 필명은 이학성(李鶴成) 이외에도 월촌(月村), 월파(月波), 월초(月草), 월추(月秋), 홍엽(紅葉), 단립(丹立), 백파(白波), 로주(鷺洲), 춘파(春波) 등 여럿이 있다. 그런데 그가 당시 이처럼 여러 가지 필명을 쓴 것은, 새 사회에 대한 갈망을 호소하거나 봉건적 사회제도를 반대하는 작품을 본명으로 발표하기 힘들었기 때문으로 이해된다. 또한 시인은 1945년 8월 광복을 맞아 감격의 희열을 느끼며, "새로운 아침해가 뜬다."는 뜻으로 이름을 이욱이라 고쳤다 한다.

Ⅱ. 시인의 생애와 기존 논의의 문제점

이욱의 시에 대한 논의는 그리 많지 않은 편이어서, 그 양적인 면에서부터 일단 본격적인 단계에 이르렀다고 보기 어렵다. 또한 그것도 국내에서보다는 국외에서 이루어진 것이 더 많아, 국내 연구자들의 그에 대한 더욱 큰 관심이 요망된다 하겠다.

그는 1907년 러시아 블라디보스토크 신안촌에서 태어났지만 가난 때문에, 원래 그의 일가가 살았던 중국 길림성 화룡현으로 3세 때 다시 이주했다. 이후 거기서 초등학교를 졸업하고 용정 동흥중학교 2학년에 편입하여 1년간 공부하다 가계가 어려워 중퇴한 그는 모스크바대학에서 다시 공부할 생각으로 1924년 블라디보스토크에 갔으나 당시 그곳 도서관 관장이었던 이동휘의 권유로 고향에 돌아와 창작에 전념하였다. 귀향한 그는 학교의 교사 또는 신문이나 잡지사 등의 기자 생활을 하는가 하면, 농업이나 광업 등에 종사하기도 하며 암담했던 그때의 삶의 체험을 시로 발표했던 것이다. 특히 1942년 그는 『조광』지의 지사 사장을 하면서, 시인 김조규와 함께 『재만조선시인집』을 간행하기도 한다. 그러다가 1945년 광복을 맞자 그는 만주예문협회 문학부장, 동라문인동맹(銅羅文人同盟) 시문학분과 책임자, 연길중소문화협회 문학국장 등으로 일하면서 신형(新型)의 예술단체를 정비하기 위해 정열을 쏟는다. 광복을 맞이하여 꿈에서도 그리던 고향을 찾아 만주에서 본국으로 돌아간 대부분의 조선 문인들[11])과 달리 그는 그의 조부 때

---

11) 이명재, 「식민지시대의 망명문단」, 앞의 책, 264면. 권철 교수는 광복 이전에 만주 일원에

이주하여 자신이 성장한 그곳에 보다 튼실한 삶의 뿌리를 내리는 것이 더욱 시급한 일이었을 것이다. 그러므로 늦게나마 그는 동북군정대학(東北軍政大學)을 다니는 한편 마르크스주의를 본격적으로 공부하기 시작하며, 왕청현 라자구 토비(土匪) 숙청에 직접 참가하기도 한다. 또한 연변대학 건교(建校) 사업에 참여하기도 한 그는 1949년부터 1984년 77세로 사망할 때까지 거기서 교직 생활을 하면서 창작 활동을 했다. 그래서 그는 생전에 모두 7권의 시집을 간행12)하게 되었으며, 중국 조선족 문인 가운데 처음으로 중국작가협회에 가입하였고 중국작가협회 연변분회 이사로 당선되기도 하였다. 물론 그렇다고 해서 그간에도 그가 순탄한 삶의 길만을 걸었던 것은 아니다. 중국 건국 후 17년 동안 그는 정치 투쟁이 벌어질 때마다 이러저러한 타격을 받았다. 특히 1966년에 시작된 문화대혁명은 시인에게 더없이 혹심한 타격을 주었다. '반동적 학술 권위', '반동문인'으로 몰려 정치박해를 받았을 뿐만 아니라 창작 권리마저 박탈당하고 농촌 벽지에 추방당하기까지 하였다. 그 후 대동란(大動亂)이 끝나고 새로운 역사 시기가 시작된 후에야 비로소 정치적 누명을 벗고 그는 다시 시 창작을 시작힐 수 있있던 것이다.13)

이처럼 이욱은, 일제 강점기에 만주에서 문학 활동을 하였을 뿐만 아니라 광복 후에도 줄곧 그곳에서 활동을 견지했기 때문에,

---

    서 활동했던 문인은 모두 137명에 이른다는 조사 결과를 제시한 바 있음.

12) 이욱의 생전에 간행된 개인 시집으로는, 『북두성』(연길시 직공인쇄공장, 1947), 『북륙의 서정』(민중문화사, 1949), 『고향사람들』(민족출판사, 1957), 『연변의 노래』(작가출판사, 1957, 한문), 『장백산하(長白山下)』(작가출판사, 1959, 한문), 『리욱시선집』(연변인민출판사, 1980), 『풍운기』(제1부, 료녕인민출판사, 1982) 등이 있다.

13) 『사료전집』 제2집, 605~608면. '작가 연보' 참조.

중국 조선족들에게는 그들 문학의 '정초자(定礎者)' 중 한 사람으로 높이 평가되고 있다.14) 이와 같은 맥락에서 그는, 김창걸 등과 함께 중국 조선족 문단에 '향토문학'이 출현하는 데에 선구자 역할을 했던 것으로 칭송되고 있는가 하면,15) 중국조선족문학사에서는 "조선족문학발전에 크나큰 기여를 한 저명한 시인 중의 한 분"으로 기술되고 있다.16) 이 밖에 그의 광복 전 시 작품을 수집하여 고찰하는 자리에서도 권철 교수는, 이욱은 "중국에 살고 있는 우리 겨레의 시가 발전사에서 빛나는 한 페이지를 아로새겨 주고 있다."고 격찬한 바 있다.17) 또한 시인의 생애 및 당시의 역사적 상황과 관련하여 그의 시세계를 세 시기로 나누어 서술하면서 전국권 교수는, 그를 '조선족의 사회주의 사실주의 문학의 정초자'로 칭하기도 한다.18) 이외에도 중국 쪽에서는 허호일,19) 최삼룡20) 등이 그의 작품에 대해 논의했는데, 이들도 중국 조선족의 관점에서 그것을 바라보고 있는 점은 앞의 논자들과 크게 다르지 않다. 그러나 이욱의 시를 논의하는 데에 있어 중국 조선족 문학으로서의 측면이 지나치게 강조될 때에는 논란의 여지가 발생되지 않을 수 없다. 그의 시들 중에는 중국 건국 이전인 일제 강점기에 만주에서 창작

---

14) 김성호, 「후기」, 위의 책, 608면.

15) 정판룡, 「우리 중국 조선족문화의 성격 문제」, 『중국조선족문화연구』(연변대학 제1차 중국 조선족문화 학술토론회론문집), 목원대 출판부, 1994, 15면.

16) 조성일·권철 주편, 『중국조선족문학사』, 연변인민출판사, 1990, 366면.

17) 권철, 「이욱의 해방 전 시세계 ─민족정서 상징적 형상화」, 『전망』 41, 1990. 5, 128면. 권철, 「이학성의 광복전 시세계」, 『광복전 중국 조선민족 문학 연구』, 한국문화사, 1999, 245면.

18) 전국권, 「리욱론」, 『조선족 문학연구』, 흑룡강조선민족출판사, 1989, 247면.

19) 허호일, 「리욱의 시창작에 대하여 ─『리욱시선집』을 중심으로」, 『아리랑』 제8호, 1982.

20) 최삼룡, 「리욱 시의 해방 전후 비교 연구」, 『문학과 예술』 11·12, 1997.

된 것들이 적지 않기 때문이다. 이와 관련하여 위만주국 시기 조선인 문학은 '조선적인 것'과 '중국적인 것'이 내포된 이중성격의 문학이라는 점을 지적하고, 이러한 의미에서 이욱을 "위만주국 시기 조선인 문단의 마지막 시인인 동시에 해방 후 조선족 문단의 최초의 시인"이라고 말한 것은 주목을 요한다.[21] 보다 균형 잡힌 시각이 마련될 때 그 연구 성과는 더욱 객관성을 확보하여 설득력을 지니게 될 것이기 때문이다. 그래서 이러한 시각을 바탕으로 논의의 폭을 확대하여, 일제 강점기뿐만 아니라 광복 및 중국 건국 이후에도 창작된 이욱 시를 대상으로 진행된 김해응의 논문[22]은, 중국 조선족 연구자가 국내에서 이룬 본격적인 첫 연구 성과라 하겠다. 그런데 이와 같은 논의가 한층 깊이 있게 진행되기 위해서는 여기에 국내 연구자들의 참여가 더욱 절실하다. 일단 국내에서의 연구 성과[23]가 드문 상태에서는 그의 시에 대한 균형 잡힌 논의에 근본적으로 한계가 있기 때문이다.

---

21) 김호웅, 『재만조선인문학연구』, 국학자료원, 1998, 192면.

22) 김해응, 「이욱 시 연구」, 정문연 한국학대학원 석사학위논문, 2000.

23) 허세욱, 「중국 최초의 조선족 시인 이욱의 시세계」, 『대륙문학 다시 읽는다』, 대륙연구소, 1992.
    조규익, 「재만시인·시작품 연구(Ⅱ) - 이욱의 시를 중심으로 - 」, 『논문집』 제22집, 숭실대 인문과학연구소, 1992.
    장백일, 「시로 꿰뚫은 시대의 증언 - 재만시인 이욱 시연구」, 『예술논문집』 제35집, 대한민국 예술원, 1996.

Ⅲ. 실제 시의 시기별 검토

한 시인의 시적 특성을 파악하는 중요한 방법 중의 하나는, 그가 살아온 생애 및 사회 역사적 환경 가운데에서 그의 시가 어떻게 전개되어 왔는가를 파악하는 것이다. 그래서 이 자리에서 이욱 시를 시기별로 검토하고자 하는 것은, 그 문학적 실체의 성격을 보다 극명하게 규명하기 위함이다. 이와 관련하여 근자에 간행된 『사료전집』 제2집[24]에는, 그의 서정시 155편이 1924~1945년(25편), 1946~1964년(53편), 1970~1984년(77편) 등 세 시기로 나뉘어 수록되어 있는가 하면, 한시 99편은 1920~1945년(13편), 1946~1982년(86편) 등 두 시기로 구분되어 실려 있어서 관심을 끈다. 그런데 본고에서는 하나의 시기 구분에 의한 일관된 논지 전개를 위해, 광복과 중국 건국 때를 기준으로 세 시기로 나누어 그의 시적 특성을 사적으로 고찰하고자 한다. 이때를 전후하여 시인의 생애 및 그의 시는 크게 달라진 면모를 보이기 때문이다.

1. 광복 전의 시

『사료전집』 제2집의 서정시편에 수록된 시들 중 광복 전에 쓰인 것은 25편으로 밝혀져 있다. 일제 강점기에 이욱이 쓴 시로는 이 외에도 여러 편이 더 있었을 것으로 추측되지만 대부분은 산일되

---

24) 『사료전집』 제2집은, '서정시편'(제1부) · '한시편'(제2부) · '서사시편'(제3부) · '시론, 산문편'(제4부) 등 전체가 4부로 구성되어 있다.

어,[25] 그중 일부만이 여기에 실린 것이다. 그러면 이들 작품에서 드러나는 특색은 어떤 것이겠는가?

먼저 당시 그의 시에는 암담했던 현실 상황이 잘 제시되어 있다는 점을, 그 첫 번째 특징으로 꼽을 수 있다. 특히 시 「오월의 붉은 맘씨」에는 억압되어 궁핍하게 살아갈 수밖에 없었던 일반 대중들의 삶의 애환이, 한 가정의 비극을 통해 적나라하게 나타나 있어 주목된다.

초록치마에/갑사댕기처럼 진한/오월의 붉은 맘씨!

오월은/죽은 누나를 불러도/아니 오는 누나는/옛둥이에 제비를 보내었구나!

누나가 죽던 가을/나는 울어/서산에 단풍이 붉었다.

누나가 죽을 무렵/샛노랗게 익은 벼이삭이/소작인들/눈물에 젖던 가을

아버지는 우차에/벼를 산더미처럼 싣고가/최부자집 낟가리만 가리던 날/병석에 뼈만 앙상한 누나/《그러다 죽으면 어쩔가?》하기에/어머니도 얼굴을 돌리게 하던 가을

이웃 꽃분이 갖다준/송편을 받아쥐고/《아버지 오시면/보이고 먹을래》하여/나도 눈시울이 붉던 가을!

어머니는 목메여/흑흑 흐느끼며/"죽기는,/오늘은 아버지 약을 사온다."/안죽는다./안죽는다고 타일렀건만/의심적은 눈을/맥없이 감던 누나./아버지 오기진/그만 죽었거니!

지금도 생각하면/가슴이 뭉클 터지는듯,/오오, 뺏기고 밝히던 그 가을/팔월 한가위날 사흘 앞두고/그만 누나는 그렇게 죽어/그가을 가난이 죽었길래/가을이 오면,/가을이 돌아오면/그렇게 뼈저리게 슬프던/지난날의 가을은 아니건만…

---

25) 권철, 「이학성의 광복전 시세계」, 앞의 책, 246면.

이윽고 망국의 설음속에/조용히 애국가를 부르던/아버지의 영상이/내 머리
를 스치였다.

······(중략 – 필자)······

나는/그날의 감격으로/8. 15 세돐을 맞이하므로/천지도 새로운 오늘/내 마
음의 무지개/또다시 그날의 그 감격에/새로와지누나!

– 「그날의 감격은 새로와 – 1948년 연길」 부분36)

먼저 시 ① 「강산도 빛나고 역사도 새로워라」에는 광복의 기쁨
이 실감나게 표현되어 있는 것이 특징이다. 이는 특히 "흥겨우니/
집사람과 애들과 함께/– 달아 달아 밝은 달아/이태백이 놀던 달아./
달노래도 부르며/밤을 새워 모닥불도 지피고"라는 구절에서 그러한
데, 그 흥에 겨워 온 가족이 밤을 새워 노래하며 모닥불을 지폈다
는 것이다. 물론 그날이 그냥 온 것은 아니다. 그날은 뜻있는 많은
사람들이 숱한 고난을 겪으면서도 항거하여 맞이하게 된 날이다.
그래서 그날을 맞이하기까지는 많은 기다림의 시간이 필요했고, 실
지로 그날을 맞이하게 된 기쁨은 컸던 것이다. 그런데 이 시에는
그 광복의 기쁨이 앞으로도 지속되기를 바라는, 시인의 간절한 소
망 또한 담겨 있어 주목된다. 광복으로 인해 과거와 달리 현재의
역사가 새로워졌듯이, 이를 계기로 미래의 그것은 더욱 새로워져야
한다는 것이다. 이렇게 볼 때 이 시는 시인의 진보적 역사의식이
반영된 작품으로, 현재에도 미래와 관련하여 광복의 의미를 다시
한 번 생각해 보게 해 준다는 점에서 가치가 있다 하겠다.

시 ② 「그날의 감격은 새로와」에도 광복의 감격이 잘 나타나 있

---

36) 위의 책. 58~60면.

음은, 시「강산도 빛나고 역사도 새로워라」와 마찬가지다. 그래서 두 시는 자매편이라 할 만한데, 표현 방식상에 있어서는 차이점을 보인다. 시「강산도 빛나고 역사도 새로워라」에는 그 감격과 기쁨이 직정적으로 표출되어 있는데 비해, 시「그날의 감격은 새로와」에는 그것이 보다 사실적으로 드러나 있는 것이다. 그래서 시「그날의 감격은 새로와」에서는 광복된 날의 거리 풍경이 파노라마처럼 펼쳐져 있는 것을 볼 수 있다. 특히 "노란 왜놈들이/흰 기를 들고/비 맞은 메추리처럼/송구리고 앉아/깨여진 야마도혼을/조상하며 지나갔다."는 구절에서는 그날의 광경을 쉽게 연상해 볼 수 있는 것이다. 물론 이 시에는 그날의 정경만이 그려져 있는 것은 아니다. "이윽고 망국의 설음속에/조용히 애국가를 부르던/아버지의 영상이/내 머리를 스치였다."처럼, 일제 강점기 때 아버지의 모습이 삽입되어 그와 대비를 이루고 있다. 그럼으로써 그날의 감격이 어떠했을지를 오히려 더 잘 짐작할 수 있게 해 주는 것이다. 따라서 이 시의 마지막 연에서처럼 광복 세 돌을 맞이하여서도 또다시 그날의 그 감격에 새로워진다 함은 과장된 표현이 아니라고 생각된다.

한편 이욱의 광복 후 시 기운데「두만강에 묻노라」,「옛말」등의 작품에는 우리 민족의 험난했던 과거 역사가 사실적으로 제시되어 있어 관심을 끈다. 광복은 시인으로 하여금 자신의 생애뿐만 아니라 민족의 역사를 되돌아보는 한 계기를 마련해 주었던 것이다.

두만강,/너는/내 어린 시절 놀이터,/엎드러 모래성 쌓던 놀이터!

그리고/내 젊은 시절 고생터,/소금토리 등에 져/나르던 고생터!

그 한때/이주민이/이 땅으로/낫과/호미./그리고/쪽박을 차고/밤도와 이동할
때/너는/얼마나 목메여 울었느냐!

경술 쓸쓸한 바람/옛 성들에/피눈물을 뿌리고 떠난/애국지사들을/네가/목을
추기여 업어 건넬 때/너는/정녕 목 놓아 울었으리라.

······(중략 - 필자)······

백산아래/흑수 끼고 사는/착한 우리를/해방의 날을 얼마나 기다렸더냐!/두
만강!/너의 천년은 순간이나/우리의 백년을 지루도하여/억눌려 살기에 지쳤느
냐/오늘./놈들의 흉측한 마수에서/이 땅은 풀려나서/이 사람들./이 영웅들./창
공에 날아예는 수리개 같고/청산을 달리는 범 같더라.

그러나/갈길은 아직도 멀어/저 언덕은/바람부는 산너머 천리요/비 뿌리는
바다건너 만리이니.

아!/두만강./너는/투쟁의 강!/승리의 강!/친선의 강!

이제/오채가 령롱한/주단으로 단장하고/호호탕탕하게/발을 구르고/활개를
치며/태양이 첫 웃음 펴는/너의 큰 세계로/푸른 바다로/줄기차게 달려라.

- 「두만강에 묻노라 - 1947년 연길에서」 부분37)

"너는 인제/내 노래의 원천으로 되었어라."라는 시구에서처럼 이
시에서 주된 시적 소재는 두만강이다. "생활의 강!/력사의 강!"으로
두만강은, 시인 자신에게뿐만 아니라 우리 민족에게 큰 의미를 지
니게 된 것이다. 물론 두만강은 조선 민중의 한과 설움의 문학적
징표38)로 일제 강점기 다른 시인들의 시에서도 자주 등장했다. 그
런데 광복 후 그의 시에서는 그것이 의인화되어 보다 확장된 의미

---

37) 위의 책. 34~41면.
38) 윤영천. 앞의 책. 101면.

를 내포하게 됨을 확인할 수 있는 것이다. 그래서 시 「두만강에
묻노라」에는 우리 역사의 산 증인으로 두만강이 광복 이전에 목격
했던, 과거의 역사만이 기록되어 있지 않다는 사실을 알 수 있다.
그토록 고대하던 광복을 맞이하여 "창공에 날아예는 수리개"나
"청산을 달리는 범"과 같이, 과거와 달라진 당시 사람들 또는 영웅
들의 모습도 그려져 있는 것을 볼 수 있는 것이다. 또한 여기서
머무르지 않고 미래에 갈 길도 제시되어 있는 것을 본다. "갈길은
아직도 멀어/저 언덕은/바람부는 산너머 천리요/비 뿌리는 바다건
너 만리이니,"가 이에 해당하는 것이다. 그럼으로써 이제 두만강은
'투쟁의 강'이요, '승리의 강'이며 '친선의 강'이 된 것이다. 이렇게
볼 때 시인에게 광복은 과거 불행했던 역사를 되돌아보게 하여 현
재의 기쁨을 더해 주는가 하면 더욱 발전된 미래를 건설하기 위한
힘을 제공해 주는 한 계기가 되었다고 판단된다.

광복은 당시 농민들의 실제 생활에 있어서도 많은 변화를 가져
왔다. 그런데 「젊은 내외」, 「석양의 농촌」 등의 시에서는 토지 개
혁으로 바뀐 농촌 생활과 그로 인해 얻게 된 기쁨이 잘 나타나 있
어 주목된다. 특히 "꿈이런듯/토지분배,/신세고친 농빈들의 웃음꽃
이/마을마다 호함지게 피는구나."(「석양의 농촌」 부분39))라는 구절
에는 이러한 특성이 잘 드러나 있다.

그러나 광복이 우리 민족에게 기쁨만을 가져다준 것은 아니었다.
더욱이 한반도에 있어서는 광복이 곧 분단의 시작이었던 것이다.
그래서 비록 그가 조국에 있지는 않았지만 평소에 우리 민족과 조
국에 대한 애정이 남달랐으므로 그 소식을 전해 듣고 그냥 그대로

---

39) 1948년, 『사료전집』 제2집, 54~55면.

있을 수가 없었을 것은 당연하다. 따라서 광복 후 그의 시에서는
이러한 특징을 볼 수 있는데, 그 대표적인 시로는 「격(檄)」을 들
수 있다.

> 웬일이냐/한 민족(民族) 삼천만(三千萬) 동포에/기쁨과 슬픔이 갈렸느냐/한
> 나라 한민족(民族)이라/ㅡ운명이 같거늘/뉘 웃어야 하느냐/뉘 울어야 하느냐
>
> 정의(正意)의 칼을 들어/삼팔(三八)을 끊어야하겠다./진리(眞理)의 빛을 둘
> 러/남북(南北)을 합쳐야하겠다.
>
> ㅡ「격ㅡ1947년」 부분40)

이 시에는 조국의 분단으로 인해 시인이 흥분을 금할 수 없었음
이 잘 나타나 있다. 남북 분단은 시인에게 엄청난 슬픔과 분노를
안겨 주었던 것이다. 그런데 시 「격」에는 시인의 이러한 내적 심
사가 통일에 대한 의지와 같이 표출되어 있어 더욱 주목된다. 특
히 "삼팔(三八)을 끊어야하겠다."나 "남북(南北)을 합쳐야하겠다."
라는 시구에서 그러한 것이다.

이처럼 광복 이후 시대 상황의 변화는 그의 시에도 많은 영향을
미쳐, 그 다양한 변모 양상은 지금까지 언급한 바와 같다. 그런데
중국의 건국은 이후 그의 시에 다시 큰 변화를 초래하는 요인으로
작용해, 그 달라진 모습에 대한 논의는 자리를 달리하여 전개되어
야 한다.

---

40) 위의 책, 44~45면.

3. 중국 건국 후의 시

1949년 10월 중국이 건국된 후에도 이욱은 그곳에 그대로 머물러 생활하게 되었다. 더욱이 1946년부터 1948년까지 동북군정대학에 다니며 마르크스주의를 본격적으로 공부하기 시작한 바 있는 그는, 1957년 4월부터 3개월간에 걸쳐 중국 북경사범대학에서 주최한 문학연수반(文學硏修班)에 참가하여 소련 전문가의 지도로 소련문학을 비롯한 마르크스주의 문예이론 및 혁명적 사실주의 창작방법을 배웠다.[41] 그래서 이처럼 사회주의자로 성장하게 되는 그의 작품에서 사회주의 경향의 시로의 변화를 예감하게 됨은 당연한데, 실제 그의 시에서는 이러한 특성을 구체적으로 보여준다.

이 중 먼저 「새 중국의 기발」 등의 시에는 중국의 창건을 환호하는 내용이 담겨 있어 주목된다. 이는 특히 "보라/무지개 드리운/아세아 푸른 언덕에/새 중국이 일어서나니/곤륜산이 솟아/민주의 탑이 서고/양자강이 흘러/평화의 종이 운다."(「새 중국의 기발」 6연[42])라는 구절에 잘 나타나 있다. 더욱이 이후 그의 시에서는 사회주의 체제를 옹호하거나 사회주의 중국과 당에 충성을 다짐하는 등의 주제가 보다 전면에 부각되어, 사회주의 경향의 시적 특징이 그대로 드러남을 볼 수 있게 된다.

   ① 아 이 세기의 음성이/수도 북경에 울리워/천 만리 강토에 퍼지고/이 거리에도 왔거니.

---

41) 김해응, 앞의 논문, 17～22면.
42) 1948년, 『사료전집』 제2집, 75면.

그것은/사회주의로 넘어 가는/신호,/보무,/박차.

두 나라의 크나큰 우의는/온 세계 평화의 담보가 되여/죄악의 전쟁을 물리
치고/롱단의 딸라도 억누르리니

조국의 리정표에 새긴 승리는/평화,/보선,/국가 사회주의 공업화.

　　　　　　……(중략 필자)……

오, 나와 남의 행복을 위하고/자자 손손의 영화를 위하여/아름다운 금빛 년
륜으로/새 살림에 꽃무늬를 늘이네.

『세기의 기쁜 소식 1950년』 부분[43]

② 북방의 화랑인가/동화속 용사런가/머리에/황금투구를 쓰고/허리에/푸른 보
검을 찼구나.

오 한평생/충성을 다하고저/한가슴 정열을 안고/길이 태양을 따르거니!

『해바라기 1957년 1월 연길』 전문[44]

　시 ① 『세기의 기쁜 소식』에는 소련의 원조로 중국도 사회주의
체제로 바뀌게 되었으며, 이로써 중국은 평화와 보선과 국가 사회
주의 공업화의 새로운 이정표를 마련하게 되었다는 사실이 제시되
어 있다. "나와 남의 행복을 위하고/자자 손손의 영화를 위하여"
오늘도 노동자·농민·사무원 등 모든 사람들은 각기 다른 일터로
나가 한창 노동에 임하고 있다는 것이다. 물론 이처럼 사회주의가
온 세계의 평화를 위해 과연 우월한 이념일 수 있는가 하는 문제
에 대해서는 논자에 따라 생각을 달리하겠지만, 당시 시인은 이에

---

43) 위의 책, 84~87면.
44) 위의 책, 124~125면.

대해 낙관적 전망을 보이고 있는 것이다. 이와 같은 맥락에서 볼 때 시 ②「해바라기」는 당과 조국에 대해 충성을 다할 것에 대한 다짐을 태양을 따라 도는 해바라기의 모습에 빗대어 나타낸 것으로 해석된다. '태양'이 인민을 영도하는 당과 조국을 표상한다면, '해바라기'는 그 영도를 따르는 인민을 상징한다고 이해되는 것이다.

이와 관련하여 그의 다른 일련의 시들에서는 이러한 사회주의 체제 내에서 변화된 생활과 의식을 보여주기도 해서 관심을 끈다.

① 조국모습 크게변해/시시각각 새론단장!/한달만에 돌아오니/제마을이 몰라뵈네.

6억인민 기세높아/지상락원 세우려네!/장강황하 은띠띠고/곤륜장백 금갓썼네.

……(중략 – 필자)……

공사마을 동이트니/금빛해살 찬란코야/조국앞길 멀고빛나/천리마로 내달리네.

– 「사랑하는 조국 – 1959년 연길에서」 전문45)

② 아 우리 조상들이/등뼈 빠지게 일했어도/가난의 때를 벗지 못하던/그 시절은 영영 가시였거니

경수야 너는 오늘도/뽀얀 안개가 자욱한/《《희망의 항구》》에서/갈팡질팡 헤매는구나!

보라, 칠색무지개는/저 언덕밑 샘터에/뿌리를 박지 않았는가!

경수야 어서 오너라/너는 네 고향/네 집을 떠나/가면 어디로 간단 말이냐

조상의 거치른 숨결 슴배인/고향 마을은/과학영농의 혁신자를 찾는다/저 눈 모자라는 논판과 과원에서…

---

45) 위의 책, 121 ~ 122면.

아 경수야/어서 리상의 은빛날개를 펼치고/훨훨 날아와서/아름다운 청춘을 부르는/향토의 가슴팍 – /사랑하는 어머니의 품에 안기라.

– 「사랑하는 고향으로 오라 – 방황하는 경수에게, 1963년 세전리에서」
전문46)

작품 끝에 밝혀 놓은 바와 같이 시 ① 「사랑하는 조국」은, "대약진시기 민가위성을 떠올린다고 열풍을 일으킬 때 쓴 시"다. 그래서 이 시에서는 당시 중국이 과거에 비해 크게 달라졌으며, 앞으로도 급속도로 발전될 것임이 강조되어 있는 점을 볼 수 있다. "6억인민 기세높아/지상락원 세우려네!"라는 구절에 단적으로 잘 나타나 있는 바와 같이, 새 조국을 세우는 날이 올 것이라는 혁명적 낙관주의의 경향을 보이고 있는 것이다. 이와 같은 맥락에서 시 ② 「사랑하는 고향으로 오라」에서는, "방황하는 경수에게"라는 부제처럼 서간체 형식으로 방황하는 경수에게 고향으로 돌아와 새 농촌 건설에 이바지하기를 당부하고 있어 주목된다. 지금 농촌은 과거와 달리 절대 빈곤에서 벗어나 더욱 발전할 가능성이 있으니, 고향에 정착하여 그의 이상을 실현시켜 보라는 것이다. 그러므로 이 시의 마지막 구절에서 고향 땅이 어머니의 품에 비유되고 있음은 나름대로 타당성이 있어 보인다.

그런데 이처럼 중국 건국 후에 쓰인 이들 시에서 '조국'과 '고향'이 '중국'과 중국 내의 자신이 태어난 곳을 뜻하게 됨은, 그 이전에 창작된 그의 시들에서는 볼 수 없었던 달라진 특징이다. 광

---

46) 위의 책, 131~137면.

복을 전후하여 그의 시가, '조선적인 것'과 '중국적인 것'의 이중적 결합관계에서 전자의 우위로부터 후자의 우위로의 변화 양상을 보이다가, 중국 건국 후 마침내 중국 조선족 문학으로의 변모를 보이게 된 것이다.[47]

또한 이와 같은 측면에서 서사적 내용의 증가도 중국 건국 후 그의 시에서 드러나는 두드러진 특징 중 하나다. 당시 시대 상황의 변화는 시의 주제뿐만 아니라 표현 형식 또는 양식에까지 영향을 미쳤던 것이다. 특히 「연변의 노래」(1957)[48] 등 그의 장시 또는 서사시가 본격적으로 창작된 때가 바로 중국 건국 후라는 사실은 이를 입증해 주는 중요 단서가 된다.

한편 문화대혁명 시기를 거치면서 작품 창작 권리마저 박탈당했던 그가 다시 시 창작 활동에 임하게 된 것은 1970년 이후부터다. 이때의 주요 작품으로는 「조국송가」, 「포부」, 「솔씨」, 「땅의 노래」, 「그네」 등을 들 수 있다. 그런데 이들 시에서는 이전 작품들에서와 같은 시의 호방성(豪放性)뿐만 아니라, 철학적 관념시로서의 특성도 느낄 수 있다. 인생과 사회, 사물 등에 대한 나름대로의 깊이 있는 사색이 특히 단시(短詩) 형식에 함축적으로 잘 담겨 있는 점을 볼 수 있는 것이다.

---

47) 김호웅, 앞의 책, 222면. 논자는 여기서 재만 조선인 문학이 중국 조선족 문학의 직접적 토대의 하나로 된 시기를 광복 후로 언급하고 있다. 그런데 필자가 보기에 이욱 시에서처럼 그것이 본격적으로 이루어지는 때는 아무래도 중국 건국 후라고 생각한다.

48) 『사료전집』 제2집, 338~391면. 일명 「연변의 노래」라고 하는, "이 서사시 「고향사람들」은 1957년 정월에 연길에서 탈고하고 여름에 북경에서 수개하여 민족출판사에서 종합본으로 발행했는데 이듬해 한어문으로 작가출판사에서 단행본으로 펴낼 때 『연변지가(延邊之歌)』라고 했다."

눈덮인 언땅속/솔씨 한알이/겨울 고개너머 도사린/봄도 기다릴념 안하고/북
풍에 날아 강남 간/제비도 기다릴념 안하고/눈을 헤치고 피는/매화도 기다릴
념 안하고/천근 바위돌이/머리를 내리 눌러도/기어코 푸른 비취관을 쓰고/먼
천년을 내다보며/대지에 고개를 드는구나

-「솔씨 - 1981년」 전문49)

이 시는 솔씨를 중심 소재로 한, 단연시(單聯詩)다. 시「솔씨」에
는 아주 작지만 몹시 춥고 억눌린 상태에서도 이에 굴하기는커녕
먼 미래를 내다보고 발아하는 솔씨가 시의 주된 대상이 되어, 그
순간의 모습이 짧게 표현되어 있는 것이다. 그런데 이처럼 눈 덮
인 언 땅 속에 묻혀 있으면서도 싹이 나오는 솔씨 한 알의 모습이,
어디 보통 사람에게는 상상이나 되겠는가? 더욱이 그것이 천 근
바윗돌에 눌려 있는데……. 이는 일제 강점이나 문화대혁명 등 험
난한 역사적 상황 속에서도 이를 잘 견뎌냈을 뿐만 아니라, 미래
에 대해서도 낙관적 전망을 지닌 노시인의 눈이 아니면 볼 수 없
는 것이었을 것이다. 이처럼 이 시가 지니는 의미는, 그 자체로서
보다는 시인의 생애 및 그가 살았던 사회 역사적인 환경과의 관련
성을 통해 깊이 있게 파악될 때 더욱 풍부해진다. 이 시에서 존재
론적일 뿐만 아니라 사회 역사적인 측면에서의 해석이 가능한 이
유가 바로 여기에 있는 것이다.

결국 "아아, 채쓰지 못한/그 빛난 력사들/나의 노래 곡조로 고이
엮어/목청껏 부르고 또 불러/천애를 울리리라/목청껏 부르고 또 불
러/시심을 울리리라"(「나의 노래」 부분50))라는 시구처럼, 시인이

---

49) 『사료전집』 제2집, 185~186면.
50) 1984. 2, 위의 책, 174~175면.

말년까지 그의 시에서 추구한 바가 어떤 것이었는지, 이제 그 대체적인 윤곽이 잡혔다고 볼 수 있다. 그런데 그 가운데 남북 분단과 그로 인한 통일 문제도 중요한 주제 중의 하나였다는 점을 시 「그네」는 알 수 있게 한다.

–「그네 – 1982년 2월」 부분51)

중국 건국 후에도 그곳에 그대로 머물러 있던 시인은 중국 국민으로 활동하게 되었다. 그렇지만 그가 태어날 때부터 조선민족이었다는 점은 바뀔 수 없다. 이와 같은 맥락에서 그가 비록 국적은 다를지라도, 할아버지와 아버지 그리고 자기 등과 같이, 한민족(韓民族)으로 우리 민족이 처한 현실 상황에 대해 관심이 전혀 없을 수 없다. 그래서 광복 전후에 있어서 조국에 내한 관심을 10어 편의 시로 나타낸 바 있는 이욱의 중국 건국 후 시에서도, 이러한 직품은 쩍으니미 그대로 볼 수 있다. 특히 시 「그네」에서는 통일에 대한 염원이, 남과 북을 자유롭게 날아다니는 호랑나비의 즐거운 모습을 통해 잘 나타나 있는 점을 알 수 있는 것이다. 따라서 이 시가 현재 우리에게도 감동을 준다면 그 이유는 여기서 찾을 수 있는 것이다.

---

51) 위의 책, 195~196면.

Ⅳ. 결 어

지금까지 이욱의 시에 대한 논의는 그리 많지 않은 편이어서, 그 양적인 면에서부터 일단 본격적인 단계에 이르렀다고 보기 어려웠다. 또한 그것도 국내에서보다는 국외에서 이루어진 것이 더 많아 보다 균형 잡힌 시각의 마련이 요청되었다. 그의 작품에 대해 논의하는 데에 있어 중국 조선족 문학으로서의 측면이 지나치게 강조될 때 그것은 객관성을 확보하여 설득력을 지니기 어렵게 되기 때문이었다.

그래서 이욱 시의 성격을 보다 극명하게 규명하여, 그것이 한국문학과 갖는 관련성 및 한국문학사에서 차지하는 위치를 파악하는 데에 논의의 목적을 둔 본고에서는, 그의 시를 사적으로 고찰하고자 하였다. 한 시인의 시적 특성을 파악하는 중요한 방법 중의 하나는, 그가 살아온 생애 및 사회 역사적 환경 가운데에서 그의 시가 어떻게 전개되어 왔는가를 살펴보는 것이기 때문이다. 이를 위해 본고에서는 근자에 간행된『사료전집』제2집에 수록된 그의 시를 주된 대상으로 해서, 광복과 중국 건국 때를 기준으로 세 시기로 나누어 그의 시적 성격을 검토하였다.

그 결과 먼저, 광복 전 이욱의 시에서 일제 강점의 시대 상황은 그의 시의 밑바탕을 이루는 핵심적 요소로 작용했다고 말할 수 있다. 혹독하게 가난하고 억압되었던 당시의 실상이 그의 시에서는 사실적으로 제시되는가 하면, 비유나 상징의 기법을 통해 우회적으로 표현되기도 한 것이다. 그런데 그의 시는 여기에 머물러 있지 않았다는 데에 특장(特長)이 있다. 그의 시에는 밝은 미래에 대한 예언이 또한 담겨 있었던 것이다.

광복은 시인의 생애에 있어서뿐만 아니라 시세계에 있어서도 큰 변화를 가져왔다. 그래서 당시 그의 시에서는 그 이전과 많이 달라진 몇 가지 특성에 대해 언급할 수 있는데, 그중 우선 광복의 감격과 기쁨이 시로써 잘 나타나 있는 점이 눈에 띈다. 또한 광복은 시인으로 하여금 자신의 생애뿐만 아니라 민족의 역사를 되돌아보는 한 계기를 마련해 주었다. 그의 광복 후 시 가운데에는 우리 민족의 험난했던 과거 역사가 사실적으로 제시되어 있어 관심을 끄는 것이다. 특히 광복은 당시 농민들의 실제 생활에 있어서도 많은 변화를 가져왔다. 이와 관련하여 그의 시에서는 토지 개혁으로 바뀐 농촌 생활과 그로 인해 얻게 된 기쁨이 잘 나타나 있어 주목된다. 그러나 광복이 우리 민족에게 기쁨만을 가져다준 것은 아니었다. 더욱이 한반도에 있어서는 광복이 곧 분단의 시작이었던 것이다. 그래서 그의 시에서 남북 분단으로 인한 엄청난 슬픔과 분노가 통일에 대한 의지와 같이 표출되어 있어 시선을 집중시킨다.

한편 중국이 건국된 후에도 이욱은 그곳에 그대로 머물러 생활하게 되었디. 그래서 시회주의지로 성장히게 되는 그의 작품에서 사회주의 경향의 시로의 변화를 예감하게 됨은 당연한데, 실제 그의 시에서는 이러한 특성을 구체적으로 보여준다. 특히 그의 시에서 '조국'과 '고향'이 '중국'과 중국 내의 자신이 태어난 곳을 뜻하게 됨은, 그 이전에 창작된 그의 시들에서는 볼 수 없었던 달라진 특징이다. 광복을 전후하여 그의 시가, '조선적인 것'과 '중국적인 것'의 이중적 결합관계에서 전자의 우위로부터 후자의 우위로의 변화 양상을 보이다가, 중국 건국 후 마침내 중국 조선족 문학으로의 변모를 보이게 된 것이다. 그런데 문화대혁명 시기를 거치면서 작품 창작 권리마저 박탈당했던 그가 다시 시 창작 활동에 임하게 되면서, 그의 시에서는 이전 작품들에서와 같은 시의 호방성뿐만 아니라 철학적 관념시로서의 특성도 느낄 수 있다. 인생과 사회, 사물 등에 대한 나름대로의 깊이 있는 사색이 특히 단시 형식에 함축적으로 잘 담겨 있는 것을 볼 수 있는 것이다. 이와 관련하여 이때의 작품 가운데 남북 분단과 그로 인한 통일 문제가 다루어진 시 「그네」는 주목에 값한다. 그가 비록 국적은 다를지라도 같은 민족으로, 우리 민족이 처한 현실 상황에 대한 관심을 시로 표현한 점은, 그의 시를 한민족 공동체 문학의 큰 범주 안에서 논의할 수 있는 한 단서를 제공해 주고 있기 때문이다.

이렇게 볼 때 이욱의 시를 '재만 조선인 문학'이나 '중국 조선족 문학'의 한쪽 측면에서만 바라보는 것은, 그의 시적 실체를 온전히 파악하는 데에 방해가 될 수 있음이 구체적으로 입증된다. 그의 시세계는 광복과 중국 창건 때를 전후하여 그가 살아온 생애 및 사회 역사적 환경의 변화에 따라 다양한 변모 양상을 보여 왔기 때문이다. 이와 관련하여 그의 시가 한국문학과 갖는 관련성에 대해서는, 『재만조선시인집』에 수록된 작품을 중심으로 주로 광복 이전에 창작된 시를 주요 대상으로 해서 논의가 진행되는 것이 보통이었다. 그러나 그가 중국을 조국으로 생각하여 이를 시로 표현한 것은 중국 창건 이후다. 그러므로 광복 이전만이 아니라 1949년 10월 중국 창건 이전에 창작된 시 가운데서도 한국문학사에서 가치가 인정될 만한 작품은 한국문학에 포함시켜야 할 것이다. 그리고 중국 창건 이후에 쓰인 시 중 민족의식이 뛰어나게 잘 표현된 작품에 대해서는 한민족 공동체 문학의 커다란 범주 안에서 논의를 전개해 나가는 것이 보다 합리적이라고 판단된다.

물론 이와 같은 결론이 더욱 설득력을 얻으려면 이욱의 시 가운데 아직 발굴되지 않은 작품이나 미발표 작품에 대한 검토가 같이 있어야 할 것이다. 또한 그의 시 이외에 다른 문학 작품이나 기타 글에 대한 고찰이 병행되어야 할 것이다. 더욱이 비슷한 시기에 활동했던 재만 조선시인과 중국 조선족 시인의 작품에 대한 비교 연구가 활발히 이루어질 때, 이러한 논의는 보다 진전이 있을 것으로 생각된다.

(2004. 11.)

〈참고문헌〉

1. 자료

김조규 편, 『재만조선시인집(在滿朝鮮詩人集)』, 간도: 예문당, 1942.
리 욱, 『리욱시선집』, 연변인민출판사, 1980.
리 욱, 『20세기 중국조선족문학사료전집』 제2집(리욱 문학편), 중국조선민족 문화예술출판사, 2002.

2. 논저

권 철,『광복전 중국 조선민족 문학 연구』, 한국문화사, 1999.

김종회,「중국 조선족 문학의 어제와 오늘」,『국어국문학』130, 국어국
　　　문학회, 2002. 5.

김해응,「이욱 시 연구」, 정문연 한국학대학원 석사학위논문, 2000.

김호웅,『재만조선인문학연구』, 국학자료원, 1998.

오양호,『한국문학과 간도』, 문예출판사, 1988.

오오무라 마스오,『윤동주와 한국문학』, 소명출판, 2001.

윤영천,『한국의 유민시』, 실천문학사, 1987.

　　　,『서정적 진실과 시의 힘』, 창작과비평사, 2002.

윤인진,『코리안 디아스포라』, 고려대학교 출판부, 2004.

이명재,『한국 현대 민족문학사론』, 한국문화사, 2003.

이병기·백 철,『국문학전사』, 신구문화사, 1982.

이연숙,「디아스포라와 국문학」,『민족문학사연구』19, 2001. 12.

장백일,「시로 꿰뚫은 시대의 증언」,『예술논문집』제35집, 예술원, 1996.

전국권,「리욱론」,『조선족 문학연구』, 흑룡강조선민족출판사, 1989.

전성호,『중국 조선족 문학 예술사 연구』, 이회문화사, 1997.

조규익,『해방전 만주지역의 우리 시인들과 시문학』, 국학자료원, 1996.

조성일·권 철 주편,『중국조선족문학사』, 연변인민출판사, 1990.

조연현,『한국현대문학사』, 성문각, 1973.

최원식,「민족문학과 디아스포라」,『창작과 비평』, 2003. 봄.

허세욱,「중국 최초의 조선족 시인 이욱의 시세계」,『대륙문학 다시 읽
　　　는다』, 대륙연구소, 1992.

황규수,『한국 현대시의 공간과 시간』, 한국문화사, 2004.

제3장 윤동주 시와 심연수 시의 비교 고찰

Ⅰ. 서 언

  광복 직전 비명에 간 윤동주를 추도하기 위하여 그의 사후 3년 만에 간행된 유고 시집 『하늘과 바람과 별과 시』[1]는, 한 논자로 하여금 그를 '암흑기(暗黑期) 하늘의 별' 또는 '민족의 등불'[2]로 지칭하는 데에 주저치 않게 하였다. 한국문학사에서 일제 말기인 1941년 이후 5년간은 '암흑기'라고 부를 수밖에 없었는데, 윤동주 의 작품이 소개된 뒤 그의 가치가 날로 밝혀져 감에 따라 기존의 문학사는 그 내용이 새로 쓰여야 할 만큼 그의 존재 의의는 뚜렷 해져 가고 있다는 것이다. 이와 같은 맥락에서 "일제말기의 후기는 우리 문학사에 있어서 완전한 공백기에 속한다."[3]고 하여, 그때는 '공백기'로 규정되기도 하였다. 그러나 1940년대가 비록 암흑기로 "반민족문학의 조류에 휩쓸려 가고 있었다 하더라도, 한편으로는

---

1) 윤동주의 유고 시집 『하늘과 바람과 별과 시』는 정음사에서 1948년에 처음 출간된 이후, 같은 출판사에서 중판(1955년)과 삼판(1976년)이 간행되었다.

2) 백철, 「암흑기 하늘의 별」, 『하늘과 바람과 별과 시』, 정음사, 1976, 235~242면.

3) 조연현, 『한국현대문학사』, 성문각, 1973, 585~586면.

극소수나마 순수문학 내지 민족문학 활동도 명맥을 잇고 있었다는
사실"4)에 대해서는 이제 대체로 수긍하고 있다. 그리고 이들 중
대표적 시인으로는 청록파와 윤동주 등이 꼽힌다. 당시는 일제 말
기로 국내에서는 국어로 소신껏 창작 활동을 한다는 것이 사실상
거의 불가능했다는 사정을 고려할 때, 시세에 타협하거나 영합하지
않고 한글문학을 지켜내고자 한 그들의 노력과 그 성과는 나름대
로 시사적 의미를 지니게 되는 것이다.

이와 관련하여 이처럼 특수한 시대 상황을 감안한다면, 그때 국
외에서 이룬 우리 민족의 훌륭한 문학적 성과도 당연히 국문학으
로 인정해야 할 것이다. 조선어 문학이 암흑 속에서 좌초되고 있
을 때, 한국인에 의한 한국문학은 오히려 만주의 망명문단에서 활
기를 띠고 있었기 때문이다.5) 물론 당시 그곳에서 우리 민족에 의
해 창작된 한글 문학 작품이라 해서, 그것이 모두 한국문학에 편
입될 수 있는 것은 아니다. 이들 중에는 '한국문학'이라기보다는
'만주국문학'이나 '친일문학'으로서의 특성을 보이는 작품들이 포
함되어 있기 때문이다.6) 이런 점에서 망명지에서의 문학이라 하더
라도, 일단 이에 대해 긍정적이든 부정적이든 선입견과 편견을 버
리고, 작품 자체의 성격을 섬세하게 규명하는 일이 선행되어야 할

---

4) 오세영, 「1940년대의 시와 그 인식」, 김용직 외 공저, 『한국현대시사연구』, 일지사, 1983,
   480면.

5) 김병익, 『한국문단사』, 일지사, 1973, 182~185면.

6) 황규수, 「한국문학과 만주체험」, 『인하어문연구』 제2호, 인하대학교 인하어문연구회, 1995,
   209~232면. 필자는 박팔양 편, 『만주시인집(滿洲詩人集)』(길림 : 제일협화구락부문화부,
   1942)과 김조규 편, 『재만조선시인집(在滿朝鮮詩人集)』(간도 : 예문당, 1942)에 수록된 작
   품들을 중심으로, '만주시'의 성격에 대해 파악하고자 한 바 있다. 그래서 '만주시'는 만주
   및 그곳에서의 삶에 대한 인식 태도와 이의 시적 반영 양상에 따라 그 특성을 달리하여, 이
   에 따라 '만주국문학', '친일문학', '한국문학' 등으로 유형 분류될 수 있다고 하였다. 또한
   이로 인해 그 가치 평가 및 한국문학사에서의 자리매김도 달라질 수 있다고 하였다.

것이다.7) 또한 이에 따라 이를 문학사에서 어떻게 다룰 것이냐 하는 문제도 해결해야 할 것이다. 이렇게 볼 때 이에 대한 검토 대상이, 아직까지는 그 질적으로나 양적인 면에서 기대 수준에 이르지 못하고 있는 것이 사실이다. 그러나 이에 대한 연구 자료의 발굴이 지속적으로 진행됨과 동시에 그 성과물이 더욱 축적된다면, 한국 현대문학사에서 1940년대는 더 이상 공허하지 않을 것이다.

이러한 측면에서 근자에 중국의 연변조선족자치주에서, 일제 강점기의 항일시인으로 심연수의 존재가 알려지고 그의 유고 작품도 소개된 점8)은, 주목을 요한다. "유명한 저항시인 윤동주와 쌍벽을 이룰지도 모르는 시인"9)이라는 그에 대한 현지의 평가가 실제로 우리에게도 수긍될 수 있다면, 한국의 현대시문학사는 또다시 수정되어야 할 것이기 때문이다.

---

7) 윤영천 교수는 그의 저서 『한국의 유민시』(실천문학사, 1987)에서 1920년대에서부터 '해방' 직후 몇 년 사이에 발표된 국내외 '유이민 시'를 문예사회학적 관점에서 체계적으로 고찰한 바 있다.

8) 심련수, 『20세기 중국조선족문학사료전집』 제1집(심련수 문학편), 연길: 연변인민출판사, 2000. 지금 이후부터는 이 책을 언급할 때, 기술의 번거로움을 피하기 위하여 간략하게 『사료전집』이라 일컫고자 한다.

9) 김룡운, 「문단에 솟아난 또 하나의 혜성 - 심련수론」, 『사료전집』, 621면.

Ⅱ. 기존 논의와 그 문제점

  비록 제한되기는 했지만 윤동주의 시가 그의 사후 3년 만에 일반에게 공개[10]된 것에 비하면, 같은 해에 사망한 심연수의 작품이 그가 죽고 난 지 50여 년의 세월이 흐른 뒤에야 알려지게 된 것은 때늦은 감이 없지 않다. 광복된 이후에도 국내에서와는 달리 중국에서의 시대 상황은 결과적으로 심연수의 작품 공개[11]를 늦추는 주된 요인이 되었던 것이다. 물론 이처럼 지금까지 두 시인의 시들이 보전되는 데에는 그것들을 지키고자 한 여러 사람들의 노력이 있었기 때문이지만, 그렇다고 그것들이 그들의 전 작품이라고 단정할 수는 없다. 왜냐하면 그들이 쓴 시들의 끝에는 대체로 창작 시기가 기록되어 있어서, 그들의 작품을 생애와의 관련성을 통해 파악해 볼 수 있는 것이 일반적이다. 그런데 그들의 현존 시들

---

10) 윤동주의 시는 정음사본 유고 시집 『하늘과 바람과 별과 시』 초판본(1948)에 30편이 처음 소개되었다. 이후 그의 시는 증보판(1955)을 거쳐 삼판(1976)에 이르는 동안 여러 편이 추가되어 110편으로 증가되었다. 물론 여기에 그의 자필 시고에는 제목이 없지만 흔히 「서시」라고 일컬어지는 것도 한 편의 시로 포함시킨다면, 그의 시는 111편이 된다. 또한 근자에는 『사진판 윤동주 자필 시고전집』(증보판; 민음사, 2002)이 간행되어 시인 자신이 삭제한 원고까지도 공개된 바 있다. 따라서 이들도 각기 하나의 완성된 시 작품으로 인정할 수 있는가에 대해서는 아직 논란의 여지가 남아 있지만, 이들도 포함된다면 그 수는 더욱 많아질 수 있다.

11) 『사료전집』은, 제1부 시편(174편), 제2부 기행시초편(64편), 제3부 소설수필편(단편소설 4편, 만필 4편, 수필 2편, 평론 1편), 제4부 기행문편(1편), 제5부 편지편(26편), 제6부 일기편(310편), 부록(「희생」(전2막), 강영희 작, 심련수 베낌)으로 구성되어 있다. 그런데 김룡운의 '심련수론'인 「문단에 솟아난 또 하나의 혜성」(『사료전집』, 621~642면)에서는 "현재 심련수의 유작으로 시 300여 수, 만필과 소설 7편, 평론 1편, 기행문 1편, 일기 300여 편, 편지 200여 통이 있다."고 기술한 바 있다. 그래서 그의 발굴 자료가 모두 이번 『사료전집』에 수록된 것이 아님을 짐작할 수 있다. 또한 『사료전집』을 대본으로 삼아 그중 중요한 작품을 뽑아 국내에서 펴낸, 그의 시선집 『소년아 봄은 오려니』(강원도민일보사, 2001)의 '시인 연보'에도 그의 유고 중 시는 312편으로 기록되어 있어, 이는 그러한 사실을 뒷받침해 준다.

중에는 시인들의 생에서 일정 기간 동안에 쓴 작품들이 그리 눈에 띄지 않기 때문이다. 윤동주가 1942년 일본에 유학 간 이후 쓴 시로는 「흰 그림자」, 「흐르는 거리」, 「사랑스런 추억」, 「쉽게 씌워진 시」, 「봄」 등 5편 정도다. 이 기간 동안에 창작된 작품으로는 이외에도 여러 편이 더 있었을 것으로 추정되지만, 이것들은 그가 "일본에서 체포될 때 압수당한"[12) 것으로 생각되는 것이다. 또한 심연수의 경우 『사료전집』에 실린 시들은 작품 끝의 기록을 통해 대체로 1940년부터 1943년까지 4년간에 걸쳐 집중 제작된 것임을 파악할 수 있다. 1940년 12월 그가 중학교를 졸업할 무렵의 시가 가장 많고, 이외의 작품들은 1941년 4월부터 1943년 말까지 그가 주로 일본에 유학할 시기의 것들이다. 그런데 이러한 분류 결과 1943년 말 그가 유학을 마치고 돌아와 1945년 8월 피살될 때까지 그의 시는 거의 찾아 볼 수 없어서, 그 이유에 대한 의문은 밝혀야 할 과제로 남게 된다.[13)

윤동주와 심연수의 작품 공개상에 있어 50여 년의 격차는, 그들 시에 대한 연구에 있어서도 여러 면에서 많은 차이를 보이게 되었다. 가장 단적인 예로 윤동주의 경우는 광복 50주년과 함께 그의 서거 50주년을 맞는 기념으로 전집이 이미 간행[14)된 바 있다. 지금으로부터 여러 해 전에 그의 작품에 대한 정리는 어느 정도 이루어졌으며, 그에 대한 연구 성과도 단행본으로 엮어 낼 수 있는

---

12) 윤일주, 「유고를 공개하면서」, 권영민 편, 『윤동주 전집①』, 문학사상사, 1995, 130면.

13) 황규수, 「한국문학과 만주체험Ⅱ − 심연수의 시세계」, 『인하어문연구』 제6호, 인하대학교 인하어문연구회, 2003, 294∼295면.

14) 권영민 편, 『윤동주 전집① − 하늘과 바람과 별과 시』와 『윤동주 전집② − 윤동주 연구』(문학사상사, 1995)가 이에 해당되는 것이다.

단계에 이르렀던 것이다. 그러면 현재의 상황은 어떠한가? 윤동주의 시는 원고 상태로 사진판 전집이 출판[15]될 정도로, 그 정리에 있어 진전되고 있다. 그의 시에 대한 연구 바탕이 한층 굳건하게 마련되고 있는 것이다. 이와 함께 그의 시에 대한 학문적 연구 성과도 더욱 집적되고 있음을 확인할 수 있다.[16] 다양한 연구 방법론의 적용으로 그의 시에 대한 논의는 그 폭이 넓어짐과 동시에 깊이도 더해지고 있는 것이다.

이에 비해 심연수의 경우는 어떠한가? 연변 현지에서 『사료전집』이 2000년 7월에 간행된 이후 국내에서는, 그의 유고 발굴을 특집으로 다룬 한 지방 신문사에서 그 1주년을 맞아 2001년 8월 그의 대표작을 모아 시선집[17]을 펴내게 된 것이 나름대로 큰 보람된 일이었다. 그의 고국에서조차도 아직 전집은 발행되지 않은 상태인 것이다.[18] 뿐만 아니라 그의 작품에 대한 논의는 작품 발굴 이후 몇몇 논자들에 의해 지속적으로 진행되고 있기는 하나, 지금까지는 본격적인 단계에 접어들었다고 보기에는 어려운 실정이다.[19] 그의

---

15) 왕신영 외 3명 엮음, 『사진판 윤동주 자필 시고전집』, 증보판; 민음사, 2002.

16) 국회도서관에 소장된 자료를 대상으로, 다른 시인들과의 비교 연구를 포함하여 2003년 현재까지 윤동주 시에 대해 연구된 것을 검색해 보면, 박사학위논문만도 대략 20여 편에 이르는 것을 파악할 수 있다.

17) 심연수, 『소년아 봄은 오려니』, 강원도민일보사, 2001.

18) 2003년 본고를 처음 작성한 이후 출판된 심연수의 작품집에는 다음과 같은 것이 있다.
심연수, 『20세기 중국조선족문학사료전집』 제1집(심연수 문학편), 중국조선민족 문화예술출판사, 2004.
김해응 편, 『심연수 시전집』, 『심연수 시문학 연구』, 한국학술정보, 2006.
황규수 편저, 『심연수 원본대조 시전집』, 한국학술정보, 2007.

19) 2003년 현재까지 국내에서 진행되어 온 심연수의 작품에 대한 논의를 필자별·시기별로 간략히 정리해 보면 다음과 같다.
박미현, 「고향 강릉과 심연수」, 『소년아 봄은 오려니』, 강원도민일보사, 2001. 8.
엄창섭, 「정직성과 남성다움의 시적 매력」, 『문학공간』 136, 2001. 3.
＿＿＿, 「심연수 시인의 시어 연구」, 『문학공간』 138, 2001. 5.

작품 및 생애사에 대한 보다 체계적인 정리가 요망되며, 이를 바탕으로 더욱 다양하고 깊이 있는 논의의 전개가 요청되는 것이다. 그리고 이의 성취를 위해서는 학문적인 연구 성과가 축적되어야 할 것이다. 이러한 점에서 최근 들어 그의 시를 학문적 논의의 대상으로 삼아 그 결과를 보고하기 시작하고 있음[20]은 아직 미흡하나마 다행스러운 일이 아닐 수 없다.

Ⅲ. 실제 시의 비교 검토

연변 현지에서만이 아니라 국내에서도 이제 심연수는, '윤동주와 쌍벽'을 이루는 '제2의 윤동주'라고 일컬어지고 있는 것이 일반적이다. 발굴 시기의 격차에도 불구하고 두 시인의 생애의 비극성과 작품의 우수성에서 드러나는 유사성은, 이와 같은 대비적 평가를 가능하게 한 것이다. 이와 관련하여 심연수의 작품에 대한 논의에

_______, 「심연수의 의식에 관한 고찰」, 『시현실』 16, 2002. 겨울.
_______, 『민족시인 심연수의 문학과 삶』, 홍익출판사, 2003.
이명재, 「민족 수난기 항일문학의 표산」, 『문예중앙』, 2001. 가을.
_______, 「심련수 시인의 문학사적 위상」, 『시와 세계』 1, 2003. 봄.
이재호, 「민족시인 심연수 대표시 해설」, 『교단문학』 29, 2001. 봄.
임헌영, 「심연수의 생애와 문학」, 『소년아 봄은 오려니』, 강원도민일보사, 2001. 8.
최재락, 「심련수 문학론Ⅰ·시편」·「심련수 연구 시론1」·「심련수 문학론Ⅲ·기행시초 및 산문」, 『임영문화』 24~26, 강릉문화원, 2000~2002.
황규수, 「한국문학과 만주체험Ⅱ-심연수의 시세계」, 『인하어문연구』 6, 2003.

20) 고세환, 「심연수의 시 연구-시의 발전 과정과 시의식 전개를 중심으로」, 관동대 교육대학원 석사학위논문, 2002. 6.
김명순, 「심연수 시의 상상력과 모더니티 연구」, 관동대 대학원 석사학위논문, 2002. 11.
임향란, 「심연수 시 연구」, 안동대 석사학위논문, 2003. 8.

서 특히 두 시인의 생애 및 시에서 드러나는 공통점과 차이점을 주로 다룬 글을 볼 수 있는 것은 어렵지 않은 일이어서, 이러한 사항에 대해 정리해 놓은 것을 다시 종합해 보면 다음과 같다.

공통점	차이점(대비점)	
	윤동주 시인	심연수 시인
· 만주에서 소년기 보냄	· 1917. 12. 30. 중국 간도 출생 · 기독교 · 부농 · 명동소학 – 은진중 – 광명중학 – 연전 문과 – 일본 입교대 – 동지사대 영문과 수학	· 1918. 5. 20. 한국 강릉 출생 · 무종교 또는 유교 · 소자작농 · 동흥소학 – 동흥중학 – 일본대 예 술과 수학(졸업)
· 습작품 많음 · 생전에 개인 시집을 간행 코자 했으나, 뜻을 이루지 못함 · 민족의식의 형상화	· 1934~1942년, 8년 남짓 창 작 활동 · 주로 시, 동시 씀 · 유고로 시 111편 남김 · 은유적, 자성적 작풍 · 정지용류 모더니즘 성향 · 미혼	· 1932~1943년, 10여 년간 창 작 활동 · 주로 시, 시조 씀 · 유고로 시 300여 편 남김 · 직정적, 대응적 작풍 · 김기림류 모더니즘 성향 · 1945년 결혼
· 광복 직전 사망	· 1945. 2. 16. 일본서 옥사함	· 1945. 8. 8. 간도서 피살됨

이 표는 먼저 임헌영[21]이 윤동주와 심연수를 비교하면서 그들 사이의 같은 점과 다른 점을 간략하게 정리해 놓은 것에다 이명재[22]가 보완하고 필자가 다시 수정하여 종합한 것이다. 이처럼 두 시인의 생애와 작품에 관한 중요 사항을 표로써 제시한 것을 보면, 이에 대한 내용을 일목요연하게 이해하는 데에 도움이 될 수 있다. 그런데 여기서 특히 심연수 시인과 관련된 사항 중에는 아직 검증이 더 필요한 내용이 다수 포함되어 있어, 이에 대해서는 보다 심도 있는 확인 작업이 요망된다. 구체적으로 그의 종교[23] 및 창작

<hr>

21) 임헌영, 「심련수의 생애와 문학」, 『월간문학』 387, 2001. 5, 450면.
22) 이명재, 「심연수 시인의 문학사적 위상」, 앞의 책, 62면.

활동 기간24)과 유고 작품 수, 작품 성향 그리고 사인25) 등이 이에 해당되는 것들이다. 윤동주의 경우도 그의 유고 작품 수26)와 사인 등에 관한 내용은, 다시 새로운 자료가 발굴되면 정정될 수 있다.

또한 여기에 제시된 표를 통해서는 두 시인의 생애 및 작품과 관련된 개별적인 사항만이 아니라 그 상호 관련성에 대한 간략한 정보도 얻을 수 있다. 일제 말엽 이국땅에서 젊은 나이에 생을 마감할 수밖에 없었던 그들의 비극적 생애와, 이와 같이 억압된 시대 상황하에서도 이에 굴하지 않고 이를 작품에 반영해서 나타냄으로써 한글문학을 지켜 온 그들의 생애와 문학은, 몇 가지 측면에서 공통점과 함께 차이점을 지니고 있음을 알 수 있는 것이다. 그런데 이 표의 여러 사항들은 두 시인의 생애 및 작품과 관련된 전체 내용 중 중요한 사실만을 선별하여 압축해서 정리해 놓은 것이므로 이들 사이에 내재하는 관련성에 대해 보다 깊이 있게 파악

23) 임헌영은 그의 종교가 무종교라 하고, 이명재는 그의 집안이 유교 집안이라 하고 있다. 그런데 1945년 그가 백보배 씨와 결혼한 곳은 용정시내의 한 예배당이어서(심연수 시선집 『소년아 봄은 오려니』에 결혼사진이 게재됨), 그의 종교에 대해서는 다시 확인 작업이 필요하다.

24) 이명재의 지적처럼 『사료전집』에 이하면 시 「속」은 소화3년(1928), 「구슬」·「귀한 그들」·「길」은 소화7년(1932)에 창작된 것으로 기록되어 있다. 그렇지만 그때 시인의 나이는 10세와 14세여서, 10대에 이런 작품을 썼다는 것은 의문시될 수 있다. 그가 ≪만선일보≫에 시 「대지의 봄」과 「여창의 밤」, 「대지의 모색」을 처음 발표한 것이 각기 1940년 4월 16일과 4월 29일, 5월 5일이었다는 점은, 이러한 의문을 더해 준다. 그러므로 여기서 소화3년과 소화7년은 소화13년과 소화17년을 오기한 것이 아닌가 하는 추측을 가능케 한다. 이렇게 본다면 그가 창작을 시작한 시기는 다소 늦춰지게 된다. 또한 그가 1943년 말 유학을 마치고 돌아와 1945년 8월 피살되기 전까지의 작품도 발굴된다면, 그가 창작 활동을 끝낸 때도 어느 정도 늦춰질 수 있다.

25) 임헌영과 이재호가 쓴 앞의 글에 따르자면, 심연수는 일본 괴뢰국인 만주군에 의해 학살된 것으로 추정되고 있는데, 그의 사인에 대해서는 보다 분명히 밝혀져야 할 것으로 생각된다. 또한 그가 피살된 때는 1945년 8월 8일이지만 그의 시신이 수습되어 매장된 시기는 1946년 3월이어서 그 사이에는 공백 기간이 발생되어 있음을 볼 수 있는데, 그간의 사정도 알려져야 할 것이다.

26) 주 10) 참조.

하기 위해서는, 이에 대한 논의를 더욱 구체적으로 전개해 나가야 할 것이다. 그리고 이를 통해 얻어진 결론은 앞에서 표로써 제시된 내용에 대한 세부적인 검증과 보완 자료로도 다시 활용될 수 있을 것이다.

따라서 본고에서는 먼저 소략하게나마 두 시인의 공통점으로 언급되고 있는 '민족의식의 형상화'의 실체를 파악하는 데에 논의의 초점을 두고자 한다. 왜냐하면 한국 현대시사에서 '민족시인'으로 지칭되는 시인은 이 두 사람 외에도 여럿이 더 있어서, 이들과 구분되는 그들의 시적 특성에 대한 논의가 필요하기 때문이다. 그래서 이와 관련하여 이 글에서는 두 시인의 작품에서 동전의 양면처럼 드러나는, 이러한 측면에서의 공통점과 함께 차이점을 병행하여 비교 고찰하고자 한다. 물론 일전에 임헌영의 견해를 빌려 엄창섭은, 특히 "심연수 시인 자신이 윤동주 시인의 문학 수업에 관계된 여러 종류의 유인물을 소중하게 스크랩하여 자신의 육필 원고와 함께 보관하면서도 생전에 거리감을" 두었다고 하여, 심연수가 윤동주로부터 어느 정도 영향을 받은 것처럼 언급한 바 있다.27) 그러나 이에 대해서는 다른 증언이 있어 주목된다. "우리 집안의 광주(光柱) 숙부와 해수(海洙) 씨가 광복 후에 은진중학교를 같이 다닌 동기였다고 한다. 서로 문학에 관심이 깊어 문학 수업했던 형님들의 유품을 교환해 보았고 그중 일부가 오늘날까지 남아 있었던 것"28)이라는 말이 그것이다. 즉 이 증언에 따른다면 심연수의

---

27) 엄창섭, 「강원문학의 새로운 시적 영토와 지평」, 『소년아 봄은 오려니』, 강원도민일보사, 2001, 193면.
28) 윤인석, 「증보판 후기」, 『윤동주 자필 시고전집』, 민음사, 2002, 356면.

아우 심해수가 윤동주의 아우 윤광주로부터 윤동주의 스크랩북을 빌린 것은 광복 후여서, 광복 직전에 사망한 심연수가 윤동주의 스크랩북을 직접 만들거나 보았을 가능성은 전혀 없게 된다. 실제로 28세에 사망한 윤동주와 그의 아우인 광주와의 나이 차이는 16세여서, 이 말의 신빙성이 높은 것으로 판단된다. 앞의 표에서와 같이 두 시인의 생애와 작품 사이에서는 몇 가지 측면에서 유사점을 보이지만, 긍정적이든 부정적이든 수용 또는 영향 관계가 아직 눈에 띄지 않는 것이다. 그러므로 그들의 시에 대한 '비교문학적 검토'가 아니라 '비교 고찰'인 본고에서, 두 시인의 시적 특징을 상호간의 관계 속에서 보다 구체적으로 파악해 보면 다음과 같다.

① 흰 수건이 검은 머리를 두르고
   흰 고무신이 거친 발에 걸리우다.

   흰 저고리 치마가 슬픈 몸집을 가리고
   흰 띠가 가는 허리를 질끈 동이다.

                    −「슬픈 족속」 전문29)

② 빨래를 생명으로 아는
   조선의 엄마 누나야
   아들 오빠 땀젖은 옷
   깨끗하게 빨아주소
   그들의 마음가운데
   때가 묻거든
   사정없는 빨래방망이로
   두드려 씻어주소서!

                    −「빨래」 전문30)

---

29) 1938년 9월, 『하늘과 바람과 별과 시』, 삼판; 정음사, 1976, 32면.

　　인용된 윤동주의 시 「슬픈 족속」과 심연수의 시 「빨래」에는, 한
민족(韓民族)을 뜻하는 '백의민족(白衣民族)'으로서 우리 민족의
특성이 시로써 잘 나타나 있어 주목된다. 두 시인이 소년기를 보
낼 수밖에 없었던 곳은 만주였다. 그렇지만 그들의 시에는 우리
민족만이 지니는 독자성에 대한 의식이 그대로 드러나 있어 관심
을 끄는 것이다. 물론 각 시에서 이를 표현하는 방식에 있어서는
다소 차이가 있다. 먼저 시 「슬픈 족속」에서는, '흰 수건·흰 고무
신·흰 저고리 치마·흰 띠'와 같이 일단 겉으로 드러나는 모습을
통해 그 특징을 말하고 있다. 이에 비해 시 「빨래」에서는 "빨래를
생명으로 아는/조선의 엄마 누나야"라는 구절에서처럼, 다른 민족
과 달리 깨끗함을 중시하는 민족적 특성으로 그것을 나타내고 있
다. 그런데 이러한 차이에도 불구하고 이들 두 시인의 시에서 민
족의식은, 단지 과거로부터 전해져 내려오는 전통적이거나 민속적
인 차원에서만이 아니라 역사적이며 현실적인 차원에서의 의미도
지닌다는 점에서, 다른 시인들의 그것과는 차별성을 지닌다. 이들
시에는 당시의 시대 상황과 관련하여 우리 민족의 비극적 삶의 현
실 세계에 대한 인식이 구체적으로 반영되어 있는 면을 볼 수 있
는 것이다. 특히 시 「슬픈 족속」에서는 겉의 흰 모습과는 달리 '거
친 발·슬픈 몸집·가는 허리' 등을 지닌, 한 인간의 모습을 꾸밈
없이 묘사함으로써, 그때 우리 민족의 실상을 상징적으로 제시하고
있다. 또한 시 「빨래」에서는 깨끗함을 중시하는 우리 고유의 민족
정신이, 불의에 영합하지 않고 정의롭게 살고자 하는 시인의 삶의
자세와 연관되어 있는 것이 눈에 띈다. "그들의 마음가운데/때가

---

30) 강덕 7년 7월 24일, 『사료전집』, 89면.

묻거든/사정없는 빨래방망이로/두드려 씻어주소서!"라는 구절이 바로 이에 해당되는 것이다.

이처럼 일제 강점의 억압적 현실 상황에서 이를 시에 반영해서 나타낸 작품으로는, 두 시인의 경우 여러 편이 더 있다. 그런데 이 중 윤동주의 시 「기왓장 내외」와 심연수의 시 「남대문」은 시적 발상 및 표현 대상과 주제 등에서 많은 유사점을 보여준다.

    ① 대궐지붕 위에서 기왓장내외
      아름답든 옛날이 그리워선지
      주름잡힌 얼굴을 어루만지며
      물끄럼히 하늘만 쳐다봅니다.

                    - 「기왓장 내외」 2연[31]

    ② 옛날의 남대문엔 빛이 있어 빛나더니
      오늘엔 고색조차 수집어 서있나니
      서울을 찾아왔다가 한숨짓고 가는 길손.

                    - 「남대문」 2연[32]

위에 인용된 두 편의 시에는 '기왓장'과 '남대문' 등 옛날로부터 전해져 내려오는 사물이 모두, 시의 주된 표현 대상으로 취해져 있다. 그런데 이들 시에서 사물은 단지 그 자체로서만 묘사되어 있지 않은 것이 특징이다. 이들에는 그리움과 수줍음 등 인간의 내면 정서가 함축적 의미로 내포되어 있는 것이다. 그럼으로써 아름다움과 빛을 지니고 있었던 옛날의 그것들이, 현재는 그렇지 않

---

31) 『하늘과 바람과 별과 시』, 삼판; 정음사, 1976, 156면.
32) 1940년 5월 11일, 『사료전집』, 275면.

다는 사실이 대비적으로 제시되고 있다. 그러면 이처럼 과거와 달라진 '주름잡힌 얼굴'의 '대궐 지붕 위의 기왓장'이나 '고색'의 '남대문'에 두 시인의 시선이 머무르게 된 이유는 무엇 때문이겠는가? 이는 당시의 시대 상황과 무관하지 않아서, 일제 침략에 의한 국권 상실이 주된 요인으로 작용했기 때문인 것으로 판단된다. 일본의 총독에 의한 조선 통치는 그 이전까지의 왕권의 몰락을 가져왔다. 그러므로 두 시에서 대궐의 기왓장이나 남대문이 그 아름다움 또는 빛을 잃게 되었다고 함은, 이를 비유해서 나타낸 것으로 이해된다. 그리고 이와 같은 맥락에서 각 시의 마지막 행에는 이에 대한 감회가 우회적으로 표현된 것을 볼 수 있다. "물끄럼히 하늘만 쳐다보는" '기왓장 내외'나 "서울을 찾아왔다가 한숨짓고 가는" '길손'의 모습에서는, 나라를 빼앗긴 상태에서 아름답던 지난날을 그리워하거나 암담한 현실 세계를 탄식하는 시인의 심사를 엿볼 수 있는 것이다. 특히 시 「기왓장 내외」에서는 이와 같은 그리움 등의 시적 정서를 순수한 아이의 입장에서 3음보 율격의 동요 가락으로 나타내고 있어 시적 효과를 더해 준다. 이에 비해 시 「남대문」에서는 이와 관련된 탄식 등의 정서를 4음보 율격의 시조 형식으로 표현하고 있어 시적 정감을 높여 주고 있다.[33)]

또한 과거와 달라진 우리 민족의 부정적 현실에 대한 인식을 시로써 형상화한 두 시인의 작품들 중에서도, 이를 특히 '어둠 의식'

---

33) 황규수, 「한국문학과 만주체험 Ⅱ – 심연수의 시세계」, 앞의 책, 304면. 심연수는 중학교 졸업을 앞두고 1940년 5월 5일부터 22일까지 18일간에 걸쳐 조국방문을 중심으로 수학여행을 하게 되는데, 그의 『사료전집』 제2부 기행시초편에 수록된 64편의 시 중 45편에는 그때의 체험이 잘 반영되어 있다. 특히 이들 시는 대체로 4음보율의 일반적인 시조 형식을 취하고 있어 전반적으로 친근감을 더해 준다.

을 통해 드러낸 시들은 공통된 특성을 지녀 더욱 구체적인 논의를 필요로 한다. 먼저 윤동주의 시들 가운데서는 「돌아와 보는 밤」, 「십자가」, 「또 다른 고향」, 「별헤는 밤」, 「쉽게 씌어진 시」, 「참회록」 등이 이에 해당되는 대표작으로 꼽힐 수 있다. 이들 시에서는 '어둠'과 직접 관련된 '밤'이 시간적 배경으로 설정되어 있다. 그런데 여기서 '밤'은 단지 시계가 가리키는 물리적 시간으로서 개인적 차원에서의 시간적 의미만을 지니지 않고 시대 상황과 관련하여 역사적 차원에서의 함축적 뜻도 내포하고 있는 것이 특징이다.

밖을 가만히 내다 보아야 방안과같이 어두어 꼭 세상같은데(「돌아와 보는 밤」 부분)34)

십자가가 허락된다면//목아지를 드리우고/꽃처럼 피어나는 피를/어두어가는 하늘 밑에/조용히 흘리겠읍니다.(「십자가」 부분)35)

지조 높은 개는/밤을 새워 어둠을 짖는다.//어둠을 짖는 개는/나를 쫓는 것일게다.(「또 다른 고향」 부분)36)

따는 밤을 새워 우는 버레는/부끄러운 이름을 슬퍼하는 까닭입니다.(「별헤는 밤」 부분)37)

육첩방은 남의 나라/창밖에 밤비가 속살거리는데,//등불을 밝혀 어둠을 조금 내몰고,/시대처럼 올 아침을 기다리는 최후의 나,(「쉽게 씌어진 시」 부분)38)

밤이면 밤마다 나의 거울을/손바닥으로 발바닥으로 닦어 보자.(「참회록」 부분)39)

---

34) 1941년 6월, 『하늘과 바람과 별과 시』, 삼판; 정음사, 1976, 12~13면.
35) 1941년 5월 31일, 위의 책, 29면.
36) 1941년 9월, 위의 책, 35면.
37) 1941년 11월 5일, 위의 책, 41면.
38) 1942년 6월 3일, 위의 책, 52면.

인용시에서와 같이 '밤'의 '어둠'은, 암담했던 당시의 시대 상황을 암시하고 있다. 특히 "어두어 꼭 세상같은데"나 "어두어가는 하늘 밑에" 등의 시구에서는, 이와 같은 처지에서 시인의 '위기의식'이 더욱 고조되어 있는 점을, 주변 경관을 통해 간접적으로 제시하고 있다. 그리고 이러한 위기적 상황에서 그가 취할 수 있는 태도는, 일부 제한된 것이었음을 알 수 있다. 시 「참회록」과 「십자가」에서는 기독교적 신앙인으로서 '참회'와 '순교'의 정신을 바탕으로, 희생적 삶을 살고자 했던 시인의 삶의 근본 자세를 파악할 수 있다. 또한 이와 관련하여 「별헤는 밤」과 「또 다른 고향」, 「쉽게 씌어진 시」 등의 시에서는, 식민지 지식인으로서 부끄럽지만 시대적 사명감을 지녀, 지조를 지키며 새로운 시대의 아침이 다가올 때까지 나름대로 노력하면서 기다리고자 하는 시인의 삶의 자세를 엿볼 수 있는 것이다.

이에 비해 당시 우리 민족이 처한 부정적 현실에 대한 인식을, '어둠 의식'을 통해 드러낸 심연수의 대표작으로는, 「턴넬」과 「방」 등의 시를 꼽을 수 있다.

우를 우러러도/아래를 굽어보아도/캄캄한 굴속, 캄캄한 굴속.(「턴넬」 부분)[40]

언제나 어두운/해빛 한점 못보는/캄캄한 글방/뙤창 하나 못가진 주위/어둠
에 반죽된 벽/한결같이 막히운 방(「방」 부분)[41]

인용된 두 편의 시에서는 모두 어두운 곳이 시적 공간으로 취해

---

39) 1942년 1월 24일, 위의 책, 57면.
40) 소화 17년 1월 3일, 『사료전집』, 192~193면.
41) 위의 책, 240면.

져 있다. 이들 시에서 캄캄한 '턴넬'과 '방' 등은, 당시의 현실 세계를 암시해서 나타낸 것이다. 더욱이 시 「턴넬」에서는 이러한 '어둠 의식'이 '죽음 의식'과도 연결되어 섬뜩함마저 느끼게 한다. 특히 "밟히우는 송장/바닥 가득 늘어자빠진 꼴/아, 빛이 없어 죽었나/빛이 싫어 죽었나/그러나 또 무수한 생명이/레루를 베고 침묵을 베고 누워/지나갈 바퀴를 기다리고있음을/또 어찌하리"라는 시구에서 그러하다. 과거만이 아니라 현재에 있어서도 많은 생명체들이 죽음의 상황에 처해 있음을 나타낸 것이다. 그런데 시 「방」에서는 이와 같은 어둠 속에 고립되어 있음에도 불구하고, 이에 좌절하지 않고 의연함을 보이는 시적 대상과 만나게 된다. "죄수처럼 갇히워/조각같이 앉았거늘/변함없는 성자"가 바로 그다. 여기서 비록 '죽음'과도 같은 '어둠'의 현실 상황 속에서 죄인처럼 갇혀 생활할지라도 오히려 변함없는 삶을 사는 그의 설정은, 시인의 삶의 근본 자세가 어떠한 것이었는지를 짐작할 수 있게 해 준다. 부정된 사회에서도 정의로운 삶을 살고자 함이 그것인 것이다. 이와 같은 맥락에서 「가난한 거리」나 「밤일」 등 '밤'과 같은 '어둠'이 시적 배경을 이루고 있는 일련의 시들에서는, 시인의 대리 자아 또는 시적 분신처럼 힘겹게 살아가는 시의 인물들과 만나게 됨이 어색하지 않다. "일에 시진/이 거리의 사내"(「가난한 거리」 부분)[42]니 "하늘에 작은 별/조을며 새는 밤/구름의 틈새에/하늘도 보이고/달없는 심야에/자잖고 새는자"(「밤일」 부분)[43] 등이 이에 해당하는 것이다. 그러나 심연수의 다른 시 「새벽」, 「너는 나와 같더라」, 「비

---

42) 4월 24일, 위의 책, 75면.

43) 소화 16년 10월 17일 우환(羽丸)에서, 위의 책, 200면.

명(碑銘)에 찾는 이름」 등에서는 참혹한 그때의 현실 상황 속에서도 밝은 미래가 곧 올 것에 대한 확신을 나타내고 있는 것을 볼 수 있다. '밤으로부터 새벽이 온다'는 자연의 순환 질서에 대한 깨달음을 통해 시인은, 기만적 현실 상황 속에서도 새로운 미래에 대한 기대와 희망을 잃지 않을 수 있었던 것이다. 특히 시 「너는 나와 같더라」[44]의 "오오! 사람은 무엇에 속아 사나/캄캄한 밤은 샐 때가 있으려니/인생도 그같은 새벽이 있으리라"라는 구절에는 이러한 면이 잘 드러나 있다. 더욱이 이 시의 마지막 "자전은 그대로 자전(自轉)대로/육중한 몸을 굴릴 것이다."라는 시구에서는, 세사(世事)의 변화에도 흔들림이 없는 자연의 법칙을 들어, 그에 합당한 생을 살고자 하는 시인의 삶의 자세를 은연중에 강조해서 나타낸 것을 볼 수 있다.

이처럼 윤동주와 심연수의 시가 지니는 의미는, 일제 강점의 억압된 시대 상황하에서도 이에 굴하거나 영합하지 않은 그들의 시적 체험이 작품에 고스란히 반영되어 있다는 점에서 일차적으로 찾을 수 있다. 그러나 그들의 시적 가치가 여기에만 있는 것은 아니다. 즉 그들의 시들 중에는 이와 같이 어두운 시대 상황하에서도 밝은 미래가 올 것에 대한 믿음이 담겨 있는 작품들이 여러 편 있다. 그래서 당시의 비극적 삶의 현실 세계에 대한 인식이 '어둠 의식'을 통해 형상화된 작품 중에서, 윤동주의 「별헤는 밤」과 「쉽게 씌어진 시」 그리고 심연수의 「새벽」, 「너는 나와 같더라」, 「비명(碑銘)에 찾는 이름」 등은 이와 직접 연관된 시로 앞서 잠깐 언급한 바와 같다. 그런데 이와 관련하여 윤동주의 「별헤는 밤」과

---

44) 소화 18년 1월 31일, 위의 책, 131면.

심연수의 「소년아 봄은 오려니」 등의 시는 여기서 보다 구체적인
논의를 요한다. 왜냐하면 이들 시에는 앞으로 올 미래가 '새벽' 또
는 '아침'이 아니라 '봄'의 시간으로 설정되어 그에 대한 기대가
잘 표현되어 있기 때문이다.

① 나는 무엇인지 그리워
　　이 많은 별빛이 나린 언덕우에
　　내 이름자를 써 보고,
　　흙으로 덮어 버리었습니다.

　　따는 밤을 새워 우는 버레는
　　부끄러운 이름을 슬퍼하는 까닭입니다.

　　그러나 겨울이 지나고 나의 별에도 봄이 오면
　　무덤우에 파란 잔디가 피어나듯이
　　내 이름자 묻힌 언덕우에도
　　자랑처럼 풀이 무성할게외다.

　　　　　　　－「별헤는 밤」 부분45)

② 봄은 가까이에 왔다
　　말랐던 풀에 새움이 돋으리니
　　너의 조상은 농부였다
　　너의 아버지도 농부였다
　　전지(田地)는 남의것이 되었으나
　　씨앗은 너의 십에 있을세나
　　가산(家山)은 팔렸으나
　　나무는 그대로 자라더라
　　재밑의 대장간집 멀리 떠나갔지만
　　끌 풍구는 그대로 놓여있더구나
　　화덕에 숯 놓고 불씨 붙여
　　옛소리를 다시 내여봐라

---

45) 1941년 11월 5일, 『하늘과 바람과 별과 시』, 삼판; 정음사, 1976, 41면.

너의 집이 가난해도
그만한 불은 있을게다
서투른 대장쟁이의 땀방울이
무딘 연장을 들게 한다더라
너는 농부의 아들
대장의 아들은 아니래도…
겨울은 가고야만다
계절은 순차(順次)를 명심하자
봄이 오면 해마다 생명의 환희가
생기로운 신비의 씨앗을 받더라.

-「소년아 봄은 오려니」 전문46)

앞에 인용한 시 ① 「별헤는 밤」의 시간적 배경은 전반적으로 '가을밤'이다. 이 시의 제목 '별헤는 밤'과 1연 "계절이 지나가는 하늘에는/가을로 가득 차 있읍니다."라는 구절에서 이러한 사실을 파악할 수 있는 것이다. 그러면 이와 같은 가을밤에 시적 화자인 '내'가 지니게 되는 정감은 어떠한 것인가? 이 시의 8연과 9연에는 그것이 다름 아닌 그리움과 부끄러움, 슬픔 등임이 제시되어 있다. 실제로 이 시를 쓸 무렵 서울에서 학업에 임하던 시인이, 떨어져 있는 가족과 친구, 이웃 등에게 그리움을 느끼게 되었음은, 어쩌면 당연한 일일 것이다. 또한 식민지 지식인으로서 그가, 당시 현실 상황의 부당성을 알고 있으면서도 그 개선을 위해 어떠한 행동도 하지 못하는 자신에 대해 부끄러움과 함께 슬픔의 감정을 지니게 되었음도, 자연스러운 일로 여겨질 수 있다. 그러므로 이 시에는 이러한 시인의 심정이, 시적 화자인 '나'와 그의 대리 자아인 '버레'를 통해 표현되었다고 판단된다. 그런데 이 시는 여기서 끝나지

---

46) 소화 18년 2월 8일, 『사료전집』, 129~130면.

않는다. ‘그러나’로 시작되는 이 시의 10연에서는 시간적 배경이 전환됨과 동시에, 시의 전반적인 내용도 반전되어 있음을 볼 수 있다. 즉 “겨울이 지나고 나의 별에도 봄이 오면”과 같이, 9연까지에서는 시간적 배경이 가을이었지만 여기서는 봄이다. 또한 이와 관련하여 이때 시인이 지니게 되는 시적 정서는, ‘부끄러움’에서 이와 대비되는 ‘자랑’으로 바뀌어 있음을 알 수 있는 것이다. 따라서 이 시의 10연에서는 실제와는 다른 가정적 상황을 제시하여, 서글픈 현실 세계와는 달리 새로운 미래가 전개될 것에 대한 기대를, 변화된 봄의 풍경으로 나타내고 있다 하겠다. 물론 이 시의 10연은, 정병욱의 권고를 받아들여 윤동주가 자선시집을 탈고할 때에 덧붙여 넣은 것이다.[47) 그래서 이 10연이 추가된 후에 작품의 균형 상태는 좋아졌다고 할 수 있겠지만, 대신에 8연과 9연에 형성된 문맥의 흐름이 10연에서 비약하고 있는 듯한 느낌을 지우기가 어렵다는 비판[48)을 피할 수는 없다. 그러나 이러한 지적에도 불구하고 이와 같은 과정을 거치면서 그가 ‘예언자적 시인’으로서의 면모 또한 갖출 수 있게 되는, 한 계기가 마련되었다는 사실을 부인할 수도 없을 것이다.

　시 ② 「소년아 봄은 오려니」도 기본적으로는 현실 세계에 대한 부정적 인식을 밑바탕으로 하고 있다. “니의 집이 기난해도”라는 시구에서, 이를 단적으로 알 수 있는 것이다. 더욱이 남의 것이 된 ‘전지’나 팔린 ‘가산’ 등에는, 이러한 사실이 구체적으로 제시되고

---

47) 정병욱, 「잊지 못할 윤동주의 일들」, 『나라사랑』 23집, 1976, 139~140면.

48) 심원섭, 「윤동주의 미발표 작품과 퇴고 과정에 대한 일 고찰」, 『국제어문』 25, 국제어문학회, 2002. 7, 333면.

있다. 이와 같은 맥락에서 본다면 멀리 떠나간 '대장간집'도 가난 때문에 이주할 수밖에 없었던, 당시 유이민 가정을 상징적으로 나타낸 것으로 이해할 수 있다. 그런데 이 시에서도 이러한 시대 상황일지라도 미래에 대한 희망을 잃지 않는 시적 화자와 만나게 된다. 그는 그러한 상태에서도 '씨앗'과 '나무', 그리고 '끌 풍구'와 '불' 등이 남아 있다는 사실에 주목함으로써, 앞날이 그리 비관적이지만은 않다는 점을 보여주고 있는 것이다. 특히 그가 "겨울은 가고야만다/계절은 순차(順次)를 명심하자/봄이 오면 해마다 생명의 환희가/생기로운 신비의 씨앗을 받더라."와 같이, 자연의 순환 질서에 대한 깨달음에 의거하여 생명력 넘치는 미래가 곧 도래할 것에 대한 확신을 나타내고 있는 점은, 그 설득력을 더해 준다. 또한 이 시에서는 시적 화자에 대해 청자를 특별히 '소년'으로 설정하고 있는데, 이는 "화덕에 숯 놓고 불씨 붙여/옛소리를 다시 내여봐라"에서처럼, 그날에 대비하는 자세도 필요함을 암시하기 위한 시적 장치로 판단된다. 그리고 이렇게 볼 때 이 시는, 같은 일제 강점기에 쓰인 작품이라 하더라도, 이상화의 「쌔앗긴들에도 봄은 오는가」와 대비되는 특성을 지니고 있음이 확연히 드러난다. 이상화의 이 시는 국토 또는 국권 상실의 시대에 개인의 작은 자유마저도 박탈당할지 모른다는 위기감이 잘 드러나 있는 작품이다. 특히 이 시의 첫 연인 "지금은 남의쌍－쌔앗긴들에도 봄은오는가?"와 끝 구절 "그러나 지금은－들을쌔앗겨 봄조차 쌔앗기것네"[49]에는 이러한 주제가 잘 표명되어 있다. 이에 반해 시 「소년아 봄은 오려니」에는 오히려 생명력 넘치는 미래가 곧 도래할 것에 대한

____

49) 『개벽(開闢)』 70호. 1926. 6.

확고한 믿음이 잘 표현되어 있는 것이다.

이러한 점에서 심연수의 시 「소년아 봄은 오려니」는, 윤동주의 시 「별헤는 밤」과도 대비된다. 다소 막연하게 "봄이 오면"이라는 가정적 표현이 쓰인 시 「별헤는 밤」에서보다, "봄은 가까이에 왔다"는 단정적 표현으로 시작되는 시 「소년아 봄은 오려니」에서는, 활기찬 봄이 올 것에 대한 믿음이 더욱 확고하게 잘 나타나 있는 것을 볼 수 있는 것이다. 그런데 이는, 시 「별헤는 밤」보다 「소년아 봄은 오려니」에는 자연의 순환 질서와 함께 삶의 이치에 대한 깨달음의 내용이, 더욱 구체적이면서도 전반적으로 잘 드러나 있는 것과 밀접히 관련된다. 결국 심연수가 보다 나은 미래가 곧 도래할 것에 대한 확신을 가질 수 있게 된 데에는 이와 같이 남다른 깨달음이 있었기 때문이다. 그러나 그가 자신의 깨달음만으로 이러한 확신을 변함없이 간직하며 살아간다는 것이, 당시의 시대 상황에서는 그렇게 쉬운 일이 아니었을 것이다. 그래서 이와 관련하여 그가 지인들과의 만남을 통해 자신의 생각을 공고히 했으리라는 짐작도 가능한데, 실제로 이와 관련된 몇 사람의 증언[50]은 이것이 사실임을 뒷받침해 준다. 특히 그가 일본에 유학할 때 몽양과 및 차례 만남은 그의 생애와 사상에 지대한 영향을 미쳤을 것으로 생각한다. 따라서 그의 시와 관련된 이러한 논의는 앞으로 보다 구

---

50) 이기형, 『여운형 평전』, 실천문학사, 2000, 231면. "1941년 늦여름 어느 일요일, 필자는 대학 동창 심연수(沈連洙)와 함께 몽양을 모시고 동경 스가모(巢鴨) 유원지와 그 일대 무사시노(武藏野)를 찾은 일이 있다." 강근모, 「《학도병징집령》을 반대하여」, 『중국조선민족발자취총서4 결전』, 북경: 민족출판사, 1991, 71~74면. "1943년 10월 어느날 밤, 우리는 귀향을 앞두고 이께부꾸로나까노의 ××아빠트에 있는 심련수의 하숙에서 석별의 모임을 가졌다. 우리는 이 모임에서 독립운동가 려운형선생의 담화내용을 전달받았다. …… (중략 — 필자)…… 우리는 려운형선생의 말씀에 따라 행동방안을 채택했다. 자신들뿐아니라 많은 학우들까지 동원하여 학도병징집령을 거부하고 고향으로 돌아가기로 하였다."

체적으로 전개되어야 할 것이다. 그러나 일단 그가 1941년 늦여름 몽양과의 만남에서 일본의 패망이 결정적이라는 말을 듣고 환성을 올렸다는 일화51)가 있는데, 여기서 몽양의 말이 그가 보다 나은 미래가 곧 도래할 것에 대해 확신을 갖는 데에 큰 영향을 미쳤을 것이라는 점은 믿어 의심할 바가 없다. 그러므로 그 후인 1943년 2월 8일에 창작된 시 「소년아 봄은 오려니」의 의미를 온전하게 이해하기 위해서는, 그 영향에 대한 논의를 배제할 수 없다. 그리고 이와 같은 맥락에서 시 「별헤는 밤」에서는 '위안'을 받을 수 있는 반면에, 시 「소년아 봄은 오려니」에서는 '힘'과 '용기'를 얻게 된다면, 그 이유는 이와 무관하지 않을 것이다.

Ⅳ. 결 어

윤동주와 심연수 두 시인은, 각기 중국과 한국에서 태어나 국적이 다르지만, 만주와 일본 등지에서 이민족으로 생활하다 광복 직전 이국땅에서 비명에 갔다는 점에서 유사성을 보인다. 또한 그들이 살아서 손수 엮은 개인 시집은, 그들 생전에 출판되지 못하고 사후 보충되어 유고 시집으로 간행되었다는 점에서 같다. 그런데 이들이 남긴 시들은, 그것이 비록 국내에서 주로 활동한 기성 시인들의 작품이 아니라 할지라도, 한국문학사에서 논의될 만한 가치가 있다. 왜냐하면 당시 국내에서는 한글로의 창작 활동마저 자유

---

51) 이기형, 앞의 책, 231~232면.

롭지 못했던 일제 강점의 억압된 시대 상황이었기 때문이다. 따라서 본고에서는 이와 관련해서 여러 논자들에 의하여 '민족시인'으로 지칭되는 두 시인의 시적 특성을 상호간의 관계 속에서 보다 구체적으로 살펴보고자 하였다. 그들의 생애와 작품 사이에서는 긍정적이든 부정적이든 수용 또는 영향 관계가 아직 눈에 띄지 않지만 몇 가지 측면에서 유사성을 보이는 두 시인의 시에 대한 비교 고찰을 통해, 과거 한국문학사에서 이른바 '암흑기' 또는 '공백기'라고 일컬어지던 1940년대에 있어 그들이 차지하는 시사적 위치를 대비해서 파악하고자 한 것이었다.

그 결과 먼저 두 시인의 시에서 민족의식은, '백의민족'으로 깨끗함을 중시하는 우리 민족의 보편적 특성을 통해 나타남을 볼 수 있다. 물론 그들의 시에서 민족의식은, 단지 과거로부터 전해져 내려오는 전통적이거나 민속적인 차원에서만이 아니라 역사적이며 현실적인 차원에서의 의미도 지닌다는 점에서, 다른 시인들의 그것과는 차별성을 지닌다. 이들 시에는 당시의 시대 상황과 관련하여 우리 민족의 비극적 삶의 현실 세계에 대한 인식이 구체적으로 반영되어 있는 면을 볼 수 있는 것이다. 특히 윤동주의 시 「슬픈 족속」에서는 겉의 흰 모습과는 달리 '거친 발·슬픈 몸집·가는 허리' 등을 시닌 한 인간의 모습을 꾸밈없이 묘사함으로써, 그때 우리 민족의 실상을 상징적으로 제시하고 있다. 또한 심연수의 시 「빨래」에서는 깨끗함을 중시하는 우리 고유의 민족정신이, 불의에 영합하지 않고 정의롭게 살고자 하는 시인의 삶의 자세와 연관되어 있는 것이 눈에 띈다.

이처럼 일제 강점의 억압적 현실 상황에서 이를 시에 반영해서 나타낸 두 시인의 작품들 중에는, ‘대궐 지붕의 기왓장’과 ‘남대문’ 등 옛날로부터 전해져 내려오는 전통적 사물이 시의 주된 표현 대상으로 취해져 있는 것이 있다. 아름다움과 빛을 지니고 있었던 옛날의 그것들이 현재는 그렇지 않다는 사실을 대비해서 제시함으로써 왕권의 몰락을 비유해서 나타낸 것이다. 특히 윤동주의 시 「기왓장 내외」에서는 아름답던 지난날을 그리워하는 시적 정서를 순수한 아이의 입장에서 3음보 율격의 동요 가락으로 나타내고 있어 시적 효과를 더해 준다. 이에 비해 심연수의 시 「남대문」에서는 이와 관련하여 암담한 현실 세계를 탄식하는 시인의 심사를 4음보 율격의 시조 형식으로 표현하고 있어 시적 정감을 높여 주고 있다.

또한 과거와 달라진 우리 민족의 부정적 현실에 대한 인식을 시로써 형상화한 두 시인의 작품들 중에서도, 이를 특히 ‘어둠 의식’을 통해 드러낸 시들은 공통된 특성을 지닌다. 이들 시에서 ‘밤’과 같은 ‘어둠’은, 암담했던 당시의 시대 상황을 암시하고 있는 것이다. 그런데 이들 시 가운데에는 이와 같이 어두운 시대 상황하에서도 밝은 미래가 올 것에 대한 믿음이 담겨 있는 작품들이 여러 편 있어 더욱 관심을 끈다. 윤동주의 「별헤는 밤」과 「쉽게 씌어진 시」 그리고 심연수의 「새벽」, 「너는 나와 같더라」, 「비명(碑銘)에 찾는 이름」 등은 이와 직접 연관된 시로 꼽힐 수 있다. 특히 윤동주의 「별헤는 밤」과 심연수의 「소년아 봄은 오려니」 등의 시에는, 앞으로 올 미래가 ‘새벽’ 또는 ‘아침’이 아니라 ‘봄’의 시간으로 설정되어, 그 기대가 잘 표현되어 있다. 물론 이들의 시가 독자에게 주는 감동에는 차이가 있어서, 시 「별헤는 밤」에서는 ‘위안’을 받을 수 있는 반면에, 시 「소년아 봄은 오려니」에서는 ‘힘’과 ‘용기’

를 얻게 되는 것이 특징이다.

이렇게 볼 때 '민족의식의 형상화'라는 하나의 공통된 틀에서 함께 논의될 수 있는 두 시인의 시는, 당시 우리 민족이 겪을 수밖에 없었던 생의 체험을 깊이 있게 반영해서 한글로 나타낸 것이라는 점에서 일차적인 의의가 있다. 그들의 시에는 식민지 지식인으로서의 삶의 고뇌가 온전하게 담겨 있는 것이다. 그러나 그들의 시가 지니는 가치는 여기에만 있지 않다. 그들의 시는 이러한 일제 강점의 암담한 현실 상황에서도 이에 굴하거나 영합하지 않고, 밝은 미래가 올 것에 대한 기대를 드러내고 있기 때문이다. 이런 점에서 두 시인의 시에서 보이는 차이점은 각 시인의 개별적 특성으로 이해될 수 있지만, 그 공통점은 1940년을 전후한 시기의 한국현대시사에서 중요한 민족시적 특징 중의 하나로 기록될 수 있을 것이다. 또한 이에 따라 윤동주와 심연수 두 시인은, 일제 강점기 이국땅에서 한글문학을 지킨 쌍벽 같은 존재로서 '암흑기 하늘의 두 별'로 높이 평가되기에 족하다 하겠다.

물론 두 시인의 시에 대한 이러한 평가가 좀 더 설득력을 지니기 위해서는 먼저, 사인 등 그들의 생애에 있어서 아직 불분명한 사실들이 명확하게 밝혀져야 할 것이다. 이와 관련하여 그들의 사망 직전에 쓰였을 것으로 짐작되는 시들을 중심으로 아직 알려지지 않은 작품들의 발굴과 동시에 연구가 함께 진행되어야 할 것이다. 특히 심연수의 경우 이미 소개된 작품들에는 습작품으로 여겨지는 것들도 그대로 포함되어 있다. 그러므로 그의 시에 대한 본격적인 논의에 앞서 텍스트 확정에 이어 작품 연보 작성이 선행되어야 할 것이다. 그리고 이러한 과제가 해결된다면 두 시인의 시에 대한 이와 같은 논의는 더욱 진전될 것으로 믿어 의심치 않는다.

(2003. 10.)

〈참고문헌〉

1. 자료

권영민 편, 『윤동주 전집[1] - 하늘과 바람과 별과 시』, 문학사상사, 1995.
심련수, 『20세기 중국조선족문학사료전집』 제1집(심련수문학편), 연길: 연변인민출판사, 2000.
심연수, 『소년아 봄은 오려니』, 강원도민일보사, 2001.
왕신영 외 3명 엮음, 『사진판 윤동주 자필 시고전집』, 증보판; 민음사, 2002.
윤동주, 『하늘과 바람과 별과 시』, 정음사, 1976.

2. 논저

강근모, 「＜＜학도병징집령＞＞을 반대하여」, 『중국조선민족발자취총서4 결전』, 북경: 민족출판사, 1991.
고세환, 「심연수의 시 연구 - 시의 발전 과정과 시의식 전개를 중심으로」, 관동대 교육대학원 석사학위논문, 2002. 6.
권영민 편, 『윤동주 전집[2] - 윤동주 연구』, 문학사상사, 1995.
김룡운, 「문단에 솟아난 또 하나의 혜성 - 심련수론」, 심련수, 『20세기 중국조선족문학사료전집』 제1집(심련수문학편), 연길: 연변인민출판사, 2000, 621~642면.

김명순, 「심연수 시의 상상력과 모더니티 연구」, 관동대 대학원 석사학
　　　위논문, 2002. 11.

김병익, 『한국문단사』, 일지사, 1973.

김용직 외, 『한국현대시사연구』, 일지사, 1983.

박미현, 「고향 강릉과 심연수」, 『소년아 봄은 오려니』, 강원도민일보사,
　　　2001.

심원섭, 「윤동주의 미발표 작품과 퇴고 과정에 대한 일 고찰」, 『국제어
　　　문』 25, 국제어문학회, 2002. 7.

엄창섭, 「정직성과 남성다움의 시적 매력」, 『문학공간』 136, 2001. 3.

＿＿＿, 「심연수 시인의 시어 연구」, 『문학공간』 138, 2001. 5.

＿＿＿, 「강원문학의 새로운 시적 영토와 지평」, 『소년아 봄은 오려니』,
　　　강원도민일보사, 2001.

＿＿＿, 「심연수의 의식에 관한 고찰」, 『시현실』 16, 2002. 겨울.

윤영천, 『한국의 유민시』, 실천문학사, 1987.

이기형, 『여운형 평전』, 실천문학사, 2000.

이명재, 「민족 수난기 항일문학의 표상」, 『문예중앙』, 2001. 가을.

＿＿＿, 「심련수 시인의 문학사적 위상」, 『시와 세계』 1, 2003. 봄.

이재호, 「민족시인 심연수 대표시 해설」, 『교단문학』 29, 2001. 봄.

임헌영, 「심연수의 생애와 문학」, 『소년아 봄은 오려니』, 강원도민일보
　　　사, 2001.

정병욱, 「잊지 못할 윤동주의 일들」, 『나라사랑』 23집, 1976.

조연현, 『한국현대문학사』, 성문각, 1973.

최재락, 「심련수 문학론Ⅰ·시편」·「심련수 연구 시론1」·「심련수 문
　　　학론Ⅲ·기행시초 및 산문」, 『임영문회』 24~26, 강릉문회원,
　　　2000~2002.

황규수, 「한국문학과 만주체험Ⅰ-『만주시인집』과 『재만조선시인집』을
　　　중심으로」, 『인하어문연구』 제2호, 인하대학교 인하어문연구회,
　　　1995.

＿＿＿, 「한국문학과 만주체험Ⅱ-심연수의 시세계」, 『인하어문연구』
　　　제6호, 인하대학교 인하어문연구회, 2003.

제4장 중국 조선족 초중(初中) 신편(新編)
『조선어문』 수록 시 고찰

Ⅰ. 서 언

세계화 또는 국제화의 물결 속에서 교육도 변화되어야 한다고 인식함은, 우리나라뿐만 아니라 외국에 있어서도 마찬가지인 것 같다. 왜냐하면 최근 중국에서는 이와 같이 시대 상황이 변화됨에 따라 새로운 과정표준에 의해 새 교재를 개발하는 등 교육 분야에 있어서도 여러모로 달라지는 모습을 보여주고 있기 때문이다. 이와 같은 측면에서 이러한 변모가 중국 조선족의 그것에서도 눈에 띔은 자연스러운 일로 받아들여질 수 있다. 1949년 중화인민공화국이 성립된 이후 자의든 타의든 그 나라 국적을 취득하여 소수민족의 일원으로 그곳에 삶의 터전을 마련하며 살아온 그들 또한 자신이 속한 국가의 정책을 따라야 한다는 점에서는 예외가 될 수 없기 때문이다.

그래서 그들의 교육에 있어 변화된 면모는 개편된 교과서에 대한 검토를 통해 단적으로 파악할 수 있게 되는데, 교재에는 그들의 학습 내용이 잘 나타나 있기 때문이다. 여기에는 그들이 변화되는 환경 속에서 교육을 통해 추구하고자 하는 바가 무엇인가가 잘 드러나 있는 것이다. 더욱이 최근에 바뀐 그들의 초급중학교(初級中學校)1) 『조선어문』 교과서에 수록된 작품들은, 그 직전에 개편된 교재에 실려 있는 그것들과도 많은 차이를 보여, 더욱 깊이 있고 구체적인 연구가 요망되고 있다. 이는 특히 근자에 중국에서부터 일기 시작한 한류 열풍이, 그들의 어문 교과서 개편 과정에도 적지 않은 영향을 미친 것이 아닌가 하는 짐작을 가능케 한다는 점에서 관심을 끈다. 이와 같은 맥락에서 이는 해외에서 한민족 어문교육이 최근 어떠한 변모 양상을 보이고 있는지, 그 한 단면을 나타내 주는 것이기도 하여 주목된다. 무엇보다 종전까지 중국 조선족 문학교육이 북한 문학의 단순 연장 또는 그것과 강한 친족적 관계 속에서 이루어져 온 점2)을 고려해 보면 이는 이전과 크게 달라진 현상이다.

이렇게 볼 때 중국정부의 교육정책에 영향을 받으면서도 민족 정체성의 확립에 중점을 둔 문학교육을 강조하고 있는 조선족 문학교육은 남북한 통일 문학교육의 시험의 장이 될 수 있을 것이다. 조선족 문학은 자칫 정치적·이념적 문제로 인해 손실되거나 소홀히 할 수 있는 북한 문학의 과거와 현재를 그대로 보여주는 동시에, 나아가 남북한 문학이 공동으로 연구되고 교류될 수 있는 가

---

1) 여기서 초급중학교라 함은, 국내에 있어서는 중학교에 해당되는 것이다.
2) 윤영천, 「중국조선족 초·고중학교 시교육에 대하여」, 『어문연구』 제30권 제4호, 한국어문교육연구회, 2002, 289면.

능성을 보여주는 민족적 실험의 장이기도 하기 때문이다.[3] 이러한 점에서 조선족 문학교육에 대한 연구는 앞으로 통일문학사의 기술을 위해서도 매우 긴요한 일이라고 하지 않을 수 없다. 본고의 작성 이유는 바로 여기에 있다. 본고에서는 그를 위한 작업의 일환으로 최근 개편된 조선족 초급중학교 『조선어문』 교과서에 수록된 시들을 분류하여, 그 특질들을 살펴보고자 한다. 지금까지의 이와 관련된 연구 성과를 바탕으로 종전(從前) 교재 및 현재 한국 중학교 『국어』 교과서에 실려 있는 그것들과도 비교 검토해 봄으로써, 그 공통점뿐만 아니라 차이점도 구체적으로 파악하여 그 특징과 문제점을 보다 심도 있게 밝혀 보고자 하는 것이다.

Ⅱ. 초급중학교 『조선어문』 교과서 수록 시 분류

최근 중국 조선족 초급중학교 『조선어문』 교과서는 2004년 7월에 7학년 상권이 개편된 것을 시작으로 2007년 5월까지 대략 3년 동안의 기간에 걸쳐 고쳐진 것을 확인할 수 있다. 물론 그 직전인 1999년부터 2000년까지 펴낸 것과 비교해 보았을 때 다시 실린 작품도 전혀 없는 것은 아니지만, 많은 시들이 교체되어 있는 점이 눈에 띄는 것이다.

---

3) 이종순, 「중국 조선족 문학교육 연구 — 중·고등학교 조선어문과목을 중심으로 — 」, 서울대학교 대학원 박사학위논문, 2002. 2, 175~176면.

〈표 2-1〉 초중(初中) 개편 전 『조선어문』 수록 시

학년	학기	시인	제목
1	1 (1권)	김소월	접동새
		조기천	흰 바위에 앉아서
		김성휘	내가 만약 물방울이라면
	2 (2권)	조기천	영남이
		리욱	가야금
		김철	선생님들의 들창가 지날 때마다
		무명씨	농부가
2	1 (3권)	조병화	해마다 봄이 되면
		양사언 외	시조 5수
		박세영	그립구나 내 고향
		조룡남	어머니
	2 (4권)	리상화	빼앗긴 들에도 봄은 오는가
		박팔양	진달래
		리태갑	청산소나무
		리상각	보노라 못잊어 가다 또 한번
3	1 (5권)	김소월	초혼
		가암	뢰봉
		김상오	나의 조국
		김성휘	언덕우에 조용히 서있는 동무
	2 (6권)	고리끼	해연의 노래
		조기천	두만강
4	1 (7권)	정몽주 외	시조 5수
		박화	산향의 샘물
	2 (8권)	조기천	조선은 싸운다
		윤동주	새로운 길
		〃	서시

<표 2-1>에서와 같이 최근 개편되기 직전 초중 『조선어문』 교
과서 전체 여덟 권4)에는 총 34편의 시가 수록되어 있는 것을 볼

---

4) 이승하, 「연변 조선족 중·고교 교과서 수록 시 연구」, 『한국 시문학의 빈터를 찾아서』, 푸
른사상사, 2006, 16면. "연변에서는 6년제 소학교와 3년제 초급중학교가 의무교육이고 3년
제 고급중학교부터는 형편에 따라 진학한다. 모국어를 가르치는 교과서 『조선어문』이 발간되

수 있다. 민요 및 시조 등을 포함하여 여기에는 이와 같은 수의 작품이 실려 있는 것이다. 물론 여기에는 한 시인의 한 작품만이 아니라 두 편 이상의 시가 수록된 경우도 있다. 작자가 알려져 있지 않은 민요「농부가」이외의 나머지 시들을 시인에 따라 다시 분류해 보면, 조기천의 시가 4편으로 가장 많이 실려 있고, 다음으로 김소월·김성휘·윤동주 등의 시가 2편씩, 그리고 나머지 23명의 시인의 시가 각각 1편씩 수록되어 있는 점을 파악할 수 있는 것이다.

이들 시는 창작 시기가 언제냐에 따라 다시 세분해 볼 수 있어, 2권에 수록된 민요「농부가」를 비롯하여 3권에 실린 양사언·정철·김천택·이직·이순신의 시조 다섯 수와 7권의 정몽주·이황·남구만의 시조 세 수는 고전문학 작품이라면, 나머지 25편의 시는 현대문학 작품으로 분류할 수 있다. 고전시가에 비해 현대시가 상대적으로 많이 포함되어 있는 점을 파악할 수 있는 것이다.

그리고 이들 시는 국가별로도 구분할 수 있어, 일단 중국문학과 그 이외 국가의 문학으로 나눈다면, 중국 한족 시인 가암과 조선족 시인 김성휘·리욱·김철·조룡남·리태갑·리상각·김해룡·박화 등의 시 10편은 중국문학이라면, 나머지 시인들의 시 24편은 다른 나라의 문학으로 볼 수 있는 것들이다. 러시아 시인 고리끼의 시「해언의 노래」를 비롯하여 그 밖의 작품들은 외국문학으로 분류될 수 있는 것이다. 물론 시「해언의 노래」이외의 나머지 작품들도 엄밀한 의미에서는 외국문학으로 구분되기는 하지만, 이들 시가 중국 조선족 문학과 전혀 무관한 것이 아님은 두 말할 나위

고 있는데, 초급중학교 교과서는 모두 8권이다. 3년제 초급중학교의 교과서가 8권인 이유는 산간벽지의 학생들에게 의무교육을 1년 연장시켜 주기 위해서이다."

가 없다. 이들 시는 민요와 고시조 등 우리의 고전문학 작품이거나 분단 이전 또는 이후의 남북한문학 작품으로 분류될 수 있는 것들이기 때문이다. 이와 관련하여 한 논자는 『조선어문』에 수록된 시들을, 외국작품·민족시가와 조선작품·조선족작품·한국작품 등으로 나누어 그 특성을 살펴본 바 있는데, 여기서 그가 외국작품과 조선족작품 이외에 나머지 시들 중 조병화의 시 「해마다 봄이 되면」을 제외하고 다른 시들을 모두 민족시가와 조선작품으로 구분5)한 데에는 이론이 제기될 수 있다. 왜냐하면 이 가운데 김상옥의 시조 「사향」은 한국작품이기 때문이다. 또한 김소월과 이상화는 남북한이 공유(共有)하는 시인들6)이므로 이들의 시를 조기천이나 박세영·박팔양·김상오 등 광복 후 북한에서 활동한 시인들의 작품들과 마찬가지로 민족시가와 조선작품으로 구분할 경우 중국 조선족 학생들에게 큰 혼선을 낳을 우려가 있기 때문이다.7) 이와 같은 맥락에서 연구의 편의상이라고는 하지만 윤동주의 시들 또한 중국문학 또는 중국 조선족의 문학에 포함시켜 논하고자 한8) 데에도 이견이 제시될 수 있다. 왜냐하면 일제 강점의 현실 상황하에서 만주에서 출생하기는 했지만 광복 직전 - 중국 건국 이전에 사망한 그의 시는 중국 조선족들에게 많이 애송되고 있으나, 한국문학의 범주에 포함해서 논의될 수도 있기 때문이다.

그러면 최근 개편된 『조선어문』에는 어떠한 시들이 수록되어 있

---

5) 김경훈, 「조선족 초중 『조선어문』 교재 연구」, 연변대학 조선언어문학학과, 『조선 - 한국언어문학연구』 3, 북경: 민족출판사, 2006, 254면.

6) 여기서 남북한 공유 시인이라 하면, 남북한 문학에서 함께 다루는 시인이라는 뜻으로 사용한 말이다.

7) 이종순, 앞의 논문, 66면.

8) 위의 논문, 73면.

으며, 이들 시 또한 어떻게 분류될 수 있겠는가? 여기에 실린 시들의 특질도 보다 구체적으로 살펴보기 위해 이들 시를 표로 정리해 보면 다음과 같다.

〈표 2-2〉 초중 신편 『조선어문』 수록 시

교재		시인	제목
7학년	상권	김소월	엄마야 누나야
		허영자	행복
		리상각	실개울
		조룡남	고향생각
	하권	양사언	태산이 높다 하되
		김천택	잘 가노라 닫지 말며
		리직	까마귀 검다 하고
		정철	이보소 저 늙은이
		조병화	해마다 봄이 되면
		김광섭	저녁에
		지은이 모름	말하기 좋다 하고
		지은이 모름	제목 없음
		석화	연변
8학년	상권	정현종	모든 순간이 꽃봉오리인 것을
		안도현	우리가 눈발이라면
	하권	김현승	깨달음 - 행복의 얼굴
		윤동주	새로운 길
		중학생	파
		리상화	빼앗긴 들에도 봄은 오는가
		기베린	파도의 노래
		기베린	비의 노래
		리임원	꽃의 언어

교재		시인	제목
9학년	상권	리륙사	청포도
		박팔양	진달래 — 봄의 선구자를 노래함
		김상옥	사향
	하권	김춘수	꽃
		김소월	초혼
		윤동주	서시
		윤동주	내 인생에 가을이 오면
		신현철	풀빛추억
		김현순	샛별
		석화	옥수수밭에서
		정몽주	이 몸이 죽고 죽어
		길재	오백년 도읍지를
		리황	청산은 어찌하여
		신흠	산촌에 눈이 오니
		정철	어버이 살아실제
		윤선도	오우가

<표 2-2>에서와 같이 개편된『조선어문』교과서 다섯 권[9]에는 총 38편의 시가 수록되어 있는 것을 볼 수 있다. 작자 미상인 시조 및 시 2편과 중학생 창작시 1편까지 포함하여 여기에는 이와 같은 수의 작품이 실려 있는 것이다. 고쳐지기 직전 교재 여덟 권에 수록된 시가 총 34편이었던 점을 감안한다면, 4편의 작품이 더 수록되어 있다는 사실을 파악할 수 있는 것이다. 물론 여기에도 한 시인의 작품이 두 편 이상 실려 있는 경우가 있어, 윤동주의 시가 3편으로 가장 많이 수록되어 있고, 다음으로 기베린·김소월·석화·정철 등의 시가 2편씩 실려 있고, 나머지 27명의 시는

---

9) 최근 개편된 초중『조선어문』교과서를 보면, 7학년용과 8학년용은 상권과 하권이 따로 구분되어 있지만, 9학년용은 상권과 하권이 한 권에 묶여 있어 전체 다섯 권으로 이루어져 있는 것을 알 수 있다.

각각 1편씩 수록되어 있다.

그래서 이들 시도 다시 창작 시기에 따라 세분해 보면, 7학년 하권의 양사언·김천택·이직·정철의 시조 4수와 9학년 하권의 정몽주·길재·이황·신흠·정철·윤선도의 시조 6수가 고전문학 작품이라면, 나머지 28편의 시는 현대문학 작품으로 분류할 수 있다. 여기에도 고전시가에 비해 현대시가 상대적으로 많이 포함되어 있는 점을 파악할 수 있는 것이다.

그리고 이들 시 또한 국가별로도 구분할 수 있어, 일단 작자가 밝혀져 있지 않거나 중학생이 창작한 시 3편을 제외하고 조선족 시인 리상각·조룡남·석화·리임원·신현철·김현순 등이 쓴 시 7편이 중국문학이라면, 나머지 28편은 다른 나라의 문학으로 볼 수 있는 것들이다. 레바논 시인 기베린의 산문시 「파도의 노래」와 「비의 노래」를 비롯하여 그 밖의 작품들은 외국문학으로 분류될 수 있는 것이다. 물론 기베린의 시 이외의 나머지 작품들도 엄밀한 의미에서는 외국문학으로 구분되기는 하지만, 이들 시가 중국 조선족 문학과 밀접한 관련이 있다는 점은 개편 전의 교과서에서와 같다. 이들 시 또한 고시조 등 우리 민족의 고전문학 작품이거나 분단 이전 또는 이후의 남북한문학 작품으로 분류될 수 있는 것들이기 때문이다. 그런데 최근 개편된 『조선어문』에 수록된 시들을 다시 나누어 보면, 조선(북한)작품에 비해 한국(남한)작품이 더 많다는 점이, 그 이전과 크게 달라진 특징으로 눈에 띈다. 개편 전 『조선어문』 교과서에는 조기천을 비롯하여 박세영·박팔양·김상오 등 광복 후 북한에서 활동한 시인들의 작품이 7편이나 실려 있었다. 이에 비해 개편 후에는 박팔양의 시 「진달래」만이 그대로 수록되어 있을 뿐 나머지 시인들의 작품은 모두 제외된 점이 주목되는 것이다. 이와 반대로 고쳐지기 전에는 한국 작품은 2편만이 실려 있었다. 조병화의 시 「해마다 봄이 되면」과 김상옥의 시조 「사향」이 그것이다. 그러나 개편되면서 『조선어문』에는 이들뿐만 아니라 허영자·김광섭·정현종·안도현·김현승·이육사·김춘수 등의 시들도 추가됨으로써, 한국작품은 모두 9편에 이르게 되었다. 이와 함께 개편된 교과서에는 남북한 공유 시인으로 김소월과 이상화뿐만 아니라 윤동주의 시들도 여전히 수록되어 있는 것을 볼 수 있다. 여기서도 김소월과 이상화를 북한에서 주로 활동한 작자들과 마찬가지로 조선의 시인으로 소개하고 있는 점은 개선이 요망되기는 하지만 말이다. 왜냐하면 이것이 중국 조선족 학생들에게 큰 혼선을 불러일으킬 우려가 있다는 점은 앞에서 언급한 바와 같기 때문이다.

Ⅲ. 초급중학교 신편 『조선어문』 수록 시의 특징과 문제점

Ⅱ장에서 필자는, 최근 및 그 바로 직전에 고쳐진 초중 『조선어문』 교과서에 실린 시들을 대상으로, 시인별 수록 작품 수 및 창작 시기·작자의 국적 등에 따라 분류해 보았다. 그런데 그 과정에서 필자는 이들 시가 지니는 몇 가지 중요한 특징을 발견할 수 있었다. 첫째, 이전에 비해 한국 작품이 차지하는 비중이 확대된 점, 둘째, 일부 작품의 해석과 원전에 있어 이견이 제시될 수 있다

는 점, 그리고 셋째, 수록 작품의 선정상에 가감(加減)이 필요하다
는 점 등이 그것이다. 그래서 본 장에서는 각 항목에 해당되는 대
표적 작품들의 예를 들어 이에 대해 보다 상세하게 논의를 전개하
고자 한다.

1. 시대 상황의 변화와 한국 작품 비중의 확대

최근 개편된 초중『조선어문』교과서에는 그 이전과 달리 조선
또는 북한작품에 비해 한국 또는 남한작품이 더 많이 실려 있는
점이 중요한 특징 중 첫째라 했는데, 이에 해당되는 시에는 어떠
한 것들이 있는가? 개편 전『조선어문』교과서에는 조기천과 김상
오 등 북한 시인의 시가 5편이나 실려 있었다. 조기천의 시「흰
바위에 앉아서」와「영남이」・「두만강」・「조선은 싸운다」등 4편
과 김상오의 시「나의 조국」1편이 그것이다. 또한 여기에는 박세
영과 박팔양 등 이른바 월북 시인으로 간주되어 남쪽에서는 1988
년 해금(解禁) 조치가 내려지기 전까지는 공식적으로 연구가 행해
질 수 없었던 시인들의 시 2편도 수록되어 있었다. 박세영의 시「
그립구나 내 고향」과 박팔양의 시「진달래」가 그것이다. 그런데
최근 개편된 교과서에는 박팔양의 시「진달래」만이 그대로 실려
있는 것이 눈에 띈다. 나머지 시인들의 작품은 모두 제외된 것이
다. 그러면 이처럼 박팔양의 시 이외에 다른 시인들의 시가 모두
빠지게 된 이유는 무엇 때문이겠는가? 이와 관련하여 한 논자가
개편 전 초중『조선어문』교과서에 선정된 시 작품이 지니고 있는

문제점을 지적하면서, "비판적 리얼리즘과 같은 국한된 문학의 사조나 경향에 경도된 상황을 보이기는 마찬가지이다."[10]라고 언급한 점은 시사하는 바가 크다. 여기 수록된 소설에서와 같은 문제점이 시에서도 발견된다는 것이다. 이렇게 본다면 최근 개편된 교과서에 박팔양의 시 「진달래」만이 남게 된 이유는 역으로 추정이 가능하다.

<blockquote>
진달래꽃은 봄의 선구자외다.
그는 봄소식을 먼저 전하는 예언자
봄의 모양을 먼저 그리는 선구자외다.
비바람에 속절없이 그 엷은 꽃잎이 짐은
선구자의 불행한 수난이외다.

어찌하여 이 가난한 시인이
이같이도 그 꽃을 붙들고 우는지 아십니까?
그것은 우리 선구자들 수난의 모양이
너무도 많이 나의 머리속에 있는 까닭이외다.

- 「진달래 - 봄의 선구자를 노래함」 4 · 5연[11]
</blockquote>

위의 인용 구절에서와 같이 이 시에는 당과 조국 또는 인민에 대한 찬양[12]의 내용이 그대로 노정(露呈)되어 있지 않기 때문이다. 위에서 언급한 조기천이나 김상오, 박세영 등의 시에서와는 달리

---

10) 김경훈, 앞의 논문, 257면.

11) 연변교육출판사 조선어문편집실 편저, 『의무교육조선족학교교과서 조선어문』 9학년용(상권), 연변교육출판사, 2007. 5, 6면.

12) 이종순, 앞의 논문, 80~84면. 여기서 논자는, 개편 전 『조선어문』에 수록된 남북한 문학 작품을 주제 면에서 아홉 가지로 구분 지어 볼 수 있는데, 조국에 대한 찬양, 당대 사람들의 생활상 반영, 인민에 대한 찬양, 인생의 철리, 향수, 사랑·우정, 교사·위인 찬양, 통치계급 비판, 이상추구 등이 그것이라고 한 바 있다.

이 작품에서는 시인이, 진달래로부터 봄의 선구자 또는 시대의 선구자로서의 상징적 모습을 발견하고 이를 노래한 것으로 판단된다는 말이다.

그러면 개편 전과 달리 최근 『조선어문』 교과서에 한국작품이 오히려 더 많이 수록된 데에는 어떤 이유가 있었겠는가? 이전의 『조선어문』 교재에 실린 바 있는 조병화의 시 「해마다 봄이 되면」과 김상옥의 시조 「사향」 등 2편을 포함하여 모두 9편의 한국 시가 개편된 『조선어문』에 수록된 데에는 무슨 연유가 있었겠느냐는 것이다. 최근 중국이 지속적으로 개혁과 개방을 추구함에 따라 한국과 중국의 교류가 활발해지는 등 양국 간의 관계의 변화는, 이와 같이 한국어뿐만 아니라 한국문학에 대한 관심의 폭도 보다 넓히는 계기가 되었을 것이라고 짐작해 볼 수 있다.[13] 더욱이 『조선어문』 교재의 편찬과 관련하여 연구 역량(力量)의 부족으로 인해 기초 이론 연구가 아직 미흡한 상황에서 이보다 앞선 한국의 교육과정과 교과서에 대한 기초 이론 연구 성과는[14] 이에 많은 영향을 미친 것으로 판단된다. 그러므로 최근 개편된 초중 『조선어문』 교과서에 수록된 시들이 대부분 한국의 중·고등학교 『국어』 교재에 이전에 실렸거나, 현재 수록되어 있는 작품들이라는 점은 이와 같은 맥락에서 이해될 수 있다. 물론 그렇다고 해서 여기 실린 시들이 모두 작품성(作品性)이 뛰어나거나 교육적인 측면에서 가치가

---

13) 윤해연, 「중국에서의 한국어문학 교육의 문제점과 그 해법」, 인하BK한국학사업단 엮음, 『동아시아한국학입문』, 역락, 2008, 237면. 이와 관련하여 여기서 논자는, 중국 교육부에 등록된 4년제 국립대학의 경우, 최근까지 도합 40여 개의 대학에 한국어학과가 개설되었다고 보고한 바 있다.

14) 량선옥, 「지식 정보화시대에 대비한 조선어문 교재의 연구와 개발」, 인터넷 '문화산맥', 중국연변조선족문화발전추진회, http://koreancc.com, 2004. 4. 18.

있다고 보는 데에는 논자에 따라 견해를 달리할 수 있다. 조병화의 시 「해마다 봄이 되면」은 작품 자체가 문학적 완성도에 있어 한참 미흡하다거나, 김상옥의 시 「사향」은 지나친 회고지정(懷古之情)을 지니고 있다고 하는 것 등은[15] 그 단적인 예에 해당되는 것이다. 그럼에도 불구하고 이들과 달리 근자에 수록된 시들은 대체로 이에 적합한 작품들로 판단된다. 안도현의 「우리가 눈발이라면」을 비롯하여, 정현종의 「모든 순간이 꽃봉오리인 것을」과 김현승의 「지각(知覺)」[16]·이육사의 「청포도」 등의 시가 그것이다. 그런데 이들 시는 학습자들이, 문학 작품을 다양하게 감상할 수 있음을 알며 작품에 대한 자기의 생각과 느낌을 자유롭게 표현하거나,[17] 작자가 자신의 생각과 느낌을 효과적으로 전달하기 위해 어떠한 방법으로 표현하였는가를 알고,[18] 언어의 이미지에 대해 파악하며 작품을 감상하면서 특정한 시대의 사람들의 간절한 소망을 알아보는[19] 데에 알맞은 작품들이라고 생각되기 때문이다.

---

15) 이승하, 앞의 논문, 25면.

16) 중학교 『국어』, 2학년 2학기, 106면에는 이 시의 제목이 「지각(知覺)」이라 되어 있다. 이에 반해, 중국 조선족 초중 『조선어문』, 8학년 하권, 3면에는 그것이 「깨달음」이라 되어 있다.

17) 연변교육출판사 조선어문편집실 편저, 『의무교육조선족학교교과서 조선어문』 8학년(상권), 연변교육출판사, 2005. 8, 78～96면.

18) 연변교육출판사 조선어문편집실 편저, 『의무교육조선족학교교과서 조선어문』 8학년(하권), 연변교육출판사, 2006. 1, 2～6면.

19) 연변교육출판사 조선어문편집실 편저, 『의무교육조선족학교교과서 조선어문』 9학년용(상권), 연변교육출판사, 2007. 5, 2～4면.

2. 「초혼(招魂)」의 해석과 「빼앗긴 들에도 봄은 오는가」의
원전(原典) 문제

개편된 교과서에는 남북한 공유 시인으로 김소월과 이상화의 시들도 여전히 수록되어 있는 것을 볼 수 있다. 이전과 달리 김소월의 시 「접동새」가 「엄마야 누나야」로 바뀌기는 했지만, 그의 시 「초혼」과 이상화의 시 「빼앗긴 들에도 봄은 오는가」는 그대로 실려 있는 것이다.

물론 여기서 시 「초혼」을 소개하면서, "시인 김소월은 잃어버린 조국에 대한 애틋한 마음을 님과의 리별에 비겨 절절하게 읊조리고 있습니다."[20]라고 하여, '님'은 곧 '조국'을 빗대어서 나타낸 것으로 해석하고 있는데, 이에는 이견이 제시될 수도 있다. 이 시에서 "사랑하던 그 사람"은 단지 '조국'만이 아니라 좀 더 다양하면서도 복합적인 의미를 내포하고 있는 것으로 이해될 수도 있기 때문이다.

또한 이상화의 시 「빼앗긴 들에도 봄은 오는가」에서는 마지막 연이 "그러나 지금은— 들을 빼앗겨 봄조차 빼앗기였네."라고 적혀 있는데, 이에 대해서는 시 원본의 확인과 함께 재해석이 필요한 것으로 판단된다. 왜냐하면 이 시가 처음 『개벽(開闢)』지에 발표될 때 이는, 아래 ①에서와 같이 "쌔앗기것네"라고 표기되었던 것을 확인할 수 있기 때문이다. 즉 이 구절에서는 현재 '들'을 빼앗겨 앞으로 '봄'조차 빼앗길지 모른다는 위기의식을 나타낸 것이

---

20) 연변교육출판사 조선어문편집실 편저, 『의무교육조선족학교교과서 조선어문』 9학년용(하권), 연변교육출판사, 2007. 5, 5면.

지,21) '들'을 빼앗겨 '봄'마저 빼앗겼다는 절망감을 드러낸 것으로 이해되지는 않는다는 말이다. 이는 현재와 관련하여 미래의 가정적 상황을 제시한 것으로 보아야 문맥상 의미도 자연스럽게 연결되지, 현재와 연관된 과거적 사실 또는 현재 완료의 상황을 나타낸 것으로 본다면 이 구절의 전체 의미는 어색해진다는 것이다.

이렇게 본다면 이 시구(詩句)가 『조선어문』에도 국내 한 고등학교 『문학(하)』 교과서의 ②구절처럼 표기되었어야 할 텐데, ③에서와 같이 그렇지 못한 이유는 무엇 때문이겠는가? 이는 아마도 북한문학의 영향 때문이 아닌가 싶다. 왜냐하면 ③번 구절은 북한에서 간행된 『현대조선문학선집(시집)』 2에서 옮겨 놓은 것인데, 이는 『조선어문』의 그것과 완전히 일치하기 때문이다. 즉 여기 수록된 시의 출전이 바로 이것이라는 점이 앞서 언급된 바도 있는데22) 이는 틀림없는 사실임이 입증되는 것이다.

① 그러나 지금은─들을쌔앗겨 봄조차 쌔앗기것네23)

② 그러나 지금은─ 들을 빼앗겨 봄조차 빼앗기겠네.24)

③ 그러나 지금은─들을 빼앗겨 봄조차 빼앗기였네.25)

---

21) 김재홍, 「상화(尙火) 이상화(李相和)」, 『한국현대시인연구』, 일지사, 1986, 73면. 이와 관련하여 논자가 "이 구절에는 조국 상실의 절망적 현실에서 민족혼마저 뺏길 것 같은 위기의식에 대한 강력한 항거의 몸부림이 담겨 있는 것으로 이해된다."고 기술한 것은 주목된다.

22) 이종순, 앞의 논문, 79면.

23) 이상화, 「쌔앗긴들에도 봄은오는가」, 『개벽』 70호, 1926. 6. 정진규 편저, 『마돈나, 언젠들 안 갈 수 있으랴 이상화 전집·평전』, 문학세계사, 1981, 85~87면.

24) 조남현 외 4인, 『문학(하)』, (주)중앙교육진흥연구소, 2002, 166면.

25) 현대조선문학선집 편찬위원회, 『현대조선문학선집(시집)』 2, 조선작가동맹출판사, 1957, 139면.

이렇게 볼 때 최근 개편된 『조선어문』 교과서에서도 김소월과 이상화가 이전과 마찬가지로 조선의 시인으로 소개되고 있는 점은[26] 이와 맥락을 같이하는 것으로 이해된다. 그러나 김소월은 1902년 평안북도 구성(龜城)에서 태어났지만 1934년 32세를 일기로 작고했음은 널리 알려진 사실이다.[27] 그가 태어난 곳이 현재는 북한 땅이지만, 그는 광복 이전－1948년 조선민주주의인민공화국이 설립되기 전에 사망한 것이다. 또한 이상화도 1901년 경상북도 대구(大邱)에서 출생하여 광복 이전인 1943년 사망했다.[28] 이런 점에서 이들 시인을 광복 후에도 주로 북한에서 활동한 문인들과 마찬가지로 조선의 시인이라 일컫는 것이 학생들에게 혼란을 불러일으킬 수 있다는 점은 앞에서도 지적한 바와 같다. 그러므로 북한 또는 조선의 시인들과 구분하여 이들을 달리 지칭하는 것이 필요한데, 일단 다소 궁색한 감이 없지는 않지만 '일제 강점기 모국의 시인'이라 일컫는 것은 어떨지 한 방법을 제안해 본다.

3. 수록 작품 선정(選定)상의 과제

개편된 『조선어문』 교과서에서도 중국 조선족 시인이 창작한 작품이 적지 않게 눈에 띔은 이전과 마찬가지다. 물론 전에는 8명의 시인이 쓴 9편의 작품이 수록되었지만, 최근에는 6명의 시인이 창

---

26) 『조선어문』 7학년 상권, 3면에서 김소월은 '조선의 저명한 시인'으로, 『조선어문』 8학년 하권, 105면에서 이상화는 '조선의 저명한 현대시인'으로 각각 소개되고 있다.

27) 권영민, 『한국근대문인대사전』, 아세아문화사, 1990, 207～219면.

28) 위의 책, 875～879면.

작한 7편의 작품이 실려 있어, 여기서 이들 작품이 차지하는 비중이 상대적으로 낮아진 감이 없지는 않지만 말이다. 그런데 이처럼 이전과 최근에 수록된 시들을 좀 더 구체적으로 살펴보았을 때, 전에 실렸던 작품 중에서 여전히 남아 있는 시가 한 편도 없다는 점은 의아심이 들게 한다. 조룡남과 리상각 시인의 시는 전과 같이 수록되어 있지만 이들도 바뀐 작품인 것이다. 그러면 이들의 시가 이와 같이 전면 교체된 이유는 무엇 때문이겠는가? 이와 관련된 한 논자의 다음과 같은 지적은 주목할 만하다.

> 이처럼 연변 자체의 시인은 고작 6명에 지나지 않는다. 두 명 연구자(김호웅·권철 - 필자 주)의 저서를 살펴보면 연변조선족 시단의 선구자는 단연 리학성('리욱'의 필명 중 하나)이다. 이 두 사람의 연구서를 비롯한 그 어떤 자료에서도 그의 대표작으로 거론되지 않은 「가야금」이 교과서에 실려 있는 것이 다소 아쉽다. 교과서 개편 작업이 이뤄진다면 리학성을 비롯하여 연변조선족 시인들의 좋은 작품과 아울러, 남한과 북한의 문단에서 인정받고 있는 시인들의 수작이 실려야 할 것이다.[29]

위의 인용문에 따른다면 중국 조선족의 경우에 있어서도 문단에서 인정받는 시인들의 대표작이 실리지 않은 점이 교체의 근본 배경이 되었음을 짐작할 수 있게 된다. 그렇다면 최근 개편된 교과서에 있어서는 어떠한가? 7편 가운데 각 단원의 첫머리에 수록된 작품은 2편뿐이며 나머지 작품들은 단원의 '습작' 또는 '종합성 학습'란에 실려 있어 소품(小品)으로서의 성격을 지니고 있는 것이 대부분인데, 이 중 필자의 관심을 좀 더 끄는 시는 석화 시인의 「옥수수 밭에서」라는 작품이다.

---

29) 이승하, 앞의 논문, 40면.

옥수수밭머리에 멈추어섰다/시골길 가다가//

하나씩/둘씩/서너씩//

등에/그리고 가슴에/아기를 업고 또 안고있는/내 엄마같은 옥수수여//

큰절이라도/드리고싶다/달구지바퀴에 깊숙이 패인/길 한복판에/그대로 넙적
엎드려/절하고 싶다//

남들에게는/너무나도 화사했던/그 한시절도/있었던 듯 없었던 듯…//

눈에 띄우는/꽃잎 하나 피우지 못한채/벌써 오늘의 계절에/휘여질듯 서있는
/옥수수여//

철없던 시절의 수수께끼가/언제나 가슴을 허빈다//

잠자리 무리지어 날아오르는/이 늦은 여름의 오후/그대의 어느/푸른 잎사귀
한자락 잡고/빨간 댕기라도 매여드리고 싶다//

내 엄마같은 옥수수여

—「옥수수밭에서」 전문30)

전체 9연으로 이루어져 있는 이 시에는 어머니를 그리워하는 마음이 잘 나타나 있다. 옥수수의 형상에 빗대어 그것이 조금도 어색하지 않게 표현되어 있는 것이다. 특히 철없던 어린 시절을 보내고 이제는 어느 정도 나이를 먹어 어머니를 기쁘게 해 드리고 싶어 하는 시의 화자의 순수한 마음은 읽는 이로 하여금 감동을 자아내기에 충분하다. 이 시 8연의 "그대의 어느/푸른 잎사귀 한자락 잡고/빨간 댕기라도 매여드리고 싶다"라는 구절에는 이와 같은 마음이 꾸밈없이 제시되어 있는 것이다.

이러한 점에서 이처럼 자연을 잘 관찰하여 그것이 지니는 의미를 찾아내고, 이를 다시 우리가 살아가는 삶의 현실과 관련지어 시로 형상화한 작품은, 학생들이 배우기에 좋은 시라고 생각한다. 이와 관련하여 필자는, 중국 조선족 시인은 아니지만 그의 생애가

---

30) 연변교육출판사 조선어문편집실 편저, 『의무교육조선족학교교과서 조선어문』 9학년용(하권),
    연변교육출판사, 2007. 5, 24~25면.

윤동주의 그것과 유사하여 그와 같이 자주 언급되는 심연수(沈連洙, 1918. 5. 20.～1945. 8. 8.)[31] 시인의 시가 『조선어문』에 실리는 것도 바람직한 일이라고 생각한다.[32]

- 「소년아 봄은오려니」 전문[33]

　심연수의 시들 중에는 그가, 자연 또는 우주의 순환 질서에 대해 나름대로 깊이 있게 관찰하여 여기서 얻게 된 깨달음을 표현한 일련의 작품들이 있는데, 이 시에서도 이러한 특징이 드러나는 점을 파악할 수 있다. 이 시에서는 특히 "겨을은가고야만다/季節은順次를 銘心한다/봄이오면해마다生命의歡喜가/生氣로운神秘의씨앗을받더라."와 같이, 자연의 순환 질서에 대한 깨달음에 의거하여 생명력 넘치는 미래가 곧 도래할 것에 대한 확신을 나타내고 있어,

---

31) 일제 강점의 암담한 현실 상황 속에서 비극적 삶을 살다 간 심연수의 생애와 문학에 대해서는 필자가 최근, 「심연수의 삶과 문학」(『한국문예비평연구』 제26집, 한국현대문예비평학회, 2008. 8, 261～289면)이라는 글에서 다시 정리한 바 있다.

32) 이명재, 「민족시인 심연수 문학론」, 『20세기 중국조선족문학사료전집』 제1집(심연수 문학편), 중국조선민족 문화예술출판사, 2004, 576면. 이와 관련하여 논자의 다음과 같은 주장은 주목할 만하다. "이제 우리는 각종 학교의 국어 교과서에도 심연수의 「국경의 하룻밤」, 「빨래」, 「만주」, 「지평선」, 「우주의 노래」 등 대표 시를 실어서 산 교육으로 널리 활용해야 할 것이다."

33) 황규수 편저, 『심연수 원본대조 시전집』, 한국학술정보, 2007, 449면.

그 설득력을 더해 준다. 현실 세계에 대한 부정적 인식을 밑바탕으로 하고 있음에도 불구하고, 미래에 대한 낙관적 전망을 보여주고 있는 것이다. 이렇게 볼 때 일제 강점의 어두운 시대 상황에서도 이에 굴하거나 타협하기는커녕 새로운 미래가 곧 올 것에 대한 확신을 나타내고 있는 이 시는 어려운 현실 상황에서도 이를 극복하며 살아 나가야 하는 오늘의 우리 청소년들에게도 꼭 필요한 작품이라고 생각한다.

이와 같은 맥락에서 최근 개편된 『조선어문』에는 레바논 시인 기베린의 시를 2편 소개하면서 산문시의 특점(特點)에 대해서 알아보자고 되어 있는데,[34] 이들 시를 대신하여 한국의 중학교 『국어』 교과서(1학년 2학기)에도 수록되어 있는 박두진의 「해」 같은 시가 실리는 것은 또한 어떨지 필자의 소견을 피력해 본다. 왜냐하면 이와 같은 시를 통해서는 산문시의 일반적 특성뿐만 아니라 이 시에 반영되어 있는 당시 우리 민족의 삶의 현실 상황 등도 자연스럽게 파악할 수 있기 때문이다.

Ⅳ. 결 어

지금까지 필자는 최근 개편된 중국 조선족 초급중학교 『조선어문』 교과서에 수록된 시를 대상으로 그 특질을 고찰해 보고자 하

---

34) 연변교육출판사 조선어문편집실 편저, 『의무교육조선족학교교과서 조선어문』 8학년 하권, 연변교육출판사, 2006. 1, 109~111면.

였다. 2004년부터 대략 3년 동안 고쳐진 5권의 교과서에 실린 총 38편의 시를 분류하고 그 특성과 문제점을 파악하고자 한 것이다. 왜냐하면 최근에 바뀐 그들의 교과서에 수록된 작품들은, 그 직전인 1999년부터 2000년까지 사이에 고쳐진 교재에 실려 있는 그것들과도 많은 차이를 보여, 더욱 깊이 있고 구체적인 연구가 요망되고 있기 때문이다. 그러므로 본고에서 필자는 궁극적으로 조선족 문학교육에 대한 연구는 앞으로 통일문학사의 기술을 위해서도 매우 긴요한 일이라는 취지 아래, 지금까지의 이와 관련된 연구 성과를 바탕으로 종전 교재 및 현재 한국 중학교 『국어』 교과서에 실려 있는 시 작품들과도 비교 검토해 봄으로써, 그 특질을 보다 심도 있게 밝혀 보고자 하였다.

그래서 얻은 결과 중 중요한 내용만을 정리해 보면 다음과 같다.

먼저, 개편된 『조선어문』 교과서 다섯 권에는 작자 미상인 시조 및 시 2편과 중학생 창작시 1편까지 포함하여 총 38편의 시가 수록되어 있는데, 이는 고쳐지기 직전 교재 여덟 권에 실린 시가 총 34편이었던 점을 감안한다면, 4편의 작품이 더 수록된 것이다. 그러므로 이들 시를 우선 작자별로 나누어 보면, 윤동주의 시가 3편으로 가장 많고, 다음으로 기베린과 김소월·석화·정철 등의 시가 2편씩 실려 있으며, 나머지 27명의 시는 각각 1편씩 수록되어 있는 것을 파악할 수 있다.

그리고 이를 다시 창작 시기에 따라 세분해 보면, 7학년 하권의 양사언·김천택·이직·정철의 시조 4수와 9학년 하권의 정몽주·길재·이황·신흠·정철·윤선도의 시조 6수가 고전문학 작품이라면, 나머지 28편의 시는 현대문학 작품으로 분류할 수 있다.

이전과 마찬가지로 여기에도 고전시가에 비해 현대시가 상대적으로 많이 포함되어 있는 점을 알 수 있는 것이다.

또한 이를 국가별로 나누어 보면, 레바논 시인 기베린의 산문시 2편을 제외한 나머지 36편의 시는 모두 우리 민족이 창작한 작품들이라는 사실을 파악할 수 있다. 고시조 10편을 포함해서, 조선족 시인의 시 10편, 한국 시인의 시 9편, 조선(북한) 시인의 시 4편, 작자 미상의 시 3편 등으로 구성돼 있는 것이다. 물론 여기서 윤동주를 조선족 시인, 김소월과 이상화를 조선시인으로 분류하는 데에는 이견이 제시될 수 있다. 이들은 모두 광복 전－중화인민공화국과 조선민주주의인민공화국이 설립되기 전에 사망했기 때문이다. 이러한 점에서 이들 시인은 일제 강점기 재만조선시인(在滿朝鮮詩人)과 모국시인(母國詩人) 등으로 일컫는 것이 좀 더 타당하리라고 본다.

그럼에도 불구하고 이처럼 한국 시인의 시들이 전보다 더 수록된 점은 크게 달라진 특성이다. 개편 전 교과서에 선정된 시들이 비판적 리얼리즘과 같은 국한된 문학의 사조나 경향에 경도된 측면이 있었다면, 최근에 수록된 작품들은 다양한 성향(性向)을 보여주고 있는 것이다. 최근 중국이 지속적으로 개혁과 개방을 추구함에 따라 한국과 중국의 교류가 활발해지는 등 양국 간의 관계의 변화는, 이와 같이 한국어뿐만 아니라 한국문학에 대한 관심의 폭도 보다 넓히는 계기가 되었을 것이다. 더욱이 『조선어문』 교재의 편찬과 관련하여 연구 역량의 부족으로 인해 기초 이론 연구가 아직 미흡한 상황에서 이보다 앞선 한국의 교육 과정과 교과서에 대한 기초 이론 연구 성과는, 이에 많은 영향을 미친 것으로 판단된다. 그러므로 최근 개편된 초중 『조선어문』 교과서에 수록된 시들이 대부분 한국의 중·고등학교 『국어』 교재에 이전에 실렸거나, 현재 수록되어 있는 작품들이라는 점은, 이와 같은 맥락에서 이해할 수 있다.

그러나 이들 시 가운데서도 작품 자체의 문학적 완성도가 떨어진다거나, 지나친 회고지정(懷古之情)을 담고 있다고 하여 실제로 그 문제점이 지적될 만한 시들에 대해서는, 추후 다시 개편함에 있어 선정을 다시 고려해 볼 만하다 하겠다. 그리고 김소월의 「초혼」처럼 논자에 따라 작품의 해석을 달리할 수 있는 시나, 이상화의 「빼앗긴 들에도 봄은 오는가」와 같이 원전 확인이 필요한 시에 대해서는, 이와 관련된 해결 방안이 모색되어야 할 것으로 판단된다. 이와 함께 심연수의 「소년아 봄은 오려니」나 박두진의 「해」처럼 당시 우리 민족이 처한 어두운 삶의 현실 상황이 잘 반영되어 있을 뿐만 아니라 새로운 미래가 곧 올 것에 대한 확신을 나타내고 있는 시들은, 교육적 차원에서 다음에 개편될 교과서에는 수록되어야 할 것이다. 왜냐하면 이들 작품은 어려운 현실 상황에서도 이를 극복하며 꿋꿋하게 살아 나가는 오늘의 우리 청소년들에게도 희망과 용기를 가져다줄 수 있기 때문이다.

이렇게 본다면 여러모로 어려운 현실 상황 속에도 다른 교포들보다 우리 민족 문학과 교육을 잘 유지 발전시켜 나가고 있는 중국 조선족의 이 방면의 성과는, 앞으로 다가올 통일시대의 『국어』 교과서를 엮는 일에 있어서도 많은 도움이 될 것으로 생각된다. 그러므로 이러한 측면에서 본고의 성격상 미처 상세하게 다루지 못한 작품들에 대한 논의는 추후 좀 더 충실하게 보완될 수 있기를 바란다.

(2008. 12.)

<참고문헌>

1. 자료

연변교육출판사조선어문편집실편저, 『의무교육조선족학교교과서 조선어
　　　문』 7학년 상권, 연변교육출판사, 2004. 7.
연변교육출판사조선어문편집실편저, 『의무교육조선족학교교과서 조선어
　　　문』 7학년 하권, 연변교육출판사, 2005. 2.
연변교육출판사조선어문편집실편저, 『의무교육조선족학교교과서 조선어
　　　문』 8학년 상권, 연변교육출판사, 2005. 8.
연변교육출판사조선어문편집실편저, 『의무교육조선족학교교과서 조선어
　　　문』 8학년 하권, 연변교육출판사, 2006. 1.
연변교육출판사조선어문편집실편저, 『의무교육조선족학교교과서 조선어
　　　문』 9학년용(상권·하권), 연변교육출판사, 2007. 5.
현대조선문학선집 편찬위원회, 『현대조선문학선집(시집)』 2, 조선작가동
　　　맹출판사, 1957.

2. 논저

김경훈, 「조선족 초중 『조선어문』 교재 연구 - 소설과 시 교육을 중심
　　　으로」, 연변대학 조선언어문학학과 편, 『조선 - 한국언어문학연
　　　구』 3, 북경: 민족출판사, 2006, 247 - 260면.
김재홍, 『한국현대시인연구』, 일지사, 1986.
김해응, 『심연수 시문학 연구』, 한국학술정보, 2006.
김호웅, 『재만조선인문학연구』, 국학자료원, 1998.
량선옥, 「지식 정보화시대에 대비한 조선어문 교재의 연구와 개발」, 인
　　　터넷 '문화산맥', 중국연변조선족문화발전추진회, http://koreancc.com,
　　　2004. 4. 18.

문무영·김태훈, 「개편된 북한 교과서의 체제와 내용」, 『어문연구』 111
        호, 한국어문교육연구회, 2001, 260~283면.
박경애, 「중국 조선족의 『조선어문』 연구-초급중학교를 중심으로-」,
        충북대학교 교육대학원 석사학위논문, 2006. 2.
엄창섭, 『민족시인 심연수의 문학과 삶』, 홍익출판사, 2003.
윤여탁, 『외국어로서의 한국문학교육』, 한국문화사, 2007.
윤영천, 「중국조선족 초·고중학교 시교육에 대하여」, 『어문연구』 제30
        권 제4호, 한국어문교육연구회, 2002, 277~297면.
______, 『서정적 진실과 시의 힘』, 창작과비평사, 2002.
윤해연, 「중국에서의 한국어문학 교육의 문제점과 그 해법」, 인하BK한국
        학사업단 엮음, 『동아시아한국학입문』, 역락, 2008, 237~255면.
이명재, 「민족시인 심연수 문학론」, 『20세기 중국조선족문학사료전집』
        제1집(심연수 문학편), 중국조선민족 문화예술출판사, 2004, 532~
        576면.
이승하, 『한국 시문학의 빈터를 찾아서』, 푸른사상사, 2006.
이종순, 「중국 조선족 문학교육 연구-중·고등학교 조선어문과목을
        중심으로-」, 서울대학교 대학원 박사학위논문, 2002. 2.
정혜경 외, 『한류의 수용과 한국어 교육』, 박이정, 2007.
홍정선, 「중국 조선족문학에 미친 중국문학과 북한문학의 영향 연구」, 『한
        국문학평론』 제7권 제3·4호, 2003. 가을·겨울, 202~244면.
황규수, 「심연수 시의 원전과 세계 탐구」, 『어문연구』 134호, 한국어문
        교육연구회, 2007. 여름, 299~323면.
______, 「심연수의 삶과 문학」, 『한국문예비평연구』 제26집, 한국현대
        문예비평학회, 2008, 261~289면.
______, 『심연수 시의 원전 비평』, 한국학술정보, 2008.

▌약력

인천 출생
인하대학교 문과대학 국어국문학과 졸업
동 대학원 석사·박사과정 수료(문학박사)
현재 동산중학교 교사
　　　　인하대학교 한국학연구소 객원 연구원
　　　　한국방송통신대학교 강사

▌주요논문 및 저서

「시에서의 시간 연구 - 만해와 소월시를 중심으로 - 」
「정지용 시 연구 - '공간·시간 의식'을 중심으로 - 」
「조병화 시와 인천 지역 문학」
「시로 보는 1920·30년대 인천 풍경」
『한국 현대시의 공간과 시간』
『한국문학연구의 현단계』(공저)
『심연수 원본대조 시전집』(편저)
『유은종 교수 회갑 논문집』(공저)
『심연수 시의 원전 비평』
『한국 현대시와 만주체험』 외 다수

한국 현대시의
만주체험

초판인쇄 | 2009년 4월 10일
초판발행 | 2009년 4월 10일

지은이 | 황규수
펴낸이 | 채종준
펴낸곳 | 한국학술정보㈜
주　소 | 경기도 파주시 교하읍 문발리 513-5 파주출판문화정보산업단지
전　화 | 031) 908-3181(대표)
팩　스 | 031) 908-3189
홈페이지 | http://www.kstudy.com
E-mail | 출판사업부　publish@kstudy.com

등　록 |
가　격 | 30,000원

ISBN　978-89-534-1256-9 93810 (Paper Book)
　　　　978-89-534-0823-4 98810 (e-Book)

내일을여는지식 ■은 시대와 시대의 지식을 이어 갑니다.